El Día del Ajuste

El Día del Ajuste

CHUCK PALAHNIUK

LITERATURA RANDOM HOUSE

Penguin
Random House
Grupo Editorial

Título original: *Adjustment Day*

Primera edición: febrero de 2021

© 2018, Chuck Palahniuk
© 2021, Penguin Random House Grupo Editorial, S. A. U.
Travessera de Gràcia, 47-49. 08021 Barcelona
© 2021, Javier Calvo Perales, por la traducción

Printed in Spain – Impreso en España

ISBN: 978-84-397-3779-7
Depósito legal: B-19.225-2020

Compuesto en La Nueva Edimac, S. L.
Impreso en Egedsa (Sabadell, Barcelona)

RH37797

Para Scott Allie
por su determinación

Recuerden que la democracia nunca dura mucho. Enseguida se agota, se extingue y se asesina a sí misma.

JOHN ADAM

La gente todavía habla de cierto buenazo. Un buen chaval, el típico que te encuentras en todos los grupos. El típico monaguillo, la mascota del profe, que entró en la comisaría del distrito Southeast, mirando a un lado y al otro, susurrando con una mano ahuecada delante de la boca. Ya era noche cerrada, medianoche cerrada, cuando el chaval entró con la capucha puesta, cabizbajo y llevando gafas de sol, nada menos. No era ningún Stevie Wonder. No llevaba bastón blanco ni perro. Preguntó por lo bajinis si podía hablar con el responsable. Se lo preguntó al sargento de guardia.

—Quiero denunciar un crimen que va a pasar —le susurró.

—¿Tienes documento de identidad? —le preguntó el sargento de guardia.

Gorra de béisbol con la visera calada, la capucha puesta por encima de la gorra. Con solo la nariz y la boca a la vista, aquel aguafiestas, aquel ciudadano modélico, con manchas oscuras de sudor en la espalda de la sudadera, fue y dijo:

—A usted no pienso decirle nada, ¿vale? —Negó con la cabeza—. Y en público, menos.

De forma que el sargento de guardia llamó a alguien. Pulsó teatralmente un botón, levantó el auricular del teléfono y marcó unos números sin quitarle la vista de encima al chaval de las gafas; a continuación pidió que fuera al vestíbulo un detective para tomar una declaración. Sí, una posible denuncia. El sargento miró las manos del chaval, que no se veían porque las tenía metidas en los bolsillos de delante de la sudadera, mala señal. El sargento no dejaba de asentir con la cabeza. Señaló con el mentón y dijo:

—¿Te importa poner las manos donde pueda verlas?

El chaval obedeció pero empezó a apoyarse en un pie y en el otro, como si hiciera cien años que no se acordaba de ir a mear. Miraba nerviosamente alrededor, como si esperara que desde la calle fuera a entrar alguien detrás de él.

—No puedo estar aquí, me ve todo el mundo.

El chaval tenía los brazos pegados al cuerpo, pero de cintura para abajo no paraba de moverse, como si estuviera en Riverdance o como filmando una escena de porno, de esa forma en que los actores porno dejan quieto el brazo del lado de la cámara, echado hacia atrás, paralizado, mientras embisten con las caderas, como si ese brazo estuviera intentando poner pies en polvorosa, por un comprensible sentido de la humillación.

—Vacíate los bolsillos —le dijo el sargento de guardia. Y le hizo un gesto al buenazo en dirección a un túnel detector de metales, como los de los aeropuertos.

El boy scout se sacó la cartera y el teléfono y los puso en la bandeja de plástico. Después de vacilar un momento largo, se quitó las gafas de sol. La rutina habitual de los controles de seguridad de los aeropuertos. El chaval parpadeó nerviosamente. Ojos azules bajo unas cejas fruncidas de preocupación. Una mueca que algún día le provocaría arrugas.

En la comisaría se oyó un ruido, como un chasquido, como un disparo, como la detonación de una pistola pero con silenciador, o quizá llegara de fuera. El chico dio un brinco. Estaba claro que había sido un disparo.

—¿Vas colocado, chaval? —le dijo el detective.

El chaval puso una cara como si acabara de ver a quien no quería ver desnudo y en bicicleta desde detrás. La voz se le despeñó por un barranco, pasó de chillona a todo lo contrario, y dijo:

—¿Pueden devolverme mi cartera?

—Lo primero es lo primero —dijo el detective—. ¿Estás aquí por los asesinatos que se van a cometer?

—¿Ya están enterados? —dijo el chaval.

El detective le preguntó al chaval a quién más se lo había contado.

Y aquel útil miembro de la sociedad, aquel chaval, dijo: —Solo a mis padres.

El detective le devolvió al chaval su cartera, las llaves, las gafas de sol y el teléfono, y le preguntó si podía llamar o mandar un mensaje de texto a sus padres para que acudieran a la comisaría, ya mismo.

El detective sonrió.

—Si tienes un momento, puedo contestar a todas las preguntas que tengas. —Señaló con la cabeza la cámara que había en el techo—. Pero aquí no.

El detective llevó a aquel chaval, al nuevo héroe de América, por un pasillo de cemento, por una escalera de incendios y a través de un par de puertas metálicas con letreros que decían: SOLO PERSONAL AUTORIZADO. Llevó al chico hasta otra puerta metálica. Metió la llave en la cerradura. Y la abrió de par en par.

Con un mensaje de texto, los padres del chaval le contestaron que estaban de camino para ayudarlo. Le escribieron que no tuviera miedo. Al otro lado de la puerta metálica estaba oscuro y olía mal. Apestaba a retrete embozado. El chaval siguió al detective. Sus padres le escribieron que estaban en el vestíbulo.

Y ahora viene lo mejor. El detective encendió las luces. El chivato, el soplón, vio un montón de ropa ensangrentada en medio de la sala. Luego vio las manos que asomaban de las mangas. No había más que ropa y zapatos y manos porque alguien había desfigurado las cabezas y las caras. Una voz procedente de otra sala, amortiguada por la distancia, dijo:

—El único rasgo que nos mantiene unidos es nuestro deseo de estar unidos…

Y entonces nuestro monaguillo se giró hacia el detective en busca de ayuda y no vio nada más que el cañón de la pistola apuntándole a quemarropa a la cara.

En cuanto el servicio de búsqueda se ha asegurado de que no hay tuberías ni cables eléctricos soterrados, Rufus da la orden de empezar a excavar. La gente de Alquileres Spencer's le lleva la retroexcavadora, la que tiene la pala más grande.

La excavación ya está a medias cuando llega caminando tranquilamente por los campos de entrenamiento alguien demasiado mayor para ser estudiante. Un profesor. Un fisgón con pantalones de algodón de estampado hippy y cordón en la cintura. Con la inscripción «100% feminista» estampada en la sudadera. Con algo enrollado y metido debajo del brazo. La típica barba gris y las típicas gafas. Cuando está lo bastante cerca para que lo oigan gritar, Barbagris alza el brazo para saludar. Y grita:

—¡Se ha levantado buen día!

Sí, y con coleta. Paseándose por el campo de fútbol. Calvo salvo por la coleta que le cuelga hasta media espalda. Y un pendiente centelleando bajo el sol. Un pendiente de diamante deslumbrante.

Las instrucciones especifican que hay que excavar un rectángulo de cien metros por diez. Cuatro metros de profundidad, con el fondo aplanado y cubierto de una capa de arcilla impermeable. Y encima de esa capa, una barrera compacta de láminas de polietileno para frenar las posibles filtraciones al nivel freático. La excavación está a una distancia mínima de ciento cincuenta metros de cualquier pozo de agua potable o curso fluvial abierto. Son las mismas especificaciones que están usando por todo el país, las mismas que valen cuando se construye una balsa de sedimentación junto a una fábrica, pero sin la capa endurecida de arcilla comprimida que requeriría normalmente la Agencia de Protección Medioambiental.

¿Qué lleva Barbagris enrollado debajo del brazo? Una colchoneta de yoga.

—¿Qué obras están realizando aquí, caballeros? —Un profesor universitario se aventura entre el proletariado.

—Mejoras del campus —dice Rufus. Quién sabe cómo consigue decirlo sin reírse, pero luego añade—: Un aparcamiento subterráneo de larga duración para el profesorado.

A Naylor se le escapa la risa, pero se pone el puño delante de la boca y finge que está tosiendo. Ostermann lo fulmina con la mirada.

—Llamadme Brolly, doctor Brolly —dice el profesor.

Tiende una mano para un apretón, pero nadie lo acepta, al menos de entrada. Naylor mira a Weise. Rufus levanta la tablilla sujetapapeles y hojea el grueso fajo de páginas que lleva en ella. La mano del profesor se queda extendida hasta que Ostermann se la estrecha.

Rufus hojea sus papeles.

—Brolly… Brolly… —Repasa una lista con el dedo y por fin dice—: ¿Imparte usted una clase titulada «El arrogante legado del privilegiado imperialismo cultural eurocolonial»?

El profesor señala con la cabeza la tablilla sujetapapeles y dice:

—¿Le puedo preguntar qué está usted consultando?

Sin vacilar ni un instante, Rufus le replica:

—El estudio de impacto medioambiental.

Naylor y Weise sueltan una risotada. Vaya par de imbéciles. Se giran de espaldas a todo el mundo hasta que consiguen recobrar un autocontrol profesional. Pero siguen con las risitas hasta que Ostermann les suelta:

—¡No seáis gilipollas!

Detrás de su barba, el profesor tiene la cara roja. Se pasa la colchoneta de yoga de debajo de un brazo a debajo del otro y dice:

—Solo lo pregunto porque soy miembro del Comité Contra las Heridas a la Tierra de la universidad.

Rufus consulta sus listas y dice:

—Vicepresidente, pone aquí.

Naylor se excusa para ir a informar al operador de la retroexcavadora de que hace falta construir una rampa en el lado oeste de la excavación porque es el lado por el que los volquetes tienen que llenarla. Nadie quiere que el peso provoque un hundimiento. Weise se apoya en la pala, le hace una señal con la cabeza al profesor para llamar su atención y le dice:

—Bonita sudadera.

Con el brazo levantado y la manga remangada para enseñar el reloj de pulsera, el profesor consulta teatralmente la hora.

—Sigo queriendo saber qué están haciendo ustedes —dice.

Con la nariz todavía metida en sus papeles, Rufus dice:

—¿Sigue teniendo usted la oficina en el edificio Prince Lucien Campbell? ¿En la sexta planta?

El profesor parece alarmarse.

—¿Eso es un diamante de verdad? —dice Weise. Insertado en la oreja izquierda del profe, perfecto.

La hierba del campo de fútbol llega al borde mismo de la excavación. Por debajo se ve un pequeño margen de la capa superior marrón negruzco del suelo. Más abajo una franja así de grande de suelo profundo, y todavía más abajo la historia primitiva, el estrato de los dinosaurios. El campanario que hay junto al edificio de Administración empieza a dar las cuatro en punto.

El profe se apoya en una rodilla al borde mismo del hoyo. Nada más que tierra desnuda, con una profundidad mayor que la de una piscina. Mayor que la de un sótano. Tierra y gusanos. Los abruptos costados del hoyo estriados por los dientes de la pala excavadora. Pequeños terrones que se desprenden y ruedan hasta el fondo.

De rodillas allí, el profesor se asoma al fondo. Contemplando algo que no entiende, podría parecer en busca de fósiles. Más tonto que un puerco de camino al matadero, sin reconocer lo obvio, intentando identificar algún vestigio perdido de una civilización desaparecida. En cualquier caso, está echando un buen vistazo a toda esa negrura que se ha pasado la vida entera fingiendo que no existía.

Tiene los cereales del desayuno pegados a la piel como si fueran costras con sabor a fruta. Se desprende uno de sabor rojo y se lo come. El copo le deja un ectoplasma en el brazo, como un tatuaje minúsculo, redondo y rojo. Como si se estuviera convirtiendo en un leopardo de todos los colores del arcoíris.

Esa mañana Nick se despierta en la cama con la espalda cubierta de cereales Froot Loops. Manchitas circulares multicolores, como caramelos Chimos impresos en las sábanas. Recoge su teléfono del suelo para intentar reconstruir la noche anterior.

«Se recompensará cualquier información», lee en la pantalla. Un mensaje de texto que le llegó unos minutos antes de la medianoche. Intenta devolver el mensaje, pero es un número bloqueado.

Todavía no ha salido de la cama cuando le suena el teléfono. El identificador de llamada dice: «Número privado». Nick arrastra el pulgar por la pantalla y dice:

—Dime.

—¿Nicolas? —dice una voz.

Una voz masculina, pero no la de Walter. Tampoco la de su padre. Rasposa y jadeante, pero voz de persona culta. Nick no conoce a nadie que lo llame Nicolas.

Miente:

—No, soy un amigo de Nick. —Necesita orinar. Le dice al teléfono—: Nick ha salido.

El tipo del teléfono dice:

—Permíteme que me presente. —Jadeando—: Me llamo Talbott Reynolds. ¿Por casualidad no conocerás el paradero de la señorita Shasta Sánchez? —Resollando—: Esa criatura completamente cautivadora y encantadora.

Nick vuelve a mentir:

—No puedo ayudarle.

—¿Conoces a la encantadora señorita Sánchez? —dice el del teléfono.

—Pues no —dice Nick.

—¿Has estado recientemente en contacto con la policía o con un hombre llamado Walter Baines? —pregunta el tal Talbott.

Nick empieza a entender lo que está pasando. Walter. El puñetero inútil de Walt. Pringado de los cojones. Cada sobredosis o cada coche estrellado termina igual, no falla. La vez que Walter fumó sales de baño e intentó comerse su propia mano fue Nick quien tuvo que llevarlo a urgencias. O peor, cuando intentó tirarse a aquella satanista que estaba tan buena. Sin molestarse en ocultar la rabia de su tono, Nick dice:

—Nunca he oído hablar de él.

La voz del teléfono tiene un poco de eco. Como si estuviera llamando desde un hoyo, el tal Talbott dice:

—Te aseguro que soy un individuo sumamente adinerado y que te pagaría muy bien por cualquier ayuda que pudieras ofrecerme.

Nick palpa con los dedos entre las sábanas hasta encontrar algo redondo. Un Flexeril de diez miligramos, a juzgar por el tamaño. De forma puramente refleja se lo mete en la boca sin mirarlo y lo mastica sin agua. Si esa llamada telefónica es un asunto de drogas, a Nick le preocupa verse implicado. En su cabeza, los acontecimientos de la noche anterior siguen envueltos en niebla. Lleva demasiado tiempo al aparato, suficiente para que alguien triangule la señal de su teléfono. Lo bastante para que alguien se ponga a llamar a su puerta. Así que dice:

—Si quiere, le puedo pasar un mensaje a Nick.

—Dile —dice la voz del tal Talbott— que no acuda a la policía. —Titubea solo un instante y añade—: Asegúrale que todo quedará resuelto en cuestión de días.

Sintiendo ya que se le distienden y se le relajan los músculos, Nick dice:

—¿En qué se ha metido Shasta esta vez?

Ahora el adinerado vejestorio, Talbott, le pregunta:

—¿Puedes decirme cómo te llamas?

Pero Nick cuelga el teléfono. Se levanta de la cama y entorna los ojos para ver a través de las cortinas del dormitorio. No hay nadie delante de su puerta, al menos todavía. Se despega de un brazo un cereal de sabor verde y lo mastica, pensativo. Antes de hacer nada más, arrastra el pulgar por la pantalla para desactivar el GPS de su teléfono. Y como medida adicional de seguridad, abre la tapa de atrás y saca la batería.

Se han puesto varias hileras de sillas plegables, pero aun así hay gente de pie a los lados y al fondo de la sala. Están en esa tienda enorme de artículos deportivos, la que tiene una cascada y un arroyo con truchas para practicar la pesca interior con mosca; lo que pasa es que ya no están en horario comercial, o sea, que ahora la cascada está apagada y el arroyo no son más que unas cuantas piscinas vacías de fibra de vidrio con las truchas guardadas en unos tanques fuera de la vista. Como si la Madre Naturaleza se hubiera ido a su casa a pasar la noche; no hay ni hilo musical de pajaritos ni grabaciones de mugidos de wapitíes macho.

Bing y Esteban observan a los asistentes, básicamente una horda de maromos blancos. Con unos cuantos de piel oscura. Un ejército de lobos esteparios. En la otra punta del público está el gilipollas ese del gimnasio. Colton No Sé Cuántos, sentado con su parienta, Peggy o Polly. Dirigiéndose al público un tipo dice:

—Que levante la mano el que sepa por qué la gente recorta las orejas a los perros.

Antes de que nadie pueda contestar o levantar la mano, el tipo se pone a contar superacelerado que los pastores de tiempos remotos les cortaban las orejas a los cachorros. Para evitar infecciones. Para impedir que los lobos se las agarraran con los dientes durante las peleas. Los pastores usaban las mismas cizallas con las que esquilaban a las ovejas. Luego cogían los trozos de oreja cortados, los asaban y se los daban a comer a los mismos perros para volverlos más feroces, no es broma.

El tipo de la tienda de deportes le pregunta al público:

—¿Quién conoce la legislación de la antigua Asiria? —Nadie recoge el guante. Caminando hacia delante, dice—: El código babilonio de Hammurabi castigaba a quienes violaban la ley cortándoles las orejas... —Y para ganarse más puntos, sigue contando que el rey Enrique VIII castigaba a los vagabundos del siglo XVI cortándoles las orejas. Ah, y también la ley americana siguió permitiendo que al culpable de sedición u ofensas morales se le cortaran las orejas hasta 1839. Para subrayar su idea, dice—: No debería sorprenderos a ninguno que desde el principio de los conflictos bélicos los mercenarios hayan hecho acopio de las orejas de sus oponentes para intercambiarlas por su paga.

Bing levanta la mano.

—Suena bastante sangriento.

El tipo de la tienda de deportes niega con la cabeza.

—No lo es... —dice, levantando el índice para hacer esperar a su público— si tu oponente está muerto.

La ventaja principal de arrancar cabelleras, sigue explicando, es que pesan poco. Son fáciles de desprender y de transportar. La desventaja es que son engorrosas. Lo mismo pasa con los corazones. Arrancar un corazón es un proceso lento. Las orejas, por otro lado, son ideales. La oreja izquierda, más concretamente.

Las orejas se pueden transportar en grandes cantidades. Son fáciles de esconder. Un centenar de orejas cabe sin problemas en una bolsa de la compra. Eso equivale a trescientos mil votos potenciales, es prácticamente como tener tu propio partido político.

El tipo de la tienda de deportes le enseña el perfil a todos los presentes y dice:

—Agarrádmela.

Se refiere a su oreja. Esteban mira alrededor. Nadie se presta voluntario, así que se acerca al tipo y le coge la oreja. Tiene un tacto caliente y elástico.

—Dale un buen tirón —dice el tipo.

Y vuelve a machacarles las reglas: solo cuenta la oreja izquierda. La *izquierda*. Solo las orejas de la lista. Se harán pruebas de ADN al azar, y como se descubra que alguien ha mandado una oreja que no está en la lista, se le aplicará la pena de muerte. No se pueden intercambiar ni vender orejas, y la persona que cosecha la oreja es la única que puede mandarla para ganar crédito de votos.

El tipo de la tienda de deportes sigue hablando sobre toreo. Sobre el hecho de que las orejas son los radiadores del cuerpo.

Y Esteban allí plantado, agarrándole la oreja al tipo como si fuera un fajo de billetes.

Además, explica el tipo, las orejas se conservan bien.

—Aunque le pegues un tiro en la cabeza a la persona, la oreja… quizá tengas que buscarla un poco, pero la oreja quedará intacta. —Y le dice a Esteban, que todavía le está cogiendo la oreja—: Puedes volver a sentarte.

De acuerdo con las explicaciones del tipo de la tienda de deportes, la mayor parte de la oreja exterior, el pabellón, se compone de cartílago de tipo elástico. A eso se le suma el pericondrio exterior, que aporta sangre y linfa. Tan fácil de rajar como un neumático.

El mejor método, prosigue, es cortar hacia abajo desde la juntura de la hélice hasta el lóbulo.

—Si sois capaces de rajar un neumático —dice—, seréis capaces de cosechar una oreja.

El tipo de la tienda de deportes pasa a explicar que hace falta un cuchillo de hoja recta y fija de diez centímetros y espiga completa, sin pijadas de empuñaduras de cuero, de hueso ni madera, sino de polímero de agarre fácil. Nada de cuchillos de espiga parcial. Los de espiga parcial suelen romperse. Las navajas plegables se rompen.

—Puedes abatir todos los objetivos que quieras, pero si se te rompe el cuchillo, ¿dónde está la recompensa? —Y añade—: Habrá quien, llegado el momento, use las tijeras de la cocina. Pero luego ¿cómo va a volver a su casa y cortar el pollo con el mismo utensilio con que ha cortado orejas?

Y, levantando demasiado la voz, Esteban suelta:

—¡Amén!

Le gente se ríe.

Esta es la idea que se le ocurrió a Esteban, lo de que se convirtieran en reyes guerreros y tal. Su opinión es que la mayoría de los hombres no forman equipos con los demás. Los hombres trabajan por su cuenta, como aquellos caballeros que se contrataban en tiempos remotos. El hombre medio intentará abatir a su objetivo y cosechar la oreja él solo. Pero el hecho de alternar tareas lo obligará a cambiar de marcha todo el tiempo. Eso lo frenará. La solución, dice Esteban, es la especialización. Bing es muy buen tirador. Por tanto, Bing abatirá al objetivo y Esteban cosechará la oreja. Los dos juntos componen un dúo de caza y cosecha. Los dos juntos pueden sentar las bases de una dinastía gloriosa que dure para siempre. Sus hijos y los hijos de los hijos de sus hijos serán la realeza coronada.

El Ajuste será la última oportunidad para hacer algo útil con sus vidas.

Su rebelión es como la de Nat Turner y como la revuelta de John Brown. Un legado cultural. Cuando lleguen las Nuevas Cruzadas, la Cruzada de Un Día, podrán reclamar algo parecido a aquellos caballeros a los que les concedían tierras. A ellos, en cambio, los espera un poder destinado a durar más que las tierras y que el dinero. Entrarán a formar parte de la realeza. Ocuparán su lugar en la Historia con una bolsa de la compra atiborrada de orejas. Esteban, Bing y sus descendientes controlarán una nación poderosa durante los siglos venideros.

De vuelta en su silla, Esteban se saca del bolsillo un pañuelo de papel y un tubo de manteca de cacao. Ahora es un astuto depredador alfa. Si quiere dejar atrás una vida entera de aprovechar ropa ajena y comer sobras de los demás, va a tener que quitarse de los dedos el olor de la grasienta oreja del tipo.

Shasta no se dio la vuelta. Estaba acostumbrada a que los universitarios la siguieran por los pasillos entre clases, violando con la mirada sus curvas de crema de vainilla, violándole los oídos con sus gritos de «¡Montemos a Shasta!». A que esos gamberros de mierda le gritaran: «¿Quieres alcanzar el clímax, Shasta?».

A que le tiraran de las rastas y le gritaran: «¡Shasta, déjame explorar tu monte bajo!».

Al oír esto sí se dio la vuelta. Creyó que sería Walt. Parecía la voz de Walt. Pero cuando miró, era un fumeta al que le olía el aliento a cazoleta requemada de kush afgano. El tipo se le echó encima con la lengua fuera y los labios fruncidos, intentando robarle un beso.

—Te voy a echar de menos, Shasta —dijo el fumeta.

Ella se quedó confundida:

—¡Pero si no me voy a ningún lado! —dijo. Y se apartó a un lado mientras él intentaba darle una palmada en el culo.

Luego se dio cuenta de que era él quien se iba. Aquel pobre fumeta patético iba a morir.

Todos los chicos de su universidad iban a sufrir unas muertes atroces, espantosas y dolorosas.

Pobre tipo. Daban mucha pena todos.

Allí en la Universidad de Oregón, por mucho que los tíos la acosaran, ella no se lo tomaba mal. Sabía a ciencia cierta que aquellos tíos, hasta los que intentaban pellizcarle cuando llevaba pantalones de yoga, se comportaban así porque estaban aterrorizados.

Se lo había explicado el doctor Brolly, el profesor de Tendencias Políticas.

Brolly impartía un módulo para todos los alumnos de primer curso en el que analizaba el libro de un cerebrito alemán. El académico listorro en cuestión, Gunnar Heinsohn, postulaba que todas las importantes turbulencias políticas de la Historia se debían al exceso de hombres jóvenes. El ilustrado teutón llamaba a este fenómeno «desbordamiento de jóvenes». Enseñar aquel concepto dejaba al profesor Brolly sin aliento por la emoción. La idea básica era que si el porcentaje de hombres de entre quince y veintinueve años de la población alcanzaba el treinta por ciento… ¡cuidado!

Ese excedente de hombres jóvenes, si tenían cultura y estaban bien alimentados, ansiaban estatus social y creaban el caos cuando intentaban alcanzarlo. Gunnar sostenía que la gente que se muere de hambre no busca el reconocimiento público. Asimismo, los chavales analfabetos no se darán cuenta nunca de que la Historia prescinde de ellos. Pero si alimentas bien al excedente de jóvenes y les das una educación, se convertirán en una manada de lobos voraces y en pos de atención.

El ejemplo que más le gustaba citar al doctor Brolly era la España de 1484. Aquel año, el papa Inocencio VIII declaró que cualquier forma de control de la natalidad se castigaría con la muerte, y la familia española media pasó de tener dos hijos a tener siete. Solo el primogénito varón heredaba el patrimonio familiar. Las hijas tenían poco que esperar. Pero los hijos varones que no eran el primogénito ansiaban estatus, poder, reconocimiento y una posición en la sociedad. Fue este excedente de hombres jóvenes, que se hacían llamar «segundones», el que se propagó en el Nuevo Mundo con la segunda expedición de Cristóbal Colón y se convirtió en las legiones de conquistadores que esclavizaron y saquearon a los inocentes mayas y aztecas.

Si se podía confiar en Wikipedia, Gunnar Heinsohn había nacido en Polonia en 1943, lo cual quería decir que era un supervejestorio. Pese a su mata alborotada de pelo rubio y su nombre europeo molón, a Shasta solo le parecía que estaba medio bueno.

A lo largo de la Historia, los aleccionó el doctor Brolly, otros desbordamientos similares de jóvenes alborotadores habían derrocado gobiernos y desencadenado guerras. La Francia del siglo XVIII experimentó un aumento de la población que incrementó la demanda de alimentos. Subieron los precios, los ciudadanos se revelaron y la frustrada juventud derrocó a la aristocracia de Luis XVI y le cortó la enjoyada cabeza a María Antonieta. Lo mismo pasó con la Revolución bolchevique. Quienes la pusieron en marcha fueron un aluvión de hijos varones excedentes llegados del campo que no tenían tierras agrícolas que heredar. En la década de 1930, Japón experimentó un desbordamiento de jóvenes que espolearía la invasión de Nankín. A su vez, la revolución de Mao se nutrió de un excedente de hombres jóvenes en China.

Shasta había absorbido hasta el último detalle. Estaba claro que todos los acontecimientos negativos de la Historia los había causado el excedente de chavales guapos y novios en potencia.

De acuerdo con el Consejo de Relaciones Exteriores, entre 1970 y 1999, un ochenta por ciento de los conflictos civiles tuvo lugar en naciones donde el sesenta por ciento de la población no llegaba a los treinta años. En la actualidad había sesenta y siete países que estaban experimentando los denominados desbordamientos de jóvenes, sesenta de los cuales sufrían episodios de agitación social y violencia dentro de sus fronteras.

Como si estuviera aliada con Brolly, la señora Pettigrove, que impartía Generalidades de Género, les enseñaba que todos los conflictos que reducen la población masculina aumentan el valor social de los hombres. A su vez, esto cataliza un renacimiento del patriarcado. Cuando hay pocos hombres para elegir, las mujeres pierden la cabeza y se ponen a seguir a cualquier cosa que lleve pantalones.

No hacía falta ser ningún genio para entender por qué los alumnos varones de la Universidad de Oregón iban por ahí pavoneándose, pero en secreto estaban aterrados. En cuestión de días, Estados Unidos iba a ratificar una declaración de guerra contra Oriente Próximo. Aquella región estaba sufriendo su propio desbordamiento cada vez mayor de hombres jóvenes, mientras que Estados Unidos se enfrentaba a la hiperactividad y las demandas de estatus de la generación milenial, probablemente el mayor desbordamiento de muchachos de la Historia mundial.

En la clase de Biología de la Dinámica Animal, la señorita Lanahan les enseñó un vídeo sobre los derechos de los animales filmado por PETA o alguien parecido. El vídeo mostraba una granja de pollos donde los operarios comprobaban el género de una tanda de pollitos supermonos recién salidos del cascarón. A las gallinas bebé las ponían debajo de unas lámparas de calor y les daban comida y agua. A los gallos bebé los tiraban por una rampa oscura. La rampa los arrojaba a un contenedor de basura, donde se amontonaban en cantidades tan grandes que formaban una masa bullente y mullida en la que cada pollito luchaba por mantenerse con vida. Una carretilla elevadora llevaba el contenedor a un descampado y lo descargaba. Allí las excavadoras enterraban a los pollitos, tanto a los vivos como a los muertos, para que sirvieran de fertilizante orgánico.

Los jóvenes de su clase se habían carcajeado mientras la avalancha de pollitos caía en tromba del contenedor con un colosal pío-pío. Aquellas bolitas de peluche amarillas se quedaban dando tumbos por la tierra desnuda, yertos y aterrados. En un abrir y cerrar de ojos, los neumáticos gigantes de los tractores y la maquinaria agrícola pesada pulverizaban todas aquellas nuevas y adorables vidas.

Shasta sabía que los chicos no se reían porque aquello fuera gracioso, sino porque los pollitos eran ellos.

¿Cómo podían aquellos adolescentes aprender collage en la clase de Arte o bailes de salón en la de Educación Física cuando sus vidas estaban a punto de terminarse de un simple plumazo del gobierno?

Todo el mundo lo sabía. Sus dieciocho cumpleaños habían sido una sentencia de muerte.

Era así como los políticos habían lidiado siempre con la carga del exceso de hombres jóvenes. Aquello ponía triste a Shasta. Muy triste. Todos aquellos bocazas de chavales, tanto los deportistas como los fumetas y los frikis, ya eran muertos vivientes. En cuanto se ratificara la declaración de guerra, los varones de la generación milenial se extinguirían y llegaría el patriarcado fortalecido.

Los chavales que seguían a Shasta por los pasillos, intentando agarrarle del tirante del sujetador y rociándola de invectivas sexualmente provocativas, estaban todos obligados a hacer el servicio militar. A la mayoría los enviarían a ser violados por las balas de los combatientes enemigos.

Así pues, cada vez que Shasta empezaba a sentirse ofendida por su acoso, se recordaba a sí misma que las excavadoras no iban a tardar en sepultar a la mayoría de aquellos chavales bajo las áridas dunas en compañía de una multitud de bulliciosos y superfluos muchachos de Oriente Próximo. Ella continuaría haciendo su trabajo de curso a buen ritmo mientras a los chavales de su quinta los llamaban a filas. Sus músculos y sus granos quedarían aplastados bajo las orugas de los tanques y reventados en miles de pedacitos por las minas, igual que aquellos pollitos recién salidos del cascarón y enterrados en vida cuyo único crimen había sido nacer con el género incorrecto.

Ella obtendría su licenciatura en Trabajo Social, el punto de partida de una vida larga y próspera.

Y todos los años se acordaría de ponerse una amapola en la solapa el Día del Veterano de Guerra.

Detrás de ella, una voz susurró:

—Shasta…

Se giró, lista para reprender a algún nuevo asaltante, pero se había equivocado. Era Nick. Un exnovio. Nick, que había dejado la carrera al final del primer semestre, alegando que no le iban a hacer falta la clase de Física ni la de Cálculo 2 para desarrollar una carrera de éxito como carne de cañón sanguinolenta y triturada. Shasta se alegró de verlo.

A juzgar por la media sonrisa tibia que tenía, Nick también se alegraba de verla. Antes de que el momento pudiera convertirse en algo empalagoso o romántico, él le preguntó:

—¿Has visto a Walter últimamente?

Walter era el novio actual de Shasta. También había dejado la carrera. Trabajaba en Starbucks, sacándose unos dólares y tratando de disfrutar de la preciosa pizca de vida que le quedaba. No, no lo había visto. No desde el día anterior, cuando se había puesto a desvariar con que había una conspiración colectiva para llevar a cabo asesinatos masivos.

—Antes de nada —dijo Nick—, si te pregunta la policía, no me has visto.

Cogiéndola de la mano, la llevó hasta un trastero vacío que había debajo de la escalera sur de la facultad. Por el camino le fue diciendo:

—Shasta, cariño, tenemos que hablar. —Levantó la mano y le apartó las rastas de la cara—. En serio, no te voy a violar.

Shasta se dejó meter en el trastero.

Gregory Piper había recibido una segunda llamada. Su agente estaba emocionado. El papel que iba a leer en la prueba de casting era para un personaje llamado Talbott Reynolds. Talbott, monarca ficticio que reinaba en una utopía del futuro próximo poblada por guerreros y doncellas, existía por encima de la corrupción. Era un personaje inmortal, una especie de santo de la política. El papel protagonista del capítulo piloto de una serie televisiva en preproducción.

No hacía falta decir que el proyecto parecía una mierda absoluta. Otro personaje de cartón piedra. Piper suspiró para sus adentros. Aun así, era un escaparate. Una oportunidad para que conocieran su cara. Llevaba casi un año sin trabajar, cero, ni un solo anuncio televisivo ni doblaje de dibujos animados, y estaba seriamente con el agua al cuello con el alquiler.

Si era necesario, estaba dispuesto a dilapidar su carrera en tristes producciones independientes. Episodios piloto que nunca elegiría ninguna cadena. Se prostraría ante cineastas de arte y ensayo recién salidos de la academia y financiados con los ingresos de la marihuana legalizada, que no sabían distinguir una luz clave de un filtro de lente. Se acabaría encontrando a sí mismo cambiando la planificación de todas las escenas y dando consejos al cámara, enseñándole al director a sugerir una contra-narración por medio de la colocación de los actores principales.

Cierto, el equipo de hoy parecía estar un punto por debajo incluso de los típicos pringados del cine independiente. Los hombres que le estrechaban la mano le raspaban la palma con sus callos. Olían a sudor. Bebían latas de cerveza dejadas sobre una mesa plegable mientras discutían acaloradamente los méritos de cada actor. Tenían mugre bajo las uñas y ningún cirujano les había inyectado rellenos dérmicos ni les había estirado la piel para borrarles las arrugas de las caras hoscas y estropeadas por el sol.

El director de casting se llamaba Clem. «Clem» a secas. Tenía costras marrones de sangre seca en los nudillos y más bien parecía un delegado sindical. Clem le estrechó la exquisita manicura a Piper y le dio el guion de la prueba de casting. Le había gustado la interpretación que había hecho Piper de Ronald Reagan para un documental por cable sobre el intento de asesinato del presidente. Clem le estrujó la mano y le soltó:

—Estuviste genial, agarrándote la tripa y esperando dos horas para morirte.

Un hombre con la nariz rota y unas orejas mutiladas que parecían coliflores pegadas a los lados de la calva se le acercó y se presentó como el director de fotografía. Se llamaba LaManly. Nadie decía su apellido. LaManly tenía un acento de clase obrera y una esvástica tatuada en el costado del cuello de buey. LaManly miró a Piper de arriba abajo y masculló:

—Bonito traje.

La convocatoria de casting había especificado que los aspirantes llevaran traje y corbata como correspondía al líder del mundo libre. Buen peinado y zapatos lustrados. Piper se lo había tomado a pecho y había sacado su mejor traje de una sola solapa de Savile Row. Una rápida valoración de su competencia le aseguró que podía llevarse el papel ya solo por el traje. Los demás candidatos eran galanes románticos de capa caída. Hombres atractivos que habían vivido de sus mentones cuadrados y sus ceños prominentes. Actores acartonados que estaban especializados en personajes acartonados: jueces, abogados y médicos de familia.

Cuando alguien lo llamó por su nombre, Piper se puso en el sitio marcado frente a la cámara de vídeo. Al lado había un cartel apoyado en un trípode. Las líneas escritas a mano formaban una lista bajo el encabezamiento: «Leer lo que sigue». Un ayudante del director acercó el ojo al visor de la cámara, como si comprobara que la imagen estuviera bien enfocada. Con una mano le indicó a Piper que se moviera medio paso a un lado. Llevaba una camisa de franela a cuadros desabotonada, que al inclinarse sobre la cámara, se le abría dejando al descubierto una camiseta de tirantes manchada y una sobaquera con una pistola en su funda.

El ayudante del director señaló con un índice grueso, poniendo la mano como si fuera una pistola de carne, y le indicó que empezara. El macarra equipo de rodaje estaba sentado a una mesa cercana, mirándolo por unos monitores.

—Conciudadanos —empezó Piper, haciendo su mejor imitación de Reagan—, os hablo como jefe de vuestro nuevo gobierno. —El secreto de imitar a Reagan era poner una voz un poco ronroneante—. A lo largo de la Historia, el poder se ha conquistado. —Otra regla de imitar a Reagan era que el silencio entre las palabras era igual de importante, o quizá más, que las palabras en sí—. Históricamente hablando, el poder se concedía —siguió Piper— a quienes demostraban tenerlo. Solo se coronaba a los mejores guerreros. —Piper bajó la barbilla de forma casi imperceptible—. Hoy en día la política ha degradado el poder hasta convertirlo en un concurso de popularidad.

A base de levantar la vista, con las pupilas medio ocultas bajo el ceño inclinado, expresó desdén. La desaprobación amenazadora de un cavernícola de ojos tan hundidos que no se le veían.

Los demás actores que esperaban su turno podía aprender una lección valiosa. Piper había interpretado a Lear. Había interpretado a Moisés.

—Hasta el día de hoy —aleccionó—, los líderes modernos han condescendido con la gente para conseguir su cargo en vez de luchar para merecerlo. —Hizo una pausa para que sus palabras echaran raíz—. Desde el principio de la revolución industrial —dijo Piper. Era una transición complicada. Un guionista mejor la habría hecho más natural, pero un actor que conociera su oficio siempre podía arreglar los fallos del guion. A menudo solo hacía falta repetir la frase inicial, por ejemplo—. Desde el principio de la revolución industrial, las fuerzas globales han impuesto una estandarización enorme de la humanidad.

Sin romper el contacto visual con la cámara, Piper supo que con la repetición había dado en el clavo. El director de casting asintió con la cabeza y apuntó algo en su guion. Otros dos hombres, un productor y un guionista, intercambiaron sonrisas y enarcamientos de cejas. No había nadie dando golpecitos de impaciencia con el pie en el suelo. No había nadie tamborileando con los dedos en la mesa. Hasta el director dejó de masticar el donut que había estado engullendo.

Piper continuó:

—En la época que nos ha tocado vivir, hemos sufrido la tiranía de las zonas horarias estandarizadas, de las medidas estandarizadas de temperatura y distancia, de los códigos requeridos de conducta y de los métodos preestablecidos de expresión… —Aquí no había ninguna elipse, pero Piper la añadió para que el pasaje siguiente tuviera más efecto—. Estas convenciones universales nos han robado nuestras vidas.

Llegado este punto Piper sonrió para indicar otra transición. Miró el contador digital de la cámara. Querían que dijera el texto en cuatro minutos y lo iba a decir en cuatro exactos.

—Los actos heroicos de hoy nos han liberado de la tiranía de unas convenciones instauradas hace mucho tiempo. —Arrastraba cada palabra, la alargaba y la saboreaba, a fin de darle al mensaje una jovialidad de charla rooseveltiana junto a la chimenea—. A partir de hoy, las personas que van a dirigir nuestra nación han demostrado su heroísmo.

La inflexión de Piper se volvió condescendiente, pura petulancia de Hyde Park, despectiva de cualquier miedo que pudiera albergar su público. A fin de bordar su mensaje, imbuyó a sus palabras de grandilocuencia estilo JFK.

—Estos nuevos líderes son los guerreros que nos han liberado a todos —dijo, casi gritando—. Y durante las generaciones venideras, esos libertadores guiarán a nuestra nación por su nuevo rumbo de libertad.

Piper sabía que no hacía falta que aquellas palabras tuvieran sentido. Solo necesitaban suscitar una respuesta emocional positiva.

—A partir de este gran día —decretó con una voz que parecía salida de una boca de granito del Monte Rushmore.

Y parecía mandar ecos por el tiempo dignos del Discurso de Gettysburg–. A partir de este gran día rechazamos el aplanamiento y la simplificación que imponen los estándares globales y prometemos dedicar nuestras vidas… –Piper hizo una pausa como si lo abrumara la emoción y añadió–: A restaurar nuestra identidad y nuestra soberanía.

Un actor pasable se mantiene fiel al guion.

Un gran actor sabe cuándo ha de improvisar y transmitir una idea que se le haya pasado al guionista. Salirse del guion podía sabotear aquel discurso o bien podía clavarlo.

Dedicando a la cámara una mirada amenazadora estilo Lyndon B. Johnson, Piper improvisó:

–Antes de que podamos crear algo con valor duradero tenemos que crearnos a nosotros mismos. –Sin dejar de mirar fijamente al objetivo, agregó–: Os doy las gracias.

Cuatro minutos exactos.

Estallaron aplausos en la sala. Los toscos miembros del equipo de rodaje se pusieron de pie, silbando y pateando el suelo con las botas. Hasta los competidores de Piper, los demás actores que habían estado entre bastidores esperando su turno para leer, le aplaudieron su victoria a regañadientes.

El troglodita del director de casting, Clem, se acercó a Piper dando zancadas y con una sonrisa de lado a lado de la cara mofletuda. Le dio una palmada en la espalda y le dijo:

–Eso de crearnos a nosotros mismos… genial. –Le puso en la mano una hoja de papel impreso y le dijo–: Antes de salir de tu sitio –y le indicó la marca hecha con cinta aislante en el suelo–, ¿te importa leer también esto frente a la cámara?

Con unos dedos ásperos y llenos de cicatrices, Clem le ofreció una tarjeta pautada. Tenía escrita una sola frase. Piper la leyó y le devolvió la tarjeta. Dirigió una mirada severa a la cámara y pronunció la frase:

–No busquéis la lista –proclamó Piper–, porque no existe.

Desde fuera de plano, el director dijo:

–Siguiente línea.

—¡Tu mejor chaleco antibalas es una sonrisa! —leyó Piper.
El encargado de la foto fija pululaba por los márgenes de su campo visual, haciendo instantáneas.

—Seguid rodando —ordenó el director—. Siguiente línea.

Piper entornó los ojos y le dedicó a la cámara una mirada de sabiduría antes de leer:

—Lo divino libra una batalla constante para demostrarnos su realidad. —Hizo su mejor interpretación en ausencia de contexto. Leyó—: La gente que exige la paz es la que ya tiene el poder.

Le hicieron repetir aquella lista de eslóganes patrioteros hasta que se la aprendió de memoria y ya no le hizo falta leer. Se dedicó a recitar de memoria. Sin perder un instante, un chico de los recados le llevó un libro grande azul marino. Era más o menos del tamaño de un álbum de mesilla de café, de esos que tienen láminas artísticas satinadas. La portada no mostraba más que el título en letras doradas. *El Día del Ajuste*, de Talbott Reynolds. Su personaje. El fotógrafo lo inmortalizó con el libro abierto, desde todos los ángulos y distancias.

Nadie aplaudió pero una sensación de satisfacción profunda y los asentimientos de cabeza invadieron la sala. Antes de que Piper pudiera abandonar su puesto frente a la cámara, el director le dijo que leyera de la primera página.

Piper contempló el texto. La inscripción en letras grandes que encabezaba la primera página era: «Declaración de Interdependencia».

No había manifestantes. La Explanada Nacional, que iba del edificio del Capitolio al Monumento a Washington, debería estar llena de manifestantes. Hordas arremolinadas de hippies, entonando cánticos y blandiendo letreros. Millones de manifestantes pacifistas. En el despacho del senador Holbrook Daniels, situado en la quinta planta del edificio Hart de Oficinas del Senado, los teléfonos deberían estar sonando como locos.

Pero los teléfonos guardaban silencio. En su buzón de entrada senatorial no había aparecido ni uno solo de los millones de emails furiosos que su personal había esperado.

No, el único signo de actividad era un grupo de trabajadores de la construcción. Desde su alto ventanal, el senador Daniels los veía excavar una zanja muy ancha. Tenía aproximadamente las dimensiones de dos piscinas olímpicas puestas una detrás de la otra a lo largo. Las obras se estaban realizando en el césped que separaba la Primera Avenida de las escalinatas del Capitolio.

El senador casi sintió lástima por los estúpidos patanes de los currantes que estaban excavando. Se repanchingó en una butaca de cuero de su sanctasanctórum, provisto de aire acondicionado y pagado con dinero público. Si aquellos patanes no se embarcaban pronto rumbo a una muerte segura, irían sus hijos. Sus hijos y sus nietos o sobrinos. Sus aprendices y sus subordinados. El excedente de hombres de una generación.

A pocos días de la ratificación de la Declaración Nacional de Guerra, debería haber una horda de americanos furiosos y asustados tirando su puerta abajo. Pero no había nadie. No era solo su oficina la que estaba en silencio; en el resto del edificio también reinaba un mutismo digno de iglesia. Sus ayudantes y ordenanzas habían consultado con la centralita y con los técnicos informáticos: tanto los teléfonos como los servidores funcionaban.

La hipótesis más plausible del senador era que los americanos estaban demasiado divididos por las fracturas creadas por las políticas de identidad personal. No parecía que a nadie le importara que estuvieran obligando a otra gente a aprestarse para la lucha y perecer. En la práctica, la vida política reciente había señalado a los hombres jóvenes como un enemigo interior del país –perpetradores de la cultura de la violación, autores de tiroteos en las escuelas y neonazis–, y los americanos, aterrorizados por los medios de comunicación, se alegraban de ver eliminadas a aquellas manzanas podridas.

Siguiendo instrucciones del Estado, los medios de comunicación habían cumplido con la tarea de demonizar a los jóvenes en edad de servicio militar, facilitando así el proceso de su reclutamiento.

Antes de que se terminara la semana en curso, los representantes federales votarían por unanimidad reinstaurar el servicio militar obligatorio y mandar a dos millones de jóvenes a librar una guerra en el Norte de África. Asimismo, los líderes de una docena de países de África Occidental y Oriente Próximo pondrían a dos millones de jóvenes a combatir contra los americanos.

Siniestro pero cierto: se rumoreaba que aquella iba a ser la guerra mundial más rápida de la historia. En cuanto se situara a los combatientes en el frente de la batalla, un ataque termonuclear erradicaría a todas las partes. Se echaría la culpa del bombardeo nuclear a un grupo terrorista inexistente y las naciones en guerra podrían retirarse de la contienda sin perder la dignidad. Se declararía que la guerra había terminado «en tablas».

Otra madre de todas las guerras.

Desde el ventanal de su oficina, Daniel se maravilló de lo rápido que estaban cavando la zanja. En Washington D. C. los proyectos de obras públicas solían tardar años mientras las partes involucradas se llenaban los bolsillos de dinero público. Fuera lo que fuera que motivaba a la cuadrilla de obreros del otro lado de Constitution Avenue, tenía que ser algo distinto del dinero. Bajo su mirada, la maquinaria de excavación se adentraba más y más en el subsuelo, casi invisible ya, al tiempo que la montaña de tierra crecía a un lado del hoyo enorme.

Los planes para aquella guerra llevaban preparándose desde que había nacido el primer miembro de la generación milenial. La oficina del censo había previsto que los hijos del milenio iban a ser el grupo demográfico más grande de la historia de la nación. Sería una generación sana y bien educada, y con el tiempo todos sus miembros querrían respeto y poder. La misma dinámica se había producido en países como Ruanda y Costa de Marfil, donde el exceso de hombres jóvenes había provocado guerras civiles que habían destruido las infraestructuras nacionales y reducido la población a un estado de miseria absoluta.

Durante un tiempo, los responsables americanos habían mantenido controlado ese polvorín a base de inflar a los niños de Ritalín. Después la paz había llegado a base de suministrarles cantidades ilimitadas de videojuegos de internet y pornografía, todo ello clandestinamente provisto por contratistas del gobierno. A pesar de todos esos esfuerzos, aquella generación estaba cobrando conciencia de su propia mortalidad. Querían algo más que el aturdimiento que ofrecían las drogas y la pérdida de tiempo.

A menos que Estados Unidos pudiera resolver una parte importante del problema de aquellos chicos malos e inquietos, el país estaría condenado a la misma miseria que Haití y Nigeria. La versión americana de la Primavera Árabe estaba a la vuelta de la equina.

En el momento presente, los varones de la generación milenial ya eran los causantes de unas tasas astronómicas de crímenes violentos en ciudades como Chicago, Filadelfia y Baltimore. Estaban incluso hackeando bases de datos con secretos de Estado, de forma que era crucial implantar la nueva guerra para librarse del excedente de jóvenes. Si la opinión pública se enteraba de ese plan, sin embargo, habría una revolución. Familias enteras luchando para salvar a sus hijos. Hombres luchando para salvarse a sí mismos.

Lo único que sus seres queridos necesitaban saber era que aquellos jóvenes habían tenido unas muertes heroicas. Se aventurarían en la batalla igual que sus antepasados y sacrificarían sus vidas en nombre del bienestar y la seguridad de sus compatriotas americanos.

El senador contempló a los obreros que seguían cavando bajo el sol de la tarde. Sudando en plena humedad estival de la región del Potomac. Esbozó una sonrisita y pensó que al cabo de unas semanas habría un excedente considerable de mujeres. El feminismo se acabaría y las mujeres tendrían que hacerse las simpáticas si no querían correr el riesgo de morir solas y terminar devoradas por sus gatos. Menos agitación social, más chicas disponibles. Para el senador Daniels y los hombres como él, la declaración de guerra solo podía traer cosas buenas.

Muy por debajo de su ventana, los obreros pululaban como hormigas. Como esclavos obedientes acatando los deseos de su amo.

Al final, el senador entendió lo que estaban haciendo. Era obvio. Estaban construyendo de forma anticipada un memorial a todos los soldados que ya estarían muertos para cuando llegara Halloween. Alguien había tenido una idea extremadamente eficiente. De aquella fosa ominosa se elevaría un armatoste de estatuas y columnas grecorromanas de mármol blanco, la típica tarta emocionalmente catártica. Tenía lógica empezar a construir ahora, antes incluso de que se declarara la guerra. Cuanto antes se honrara a los muertos, antes se los podría olvidar.

Era un tabernáculo en tiempo récord. Erigido antes incluso de que todos los universitarios y pizzeros y skaters recibieran el aviso de la llamada a filas. Sus nombres ya se estaban cincelando de forma proactiva en placas de mármol que honrarían a los muertos.

Por fin el mundo tenía un sentido lógico y perfecto. Y lentamente, entre la suavidad de su butaca de cuero, el arrullo del aire acondicionado y el silencio imperturbable de su despacho, el senador Holbrook Daniels se quedó dormido.

A Frankie le había contado su padre que a veces los bomberos tienen que quemar una casa en mal estado en beneficio de un buen vecindario. Algo parecido a una quema prescrita, como la llamaban cuando combatían incendios forestales.

Padre e hijo habían estado dando vueltas en el coche blanco del jefe de bomberos, con su adhesivo especial en la luna trasera y su luz roja en el salpicadero, aunque la luz roja no estaba encendida. Han pasado frente a casas pintarrajeadas con espray, casas con tablones clavados sobre las ventanas rotas, casas donde solo quedaba el sótano, como piscinas en cuyo interior crecían malas hierbas y árboles.

Hoy han ido a la antigua escuela de Frankie, la de antes de que empezara a estudiar a distancia con el ordenador que tenían en la cocina de casa. Desde el día que el padre de Frankie había denominado la Gota que Colmaba el Vaso. Después de que sus compañeros se turnaran para pisotearle la cabeza contra el suelo del comedor escolar, algo que Frankie no recordaba por mucho que los maestros les hubieran enseñado el vídeo del comedor y los vídeos que algunos chavales habían subido a World Star Hip Hop.

Hoy, igual que las otras veces, su padre llevaba el rifle de agua Super Soaker, el modelo de lujo que tenía el tanque más grande, diseñado para disparar a mayor distancia y durante más tiempo.

Su padre le había enseñado que los bomberos tenían una llave especial que abría todas las puertas. Otra llave especial apagaba las alarmas de seguridad. Le dijo a Frankie que no se preocupara por las grabaciones de las cámaras de seguridad. Las cámaras instaladas en los techos los vieron adentrarse por cada pasillo, pasar por delante del antiguo casillero de Frankie y llegar al sitio donde nadie había hecho nada más que grabar en vídeo cómo le pateaban la cara. Ya habían limpiado todos los restos de sangre.

Como de costumbre, su padre accionó el gatillo del Super Soaker y roció todos los papeles que colgaban de los tablones de anuncios, impregnando todas las banderolas de la escuela de aquel olor a estación de servicio. Mientras paseaban por los pasillos, el padre de Frankie iba disparando con su pistola de agua aquel olor de cuando se llena el depósito del cortacésped y se limpian pinceles. Roció los baldosines del techo hasta dejarlos tan empapados que se deformaron y combaron.

Era su receta secreta a base de poliestireno extruido machacado en forma de bolitas blancas, disueltas en gasolina y con vaselina añadida para espesar la mezcla, para hacerla tan pegajosa que cuando rociara el techo con aquel mejunje no goteara, y cuando rociara los cristales de las ventanas no se hicieran regueros.

Había añadido disolvente de pintura como humectante, le explicó a su hijo, a fin de romper la tensión superficial y para que el mejunje lo cubriera todo de forma uniforme en vez de hacer grumos.

Eran las vacaciones de verano, así que Frabkie sabía que en las aulas no hay ningún hámster ni peces de colores.

Su padre apuntó y roció una cámara de seguridad que los estaba espiando.

Después del día de la paliza en el comedor escolar que Frankie no recordaba, su padre no volvió a mirarlo. Si su padre miraba en su dirección, lo único que veía era la cicatriz que le recorría a Frankie un lado de la cara. Una línea roja con forma de borde curvado de zapatilla de baloncesto Nike allí donde se le había desgarrado la piel de la mejilla. Incluso en ese momento, mientras caminaban por el pasillo vacío flanqueado de casillas pero sin los candados, Frankie notó que su padre miraba a hurtadillas la cicatriz. Fruncía el ceño, pero se lo estaba frunciendo a la cicatriz. Al fantasma de aquel último pisotón. Su último día en la escuela pública.

Las paredes del pasillo estaban cubiertas de pósteres enormes que mostraban a niños sonrientes de todos los rincones del planeta. Están cogidos de las manos bajo un arcoíris y sobre este le lee: «El amor viene en todos los colores».

Su padre roció el póster. Cuando lo hizo, la expresión de su cara era peor que ninguna cicatriz. Su expresión sugería que quería soltar un chorro de líquido inflamable en los ojos y las bocas de aquellos chavales que habían dejado para siempre la impronta de su pisotón en la cara de Frankie.

Y mientras disparaba a las paredes de la escuela con el Super Soaker, iba gritando cosas como: «¡Chúpate esa, marxismo cultural!» y «¡Vete a la mierda, vibrante diversidad étnica!».

Su padre roció el póster hasta que se dobló todo y cayó deslizándose por la pared mojada. Para entonces el rifle estaba vacío y lo arrojó a lo lejos, casi hasta la secretaría de la escuela.

—Dentro de un momento, chaval —le dijo a Frankie su padre—, te voy a hacer un favorazo.

Frankie no lo veía claro. Los chavales que le habían zurrado seguían yendo a aquella escuela. Ninguno había sido expulsado. Aun así, no estaba mal saber que después de ese día nadie volvería a ir a aquella escuela.

—Quizá nos hayan cogido una vez con la guardia baja —dijo su padre—, pero nos vamos a vengar.

Frankie lo siguió hasta un lavabo y esperó mientras se lavaba las manos.

—Nadie se va a volver a cagar en esta familia, nunca más —dijo su padre.

Antes de que volvieran al coche, su padre sacó su teléfono e hizo una llamada.

—Hola, ¿puedo hablar con el director de informativos? —Se metió la mano en el bolsillo de los pantalones—. Soy el jefe de bomberos Benjamin Hugh. Estamos respondiendo al aviso de que la Escuela Primaria Golden Park está en llamas. —Se sacó del bolsillo un librito de cerillas. Terminó la llamada e hizo otra—. Hola, ¿puedo hablar con la sección de noticias locales? —El padre de Frankie le ofreció las cerillas a su hijo. Frankie las cogió. Mientras esperaba, su padre apartó la cara del teléfono y dijo:

—Hoy es un simple ensayo. Solo para saber cuántos se presentan. —Y luego dijo por el teléfono—: Me han avisado de que unos incendiarios han atacado otra escuela local. —Escuchó—. Es la Escuela Primaria Golden Park.

Frankie esperó con las cerillas en la mano, igual que había esperado en la Escuela de Secundaria Madison y en la Immaculate Heart y en las tres escuelas anteriores. Frankie supuso que la de hoy debía de ser la última, y que su padre solo había quemado las anteriores para que esta no pareciera especial. Cuando su padre terminó con la última llamada, Frankie supo lo que ocurriría a continuación.

En el fondo de su corazón, Frankie sabía que había que quemar las partes malas del mundo para salvar las buenas.

—Frankie, tú… —Su padre se arrodilló delante de él, le cogió las dos manitas con las suyas y dijo—: ¡Pronto estos gilipollas te rendirán tributo durante el resto de tu vida! —Dejó caer una de las manitas de Frankie y levantó la suya para acariciarle la cicatriz de un lado de su cara inocente y confiada—. Hijo mío. ¡Cuando crezcas te convertirás en rey! ¡Y tus hijos en príncipes!

Y se llevó a los labios la manita que todavía estaba sosteniendo.

Y a modo de regalo especial, su padre dejó que Frankie encendiera la cerilla.

Después salieron a contar cuántos reporteros y cuántas cámaras aparecían. Al principio solo habían acudido un par de unidades móviles de televisión, pero ahora estaban llegando todas las cadenas, además de unos cuantos medios extranjeros atraídos por la historia de la epidemia de incendios provocados. El periódico mandaba un equipo. Hasta un helicóptero. Las emisoras de radio mandaban a su gente. El padre de Frankie tomó notas y estudió sus mejores ángulos y estrategias, para facilitar al máximo su tarea cuando llegara el día de la verdad.

Solo entonces el padre de Frankie marcó el 911.

Antes de todo lo que lleváis leído de este libro… antes de que este libro fuera un libro, fue el sueño de Walter Baines.

Todavía en el mundo del que guardáis memoria… todavía en el Tiempo Anterior, esto es lo que Walter había soñado hacer:

El día que Shasta cumpliera veinticinco años, él le propondría que cogieran un autobús, el que iba colina arriba, el que la mayoría de los días llevaba al trabajo a su madre y a las demás mujeres de la limpieza. Se pondría su bufanda Lamborghini de la suerte, por mucho que fuera tan vieja que ya estuviera convirtiéndose en simple lana sucia.

Los dos cogerían el último autobús nocturno y seguirían la ruta hasta dejar atrás aquella casa. No la casa que limpiaba la madre de Shasta sino la que tenía las columnas en plan Escarlata O'Hara en el porche y los tejados decorativos y los pararrayos y las chimeneas de ladrillo rojo que se alzaban sobre los robles ancestrales. La casa que Shasta siempre había mirado con la misma cara embobada con que un perro mira una ardilla, como si aquel montón de ladrillos y de hiedra fuera su pornografía. Una parada más allá de la casa en cuestión, Walter se bajaría del autobús y retrocedería hasta las ventanas a oscuras. Cuando Shasta se apartara instintivamente, él la cogería con firmeza de la muñeca y tiraría de ella suavemente, diciéndole: «Es una sorpresa», y pasaría con ella frente a aquella estatua que le ponía los pelos de punta.

Era un mono hecho de aquel metal que si lo tocabas en un día de frío ya no lograbas soltarlo, y cualquiera que te tocara se quedaba pegado a ti también, así como la gente que los tocara a ellos, hasta que el mundo entero se quedara atrapado, como pasaba con el hielo-9 de Vonnegut. La estatuilla representaba a un monito vestido de payaso, quizás de esos que van a caballo en el circo, pero con solo la cara pintada de blanco. En plan teatro japonés.

Walter cruzaría la hierba húmeda, dejando atrás la estatuilla del mono-payaso con cara de kabuki, dejando atrás el letrero amarillo de la empresa que había instalado la alarma.

Para celebrar la ocasión, Walter sacaría su pipa de la suerte y llenaría bien la cazoleta de kush de la India. Como era un caballero, le ofrecería la primera calada a Shasta.

Se daría una palmadita en el bolsillo trasero del pantalón para cerciorarse de que hubiera un bulto allí, un bulto redondo como de medio dólar antiguo de los de Kennedy, como de doblones piratas o monedas de chocolate; en realidad estaría buscando los condones de envoltorio plástico dorado que su madre distribuía al por mayor. Las yemas de sus dedos reseguirían el contorno de otra cosa que había allí, algo enrollado, de un diámetro mayor, un rollo de algo metido al fondo de su bolsillo de atrás.

Walter la llevaría temblando al porche, donde ella se escondería detrás de una columna, poniéndose de costado en las sombras para resultar menos visible desde la calle. Confiando en él pero también lista para echar a correr. Y en aquel preciso momento, él le diría: «Espera, voy a buscar tu regalo de cumpleaños», y desaparecería por un lateral de la casa.

Shasta se quedaría allí encogida, oyendo el chirrido de los grillos y el susurro de los aspersores soterrados. Captando los distintos olores. El aire nocturno traería un olor a cloro de piscina y al vapor de suavizante de vainilla procedente de alguna secadora. Una patrulla de seguridad privada pasaría con el coche proyectando sus focos sobre los setos. Desde los días en que Shasta pintaba con los dedos, aquella casa había estado allí, llena de historia, inmutable, un sitio donde ella no se imaginaba que pudiera tener miedo. Pero ahora, se abrazaría a sí misma detrás de una columna, lista para llamar un taxi en el teléfono, o bien consultaría las páginas web dedicadas a la vigilancia del barrio por si alguien había alertado de la presencia de un par de merodeadores.

Por fin la puerta principal se abriría con un chirrido. Como si se estuviera abriendo sola, la puerta de paneles de madera pintados de blanco bascularía sobre sus goznes metálicos. Con lentitud de pesadilla. Antes de que ella pudiera bajar corriendo la escalinata, le llegaría un susurro del interior del vestíbulo a oscuras, la voz de Walter, susurrando:

—Feliz cumpleaños, Shasta.

Walter se asomaría hasta que la luz del porche le pusiera una máscara blanca y le haría una señal con la mano para que entrara.

—No pasa nada —le diría en voz baja.

Ella se quedaría allí plantada, entre el miedo que tenía y lo que más quería en el mundo: que se terminaran todos los miedos.

—Date prisa —le diría él.

Shasta echaría un último vistazo a la calle desierta y a oscuras antes de entrar.

Walter cerraría la puerta. Luego se besarían hasta que a ella se le acostumbrara la vista y pudiera ver en la penumbra circundante. Se fijaría en la lámpara de araña metálica que sostenía un bosque de velas falsas por encima de sus cabezas, en la escalera que descendía de la oscuridad trazando una curva. Todo era de madera labrada y con olor a cuero. En el silencio, Walter oiría nítidamente el tictac de un reloj, que a saber dónde estaba. El péndulo oscilante de plata bruñida proyectaría manchitas de luz. Sombras azules parpadeantes se reflejarían en el espejo de encima de la chimenea.

El tema con Shasta era el sabor de su boca. Según la experiencia de Walter, una chica podía ser todo lo guapa que quisiera, con buenas tetas, piernas largas y nariz respingona, pero si tenía mal aliento, eso la convertía en simple porno. El interior de la boca de Shasta le recordaba a jarabe de maíz de alto contenido en fructosa, a cerezas Maraschino cocidas con colorante rojo n.º 5 y gelatina hasta darle a su lengua la misma textura que el azúcar que se desprendía de una tartaleta de fruta Hostess, como una serpiente bebé que mudara su piel dulce y muerta, pero dulce. Hasta que todos los besos con lengua eran como meterse en la garganta una serpiente recubierta de azúcar medio derretido, una culebra rayada o una boa parda común y corriente. Como si la boca de Walter se hubiera quedado encerrada a pasar la noche en una combinación deliciosa de terrario y pastelería danesa.

Ella le preguntaría en voz baja por la alarma antirrobo y él señalaría hacia arriba. La mirada de Shasta seguiría el brazo de Walter hasta una cámara instalada en la parte alta de una pared. A continuación él le enseñaría un pulgar levantado, en silencio, todo bien. Le explicaría que había hackeado el sistema. Antes incluso de que se subieran al autobús, Walter lo había desactivado todo a distancia. Y había encontrado una ventana sin cerrojo en la parte de atrás. Llevaba semanas planeándolo. Nadie sabría que habían estado allí.

Para demostrarle irrefutablemente que no era un simple fumeta atontado a quien se le podían contar las neuronas con los dedos de las manos, Walter le hablaría de la enumeración y explotación de redes. Se jactaría de su genialidad con las claves criptográficas mientras la llevaba hacia la escalera.

Shasta caminaría con reticencia, mencionando en voz baja a dueños de casas armados con escopetas. Las leyes de legítima defensa.

Si alguien los pillaba, Walter prometía mentir. Juraría que la había llevado allí para estrangularla. Que era un asesino en serie. Que había enterrado a sus víctimas en fosas improvisadas por todo el Oeste americano. Fingiría ante el jurado que le había dicho a Shasta que aquella casa era suya. Que tenía planeado comer cereales Froot Loops en el cuenco que se haría con el cráneo de ella. Y escribir Helter Skelter con la sangre de ella en la puerta de cristal del refrigerador bajo cero para vinos. En calidad de mujer casi-asesinada sangrientamente, ella saldría de rositas.

Walter le diría que ya había inspeccionado la casa. Y que allí no vivía nadie. Se metería la mano en el bolsillo de atrás y le enseñaría el rollo de alambre. Estaba preparado si la policía lo cacheaba: un alambre para estrangularla, con una pincita de madera en cada punta para poder estirar más fuerte. El salvoconducto para sacarla de la cárcel. La única póliza de seguros que Shasta necesitaba tenía forma de condones y de arma del crimen. Ya podía relajarse.

El sexo era sexo, pero el sexo con el añadido del peligro era genial. La amenaza acechante de que te matara un asesino en serie o de terminar en la cárcel la haría mojarse más deprisa que los Lacasitos verdes. Convertidos en un enredo de brazos y piernas, Walter la follaría hasta que estuvieran los dos medio muertos. Bautizarían todas las habitaciones. Si había una caja fuerte detrás de un cuadro o de un panel secreto de la pared, Walter la encontraría. Pegaría la oreja junto al dial y escucharía cómo giraban las clavijas. Antes de que ella pudiera decir que no, él tiraría de la manecilla y abriría la pesada puerta, pero solo cogería el dinero justo para dos billetes de ida en primera clase a Denver.

En Denver, se la llevaría otra vez en autobús hasta la parte de la ciudad donde había casas grandes y muy separadas entre sí. Le enseñaría con el teléfono la ingeniería inversa que había hecho con el software de las cámaras de seguridad, lo fácil que había sido, y ella lo seguiría por el lateral de una casa hasta que encontraran una ventana sin pestillo.

Antes de lo que está pasando ahora, ella solo lo conocía como un fumeta pringado. Un porrero don nadie que solo se podía permitir una mierda de migajas de hierba llenas de semillas y tallos. Vivía en el sótano de su madre, donde las tuberías gruñían como una tripa en plenos sonidos previos a un olor fétido. A Shasta le caía bien, aunque no lo bastante para casarse con él.

Para cuando llegaran a Denver, ella ya se habría enamorado de su lado oscuro de chico malo a lo Robin Hood. De su talento para abrir puertas –abracadabra– y meterlos clandestinamente a los dos en los mundos prohibidos de la gente rica. Después de que hicieran el amor sobre una alfombra de piel de oso y tiraran el condón pringoso a una chimenea de piedra que había bajo la lámpara de araña de cristal, después de que bebieran vino robado y ella lavara las copas y lo devolviera todo a su sitio, Walter encontraría otra caja fuerte. Esta, que estaría oculta debajo del falso fondo de un armario en apariencia vacío del cuarto de baño, la abriría en un santiamén y cogería el dinero justo que necesitaban para volar a Chicago.

Aquel Walter chico malo se ganaría completamente el corazón de Shasta. Chicago sería una repetición de Denver. Mineápolis los llevaría a Seattle. En señal de su nueva admiración y respeto, ella empezaría a referirse a su cacharro como el Obelisco. En Mineápolis, se le escaparía llamarlo «papito». Seattle los llevaría a San Francisco, donde burlarían al portero de un rascacielos estilo art déco frente al cual habrían pasado por casualidad una noche. Walter hackearía el código del ascensor y subirían al ático. Usando su teléfono, le enseñaría las imágenes de todas las cámaras de seguridad para que ella viera que no había nadie en el edificio. Mientras Shasta montaba guardia cerca del ascensor, él forzaría las cerraduras y la metería a toda prisa en el apartamento. Le recordaría el plan que tenían en caso de que algo fallara. Él: asesino en serie. Ella: víctima. Los dos, forajidos. Al día siguiente estarían paseando por un embarcadero de Sausalito cuando él vería un yate. Lo sacarían a la bahía, pero no navegarían a vela, a él no le gustaba mucho exhibirse. Usarían el motor y pasarían un día soleado en el mar. En cubierta, tomando un poco el sol, ella le diría: «Enséñamelo otra vez». Y él se sacaría el alambre enrollado que llevaba en el bolsillo y le demostraría lo bien que le ceñía el cuello. Solo para tranquilizarla.

En un compartimento del yate encontrarían una colección de biquinis de la Talla Shasta perfecta. Él no era ni un obseso de las tetas ni de las piernas, de forma que ella era su ideal de belleza, tumbada en una hamaca, bebiendo Durban Poison hasta que la piel le quedara del color de las barritas de pepperoni Hormel al chile con queso. Esa misma noche, Walter amarraría el yate y daría con una nueva caja fuerte, esta oculta detrás de un panel secreto de la cocina de a bordo, al lado de un estante para las especias. El dinero que encontrara allí los llevaría a ambos a San Diego.

Aun así, serían intrusos en el paraíso. Era posible que ella se lo estuviera pasando bomba, haciendo de turista por la vida glamourosa con el señor Cabrón Peligroso. Pero nunca se casaría con él, y Walter lo sabía.

Mientras ella siguiera de vacaciones, irían de San Diego a Nueva Orleans y Miami. En una mansión del puerto harían el amor. En una cama con dosel junto a unos ventanales con vistas al océano, bajo la luna llena. Apenas un minuto después de llevarse mutuamente al paraíso, alguien reventaría las puertas del dormitorio. Hombres de uniforme apuntarían a Shasta con sus pistolas. Luces cegadoras, y ella gritaría, tapándose el cuerpo desnudo con las sábanas húmedas.

—Es un asesino en serie —diría, refiriéndose a él—. Me dijo que vivía aquí.

Su talento para la interpretación no era gran cosa.

—¡Tiene planeado estrangularme! —añadiría.

Una voz entre los hombres de uniforme gritaría:

—¡Policía! —Y ordenaría—: ¡Poned las manos donde podamos verlas!

Así es como terminaría su ola de crímenes por todo el país. Unos Bonnie y Clyde sin víctimas mortales. Todavía húmedos de la saliva del otro, Walter saldría de la cama y buscaría sus pantalones. Les enseñaría a los policías su permiso de conducir. Con las manos en alto, y la polla todavía tan tiesa que relucía, ondeando el condón lleno como si fuera una banderita blanca, cruzaría la habitación hasta un elegante escritorio francés de anticuario.

Ella todavía estaría en cama, llorando sin reservas, diciendo:

—¡Gracias a Dios, gracias! ¡Lo llama amor, pero está planeando destruirme!

La policía no le permitiría abrir el cajón del escritorio, así que Walter le indicaría a un agente que lo abriera. En el interior, encima de todo y a plena vista, habría una escritura de propiedad. En el documento, certificado por un notario y registrado debidamente en todos los registros públicos, constaría el mismo nombre que en el permiso de conducir. Su nombre. Y entonces, con elegante entonación de aristócrata terrateniente, les explicaría, sonriente y desnudo:

—Agentes, soy el dueño de esta casa.

En la cama, los llantos cesarían. «¿Eh?», preguntaría la voz de Shasta. Los dos habían estado bebiendo vino tinto, y el borde de su copa le había dejado un fino bigote estilo Salvador Dalí que se curvaba hacia arriba desde las comisuras de la boca.

Walter lo explicaría. Era el dueño de todo. La casa de Denver, la de Seattle, todas eran suyas. Conocía los códigos, las combinaciones de las cajas fuertes. El dinero que había cogido era suyo. Había dejado las ventanas con los pestillos abiertos y les había indicado a los porteros que hicieran la vista gorda. Incluso el yate y los biquinis. En secreto, Walter había marcado el 911 para que acudiera la policía, en el momento perfecto.

Se quitaría despreocupadamente el condón y lo tiraría a un lado. No solo era un chico malo descarado y cabrón, provisto del sigilo y la astucia necesarios para vivir sin preocupaciones y hacer que una chica se lo pasara bien, sino que además era rico. Era el mismo Walter de siempre que a ella tanto le gustaba, pero forrado de pasta. El Walter normal, pero con muchas más razones para amarlo.

Bajo la mirada de los agentes de policía, cuyas pistolas ya estaban bajadas, todavía desnudo, como también ella, Walter se arrodillaría en el suelo al lado de sus pantalones. Buscaría en el bolsillo donde tenía el cable para estrangular y sacaría un anillo. Y le preguntaría a Shasta:

—¿Te quieres casar conmigo?

Un anillo con un diamante enorme.

Y en ese momento llegaría un equipo de catering con fresas recubiertas de chocolate y Doritos con sabor a refresco de cítricos y palomitas al ajo y guarnición de mayonesa con especias. Walter se encendería una pipa extragrande atiborrada de maría New Purple Power, y hasta los polis le darían unas cuantas caladas. Para la luna de miel, Shasta y él vivirían felices y comerían perdices en una isla tropical de su propiedad, reforestada con praderas de marihuana White Rhino. Allí, o bien en un terrario bajo una cúpula geodésica construida en el fondo marino, completamente autosuficiente y con todo reciclado, rodeada de una galaxia siempre cambiante de colorida vida marina tropical.

Fuera cual fuera el caso, así es como le propondría matrimonio.

Pero todavía no había bastante Walter para convertirse en marido de nadie. Lo que tenía que hacer, antes que nada, era conseguir un porrazo de dinero.

Tweed O'Neill y su equipo llegaron a la escuela envuelta en llamas antes que el primer camión de bomberos. Por supuesto, el jefe de bomberos ya estaba presente. Los demás equipos de filmación de informativos llegaron poco después; aparcaron en fila sus unidades móviles rematadas con antenas parabólicas y se posicionaron para conseguir las mejores tomas del incendio. Era la cuarta escuela de la ciudad que ardía en las últimas semanas. Todos los medios trabajaban con los mismos comunicados de prensa, pero esta vez Tweed se había llevado un arma secreta.

Les presentamos a la doctora Ramantha Steiger-DeSoto, catedrática universitaria de Estudios de Género. La doctora era una lumbrera elocuente y amiga de las cámaras, provista de una teoría única sobre los incendios provocados en serie.

Tweed le había mandado un mensaje de texto a la doctora desde los estudios de televisión y ahora las dos se reunieron en la escena del crimen mientras las llamas se elevaban hacia el cielo. Mientras el gimnasio se hundía lentamente detrás de ellos, mandando géiseres luminosos de chispas y ascuas al cielo, Tweed marcó las posiciones de todos para la entrevista. La doctora y ella se colocaron a una distancia prudencial de las llamas al tiempo que el cámara ajustaba el enfoque y el técnico de sonido le ponía a la doctora un micrófono en la solapa de la gabardina Ann Taylor.

Por su auricular, Tweed oía a los presentadores de informativos debatiendo en el estudio sobre el incendio. Dentro de un momento la iban a echar a los espectadores, en directo, en el lugar de los hechos. Echó un vistazo a sus competidores. Ninguno de ellos había llevado consigo nada nuevo a la historia. Se limitaban a pasarse al jefe de bomberos de un equipo al siguiente, mientras el jefe les recitaba a todos la misma lista de detalles oficiales.

La doctora no pareció inmutarse ante las potentes luces de las cámaras ni la nube de humo acre. Alguien había sugerido que un supuesto tanque de propano, posiblemente usado para el horno de alfarería de la escuela, corría el peligro de explotar en cualquier momento. Aun así, la doctora Steiger-DeSoto parecía decidida a explicar su teoría sobre los acontecimientos recientes. Era alta, le sacaba una cabeza a Tweed y llevaba el cabello rubio y rizado recogido en un severo moño. El vivo retrato de la socióloga sin pelos en la lengua y más que dispuesta a iluminar a los espectadores televisivos.

El cámara se echó al hombro la steadycam, contó 3, 2, 1 con los dedos y por fin hizo una señal para indicar que estaban en directo.

—Les habla Tweed O'Neill en el lugar de los hechos de otro incendio de alarma nivel tres —empezó a decir Tweed—.

Con esta, ya es la cuarta escuela local destruida en lo que va de verano.

El cámara abrió el plano para incluir a las dos mujeres.

—Está conmigo esta noche la doctora Ramantha Steiger-DeSoto para tratar de explicarnos los móviles de estos recientes incendios. —Tweed se giró hacia la elegante académica, y le soltó—: ¿Qué piensa usted, doctora?

La atención no consiguió que la doctora se inmutara.

—Gracias, Tweed. —Miró a la cámara de frente—. Los perfiles criminales por parte de las autoridades federales indican que el incendiario medio es un hombre blanco de entre diecisiete y veintiséis años. Para este hombre, el acto de iniciar un incendio tiene una naturaleza sexual...

Como respondiendo a sus palabras, el supuesto tanque de propano explotó en las entrañas del edificio, con un ensordecedor bum-BUM que hizo que la multitud presente soltara un profundo gemido de pesar.

—Para el pirófilo —continuó la doctora—, el acto de rociar con líquido inflamable equivale a expresar su eyaculación sexual en una violación simbólica degradante de la estructura...

Los incendios devastadores y el sexo eran oro puro para los índices de audiencia, pero a Tweed le preocupaba que la doctora estuviera usando un lenguaje demasiado intelectual. Intentó redirigir la entrevista:

—Pero ¿quién...?

La doctora asintió con aire sabio.

—Hombres que se aíslan a sí mismos. Seguidores de la derecha envenenados por la masculinidad tóxica del llamado movimiento de Hombres Que Siguen Su Camino. Esos son los culpables.

Tweed intentó suavizar el tono.

—Entonces ¿Maureen Dowd tenía razón? —dijo bromista—. ¿Convivir con los hombres es un precio demasiado alto que pagar por el esperma?

La doctora esbozó una sonrisa.

—Durante generaciones la cultura popular se ha dedicado a promover la idea de que todos los hombres terminarán alcanzando posiciones sociales altas. En términos globales, a los hombres jóvenes de hoy en día los han criado para que crean que el poder y la admiración son sus derechos de nacimiento.

Tweed sabía que la emisión se estaba aproximando a una pausa publicitaria. Para finalizar el segmento, preguntó:

—Doctora, ¿cuál es la mejor forma de lidiar con los jóvenes problemáticos de hoy en día?

Con el resplandor infernal de las llamas de fondo, la doctora proclamó:

—Los hombres en general necesitan aceptar la disminución de su estatus en el mundo. —Con un telón de fondo de humo y gritos, añadió—: La guerra inminente, por ejemplo, será una oportunidad perfecta para que se ganen ese reconocimiento que tanto anhelan.

Tweed dio paso a la publicidad:

—Gracias, doctora. Les habla Tweed O'Neill desde el lugar de la absurda destrucción de otro centro de referencia de la comunidad.

El cámara indicó que la señal se había interrumpido.

La doctora se intentó quitar el micro de la solapa. Repentinamente pensativa, preguntó:

—¿Qué está haciendo? —Y se quedó mirando algo que había en la media distancia.

La mirada de Tweed siguió a la suya. Las dos mujeres observaron al jefe de bomberos. A Tweed le dio la impresión de que estaba contando personas. Pareció que su atención se posaba por un momento en cada uno de los periodistas presentes y que iba tachando sus nombres de una lista que llevaba en la mano. La mirada del hombre se encontró con la de ella. El bolígrafo que empuñaba trazó una raya sobre el papel que tenía en la otra mano.

Solo entonces se fijó Tweed en el niño. Un niño en edad de primaria con una extraña cicatriz descolorida que le recorría un lado de la cara. Luego cayó en la cuenta: qué monos. El jefe de bomberos del distrito se había llevado a su hijito para que viera trabajar a su padre. Mientras los miraba a ambos, Tweed tomó nota mentalmente de convertir aquel conmovedor momento entre padre e hijo en una historia optimista que pudiera venderles a los programadores de la cadena.

En el caso de Garret Dawson, la gota que colmó el vaso fueron los filtros del café. Al ir a cargar la Mr. Coffee de la cocina, se dio cuenta de que casi se les habían acabado los filtros, otra vez. Otras quinientas cafeteras se habían ido, otro año, más de un año.

Se estaba haciendo viejo. Garret se había dado cuenta cuando tomó la costumbre de mirar algo —una planta de la casa, un reloj, un libro— antes de mirar a su mujer, Roxanne. Si estaba en una fiesta hablando con una mujer joven y guapa, como por ejemplo la hija adolescente de alguna amistad —o incluso viendo a una mujer preciosa leer las noticias en la televisión por cable— y pasaba directamente de mirar su cara suave y lisa a mirar la de Roxanne, el cambio era demasiado estremecedor. En tiempos su mujer había sido preciosa, pero ya no era joven. Por tanto, Garret necesitaba algo que hiciera de cortafuegos entre mirar a una mujer joven y mirarla a ella. Un cenicero o una llave grifa, algo no humano.

Al mismo tiempo se fijó en que Roxanne pasaba de mirar a los actores apuestos de las películas a mirar fijamente sus palomitas antes de dirigir su atención a él. Era posible que se lo estuviera imaginando. Que estuviera proyectando en ella su propia conducta. Pero eso le recordaba que él también se estaba haciendo viejo.

El libro de Talbott lo explicaba muy bien:

La gente guapa alcanza el poder porque reconoce pronto la naturaleza de ese poder y teme perderlo. De joven, la gente guapa aprende a transferir el poder a base de invertirlo en otras formas ulteriores. Intercambia su juventud por educación. Y esa educación la invierte en desarrollar contactos y experiencia en un campo profesional. El dinero lo invierte en formas redundantes de poder, como recursos de reserva.

Por eso resulta crucial una forma de dinero que caduque. El poder que pasa de generación en generación bajo la forma abstracta del dinero lleva al privilegio y a la corrupción. No hay que acumular el dinero por el dinero, sino que hay que emplearlo de forma continua para obtener metas fructíferas.

Los filtros del café fueron la puntilla. En el taller mecánico, Leon había ido a contarle un plan absurdo para tomar el control del gobierno y reformar el país. Sonaba a chorrada, pero llegado a aquel punto cualquier cosa le sonaba mejor que comprar quinientos filtros más para la cafetera y ver cómo marcaban el paso de sus últimos años. Llenó el último filtro de café molido y puso el agua en la máquina. Accionó el interruptor para que se empezara a preparar el café. Levantó la voz para dirigirse a Roxanne, que estaba en la habitación de al lado.

—El café estará listo dentro un momento —dijo. Y añadió—: Voy a salir un minuto.

Iba a llamar a Leon. Se juntaría con él en el pub. Y averiguaría si aquel plan de pacotilla era una propuesta en serio. Era Leon quien le había dado el libro azul marino, donde se leía:

Imagínate que no existe Dios. Que no existen ni el cielo ni el infierno. Solo existen tu hijo y el hijo de tu hijo y el hijo del hijo de tu hijo, y el mundo que les dejes.

Roxanne levantó la voz desde el comedor para preguntarle adónde iba.

Mientras se ponía el abrigo, Garret buscó las llaves y el teléfono en los bolsillos. Fue hasta la puerta del comedor, donde su mujer estaba sentada a la mesa, con alguna clase de impresos fiscales desplegados delante.

—A comprar filtros para la cafetera —le contestó.

Después de un silencio largo, y sin levantar la vista, ella le preguntó:

—¿Ya se han acabado?

Garret oyó la derrota en su voz. La vida estaba pasando igual de deprisa para ella. Una razón más para estudiar algunas opciones radicales.

Se inclinó sobre su mujer y le dijo en voz baja:

—Yo me encargo. —Y le dio un beso en la frente.

Primero había existido la era de la religión, cuando las catedrales o las mezquitas dominaban las ciudades. Las cúpulas y los pináculos hacían que todas las estructuras se encogieran a su alrededor y parecieran pequeñas por comparación. Luego había llegado la era del comercio y los rascacielos de los negocios y las columnas acanaladas de los bancos se habían elevado por encima de las iglesias. Las fábricas habían crecido más que las mezquitas de mayor tamaño y los almacenes habían eclipsado a los templos. En tiempos más recientes se había iniciado la era del gobierno, durante la cual habían proliferado en el horizonte los edificios que regulaban la vida civil. Unos monolitos gigantescos que albergaban un poder que la religión y el comercio solo podían soñar con ostentar. Recintos opulentos destinados a proteger y exhibir la soberanía de legisladores y jueces.

En las últimas semanas previas al Ajuste, fue en aquellas grandes fortalezas donde se aventuraba la gente común y corriente, fingiéndose llena de admiración, deambulando a su alrededor como si fueran simples turistas. Las fotografiaban y fingían que se habían perdido a fin de meterse en zonas de acceso restringido y hacerse los inocentes cuando los pillaban y los echaban de allí. Trazaban mapas de posibles rutas de acceso que iban a tener que bloquear. Y determinaban las ubicaciones que les proporcionarían las líneas de fuego más claras.

Y mientras se maravillaban bajo las lámparas de araña y estiraban el cuello para contemplar la gloria de los murales y las nervaduras doradas de las altas cúpulas, fueron conscientes de que aquello se había construido con comida. Una comida que alguien se podría haber comido. Una comida que les había sido robada. Y que era la seguridad lo que había construido aquellas escalinatas de mármol, una seguridad que podría haber sido suya. Y que sus vidas habían sido exprimidas para que aquellas paredes pudieran revestirse de paneles de caoba pulido y de palisandro, materiales traídos en barco de la otra punta del mundo para añadirse a la comodidad y placer de la élite gobernante. Aquellos palurdos y catetos, con sus expresiones boquiabiertas y alicaídas, fingían respeto y aparentaban admiración ante los grandiosos capitolios y los grandiosos potentados que les orquestaban las vidas desde aquellos.

Y murmuraban entre sí. Lo registraban todo con sus vídeos. Empezaron a imaginarse llevando a cabo la fría tarea que se habían propuesto cumplir.

Y todos sabían la verdad: si acumulas comida, se pudre. Si acumulas dinero, te pudres tú. Si acumulas poder, se pudre la nación.

En vez de que cada imbécil tuviera un voto, los más inteligentes, valientes y audaces tendrían cien o trescientos o mil votos por cabeza, mientras que los débiles y perezosos no tendrían ninguno. Los más productivos dejarían de ser esclavos de los ociosos. Y a los ociosos los pondrían a trabajar.

Se colaban de puntillas en los recintos del poder. Edificios majestuosos erigidos con su sudor y a los que llevaban demasiado tiempo mandando a sus delegados. Llegaban para ver con sus propios ojos el noble entorno donde sus vidas o bien empezarían, o bien terminarían.

Cuando levantaban la vista hacia las altísimas bóvedas de granito o la bajaban para contemplar las hectáreas de mármol bruñido, se sentían diminutos y débiles. Pero cuando se apiñaban en las galerías de espectadores, codo con codo y rodilla con rodilla, formando una sola muchedumbre, y percibían cuán pocos eran los representantes electos, se sentían invencibles.

Se resentían del hecho de que los agruparan en pequeños rebaños y los pastorearan unos guías turísticos ancianos que dictaban de memoria el significado políticamente aprobado de cada bandera y estatua. Se atrevían a imaginarse las enormes lámparas de araña destrozadas a disparos. Se imaginaban las galerías con todas las pinturas rajadas y todas las estatuas derribadas en un montón que evocaba una fosa común de cabezas de piedra y dedos cortados.

Cerraron los ojos para imaginarse mejor los altos ventanales del Capitolio o de los tribunales hechos añicos y a los gorriones anidando en las cornisas y los nichos dorados de la rotonda.

Los medios de comunicación calificaron aquella proliferación cada vez mayor de curiosos de aumento de patriotismo. De nuevo compromiso de los ciudadanos con su nación. Y en ese sentido los medios estaban en lo cierto, aunque no de la manera en que suponían. Los medios de comunicación describían a la gente como peregrinos postrándose ante sus superiores. Y los medios preveían un futuro con cada vez más paz y cooperación, y en ese sentido también tenían razón, aunque no de la manera en que se lo imaginaban.

Por su parte, aquellos recién llegados mantenían la cabeza gacha y fingían timidez. En concordancia con su posición baja de plebeyos, se hacían a un lado por deferencia cada vez que pasaba apresuradamente por entre sus filas el más humilde de los ujieres o becarios.

En los últimos días, los turistas invadieron hasta el último edificio gubernamental. Luego, como si alguien hubiera accionado un interruptor, los mirones desaparecieron. Los recintos quedaron vacíos salvo por la gente que trabajaba en ellos. Se despidieron de los guardias de servicio con saludos con la cabeza y apretones de mano. Tanto los guardias uniformados como los visitantes de paisano dejaron traslucir con la mirada su acuerdo acerca de lo que tenía que suceder. Todas las partes ya estaban confabuladas de cara al día en que actuarían juntas.

Nadie más que los guardias de seguridad trataba a aquella gente con respeto, porque solo los guardias y los agentes de las fuerzas del orden sabían con certeza de dónde surgía el verdadero poder de la nación.

Y ahora, agazapado en el trastero de debajo de la escalera sur, Nick dijo:

—No sé. Antes me encantaba la policía.

Estaban los dos apoyados en un muro de cajas atiborradas de antiguos uniformes de una banda de música. Allí donde se había roto el cartón de las cajas asomaban trenzas doradas. Los botones de latón resplandecían como joyas bajo la luz tenue.

Shasta sentía calambres en las piernas. Lo más seguro era que estuvieran inhalando amianto y polvo de tiza cancerosos. El polvo de talco es tiza, y la tiza causa cáncer de cuello uterino. El mundo estaba al borde mismo de la guerra, pero a Shasta le gustaba estar allí. Muslo con muslo con Nick. La conversación le daba una sensación de realidad. Por teléfono nunca pasaba nada importante.

Antes, la verdad solía ser fácil de encontrar, dijo Nick. La verdad solía estar en el periódico, hasta que publicaron la necrológica del padre de Nick. Decía: «Amado marido y padre. Fallecido como resultado de una hemorroide cerebral...».

Internet se hizo eco del error tipográfico y lo difundió como artículo de humor en cientos de páginas web informativas. Hasta se convirtió en meme: típicamente una foto de Ronald Reagan o de Gore Vidal enmarcada por las palabras «murió de...» en el margen superior de la imagen, y debajo: «¡... hemorroide cerebral!».

La palabra que no le salía a nadie era «hemorragia»; el padre de Nick estaba cortando el césped cuando le reventó un aneurisma en el cerebro. Una simple palabra, y el periódico no había conseguido acertarla.

A Shasta le dio lástima. Intentó explicárselo.

El doctor Brolly, en su clase de Métodos de los Medios de Comunicación, les había contado que el periodismo escrito moderno, la cobertura informativa de prensa, lo que pensamos cuando pensamos en la objetividad, esa verdad equilibrada, todo eso lo mató Craigslist. Craigslist y Monster y Backpage y eBay. Los beneficios de los periódicos siempre habían procedido de la venta de anuncios clasificados. Aquellas páginas y más páginas de cachorros en venta, coches usados, empleos y Hombre Soltero busca Mujer Soltera habían sido los cimientos sobre los que descansaba el enorme edificio del Cuarto Poder.

Todos aquellos anuncios de ventas de objetos de segunda mano y gatitos siameses de color marrón oscuro, toda aquella gente que quería comprar suvenires de la Segunda Guerra Mundial o vajillas Fiestaware o leña para el fuego partida y avejentada, aquella gente era el sustento de las dinastías políticas más antiguas. A dos centavos o un dólar por palabra, aquellas páginas habían sido la mina de oro que financiaba la alta cultura. Los editoriales y las reseñas de libros y artículos de investigación que ganaban los premios Pulitzer. De acuerdo con el doctor Brolly, nuestras observaciones más brillantes y eruditas debían su existencia a la gente pobre que intentaba deshacerse de frascos antiguos de colonia Avon y multipropiedades que no querían.

—Las películas existen —explicaba el doctor Brolly a todas sus clases, todos los años—, porque las películas permiten a los cines cobrar cinco dólares por las palomitas.

Su argumento era que algo tan carente de valor como las palomitas financiaba el mundo rutilante de las estrellas de cine y los Premios Oscar. De la misma forma, algo tan carente de valor como las palabras impresas por unos cuantos dólares al día habían financiado los colosales imperios de la prensa.

Con la defunción de los periódicos, se había puesto en jaque la credibilidad de todo. Nadie estaba dictando ni argumentando de manera eficaz, distinguiendo la calidad de la porquería, la verdad de las mentiras. Sin un centinela en la puerta, sin árbitro, todo tenía el mismo valor.

El doctor Brolly les había hecho leer *The Sibling Society*, de Robert Bly. El libro afirmaba que la sociedad moderna había perdido su jerarquía tradicional. Fueran patriarcas o matriarcas, los padres y las madres habían quedado reducidos al mismo estatus que sus hijos. Nadie quería ser adulto, y ya no había maestros y alumnos, sino amigos, compañeros de quinta, iguales. Todos reducidos a hermanos y hermanas.

Bajo las estrellas, Nick la interrumpió:

—¿Sabes que va fumado todo el tiempo?

—¿Robert Bly? —preguntó Shasta.

Nick negó con la cabeza.

—El doctor Brolly.

Y le contó que le había visto un parche transdérmico pegado a la espalda, en el espacio que le quedaba entre la camiseta y los pantalones. Brolly llevaba la misma camiseta todos los primeros de mayo. Era blanca salvo bajo las axilas y tenía la leyenda «Bolchevique de salón» impresa en tinta roja en el pecho. La gente decía que eso significaba que era marica. El parche era de fentanilo. Otros días la camiseta proclamaba «Liberal con limusina» o «Socialista de champán».

Todos los chavales de la Universidad de Oregón habrían reconocido un parche de fentanilo o un Percocet aunque lo hubieran visto desde el espacio exterior.

Agachado en el trastero polvoriento de debajo de la escalera, Nick contó con los dedos las cosas en las que había puesto su fe: Papá Noel, el Conejo de Pascua, el ratoncito Pérez, la religión, el diario *Oregonian*, el gobierno, el doctor Brolly y la policía. En la escuela, la historia cambiaba y la geografía cambiaba. Un momento después de que aprobaras un examen, los datos que habías aprendido quedaban obsoletos. Ahora ya no sabía en qué confiar. Quería mirar los mensajes de su teléfono, pero no quería arriesgarse a instalar la batería y activar algún dispositivo de localización.

Shasta miró su teléfono. Seguía sin noticias de Walter. La madre de Walter tampoco le había contestado los mensajes de texto. Se preguntó si una simple novia podría denunciar una desaparición. Sonaba cutre. La verdad siempre sonaba cutre. Pero sugirió:

—Quizá todos necesitamos empezar a confiar en nosotros mismos. —Para empeorar las cosas, añadió—: Quizá te hace falta confiar en ti mismo.

Nick la miró con el ceño fruncido hasta que ella apartó la vista.

—Cuéntame —le pidió en tono imperioso— todo lo que Walter sabía sobre esa gran conspiración.

Después de que Piper hiciera la audición para el papel, los responsables del casting despidieron a los demás actores. El trabajo ya parecía suyo. Aun así, deliberaron. Para estar seguros del todo, le dieron a leer varios fragmentos. Cosas banales, en realidad. Por ejemplo: «Tenemos que deshacernos de las mediciones previas e inventar por nosotros mismos lo que es un minuto...». Las frases estaban escritas en tarjetas pautadas que él sostenía junto a la cámara. El trabajo de un actor era hacer creíble lo que no era real. Hacer pasar paja imaginaria por oro macizo.

—«Los momentos —leyó Piper— son los elementos básicos de nuestras vidas. Y nuestras vidas no hay que medirlas en fines de semana. No hay que juzgar el tiempo que pasamos en la Tierra por el salario que cobramos y los impuestos que pagamos.»

Un miembro del equipo le cambió la tarjeta pautada y Piper leyó:

—«Os habla Talbott Reynolds, monarca absoluto designado por el Consejo de las Tribus».

El director, el tal Rufus, pidió otra toma.

—«Os habla Talbott Reynolds —entonó Piper—, monarca absoluto designado por el Consejo de las Tribus».

Los responsables del casting se juntaron para deliberar. El director pidió otra toma. Esta vez con tono más liviano y despreocupado.

Piper le infundió una sonrisa a su voz.

—«Os habla Talbott Reynolds» —dijo, y enarcó un poco las cejas para darle a su cara un aire más abierto y agradable—, «monarca absoluto designado por el Consejo de las Tribus.»

Cambiaron las tarjetas y le hicieron leer el «Artículo Siete de la Declaración de Interdependencia»:

Si acumulas comida, se pudre. Si acumulas dinero, te pudres tú. Si acumulas poder, se pudre la nación.

Rebobinaron la grabación y observaron su interpretación por segunda y tercera vez. Asintieron con la cabeza como si todos estuvieran de acuerdo. Le cambiaron la tarjeta pautada por otra que decía: «¡¡No te van a querer más por hacerte el encantador!!».

Asintiendo con la cabeza, el director dijo:

—Con la exclamación doble. —Y añadió—: Por favor.

«Descuidamos nuestro destino —rezaba la siguiente tarjeta— mientras les imponemos un destino arbitrario a los demás. Y al hacerlo, arruinamos tanto nuestras vidas como las ajenas.»

Para Piper todo aquello era puro galimatías, pero recitó cada parlamento con dignidad solemne. Leyó: «Todos debemos perseguir nuestro destino y dejar que los demás persigan el suyo». Leyó: «Por respeto, no debemos dictar ni el progreso ni las metas de los demás».

Un bruto enorme que olía a humo de pistola, como a fuegos artificiales mezclado con gasolina, se acercó a Piper y usó una servilleta de papel doblada para secarle con delicadeza el sudor de la frente.

El equipo le volvió a cambiar la tarjeta. De nuevo: «Os habla Talbott Reynolds, monarca absoluto designado por el Consejo de las Tribus». La toma quedó estropeada cuando le gruñeron las tripas.

Esta vez el director le mandó a Piper que leyera las mayúsculas como si fueran mayúsculas.

Piper improvisó:

—Os habla Talbott Reynolds, aristócrata supremo, mandamás de mandamases, gran hechicero, monarca absoluto…

Y siguió durante un rato largo.

Igual que la gente había acudido a rendir un homenaje especial a los últimos días de su gobierno, también se congregaron para echar largos vistazos de despedida a otras reliquias. Se agolparon para contemplar las emisiones de los equipos de televisión desde las escenas de los crímenes. Y los reporteros se sintieron halagados en su fuero interno y creyeron estar siendo homenajeados. Y se sintieron orgullosos de aquella prueba aparente de cuánto se respetaba su autoridad en el mundo. Asimismo, las multitudes acudieron en masa a las que sabían que iban a ser las últimas conferencias de muchos académicos de renombre, y los aclamados poetas laureados interpretaron la atención de aquellas muchedumbres como un cumplido. Y creyeron que el futuro, por primera vez en muchos años, quizá portara consigo una mejora. Pero tanto los periodistas como los conferenciantes se equivocaban.

Porque la escolarización le había dado a la gente muy poco a cambio de su dinero. Y los medios de comunicación no le habían dado a la gente nada a cambio de su tiempo y su atención.

Y ahora, cuando las multitudes acudían a verlos, lo hacían con rencor y con lástima. Otros miraban con curiosidad morbosa y con tristeza, igual que uno contemplaría el último espécimen vivo de paloma migratoria. Porque la gente sabía que corrían los últimos días de aquellas instituciones, y que pronto tendría lugar un evento que separaría el presente del futuro. Estudiaban el ocaso de aquellas profesiones para poder describírselas algún día a sus hijos.

La gente observaba con nostalgia el poder vacío de estadistas, periodistas y profesores universitarios, y se despedía de ellos en silencio.

Desde los jardines del campus frente al Prince Lucien Hall, a Jamal, que estaba sentado en un quad, el antiguo y venerable edificio le pareció el modelo de la Casa Usher del relato de Poe. Con su diseño pintoresco y anticuado, se elevaba hacia el cielo de la noche estigia. Un tenue arcoíris verde y dorado se filtraba a través de sus lejanas vidrieras de colores, y un hilo de humo subía en espiral desde una sola de las ruinosas chimeneas, sugiriendo que el edificio solo tenía un ocupante a aquellas horas de la noche.

Jamal le hizo un gesto a Keishaun para que fuera el primero, y los dos abrieron la recia y pesadamente ornamentada puerta de roble, con sus goznes cubiertos de una costra roja de herrumbre. Mientras se adentraban en el edificio, el yeso caído crujía bajo sus pasos. El aleteo de los murciélagos hendía las sombras sobre sus gorras de béisbol. Montadas a intervalos en las paredes, las elaboradas lámparas doradas de una época pasada proyectaban un resplandor débil, parpadeante y pálido como la luz de gas.

Los dos se adentraron por el laberinto de estrechos pasillos. Por la escalera de peldaños abruptos. Afrontaron los desagradables olores a polvo y hollín del desván. La piedra y la madera de la enorme estructura estaban impregnadas de un silencio tan total que los oídos hambrientos de Jamal experimentaron alucinaciones. En medio de aquel silencio oyó palabras, a alguien hablando, un murmullo acallado de voces débiles como un discurrir de agua, como un público de fantasmas que susurraba en aquellos fríos aposentos.

Unas cuantas salas malolientes dieron paso a otra maraña de gradas ruinosas y rancias y pupitres escolásticos. Estantes de libros con los lomos de cuero revestidos de moho se extendían hasta donde alcanzaba la vista. Un goteo de agua, como un metrónomo, marcaba el paso del tiempo, y la humedad había ennegrecido los elegantes cortinajes de terciopelo del edificio. Una pesadilla de pasillos bifurcados los llevó por entre auditorios mohosos y cavernosos donde Jamal habría jurado que las almas perdidas de los estudiantes de humanidades todavía ansiaban venganza. Exigían venganza. Como debía ser, reflexionó. Allí habían enseñado a varias generaciones las peores formas de la ingeniería social: se las habían machacado y los habían examinado hasta que aquellas mentiras institucionales habían reemplazado a cualquier pensamiento racional propio. Los fantasmas que habitaban el edificio Prince Lucien Campbell no descansarían hasta que Jamal y Keishaun hubieran encontrado la respuesta que buscaban esa noche.

La pareja fue merodeando de una planta ruinosa a la siguiente, hasta que una sola nota de piano captó su atención.

Luego oyeron una serie de notas. Y aquellas notas, el *Nocturno en mi bemol menor* de Chopin, los condujo a una oficina que no estaba cerrada con llave. Al otro lado había una serie mohosa de habitaciones y en la más lejana encontraron lo que buscaban.

Se trataba de un sanctasanctórum, un fastuoso oasis en las plantas altas del edificio, donde el séquito de lacayos de algún personaje importante acababa de marcharse tras terminar su jornada. Las paredes estaban recubiertas de impresionantes paneles de palisandro circasiano, y un fuego crepitaba suavemente debajo de una elaboradamente labrada sobrerrepisa de chimenea de mármol italiano, con ricos detalles de querubines retozones e iconografía heráldica. Un escenario nada extraordinario para un erudito catedrático de la Universidad de Oregón. La luz de la luna que entraba a raudales iluminaba las ricas vidrieras de los ventanales, proyectando colores fantasmales que se añadían a los motivos decorativos arábigos de la elegante alfombra oriental de la sala.

Entre los toques modernos se incluía un póster enmarcado del Che Guevara colgado sobre la chimenea. Encima del escritorio de anticuario del profesor colgaba boca abajo una bandera americana, también enmarcada. Un borde de la bandera se veía corroído y chamuscado, resultado de algún intento remoto en el tiempo de quemarla en el curso de una tumultuosa protesta. Desplegados sobre el escritorio había varios volúmenes raros y caros bibelots. Lo que llamó la atención de Jamal fue una fotografía en tonos sepia y autografiada de Emma Goldman, montada sobre un pequeño caballete engastado de joyas. Cerca había un abrecartas afilado como una navaja, de factura morisca antigua.

El prohombre en persona dormitaba en un sillón orejero de cuero, con un ejemplar abierto de las *Reglas para radicales* sobre el pecho, medio oculto por su barba gris y desaliñada. A pesar de la barba y del libro, el eslogan de su camiseta resultaba legible. Decía: «100% feminista».

Llevaba remangadas las perneras de los pantalones de algodón con cordón, y tenía los pies pálidos y arrugados sumergidos en una cubeta de plástico de agua humeante. Al lado de la cubeta esperaba una toalla de baño doblada.

En una mesilla de valor incalculable situada a su lado había un decantador de cristal lleno de rico jerez de color ámbar. Un vasito diminuto del tamaño de un dedal conservaba un vestigio dorado de su última ronda.

Jamal y Keishaun entraron con sigilo en la habitación, admirando sus históricos refinamientos. Conscientes de que aquellos lujos eran fruto del sudor y los sueños rotos de incontables estudiantes de humanidades. Los compases de Chopin salían de un álbum reverberante y con tonos de ónice que giraba lentamente en una vetusta reliquia de gramófono.

El respetado académico, el profesor Emmet Brolly, se despertó con un parpadeo.

—¿A qué debo este placer? —preguntó, dirigiendo con deleite la mirada legañosa a los pantalones ajustados de Keishaun.

Demasiado acobardados para hablar, los estudiantes cambiaron nerviosamente de postura y se quedaron mirándose las gastadas zapatillas de tenis. De pronto Jamal levantó la vista y tartamudeó:

—Señor, ¿recuerda usted a Walter Baines?

Al cabo de un momento, sintiéndose desnudo bajo la lasciva mirada del ilustre profesor, Keishaun insistió:

—Creemos que está en apuros.

El profesor frunció el ceño. Cerró lentamente el libro y lo dejó a un lado.

—¿Qué clase de apuros?

Jamal miró a Keishaun y los dos se miraron con expresiones preocupadas. Dirigiéndose a Brolly, Jamal dijo:

—Hay una lista…

A fin de clarificar, Keishaun añadió:

—Una lista que está en internet. —Y explicó el rumor y lo poco que Walter había averiguado. Parecía simple: si creías que una persona era una amenaza para la sociedad, podías colgar su nombre en cierta página web. Si nadie estaba de acuerdo con tu nominación, el nombre desaparecía al cabo de unas horas. Pero si varias personas apoyaban tu nominación, el nombre se quedaba ahí para atraer más votos posibles–. Cuantos más votos recibe una persona, mayor será el peligro que correrá.

Jamal exclamó:

—¡Es como un concurso de impopularidad!

Su estallido de histeria les provocó a los otros un escalofrío. Todos guardaron silencio mientras los troncos que ardían en la chimenea crepitaban y suspiraban por lo bajo.

Por fin el profesor Brolly se rio. Fue una risotada profunda y grave, despectiva y con aroma a jerez. Que dejó al descubierto todos sus dientes manchados de marihuana. En calidad de académico librepensador y moldeador de jóvenes mentes, estaba claro que había hecho frente a muchas cazas de brujas a lo largo de su carrera. Como para tranquilizarse a sí mismo, echó mano del decantador y se llenó otra vez el vasito. Después de dar un sorbo, contempló el líquido de color ámbar y sonrió irónicamente.

—Sí, hijos míos —dijo—. ¡Siempre ha existido una lista!

Jamal y Keishaun esperaron a que continuara. Con los ojos muy abiertos. Con las almas llenas de temor.

El profesor hizo un gesto grandilocuente con el vasito.

—Sentaos —les ordenó.

Los dos jóvenes oyentes se sentaron con las piernas cruzadas sobre la alfombra, a sus pies.

Brolly les habló desde su trono:

—*Siempre* ha existido una lista. ¡Oh, cómo les gustan las listas a los seres humanos! —Sonrió con condescendencia—. Desde los Diez Mandamientos hasta las listas negras de Hollywood. Desde la lista de enemigos de Nixon hasta la lista de Schindler, pasando por la lista de los Libros Más Vendidos del *New York Times*. Desde la lista de Papá Noel hasta la lista en la que

Dios separó a las ovejas de las cabras. —Y continuó describiendo las genealogías como listas, las taxonomías, los inventarios. Se terminó el vaso de jerez, se sirvió otro, se lo bebió y se sirvió otro—. ¡Nuestra tan cacareada Carta de Derechos es una lista! ¡Y también lo fueron las Noventa y cinco tesis de Martín Lutero clavadas a la puerta de la catedral durante la festividad del *Fasching*!

Cuando Jamal y Keishaun lo miraron con cara de no entender, él vociferó:

—¡Si hubierais leído a Lewis Hyde y a Victor Turner, en vez de fumar sales de baño y jugar a Pokémon Go, sabríais de qué hablo! —Pasando con naturalidad a una charla que había impartido incontables veces, declaró—: ¡Rituales de inversión del poder!

Jamal y Keishaun se prepararon para un larguísimo sermón didáctico.

La disertación de Brolly salió en tromba: la mayoría de sociedades civiles perpetuaban su estatus a base de practicar esos rituales. Durante un breve periodo cada año, o a veces en cada estación, a los ciudadanos de posición social más baja se les concedía poder sobre sus superiores. En las sociedades modernas esto seguía sucediendo en Halloween, el punto de transición entre el verano y el otoño y supuestamente entre los vivos y los muertos. La noche del 31 de octubre, los niños indefensos adoptaban los atuendos de quienes estaban fuera de la sociedad: los animales y los muertos y otros individuos marginados y solitarios, como los vaqueros y los vagabundos. Los niños se disfrazaban de niñas y las niñas de niños, y todos estos otros foráneos tenían el poder de deambular a su antojo y exigir tributo de los miembros rectos y hacendados de la sociedad. Si estos no pagaban su tributo, la amenaza del truco o trato aludía al riesgo de sufrir daños en sus propiedades.

—Caramba —soltó el profesor—. ¡En la década de 1920 se quemaron tantas casas y se rajaron tantos neumáticos que la prensa se confabuló con las aseguradoras y los fabricantes de golosinas para instituir el ritual de repartir caramelos! —Se maravilló—. ¡Imaginaos! ¡Los pobres quemando las casas de los ricos! ¡Todas las ofensas del año previo quedaban vengadas!

Hasta los villancicos —los reconfortantes y tradicionales villancicos navideños— habían empezado como cacerías violentas. Los pobres se congregaban delante de las casas de los ricos y les cantaban sus amenazas. Solo un soborno a base de oro y manjares conseguía que se marcharan a la casa siguiente. Nuestra práctica de hacer ofrendas florales en los funerales tenía su origen en un ritual primitivo en el que los pobres locales reunían flores silvestres y hierbas aromáticas. Llegaban junto al ataúd del muerto y entregaban aquellos obsequios al cortejo fúnebre a cambio de dinero y pan.

Con entusiasmo infantil evidente, el profesor hizo chapotear los pies descalzos en la cubeta de agua. Y declaró:

—En el ejército abundan las ocasiones tradicionales en las que los oficiales han de obedecer a sus subordinados durante un tiempo breve.

A bordo de los submarinos nucleares, en cada periodo de servicio había una noche llamada el Café de los Jefes. Los oficiales del submarino organizaban una cena en la que decoraban el comedor de a bordo como si fuera un restaurante de lujo y servían a los reclutas una cena fastuosa. Asimismo, en la América de antes de la guerra había un ritual de inversión de poder denominado Saturnalia. Por Navidad el dueño de la plantación hacía regalos a sus esclavos y les daba permiso para que realizaran viajes cortos y visitaran a sus parientes de las plantaciones vecinas. A todos los esclavos se les concedían varios días de libertad. Según cuenta Frederick Douglass, los esclavos comían, bebían y se iban de parranda hasta enfermar. Y todos los años aquel malestar causado por los excesos los dejaba afligidos. Por ello los esclavos se convencían de que su voluntad era débil. De que necesitaban amos que los controlaran a ellos y a sus bajos impulsos. Al cabo de unos días de toda clase de excesos, estaban encantados de volver a ser esclavos.

Llegado este punto, la parrafada del profesor ya era larga y alcoholizada e indulgente.

—Los amish —siguió perorando Brolly— tienen la curiosa práctica del *Rumspringa*, que significa «correr o saltar por ahí». Cuando están a punto de pasar a la vida adulta, a los adolescentes se les permite disfrutar de los frutos del mundo exterior. Igual que los esclavos que disfrutaban de la Saturnalia, es inevitable que los jovenzuelos amish abusen de las drogas, el sexo y los tediosos estilos de vida basados en el salario mínimo. Después de amargarse de esta manera —gorjeó Brolly—, están encantados de volver a la simple y humilde vida de los amish.

Jamal se miró el reloj de pulsera. Keishaun resistió el impulso de consultar sus mensajes de texto. Estaba claro que el profesor no podía parar.

Brolly hizo una pausa para recobrar el aliento. Con el licor reluciéndole en los labios, y los mechones rebeldes de la melena gris que se le habían escapado de la coleta, parecía nada más y nada menos que un mago. Un hereje farfullante. Clavando los ojos relucientes en su reducido público, les preguntó:

—¿Sabéis por qué este país, que es supuestamente el experimento más sabio y exitoso de la historia humana, *no practica* ningún ritual de inversión de poder?

Como ninguno de los dos jóvenes dijo nada, el profesor gritó:

—*Karneval!* —Y vociferó—: *Fasching!*

Esta última palabra derivaba de un término alemán que significaba «hora del cierre». Era el equivalente al moderno Carnaval, una última indulgencia carnal antes de hacer frente a los rigores y la mortificación de la Cuaresma. En la Baviera del siglo XVII, el ritual de inversión del poder permitía a los campesinos comer y celebrar fiestas y a veces copular en las iglesias y catedrales mientras en los desfiles de la celebración los monjes y sacerdotes iban subidos a carromatos —el equivalente a nuestras carrozas de desfile— y les tiraban heces a los espectadores. Lo profano se volvía sagrado y lo sagrado, profano. Pero solo durante un breve intervalo.

Pese a todo, fue dentro de aquel interludio de tiempo sin ley cuando Lutero llevó a cabo su maniobra. Cuando publicó sus objeciones a la Iglesia católica. Y al hacerlo fundó el protestantismo.

—Estaréis de acuerdo en que Estados Unidos es ante todo una nación protestante, ¿verdad? —preguntó Brolly, añadiendo—: Por lo menos en su fundación.

Debido a que las religiones protestantes se habían creado durante un ritual de inversión del poder, eran religiones que siempre habían recelado de aquella práctica.

Brolly asintió con aire sabio.

—El papa, su Santidad, sigue lavando y besando los pies de los pobres el Jueves Santo, pero los protestantes nunca se arriesgarían a hacer algo tan vulnerable.

Se trataba del defecto fatídico de este gran país, en su opinión. Que nunca permite que los más débiles, los más pobres y los desposeídos disfruten de una sola hora de poder ritualizado. Sí, existían versiones castradas como Halloween y los villancicos para los niños, pero nada que dejara a las clases bajas agotadas y satisfechas de seguir siendo pobres durante un año más.

Jamal dejó respetuosamente que pasara un momento lo bastante largo antes de intentar reconducir el discurso.

—Entonces ¿la lista...?

Desesperado, Keishaun suplicó:

—¿Es real?

Achispado y un poco beodo, el profesor Browly chasqueó la lengua. Levantó una mano pálida y jugueteó con unos mechones de su pelo alborotado.

—Como antropólogo cultural hace ya mucho tiempo que estoy oyendo hablar de esa mítica lista —les aseguró—. Y es una leyenda urbana. Una fantasía total.

Los dos estudiantes no pudieron evitar quedarse desilusionados. Habían ido a allí a preguntar por Walter y averiguar si el profesor podía ayudarlos. Pero no podía, o bien no quería. Aquello era una vía muerta.

Como si notara su decepción, el doctor Brolly cambió de postura. Quizá para aplacarlos, o quizá solo para coquetear, les dijo:

—Y en esa lista mítica… —Movido por un interés estrictamente antropológico, les preguntó—: ¿Qué pasa si un nominado obtiene demasiados votos?

Cabizbajo, Keishaun gateó hasta ponerse de rodillas a los pies de Brolly. Ya hacía rato que el agua de la cubeta había dejado de echar vapor.

—Pues pasa esto —empezó a decir, y extrajo con gentileza un pie pálido del agua tibia, lo secó con la toalla y lo dejó sobre la alfombra. El alumno repitió el mismo proceso con el otro pie antes de llevarse ambos pies a la boca y besar la piel fría y arrugada.

El profesor Emmet Brolly se quedó mirándolo boquiabierto, con el mentón barbudo colgándole, estupefacto.

Cuando terminó, Keishaun se llevó una mano a la rabadilla. De la cinturilla del pantalón se sacó un revólver de cañón corto y le disparó al profesor una sola bala en medio de la cara atónita.

No se acercaron pasos a la carrera. El desolado edificio estaba desierto.

—No te lo tomes mal —se aventuró a decir Jamal—, pero se te ha ido la mano.

Brolly estaba despatarrado en su sillón, con un sanguinolento cráter irregular en lugar de cara. La sangre le brotaba a borbotones de la abertura que había quedado al descubierto al final de su tráquea destrozada. Ya no aburría a nadie; no, señor. El contenido entero de su investigación y de su educación había quedado desparramado por los paneles de nogal de detrás de su sillón. Las manos le temblaron un momento. Luego dejó de caerle la sangre por la barba gris y quedó oficialmente muerto.

Keishaun se volvió a guardar la pistola en la cinturilla del pantalón.

—Dentro de unos día ya no importará. —Le hizo un gesto a Jamal para que le acercara el lujoso abrecartas. Y le preguntó—: ¿A cuánto se cotiza?

Jamal estaba consultando su teléfono, repasando una larga lista de nombres. Siguió repasándola. La lista crecía a diario, a medida que más gente iba añadiendo sus nominaciones. Por fin dijo:

—No te vas a creer esto.

Keishaun se quedó petrificado.

—¡Dímelo!

Jamal levantó la vista de la pantalla, sonriente.

—*Mil seiscientos votos…*

Su amigo ahogó una exclamación. Prácticamente se habían creado su propio partido político. Keishaun se cubrió la boca con las dos manos y dejó escapar un chillido contenido de alegría.

Jamal suspiró mientras usaba el abrecartas para cortarle la oreja al muerto.

—Menos mal que Walter nos lo dijo.

Keishaun se encogió de hombros, impotente. Ruborizándose un poco, dijo en voz baja:

—Pobre Walt. —Le subió los bajos de la camiseta al muerto y dejó al descubierto el parche que llevaba de debajo. Arrancó el parche, se lo pegó en el costado del cuello y disfrutó del subidón instantáneo del fentanilo.

Jamal le entregó la oreja, en cuyo lóbulo todavía relucía el diamante. Los dos jóvenes entrechocaron los puños junto a los restos mutilados del doctor Emmet Brolly y chocaron esos cinco. Antes de que se marcharan, Keishaun fue hasta la bandera enmarcada, aquella reliquia medio chamuscada de alguna protesta o manifestación olvidada largo tiempo atrás. La descolgó, la contempló con expresión reverencial y la volvió a colgar del derecho.

Jamal se inclinó para recoger el libro de Alinsky. Hojeándolo fríamente, dijo:

—Se ha terminado el tiempo de las palabras bonitas. —Y confió con delicadeza el frágil papel a las hambrientas llamas de la chimenea.

Piper tenía la voz ronca. Notaba la garganta seca y áspera y se sentía agotado. Después de que despidieran a los demás actores, el equipo de casting le había hecho leer frases al azar. Lo que había empezado como audición se estaba convirtiendo en una maratón, parecía que estuvieran poniendo a prueba su resistencia. Clem o Naylor, o quien fuera el director de casting, le hacía una mueca y le decía:

—No están convencidos de que seas lo bastante hombre.

Como si estuviera provocando a Piper, le decía:

—El papel exige muchas más agallas.

Le daban otra tarjeta pautada llena de pamplinas y Piper la leía como si le fuera la vida en ello:

Caucasia está en guerra con Gaysia. Caucasia siempre ha estado en guerra con Gaysia.

Su pila de tarjetas sin leer todavía era igual de gruesa que un listín telefónico antiguo. Alguien le pasaba otra y Piper leía en voz alta:

Los incendios que consumen nuestras ciudades los han provocado las fuerzas leales al antiguo régimen.

Le enseñaban tarjeta tras tarjeta:

El mundo quiere una teoría de campos unificada. Una sola teoría que lo explique todo. Démosela.

El valor de un hombre no se mide por su sueldo, sino por lo que hace en su tiempo libre.

¡Un desfile militar majestuoso reconquistará la ciudad diezmada de Portland!

Lo bueno de la ficción es que solo tiene que oler a verdad.

No eran más que pamplinas. Chorradas puras y duras inventadas por unos escritorzuelos de pacotilla para una serie que no iba a comprar ninguna cadena. Aun así, Piper recitaba cada frase con vigor y aplomo. Era consciente de que el nudo de la corbata se le había aflojado y desprendido del cuello de la camisa. Y de que varios mechones de pelo ahora le colgaban sobre la frente. Pero no se rindió. Le ardían los ojos inyectados de sangre, pero no se rindió. Ni siquiera cuando el director del casting, Rufus o Colton o Brach, le siguió presentando más tarjetas.

Antes de que este libro fuera un libro… antes de que se empezaran a cavar las fosas comunes… solo estaba el plan de Walter para hacerse rico.

Mientras caminaba por las calles de Nueva York, se ponía a mirar porno por el teléfono. Simples imágenes que ojear hasta que se le llenaban las pelotas. Solo para que le bajara la sangre a las partes y empezara a pensar con el temerario cerebro de debajo de la cintura. Una polla dura nunca tenía miedo. El porno le funcionaba igual que a Popeye le funcionaban las espinacas o al Increíble Hulk le funcionaba la furia.

Lo ponía en un estado en el que era capaz de ponerse a jugar a «Dónde está Wally» en la cúpula de la Capilla Sixtina y no encontrar a Dios porque los culos de los ángeles estaban para follárselos todos.

El porno convertía a Walter en una despiadada manada de lobos de un solo miembro. Se puso a buscar en Google con su teléfono:

Ted Bundy
Wayne Williams
Dean Corll
Richard Ramírez
Angelo Buono
David Berkowitz

Respeta las reglas. Pórtate siempre bien y a nadie le importará si vives o mueres. Walter podía morirse de hambre o cruzar la calle sin mirar y que lo arrollaran los coches. Podía embarcarse a alguna zona del mundo en guerra y que lo violaran con una bayoneta. No era el bebé de nadie, ya no. A nadie le importaba un carajo si vivía o moría. En cambio, si asesinara a unos cuantos don nadies como él, la sociedad movería cielo y tierra para encontrarlo. Mil millones de contribuyentes le pagarían la comida y el alojamiento durante el resto de su vida. Le darían ropa limpia para vestirse. Si dejaba de comer, le meterían un tubo por la boca y lo llenarían de comida, un tratamiento del que llevaba sin disfrutar desde que era un feto.

Hasta que llegara ese momento, caminaba por las calles de Nueva York como un depredador en el país de los corderitos.

Todo lo que le habían enseñado en la escuela no servía de gran cosa a nadie. Si sirviera de algo, su profesor de álgebra estaría volando en jet privado y bebiendo champán de un zapato de tacón. Lo que enseñaban a la gente la llevaba a toda más o menos al mismo sitio. Te decían que tenías que convertirte en algo: en abogado o en contable o en domador de leones, y luego canjear partes de tu algo por algos distintos. En lugar de una sola cosa, Walter quería serlo todo. Pero si deseaba elevarse por encima de la turba, le hacía falta un mentor. Algún multimillonario que lo acogiera bajo su ala multimillonaria y le enseñara el truco para conseguir que el dinero se reprodujera como conejos, el truco del uso de la información privilegiada y de apalancar futuros de materias primas, el mundo exangüe de las absorciones corporativas y de la acumulación de fondos en paraísos fiscales y en cuentas bancarios cuya numeración tendía al infinito.

Ese día Walter se había dicho que podía conseguirlo. Antes que nada había hecho los deberes. Había leído la sección de finanzas del periódico para identificar a algún George Soros o hermano Koch. A algún magnate súper famoso de los fondos de cobertura o un zar de las inversiones. Se había leído de cabo a rabo la revista *Town and Country* y el Quién es Quién del índice Fortune 500. Hasta encontrar a algún Rey Midas que moviera los hilos y convirtiera la paja en oro.

Tal como lo veía Walter, no había estado perdiendo el tiempo. Había estado esperando su oportunidad, ahorrando recursos, esperando su gran ocasión. Había hecho una lista de las cosas en las que creía:

Papá Noel
El Dios católico
El Dios baptista
El Dios budista
El Dios pagano
Satanás
El Conejo de Pascua y el Ratoncito Pérez
Los Sonics de Seattle y los Outlaws de Oklahoma
Gary Hart, Walter Mondale y Al Gore
La circuncisión

Hasta ese día también había creído en la democracia y en el Destino Manifiesto. Había creído en el capitalismo y en el relativismo moral y en el marxismo social. Si había llegado a poner su fe en aquellas cosas, sería capaz de creer en cualquier cosa. Quizá creer en aquellas abstracciones ridículas fuera un ejercicio de fe, y punto.

Su única fe en los tiempos que corrían, su única religión, era Shasta. Se metió dos dedos en el bolsillo de los pantalones. Sacó una bola blanda de color rosa. Como un malvavisco pero más pequeño. Un tapón de oído. Una tarde, en la clase de Herramientas de Diseño Industrial, Shasta había apagado la prensa taladradora. Se había sacado aquellos tapones de espuma rosa de los oídos y los había dejado a un lado. Mientras salía a hacer una llamada, Walter le había robado uno, y ahora por las calles de Nueva York se llevó el tapón a la nariz y lo olisqueó. Aspiró el dulce ecosistema de la piel y el cerebro de Shasta.

Cierto, quizá su padre no había sido lo bastante hijo de puta de primera clase mundial para dejarle un fondo fiduciario considerable, pero Walter ya no podía hacer nada al respecto. Sin embargo, si un padre podía tener más de un hijo, ¿por qué no podía un chaval tener a más de un viejo? Y si un padre podía adoptar a un hijo, ¿por qué no podía Walter adoptar a un padre nuevo? Y rico. A alguien que le metiera una cuchara de plata en su boca de palurdo cateto y analfabeto. Walter, el mismo Walter que caminaba por las calles con un arma oculta, a punto de convertirse en el hijo que Creso nunca había sabido que tenía.

Elegir a dedo a un T. Boone Pickens. Como las ligas de fantasía de fútbol, pero aplicadas a su propia estirpe familiar.

El dinero era la esencia más pura de todas las cosas, la forma que todo adoptaba antes de reencarnarse en otra cosa. Walter decidió volver a ser aquel Walter original, el que había sido antes de que le instilaran opiniones y educación y cautela. El Walter en que se convertía cuando miraba porno.

Y allí estaría ahora, en la Avenida Madison, el nuevo-viejo de Walter, con su cara de héroe de novela negra pintado al óleo y su talento para los números. Quizá no fuera el ricachón con chistera, levita y pantalones a rayas del Monopoly, pero sí alguien lo bastante patriarcal. Y si Walter era capaz de recoger a un perro vagabundo de la calle, aquello también debería ser fácil. No paraba de repetirse «adquisición hostil». Adquisición *hostil*. Visto desde el ángulo correcto, era un cumplido, se dijo a sí mismo mientras se Mark-David-Chapmanizaba hasta Nueva York y pagaba con su tarjeta de crédito una habitación en un hotel del Midtown para poder Mark-David-Chapmanizar las calles atestadas con la esperanza de cruzarse con su nuevo padre. El padre que todavía no sabía que Walter existía.

Buscó con el Google de su teléfono: la lista de gente que matar aprobada por Chapman.

Johnny Carson
Marlon Brando
Walter Cronkite
George C. Scott
Jacqueline Kennedy Onassis
John Lennon
Elizabeth Taylor

Pensando con su cerebro porno, Walter merodeó por las calles con su lista, con los bolsillos de la gabardina abultados, en busca de alguno de sus varios padres en potencia. A buen hambre no había pan duro. Algunos de sus posibles mentores ni siquiera eran hombres, sino mujeres corredoras de Bolsa o embaucadoras inmobiliarias, todo valía con tal de que pudieran enseñarle su secreto para amasar dinero. Walter se pateó las aceras, patrullando sin meta, con la lista en su teléfono, que incluía fotografías y sugerencias de las ubicaciones más probables para cazar a aquellos ases de las finanzas. Y en su mente siempre estaba Shasta. Se imaginaba la expresión de cuando él se presentara en su habitación de la residencia de estudiantes, a lo grande, pilotando un jet privado y con una cordada de ponis de polo para llevársela y con Beyoncé como dama de honor. Buscó en Google en su teléfono: la lista de gente que matar de Charles Manson.

Steve McQueen
Richard Burton
Tom Jones
Frank Sinatra
Elizabeth Taylor

Con su rollo de cinta aislante en el bolsillo de la gabardina, se pateó todo Wall Street. Subió por Lexington Avenue hasta los almacenes Bloomingdale's, con los ojos muy abiertos, sin saber muy bien cómo gestionaría un encuentro en persona con su objetivo. Multimillonarios sedientos de sangre en su hábitat natural. Quizá seguiría a su nuevo padre durante varias manzanas hasta que los dos se quedaran parados en un semáforo en rojo, plantados en la esquina de la calle Cincuenta y siete, esperando a que cambiara a verde. Se pondría al lado de aquel Michel Bloomberg y le preguntaría:

—¿No es usted Warren Buffett?

La piel aristocrática y patriarcal del hombre se veía igual de pálida y frágil que el papel de liar viejo. Clavaría en Walter una mirada de fétido desprecio y Walter contraatacaría diciendo:

—Quizá le interese saber que llevo una Glock del calibre 15. —Y con audacia le mostró el bulto del bolsillo de su gabardina.

De hecho, aquello bastó para captar la atención del hombre en cuestión. Sin perder un minuto, Walter le dijo que parara un taxi y los dos se subieron a él. Walter le dio al taxista una dirección de Queens, a varias manzanas de donde había dejado su coche de alquiler. Los dos fueron hasta allí en silencio, Walter clavándole el bulto del bolsillo al hombre en los riñones, a aquel hombre que era su pasaporte a una existencia en la que no tuviera que reducir toda su vida a las noches de los sábados. A fin de reforzar su determinación, Walter había mirado más porno en internet. Se sacó un paquete de chicles impregnados de resina de marihuana Skunk y le ofreció uno al taxista. El taxista lo aceptó sin saber realmente qué era. Walt le ofreció otro a su Bernard Arnault, pero el hombre no lo quiso, así que Walter se lo metió en la boca y se puso a masticar.

—No voy a hacerle daño —le dijo.

—¿Y necesitas una pistola para no hacerme daño? —le preguntó aquel Amancio Ortega.

—Solo necesito usar su cerebro un par de días —le dijo Walter.

Con la grandeza arquitectónica de Nueva York desfilando por todos los lados, aquel Karl Albrecht le preguntó:

—¿Ese chicle no tenía pelusa?

—¿Qué? —le preguntó Walter.

—Pelusa de bolsillo —informó el hombre a Walter—. En ese chicle que me has ofrecido con tanta generosidad. —Levantando ambas manos con las palmas hacia arriba, se dirigió al techo del taxi en tono suplicante—: A mi edad, con la poca vida que me queda, ¿por qué voy a confiar en un joven rufián que me ofrece con tanta generosidad golosinas baratas cubiertas de mugre?

Walter notó una especie de pelillos entre los dientes. Le ardieron las mejillas de vergüenza, pero no quería darle la razón al hombre escupiendo el chicle por la ventanilla. Lo que hizo fue decir:

—Está usted loco. ¡Este chicle está buenísimo! —En aquel momento le hacía mucha falta sacar el teléfono, pero no quería que su nuevo padre lo viera recargarse con el porno.

El taxista escupió su chicle por la ventanilla. Walter les dijo a los dos:

—¡Este chicle está delicioso!

Para evitar que el taxista viera su vehículo de alquiler, se bajaron antes de llegar. Luego ya solo estaban Walter y el hombre caminando por Queens, hasta que Walter llegó al coche de alquiler y abrió el maletero y le indicó a aquel Carlos Slim que se metiera.

—Una semana, como mucho —le prometió Walter.

Walter buscó las fotos de Shasta que tenía en el teléfono. Le enseñó la pantalla a su nuevo padre. Mostrándole una a una aquellas fotos de Shasta sonriente y Shasta dormida y Shasta no haciéndole caso, Walter le dijo:

—Esta es mi motivación.

La mirada del hombre se posó en la palanca de apertura interior del maletero. Walter le dejó que la mirara, con tal de que se metiera. Que pensara que podía escaparse de un salto en el primer semáforo. Aquel Ingvar Kamprad suspiró. Encorvó las espaldas y masculló:

—¡Una semana, me dice el señor terrorista!

Encogido junto al neumático de repuesto del maletero de Walter, se meneó como pudo para ofrecerle su reloj de pulsera, su teléfono y su billetera, pero Walter no los quiso. Pensándoselo mejor, le aceptó el teléfono al hombre para poder desactivarle el GPS.

—No entiende usted bien lo que me mueve a hacer esto —le dijo Walter—. No quiero su dinero. No soy ningún terrorista —dijo Walter. Y cerró de golpe la portezuela del maletero.

En cuanto el maletero estuvo cerrado con el seguro, Walter escupió aquel chicle siniestro. Se sacó la pipa de maría del bolsillo de la gabardina y se llenó los pulmones, reteniendo el humo, dejando volar la mente. Pobre Elizabeth Taylor, pensó. Dos veces en el punto de mira. ¿Acaso no había sido también el objetivo del elaborado complot asesino automovilístico de la novela de J. G. Ballard *Crash*? Donde tenían planeado cambiar de carril en un paso elevado y violar simbólicamente su limusina estrellando su sedán contra ella y matándola. ¿O quizá todos aquellos complots para matarla en realidad eran el indicador definitivo de su estrellato en el cine?

Hablándole al maletero cerrado, Walter dijo que sentía mucho todo lo sucedido, lo del Holocausto y todo aquello, pero que no tenía intención de hacer nada parecido. Walter no tenía prejuicios, y hasta había hecho un diorama sobre la Solución Final en secundaria. Había sido su modo de rechazar a quienes negaban el Holocausto en internet por odio, y hasta le había puesto humo de incienso que se elevaba ominosamente de las chimeneas hechas con Lego. Incienso de sándalo, porque era el único que vendían en Walmart. Le había puesto una excavadora de juguete Tonka que tiraba a muñecas Barbie desnudas a una fosa de tierra para esconderlas de las fuerzas liberadoras aliadas. Un trabajo muy digno, aquel diorama, aunque había provocado que lo mandaran a la oficina del orientador de la escuela para ver un vídeo sobre el hecho de ser un cabronazo culturalmente desviado. Desde aquel día siempre había hecho un esfuerzo especial con el corazón y las pelotas para practicar la sensibilidad hacia otros pueblos con religiones distintas.

Cuando se volvió a guardar la pipa de maría en el bolsillo palpó el rollo de alambre. El cable de estrangular.

La verdad era que no tenía ninguna pistola. Lo que llevaba en realidad en el bolsillo era una bolsa bastante grande de marihuana California Ultraviolet. Eso y la cinta aislante que se había olvidado de usar. Le dijo en voz baja al maletero cerrado con seguro:

—Nadie lo va a gasear.

Solo entonces se arriesgó Walter a recargarse un poco más con porno. Durante todo aquel tiempo no había entendido nada. No había tenido una perspectiva de conjunto.

Todo el secuestro había sido tan fácil, tan tranquilo y sin problemas y fácil que debería haber pensado que algo iba terriblemente mal.

El interior del maletero le contestó:

–¿A quién hay que gasear? ¿A mí? Pero si soy luterano, Señor Terrorista. –Y en aquel momento salieron del interior de metal unas risotadas triunfales y amortiguadas.

Al cabo de sesenta días se bloqueó la lista. Se eliminó a los nominados que no tenían el apoyo suficiente. Se fijó el valor de la recompensa de los que quedaban. Aquellas medidas finales aseguraban que los jugadores no pudieran identificarse, nominarse o superarse en votos los unos a los otros. En cuanto comenzara el Día del Ajuste, la lista se borraría. Dejaría de existir.

Hicieron que Piper lo repitiera una y otra vez. Y siempre con la misma entonación exacta, como si fuera un robot.

–El Día del Ajuste está aquí –recitó obedientemente.

Y una vez más:

–El Día del Ajuste está aquí.

»Repito: el Día del Ajuste está aquí.

Pronunció las palabras hasta que dejaron de sonar a palabras. Cada frase era un mantra o un redoble de tambor. Para evitar cecear, se aplicó a controlar los sonidos sibilantes. Todas las tomas eran perfectas, pero el ayudante del director se plantó junto a la cámara y se dedicó a indicarle una y otra vez con el dedo que lo volviera a decir.

Piper pidió una botella de agua. Alguien hurgó entre el hielo picado de una nevera de espuma de poliestireno, pero lo más parecido que tenían era cerveza light. Se pusieron a grabar otra vez.

A repetir:

–El Día del Ajuste está aquí.

A repetir:

–La lista no existe.

A repetir:

—La primera víctima de toda guerra es Dios.

A repetir:

—Si uno puede hacer frente a la realidad a los veinticinco años, a los sesenta la puede determinar.

El director de casting, Clem o Rufus o Naylor, estudió su tablilla sujetapapeles. Levantó la vista:

—Muy buen trabajo —dijo—. Ahora lo necesitamos todo en español.

Piper no se podía permitir ofenderse. Necesitaba el trabajo. Por fin Clem le prometió que se pondría en contacto con su agente para hablar de los términos de su contrato. Todos los responsables del casting se le acercaron para darle un apretón con sus manos ásperas y sucias. Para presentarle sus respetos con un hosco «gracias». El director de fotografía, Colton, le puso un sobre de papel manila en la mano y lo acompañó al aparcamiento. Cuando por fin estuvo en su coche y no había nadie a la vista, Piper abrió el sobre. Dentro había un fajo de cien billetes de cien dólares sujetos con una banda de papel. No tenía ni idea de si aquello era un adelanto o un soborno. Durante toda la tarde se había sentido como se imaginaba que se sentiría si hubiera rodado una película porno. En la banda de papel había impresa la cifra: «10.000$».

En su puesto de trabajo en la cadena, Charlie metió un amortiguador de goma en la prensa hidráulica. Le alineó encima una brida de fijación de acero y luego pasó un perno a través de ambas cosas. Pisó el pedal. La prensa soltó un silbido y prensó las tres cosas juntas; a continuación Charlie añadió la contratuerca y la apretó siguiendo las instrucciones de montaje. Soltó el pedal, sacó el tope del eje terminado y lo tiró en la cesta de alambre que tenía la etiqueta con el número de la pieza correspondiente. Luego cogió otro amortiguador de goma, otra brida y otro perno. Todas aquellas tareas repetitivas que antes le habían resultado tediosas ahora lo llenaban de satisfacción. Hasta la más pequeña tarea contaba de cara al futuro, y por primera vez desde que era niño Charlie esperaba el futuro como si fuera la Nochebuena.

Había sucedido lo imposible. Garret Dawson le había dicho: «Tú». Con el pulgar le había hecho una señal a Charlie para que fuera con él. Garret Dawson, el rey de la planta de montaje.

Así de deprisa le había salvado la vida a Charlie.

El hombre lo había elegido a él de entre toda aquella panda de matones, fanfarrones y fuleros de la fábrica. Charlie se sentía ungido, como en la Biblia. Como si lo hubiera visitado un ángel. Como si ni siquiera hubiera estado vivo hasta que Garret Dawson se había acercado a él y le había informado de que no era como todos los demás y de que tenía un destino que iba mucho más allá de la cadena de montaje.

Nadie, ningún maestro ni sacerdote ni entrenador deportivo, le había dicho claramente a Charlie que podía contribuir a gobernar el mundo.

Charlie era un hombre. Tenía veintisiete años. Un hombre que trabajaba en una cadena de montaje y ya tenía tres cartas de aviso en su expediente y si fichaba tarde una sola vez más recibiría un cuarto aviso y lo echarían. Y su trabajo era una mierda. Y se odiaba a sí mismo por aferrarse a aquella mierda de trabajo. Ya desde la escuela se había acostumbrado a esperar muy poco de la vida. Nada especial, solo que el mundo lo tratara con cortesía y educación. Quería que la gente lo viera y no tuviera miedo, no que lo admiraran, sino solo que lo vieran. Quería que la gente le tuviera cierto reconocimiento para que se lo pensaran dos veces antes de meterse con él e insultarlo.

Y ahora lo habían elegido para un equipo. El equipo más exclusivo de la historia de la humanidad. Y si a aquel equipo le iba bien, podrían sumar sus victorias. Y si aquella cifra alcanzaba cierta envergadura, quizá se convirtieran en el cuerpo principal de legisladores de la nueva nación. Y la nación que lideraran lideraría el mundo. Y este futuro hacía que le costara dormir por las noches.

El día de la invitación, Garret Dawson le había enseñado la lista en su móvil, le había enseñado dónde encontrarla, la dirección de internet. Dawson había visto algo heroico en él y había vaticinado que Charlie podía tener un papel en el Día del Ajuste. Charlie, proclamó Dawson, tenía la madera de los hombres que a lo largo de la historia habían emprendido acciones para mejorar radicalmente su sociedad en un solo día.

Y eso se lo había dicho Garret Dawson en persona: el mismo Garret Dawson que no había entrado a trabajar tarde ni una sola vez en diecisiete años y en cuyo expediente no constaba ni una sola carta de aviso. Dawson, que era la prueba viviente de que el trabajo duro dignificaba. Que tenía esposa e hijos, tenía mucho que perder y se lo había apostado todo a invitar a Charlie a unirse a ellos.

Y Charlie no iba a defraudar aquella confianza. El hombre se lo había dicho solo a Charlie, de entre todos los operarios de la cadena de las Industrias KML, había ido a buscar a Charlie, lo había observado a distancia y había visto la forma callada y discreta que tenía de comportarse. Había notado acertadamente que Charlie sabía guardar secretos, que no se iba a jactar de aquello y poner en peligro la misión. Había elegido la fuerza latente y el potencial en bruto de Charlie. Lo que nadie más había sabido ver, ni siquiera el padre de Charlie, Garret Dawson lo había captado al instante.

Gracias a su observación meticulosa, el hombre sabía que Charlie compraría el arma necesaria. Que haría las prácticas de tiro con objetivos en movimiento. Que demostraría ser una pieza valiosa cuando llegara el Día del Ajuste y también como miembro de la clase dirigente durante las décadas venideras.

A riesgo de parecer astrólogo, Dawson le había hablado del ciclo saturnino de las vidas de la gente. Según él, Charlie había empezado a los veintisiete años pero para cuando cumpliera treinta y uno ya no se reconocería a sí mismo. Dawson le había hablado a Charlie de la fisiología del cerebro humano. Había citado estudios que demostraban que los últimos cambios importantes en el cerebro humano tienen lugar alrededor de los treinta y un años. Se trata de la edad en que la experiencia y la educación de un hombre se fusionan para crear algo más grande que esos dos elementos. Si uno conseguía vivir más allá de los veintisiete —el año de la muerte de muchas estrellas del rock—, entonces sus mayores ambiciones podrían hacerse realidad a los treinta y uno.

Tal como lo veía Dawson, si la naturaleza le había otorgado el don de un cerebro que resolvía magníficamente los problemas no era para que fichara todos los días y se pasara la vida ensamblando piezas. Los dos, Charlie y él, eran el resultado de varios milenios de decisiones acertadas y trabajo agotador. Dawson afirmaba que era cómico que tuvieran allí delante la culminación evolutiva de todos los genios y brutos musculosos de la historia, en las Industrias KML. Charlie y sus hermanos se hallaban preparados para afrontar las peores mierdas que el destino le podía deparar a nadie, y sin embargo allí estaban, angustiándose por si los despedían y rezando para pasarse las cuatro décadas siguientes metiendo tornillos en tuercas.

Sus antepasados los estaban mirando, le dijo Dawson, y les importaba un real carajo cuántas piezas pudiera ensamblar Charlie en una hora, en ocho horas o en cincuenta años. En el más allá todos querían ver a Charlie desplegar el coraje que le habían legado. Habían entregado sus vidas por él y esperaban que Charlie hiciera lo mismo por el futuro.

Garret Dawson identificaba aquella estirpe de antepasados con la línea de poder a la que ahora invitaba a Charlie a unirse. El joven fue todo oídos mientras Dawson le describía el sistema. El hecho de que cada línea de poder emanaba de un miembro del Consejo de las Tribus. Aquellos siete miembros habían creado la lista. Habían elegido a la primera ronda de soldados que reclutar, seleccionando solo a los firmes, los capaces y los decididos. Y cada uno de aquellos elegidos había invitado a su vez a un único soldado. Este método permitía que cada línea de poder se pudiera remontar a su fundador en el Consejo. Y el fracaso de un soldado era el fracaso de su línea entera, mientras que el éxito de cada uno era el éxito de su linaje.

En aquel momento ya se había creado una red secreta de elegidos. Hombres ordinarios que hacían su trabajo. Gente normal. Personas discretas que no llamaban la atención, continuaban criando a sus familias y pagando sus impuestos y tratando a los demás con dignidad sabia, plenamente conscientes de que pronto pasarían a la acción para que resolvieran todos los defectos de la sociedad.

Lo que preocupaba a Charlie era el siguiente paso. Quería enrolar a su cuñado. Llevarlo a su linaje. Los dos se pasaban todas las reuniones familiares sentados y encogidos delante del televisor. A fin de mantener la paz, se habían pasado la vida sin abrir la boca. Fuera Acción de Gracias o Navidad, todas las fiestas eran una cámara de resonancia donde ciertos miembros de la familia repetían, como loros, las opiniones ajenas aprobadas sobre el mundo. Arriesgarse a aventurar una idea contraria sería como soltar un zurullo en el cuenco del ponche de la felicidad, de manera que Charlie y su cuñado se quedaban allí apoltronados. Mantenían las cabezas gachas y evitaban armar jaleo. Se zampaban el pavo o el jamón de Semana Santa y fingían que no eran sus vidas las que estaban disolviéndose en el pasado.

Charlie sabía que su cuñado sería un recurso excelente en el Día del Ajuste. Pero no estaba seguro de que consiguiera mantener la bocaza cerrada, y como la hermana de Charlie se enterara de lo que estaba pasando, sería el final de todo. Ella ciertamente era incapaz de mantener un secreto. Además, era uno de los loros que declaraba que el mundo tenía que seguir siendo de una forma determinada, y su especialidad era desvivirse para ganar puntos de cara a unos maestros que a su vez querían ganar puntos de cara a unos maestros que ansiaban ganar puntos.

La bocaza de su hermana conseguiría que los mataran a todos. Se rumoreaba… Mejor dicho, no solo se rumoreaba: el protocolo de los linajes decretaba que si alguien se iba de la lengua, a ese jugador se lo finiquitaba. Y lo que era peor, también se finiquitaba al jugador que había reclutado a aquel jugador. Eso quería decir que Charlie, su hermana y su cuñado serían represaliados antes del Día del Ajuste y que se quedarían todos sin legado ni dinastía, y que su familia sería excluida para siempre de la esfera del poder nacional, y que Garret Dawson, el pobre Dawson, se sentiría idiota por haber reclutado a un pringado de mierda que había traicionado la causa. El mismo Dawson que había observado a Charlie y había evaluado su carácter, y había apostado su vida entera a que Charlie era un hombre sólido y digno de confianza y con un rol reservado en el glorioso nuevo futuro, aquel Dawson y su linaje entero darían un paso en falso mientras las demás líneas de poder seguían extendiéndose.

Justo así era como algunas de las líneas de poder se habían tambaleado y habían perdido fuerza. Alguien delataba a alguien y había que detener a dos hombres, pero un tercero elegía otra vez y la línea seguía avanzando. Otras líneas habían avanzado sin dar siquiera un paso en falso, y esas líneas se extendían centenares de kilómetros y lograban la mayoría de los objetivos.

Pero para que sucediera aquello, Charlie tenía que cumplir con su primer deber. Pasar su primera prueba. Porque Garret Dawson seguía observándolo desde el otro extremo de la fábrica. Charlie metió un amortiguador de goma en la prensa. Metió una brida de fijación y un perno. Comprimió el ensamblaje y lo aseguró con una tuerca.

Vivir en un castillo no te convertía en rey. Igual que volar en jet privado no te convertía en astronauta. Ni flexionar los músculos te volvía fuerte. Tener una mujer florero tampoco te convertía en triunfador. Charlie llevaba la vida entera buscando los paramentos del poder, sin darse cuenta de que solo el poder era poder.

Solo el coraje era coraje. Solo las acciones contaban. Lo decía el libro. Garret Dawson también le había dado a Charlie el famoso libro.

Y ahora Charlie necesitaba invitar al siguiente miembro de su linaje.

Las demás líneas seguían creciendo día a día, hora a hora, pero la de Charlie estaba parada. Encallada. Si elegía a un soplón, podía acabar muerto. Si no elegía a nadie, estaría rompiendo el linaje, la sucesión de hombres que habían puesto su confianza en él. Y lo que era peor, si no era capaz de correr aquel primer gran riesgo, ¿cómo se comportaría el Día del Ajuste?

Con su portada azul marino, el libro destacaba igual que una cabeza afeitada. Demasiado grande para meterlo en el bolsillo. Con el título grabado en letras doradas, servía de insignia distintiva de los hombres que lo llevaban por la calle y lo leían en el autobús. Los señalaba como héroes. Era la lectura entendida como acto revolucionario encubierto realizado a plena vista, pero solo reconocible por los demás hombres que tenían en el libro.

Si por ejemplo un policía de tráfico paraba a un hombre por exceso de velocidad y veía el libro sobre el asiento del pasajero, no lo multaba. Si una mujer se fijaba en que un hombre estaba leyendo el libro y le preguntaba por él, cuando el hombre se negaba a describirlo se volvía al instante más atractivo a los ojos de la mujer.

Tal como había explicado el doctor Brolly, cada desbordamiento de juventud tenía su propio texto. Tenía un libro que justificara las acciones que debían llevar a cabo sus hombres.

Los conquistadores de las Américas habían tenido la Biblia. El ejército de Mao había tenido su libro de citas. Los nazis habían tenido el *Mein Kampf*, igual que los radicales americanos habían tenido a Saul Alisnky.

Tanto a los padres como a los maestros les encantaba ver que los chavales cogían un libro para leer. Y ahora los mismos chicos que jamás habían terminado un libro de forma voluntaria se pasaban las horas devorando aquellas páginas sin interrupción.

Solo se entregaban ejemplares a los hombres invitados a un linaje. Y solo entre aquellos hombres se podía comentar, hasta que todos los que se lo habían leído se sabían el texto de memoria.

Leerlo en público constituía un audaz acto político. Cada cubierta azul marino era un silbato de ultrasonidos. Un indicador de estatus. Leerlo era un anuncio ideológico dirigido a quienes pensaban igual.

Ninguna biblioteca tenía ejemplares. Ninguna librería vendía aquel libro de Talbott Reynolds.

Pero sí llamaba la atención. Convertía a quien lo llevaba en héroe entre quienes conocían el plan. Los lectores lo llevaban en el transporte público para que otros viajeros lo reconocieran. La insignia de su portada azul marino mostraba cuántos eran y reforzaba su determinación. Declaraba que los más valientes entre los valientes habían elegido a su portador como a un igual. Y los hombres llevaban el libro a diario y a todas partes, como quien lleva una bandera a la batalla.

Igual que todos los libros importantes, solo tenía sentido para los fieles. Igual que el Corán o que el *Libro de los mormones* o que *El manifiesto comunista*, si alguien que no era un creyente abría un ejemplar, se quedaba perplejo y frustrado y enseguida desdeñaba el texto y lo apartaba. Alguien de fuera jamás podría terminarse aquel libro, mientras que los conversos podían leerlo un millón de veces de cabo a rabo y encontrar ideas nuevas en cada relectura.

Quienes lo llevaban consigo estaban cansados de ser consumidores. Querían ser consumidos.

En vez de elegir una vocación habían sido elegidos. Cada uno de aquellos hombres había sido llamado. Una llamada a filas más grande que cualquier leva del gobierno.

A Terrence terminó pillándolo su madre. Estaba en cama, leyendo. Llevaba leyendo el libro azul marino desde su última estancia en el hospital, desde que su padre se lo había hecho llegar a través de un enfermero cómplice, que había aceptado no decir nada a la madre de Terrence. Su padre no había puesto los pies en la habitación de hospital de Terrence, pero sí le había escrito una dedicatoria en la portadilla: «Para mi hijo. Dentro de unos días el mundo será un sitio muy distinto. Sé fuerte».

Dentro había varios pasajes subrayados. Terrence sabía que tenía que ocultarle a su madre el libro de Talbott Reynolds. Cuando le habían dado el alta, se lo había llevado de extranjis a casa. El personal médico no le había encontrado nada extraño, nada que explicara sus ataques. Nunca le encontraban nada. Para curarse en salud, se limitaban a aumentarle las dosis de Zoloft, de prednisona, de agentes bloqueadores beta-adrenérgicos y de plata coloidal.

Fuera cual fuera la intención de su padre, el libro se convirtió en la Biblia de Terrence. Lo leía todos los días al despertarse, porque el amanecer era el único momento en que podía. Después de tomarse la ronda matinal de medicinas ya se le embotaba la mente y apenas lograba concentrarse lo bastante para seguir el argumento de los dibujos animados de la televisión.

Hoy, por ejemplo, había estado leyendo:

Un pasado feliz estropea a la gente. Se aferran a él y no tienen ningún sitio mejor al que ir. Nada con lo que superarlo.

Cuando escarbaba en su memoria, el único detalle que podía desenterrar de su padre era la crema de manos Brylcreem. El olor a Brylcreem, una especie de combinación de lanolina y cintas viejas de máquina de escribir. La forma en que su padre le pasaba el extremo de un peine por el pelo para hacerle la raya a un lado. Para que llevara el peinado de su padre, los domingos antes de ir a visitar a Dios. Terrence no podía rescatar ninguna cara. Ni nada más. Lo único que encontraba allí dentro era el olor a Brylcreem y el roce del peine a lo largo de su cuero cabelludo.

Aquel peine, que trazaba una línea igual que su lápiz. Igual que un arado. A Terrence lo emocionaba imaginarse a su padre subrayando aquellas palabras con líneas largas y firmes. Con cuidado, eligiendo los pasajes meticulosamente para él, para su hijo. Cada pasaje era una revelación. Y en el margen, al lado de muchos de aquellos pasajes, con la misma caligrafía severa que había usado para la dedicatoria, su padre había escrito: «Para Terry». Prueba de que el hombre se preocupaba por él, aun quedándose en los márgenes. El siguiente pasaje subrayado decía:

Date cuenta de que nadie quiere que descubras tu verdadero potencial. Los débiles no quieren estar en compañía de los fuertes. La gente estancada no puede soportar la compañía de la que crece con vigor.

Murmuró las palabras para sí, intentando memorizarlas a base de repetirlas.

Los hombres siempre sufrirán dolor y enfermedades. Elige qué mal quieres tú, da igual que sea el del trabajo físico o el agotamiento. Prográmalo. Saboréalo. Usa tu sufrimiento para que no te use él a ti.

No hubo aviso previo. Quizá se había olvidado de cerrar con llave. O quizá su madre había usado su llave con sigilo mientras él estaba absorto en el libro. La puerta se abrió y apareció su madre, que llevaba la bandeja del desayuno con su huevo perfectamente escalfado, su tostada integral y su medio pomelo. Su mirada escrutó el libro y soltó chispas, pero solo un momento. Luego las cejas se le relajaron. Entrecerró los ojos con recelo hostil y preguntó:

—¿Qué estás leyendo?

Por supuesto que lo sabía. El libro de Talbott era objeto de encendidos debates en la televisión y en internet. Como pasaba con todos los textos místicos, desde *Las nueve revelaciones* hasta *Juan Salvador Gaviota*, sus seguidores lo reverenciaban. Quienes no lo eran, lo despreciaban. Su madre pertenecía a la segunda categoría. Se inclinó para dejarle la bandeja en la mesilla de noche, echando un vistazo de reojo a las páginas abiertas.

Como él no contestaba, ella se obligó a sonreír y le dijo:

—¡Hoy te he traído un pomelo rosa!

En la cama, y con los primeros rayos del amanecer iluminando las palabras, Terrence leyó:

Los débiles quieren que renuncies a tu destino igual que ellos han rehuido el suyo.

Su madre debía de saber de dónde venía el libro. Quién se lo había dado. Se había pasado años evitando que su padre se le acercara, diciéndoles a las enfermeras y a Terrence que su padre era un psicópata intolerante y racista obsesionado con infligir microagresiones a las personas transgénero y con practicar la cultura de la violación con estudiantes universitarias beodas. Desde que Terrence había empezado a tener sus misteriosos ataques, ella había sido su cuidadora y su único contacto humano diario.

Ahora le hizo un gesto a Terrence a fin de que se moviera y le dejara sitio para sentarse en el borde de la cama, pegándole las caderas al muslo cubierto por la manta. Se le acercó más y le recolocó la almohada que tenía junto a la cabeza. Mientras lo hacía, aprovechó para echar un vistazo furtivo a las páginas abiertas. Y leyó en voz alta:

Tenemos que permitir que cada individuo persevere o perezca como prefiera.

Una mueca de desaprobación le torció la boca.

—Basura —declaró. Su tono asqueado violó a Terrence con vergüenza. Agarró con una mano el borde de la portada y dio un tirón suave—. Dámelo para que puedas desayunar.

Cuando él se aferró con fuerza al libro y se negó a levantar la vista de la página, su madre le preguntó:

—¿Qué estás escondiendo? —Dio otro tirón menos suave del libro y dijo—: ¡Ni que estuviera planeando quemarte esa porquería!

Viendo que su hijo se mantenía firme, se volvió a sentar. Examinó con frialdad, con cara neutra e inexpresiva, a su hijo, las mantas, el libro. Una máscara de astucia. Cambió de táctica. Se acercó poco a poco y se inclinó sobre él. Estiró el brazo para ponerle la palma fría de la mano en la frente.

—Se te ven los ojos vidriosos —le dijo. Le acarició las mejillas—. Estás caliente. —Le apartó el pelo de las sienes y le dijo—: Estás a punto de tener otro ataque, ¿verdad?

Así era como empezaba siempre. Su madre le acariciaba la cara. Lo arrullaba. Le miraba fijamente a los ojos y le decía que estaba pálido y que tenía la piel pegajosa. Le canturreaba y le tarareaba:

—Mi pobre niñito enfermito… Mi pobrecito, con lo delicado que es…

Y Terrence empezaba a sudar a chorros por la cara. Comenzaba a verlo todo borroso. Ella le sugería:

—Te pitan los oídos, ¿verdad? —Y le empezaban a pitar los oídos.

A continuación, como una maldición, su madre invocaba los dolores de cabeza, las migrañas y los escalofríos y todas aquellas cosas se manifestaban en él.

Pero esta vez, mientras ella le pasaba los dedos por el pelo e invocaba las convulsiones y los espasmos que lo llevarían de vuelta al hospital, Terrence no apartó la vista de la página que estaba leyendo:

El delincuente negro lidera una banda violenta y el homosexual tiene una conducta promiscua porque ambos actos son demostración de una identidad política. Si se elimina al observador externo, se elimina también el motivo de esas conductas.

Con un tono cargado de burla, su madre lo provocó:

—¿Sabes cómo llama a ese libro la gente sensata? —Como él no mordía el anzuelo, ella le soltó—: ¡Lo llaman «el nuevo *Mein Kampf*»!

Terrence sintió que se disipaba la amenaza de un ataque. Se rompió el trance. La respiración se le volvió regular y profunda. El corazón ya no le latía acelerado.

Cuando su madre se dio cuenta de que sus atenciones no estaban teniendo su efecto habitual, se volvió a sentar. Y le preguntó otra vez:

—¿De qué tienes tanta vergüenza?

Como él no le contestó, ella le preguntó:

—No habrás tenido otra emisión nocturna, ¿verdad? —Su madre intentó agarrar las sábanas y las mantas y le dijo en tono imperioso—: ¡Déjame verte el catéter!

A fin de protegerse, Terrence intentó apartarse girándose de espaldas. Abrazándose el libro contra el pecho, protestó:

—¡Mamá! ¡Tengo diecinueve años y estoy harto de llevar catéter!

Ella, entretanto, encontró la bolsa de drenaje, un globo de plástico transparente inflado por las excreciones nocturnas de Terrence. Sostuvo en alto la bolsa de drenaje y la agitó teatralmente, produciendo un chapoteo horrible.

—¡Podremos prescindir del catéter —vociferó— cuando el señorito deje de mojar la cama!

Terrence sabía que lo de mojar la cama no era más que una excusa. Año tras año, desde que a él le alcanzaba la memoria, su madre había medido la producción de su vejiga y sus intestinos y anotado los resultados. Terrence jamás había cuestionado por qué lo hacía, hasta que había empezado a leer el libro de Talbott.

Su madre dejó caer la pesada bolsa de drenaje y estiró la mano de golpe y con violencia para agarrar el libro, bramando:

—¡Dame eso!

Terrence lo aferró con fuerza mientras ella agarraba el lomo y forcejeaba para arrancárselo de las manos.

Su madre se escurrió de la cama y se quedó en cuclillas, con los pies afianzados en el suelo y estirando con toda la fuerza de su cuerpo. Con una mano siguió agarrando el libro y con la otra buscó a tientas algo que Terrence no podía ver. Su madre siguió batallando a medias mientras se concentraba en otra tarea que el borde de la cama a él no le permitía ver.

—¡Tu padre —le dijo entre dientes— no sabe lo enfermo y débil que estás!

La mirada de Terrence se posó en la página que estaba leyendo. El texto decía:

Aquello a lo que te resistes, persiste. La oposición directa solo refuerza a tu oponente.

Con gesto triunfal, su madre levantó la mano libre. De alguna manera se las había apañado para agarrar el largo tubo que le salía del catéter y se había enrollado un segmento en torno al puño. Si Terrence no soltaba el regalo de su padre, estaba claro que ella tenía intención de arrancarle el tubo con crueldad. Lo tenía bien agarrado por el aparejo.

—Dámelo —gruñó.

—¡Mamá, no! —suplicó Terrence. Pero la firme presa de ella no soltó la encuadernación. Las mantas se habían caído al suelo, dejando al descubierto las piernas y los brazos pálidos y sin vello del chico, vestido únicamente con una camiseta blanca de algodón y calzoncillos.

Ella dio un tirón de advertencia al tubo. El conducto entero salió disparado hacia arriba y se tensó allí donde se metía en la parte delantera de sus calzoncillos abombados.

Terrence ya sentía la presión ominosa y soltó un grito:

—¡Mamá, no! —Se le quebró la voz—. ¡Lo vas a arrancar! —Pero seguía aferrándose a su tesoro.

Sin dejar de estirar con una mano del disputado volumen, su madre usó la otra para jalar con ferocidad. El catéter se soltó y el largo tubo restalló como un látigo. Rociando la bandeja del desayuno de orina caliente. Disolviendo su valiosa dosis diaria de benzodiacepinas. Una llovizna de orina cayó sobre el huevo escalfado de Terrence y sobre su tostada integral untada con un poco de mantequilla y con la corteza meticulosamente cortada.

Una ráfaga de dolor le recorrió a Terrence no solo las partes blandas, sino también el tracto urinario entero, una agonía que le provocó un espasmo en las manos y le hizo abrirlas. El libro salió disparado y su madre cayó hacia atrás. El catéter voló por los aires, soltando un chorro de su contenido salado y de color ámbar. El libro azul marino entró violentamente en contacto con el borde de la bandeja del desayuno, tirándola de la mesilla de noche. En su desplome, el plato provocó una lluvia de huevos y mermelada.

Mientras su madre caía, el pesado libro que el chico había soltado tan de repente le dio un golpe tremendo en la cara. El impacto provocó un ruido sordo, seguido por el gemido gutural de dolor de ella.

Su madre se quedó tumbada boca arriba, apoyada en los codos. Aguas residuales amarillas y humeantes seguían saliendo del tubo que solo un momento antes había estado insertado en las profundidades de la uretra de su hijo. Bajo la pútrida lluvia de aquella fuente infernal, la mujer chilló:

—¡Mira lo que me has hecho hacer!

El impacto con el libro le había roto la nariz, torciéndosela de lado contra la mejilla. De los orificios nasales le brotaba una espuma de sangre y mocos, que le obstaculizaba la pronunciación. La habitación estaba hecha un desbarajuste de orina, sangre y beicon desparramados. El papel de la pared se hallaba salpicado de zumo de naranja e inhibidores de la recaptación de serotonina parcialmente disueltos.

Con una mano, Terrence se agarró su miembro viril dañado con gesto de sufrimiento. El trauma había estado a punto de sacarle las entrañas. Mientras la vergüenza y la rabia le ardían en las mejillas húmedas de lágrimas, se llevó la otra mano a la boca y se puso a chuparse el pulgar febrilmente. Fue entonces cuando le llegó una voz, una voz que decidió creer que era la de su padre. Y que le ordenaba: «Sé fuerte».

Al oírlo, descolgó las piernas flacas por un lado de la cama. Desoyendo las palabrotas y los sollozos de su madre, bajó los pies descalzos hasta la moqueta y dio un paso tambaleante hasta el baño. Sin hacer caso de los gritos que lo seguían, fue dando tumbos hasta el retrete. Se palpó los calzoncillos mientras una voz chillaba:

—¡Por el amor de Dios, levanta la tapa!

Pero la dejó bajada. A horcajadas sobre la taza, con las piernas separadas como las de Atlas, por primera vez en su vida Terrence Weston echó una meada de pie.

Todos hemos asistido a ese pequeño ritual. Cuando vas a la tienda y pagas con un billete de cincuenta, o de cien, la cajera siempre lo sostiene en alto. Lo mira a contraluz y entrecierra los ojos para ver la marca de agua. Luego saca un rotulador y hace una raya en una cara del billete. Como los falsificadores perezosos usan papel ajado con base de pulpa de madera, la solución de yodo del rotulador reacciona con el almidón de la celulosa y deja una mancha negra. El dinero de verdad está hecho con papel de base de fibras de algodón o de lino. Es más tela que papel. Por eso el dinero de verdad sobrevive a la lavadora. En el dinero de verdad el yodo del rotulador no deja marca.

Masie sería la primera en admitir que era una friki del papel moneda. Estudiaba la textura de las fibras de seguridad que había entretejidas en los billetes. Le encantaban las marcas de agua y las tintas que cambiaban de color.

Por eso Masie se había quedado trabajando hasta tarde esa noche en la imprenta. Entendía de impresión y entendía de dinero, pero aquel trabajo para el que la habían contratado era una novedad. Un encargo especial. Un proceso nuevo.

Levantó una de las láminas sin imprimir. Hasta el término «imprimir» era impreciso. El proceso se parecía más bien a exponer el papel fotográfico a la luz, a revelar una fotografía.

Cada lámina medía un brazo de ancho. Reluciente y viscosa, más rígida que el papel. Le habían explicado que tenía que colocar cada lámina en una bandeja. Luego ponía una plantilla encima. Encendía una luz ultravioleta y dejaba que iluminara la plantilla y la lámina durante un minuto. Luego sacaba la lámina y la pasaba por una guillotina que dividía la película en treinta y seis… cupones, debían ser… finos y rígidos.

Era un montaje publicitario, suponía Masie. Tal como le había explicado el cliente, los cupones terminados tenían una vida de seis semanas. Después de cincuenta y tantos días, el dibujo que llevaban impreso quedaría borrado del todo.

Según le había explicado el cliente, se trataba de una tecnología nueva desarrollada originalmente para crear documentos militares ultrasecretos que se borraban solos. Se usaban nanopartículas de oro o de plata encajadas dentro de una fina lámina de gel. Cuando esas partículas quedaban expuestas a la luz ultravioleta, se ligaban siguiendo el diseño de la zona expuesta. Es decir, se ligaban para crear los patrones que dictaba la plantilla. Las láminas impregnadas de partículas de oro eran rojas y las zonas expuestas se volvían azules al llenarse de partículas ligadas. Las láminas impregnadas de partículas de plata eran amarillas y los patrones de las partículas expuestas se volvían de color violeta.

Masie levantó una pila de cupones terminados. Eran de colores rojo y azul intensos, o bien amarillo y violeta, con patrones de detalles intrincados parecidos a los del papel moneda. Rebordes serrados y complejos sombreados de fondo. Por una cara destacaba la imagen de un hombre de aspecto rimbombante. La leyenda al pie de la imagen lo identificaba como Talbott Reynolds. «Monarca absoluto nombrado por el Consejo de las Tribus», se especificaba. La cara del hombre le resultaba familiar, como si fuera un actor al que había visto en olvidables anuncios de televisión.

En la otra cara de los cupones rojos figuraba el lema: «Más vale quemar el dinero que gastarlo en necedades».

El lema de los cupones amarillos era: «La comida acumulada se pudre. El dinero acumulado pudre al hombre. El poder acumulado pudre a la humanidad».

Todavía no se apreciaba, pero ya se estaban empezando a romper los enlaces de las minúsculas partículas, haciendo que se separaran. Los cupones todavía se podían leer, pero dentro de seis semanas estarían en blanco.

Era obsolescencia programada. Masie murmuró para sus adentros: «¡Esto le habría encantado a Ezra Pound!».

Contó los cupones ya guillotinados, los agrupó en fajos de cien atados con bandas de papel y los amontonó en cajas para mandárselos al cliente. Cuando el personal cambiaba de tareas, ella llevaba la imprenta; en realidad era una plancha de vacío que sacaba todo el aire y se aseguraba de que la plantilla quedara bien pegada a la lámina de película. De esta forma las imágenes quedaban claras y nítidas, por efímeras que fueran.

Como friki del dinero que era, había estudiado la defensa que había hecho el poeta Ezra Pound de un papel moneda de base vegetal. Tratándose de un dinero que se pudriría deprisa, quienes lo tenían se verían obligados a gastarlo o a invertirlo lo más deprisa posible. Nadie podría amasar grandes fortunas de dinero en metálico, y el dinero tampoco viviría más tiempo que la gente. Sería igual de perecedero que una hogaza de pan o que una hora de trabajo manual. Masie sabía que esa clase de ideas radicales habían atraído a Pound hacia el fascismo, en concreto hacia Mussolini, y en concreto hacia el teórico del dinero Silvio Gesell. Gesell defendía que todos los billetes de valor alto llevaran fecha de caducidad para que los ricos no pudieran acumularlos mientras los pobres languidecían sin trabajo. En el sueño de Pound, los bancos y los ricos nunca podrían esclavizar a un país entero con el poder de sus propias unidades monetarias.

Esas ideas descabelladas le habían hecho pasar gran parte de su vida en cárceles y hospitales mentales.

A Masie esas ideas no le sonaban tan descabelladas. Para ella, el dinero debería ser un portal, como la cabina telefónica que permitía transformarse a Superman. El dinero era agar, éter, materia indistinta obligada a adoptar otra forma deprisa o perecer.

Mientras llenaba una caja de cartón de fajos de billetes rojos, se preguntó qué propósito tendrían. ¿Qué agencia de publicidad de vanguardia estaría detrás de aquello? Fuera cual fuera su uso, tendrían que usarlos pronto. Dentro de unas semanas no valdrían nada. Todavía se podrían restaurar usando otra ráfaga de luz ultravioleta, pero los únicos que tendrían las plantillas serían sus creadores originales. Quien tuviera la plantilla, tendría el medio para producir más.

Las etiquetas de correos indicaban que las cajas estaban destinadas a ciudades de todo el país. Lo más seguro era que la suya no fuera la única imprenta que producía aquellos billetes. Fuera lo que fuera el Consejo de las Tribus, no permanecería mucho tiempo más en secreto.

La lista había sido una broma. Un listículo. Una trampa para clicar. La forma más consumida de información en la era posinformativa del periodismo de corta-y-pega. Nadie sabía quién la había colgado. Los chistosos de las programas de entrevistas de la tele decían en broma que no eran tan odiados como otros chistosos de programas de entrevistas. Otros habían aprovechado para reinventarse como villanos o víctimas. Porque el odio es una forma de apego apasionado, y que te despreciaran parecía preferible a que no te conocieran

Así pues, la gente que se sentía ignorada se nominaba a sí misma y se sentía dolida si su nominación no era secundada. El odio había suplantado al amor como el criterio para medir la popularidad. Porque que te amen lo exige todo. Que te amen es ejercer de esclavo. El odio, en cambio, lo libera a uno por completo de complacer a los demás. Como un incendio sin controlar, casi todo el mundo había sido nominado, pero pocos habían recibido los votos necesarios para escalar posiciones. Quienes quedaban en la lista eran figuras públicas que habían defraudado a grandes grupos de seguidores. El mayor número de votos iba a parar a figuras mediáticas, actores y periodistas. Los que recibían más odio con diferencia eran maestros y profesores, señalados públicamente por enseñar a sus alumnos *qué* pensar en vez de *cómo* pensar.

Aun así, las mayores cantidades de odio recaían en las figuras de la política. Aquellos engreídos funcionarios públicos que no paraban de crear cada vez problemas mayores y de presentarse a sí mismos como la única solución.

Los que visitaban la página web se maravillaban de las puntuaciones astronómicas. Repasaban aquella lista de los Más

Odiados de América y buscaban en ella a los que les quedaban más cerca. La pornografía del odio social.

Los nombres de personas normales y corrientes se caían de la lista, mientras que los votos para los famosos se ponían por las nubes. Luego se presentaron distracciones nuevas y la mayoría de gente se olvidó de la lista, igual que había olvidado a los Tamagotchi... a los peluches Beanie Babies... o los tazos.

Pero al margen de la atención de la gente, la lista siguió creciendo. Los nombres que quedaban siguieron sumando votos hasta llegar a los millones. Y ya nadie pensaba en la lista, salvo el misterioso equipo que la había creado. Los visitantes se descargaban copias de la versión final. E igual de misteriosamente que la lista había aparecido de pronto desapareció.

La lista no existía.

Charlie había decidido no mirarla, por lo menos al principio.

Y luego le había echado un vistazo, con la intención de no mirarla más, pero terminó volviéndola a mirar. En la lista estaban los nombres de ambos.

Se apuntó las fechas en que se habían colgado los dos nombres. El primero solo había aparecido un día antes que el segundo. Ninguno tenía los bastantes votos para permanecer en la lista pasado el límite de las tres semanas. Todos los días Charlie miraba y todos los días rezaba porque ambos nombres se cayeran de la lista por falta de votos.

Horas antes del término del plazo, los dos nombres ya habían cosechado el número suficiente de votos. Ahora los dos eran objetivos. Los dos iban a morir.

No vivían en la misma región que Charlie, pero alguno de los otros linajes iría a por ellos. Y era una falta de ética total, pero se pasó el domingo dando vueltas con el coche hasta encontrar una cabina telefónica lo bastante aislada para que nadie oyera su conversación. La cabina estaba en el borde de un aparcamiento de pago, cerca de la estación de trenes. Charlie se compró unos guantes de látex para no dejar huellas dactilares en las teclas, volcó el frasco donde guardaba la calderilla y sacó todas las monedas de un cuarto de dólar. Llevaba gafas de sol y una gorra de béisbol con la visera calada. Aparcó a cierta distancia de la cabina y caminó varias manzanas, asegurándose todo el tiempo de que nadie lo seguía. Y tan subrepticiamente como cuando cruzas la entrada de una librería pornográfica, se metió de lado en la cabina telefónica.

Con los bolsillos atiborrados de cuartos de dólares y los pantalones caídos por el peso de las monedas, Charlie se enfundó los guantes de látex y marcó un número que se sabía de memoria de otra zona del país.

El teléfono sonó al otro lado de la línea y Charlie rezó para que alguien le contestara.

—¿Hola? —dijo una voz de hombre.

—¿Papá? —dijo Charlie.

—¿Charlie? —preguntó su padre. Y apartándose del auricular, gritó—: Cariño, descuelga la extensión. ¡Está llamando el Fracasado!

Charlie echó un vistazo al aparcamiento circundante. Y preguntó por teléfono:

—¿Cómo de deprisa podéis llegar mamá y tú a Canadá?

Se oyó un clic seguido de la voz de su madre:

—¿Estás en Canadá?

—No —dijo Charlie—. Pero ¡papá y tú necesitáis llegar a Canadá, deprisa!

Su padre soltó una risilla.

—Con la enorme guerra que se acerca, ¡eres *tú* quien debería escaparse de la llamada a filas!

—Si todavía estuvieras en la universidad e hincando los codos, Charlie —añadió su madre—, estarías exento del reclutamiento.

Charlie no tenía ganas de discutir, pero tampoco quería descubrir sus cartas.

—Mamá, eso era cuando lo de Vietnam. Ahora es distinto. —Se llevó los dedos nerviosos al bolsillo de sus pantalones y luego del bolsillo al teléfono y siguió metiendo en la ranura un cuarto de dólar tras otro. Cada moneda hacía sonar una campanilla. Entre las pausas y de fondo de la conversación, la campanilla casi no paraba de sonar.

No podía decírselo, pero sus padres estaban los dos en la lista. Y aun en el caso de que les contara la situación, ellos acudirían corriendo a la policía y lo más seguro era que la policía los matara por lo que sabían. Y después la policía o alguien mataría a Charlie por habérselo dicho. Su única esperanza era huir del país. Porque por mucho que se escondieran, que se encerraran en casa o lo que fuera, antes o después serían el blanco de alguien.

Charlie intentó razonar con ellos.

—Papá, si tú y yo estuviéramos en un bote salvavidas con mi hijo, y yo solo pudiera salvaros a uno de los dos, ¿a quién crees que salvaría? —preguntó.

Su madre ahogó una exclamación:

—¡Charlie! ¿Tienes un hijo? —Parecía escandalizada y encantada.

—En teoría, mamá —contestó—, ¿debería salvarte a ti o a mi hijo?

Para Charlie, la matanza que se avecinaba lo iba a elevar a él y a todos sus descendientes a la condición de realeza. Pero también iba a matar a sus padres. Era un dilema. Los dos trabajaban de profesores en una universidad de primer ciclo y habían hecho escarceos en la política local de su ciudad y su condado; había una docena de razones para que la gente los quisiera ver liquidados. Aun así, eran sus padres. Era difícil sopesar el amor que sentía por ellos frente al amor que sentiría algún día por sus futuros hijos y nietos. Su amor por ellos tenía claroscuros. El que sentía por sus hijos no nacidos era incondicional.

—Entonces —dijo, cambiando de estrategia—, si me llaman a filas, ¿queréis que mate a gente?

—Si es para salvar nuestro país, sí —dijo su padre sin dudarlo.

La campanilla seguía sonando.

Mientras metía los cuartos de dólar en la cabina, Charlie preguntó:

—¿Y si me matan a mí?

—¡Dios nos libre! —exclamó su madre.

Otro cuarto de dólar hizo sonar la campanilla.

—Y si significara salvar a nuestro país —preguntó Charlie—, ¿querríais que matara también a gente con hijos?

Con los dedos sudando dentro del guante de látex, se metió la mano en el bolsillo y descubrió que estaba vacío. Se le habían acabado las monedas. Las campanillas se habían acallado.

Tras una pausa, su padre dijo:

—Si esa es tu misión, sí.

Para aclarar la cuestión, Charlie preguntó:

—¿Querríais que matara al padre y la madre de alguien?

—¿Qué es ese ruido? —preguntó su madre—. ¿Estás llorando?

Sí, estaba llorando. Charlie estaba llorando. Se sorbía la nariz y le caían lágrimas por las mejillas.

—¿Esto es un problema de drogas? —preguntó su padre—. Charlie, hijo, ¿estás colocado?

Antes de que se cortara la llamada, Charlie dijo con voz estrangulada:

—Os quiero.

—Entonces ¿a qué viene tanto lloriqueo?

Y fue entonces cuando la conexión se interrumpió.

Mientras esperaba la decisión final sobre su audición, Gregory Piper estaba viendo la televisión. La televisión era mejor que internet. Si se veía a sí mismo por televisión era por casualidad y el encontronazo todavía lograba mandarle un escalofrío de euforia química por el cuerpo. Navegando por internet era demasiado fácil buscarse a sí mismo y pasarse la vida mirando vídeos de su trabajo y viendo fotos de sí mismo. Demasiado en la onda de *El crepúsculo de los dioses*. En internet, podías vivir una vida entera de veneración ególatra de ti mismo.

Sentado en el sofá, pensó en el dinero. En los diez mil dólares. Se planteó si debería mencionárselos a su agente o no. Se puso a pulsar el botón del mando a distancia para cambiar de canal. En un canal apareció el actor John Wayne, paseándose hasta el centro de un espacio blanco y dirigiendo a la cámara su característica mirada amenazadora. Estaba claro que se trataba de una secuencia extraída digitalmente de alguna película clásica e insertada en un contexto nuevo. El Duque se quitó de golpe el sombrero Stetson y se dio un golpe con él contra la pernera polvorienta de las chaparreras.

«Carajo, muchacho —masculló—. Esta vez no he llegado a tiempo al lavabo…»

Piper clicó con el mando y congeló la imagen.

Era un anuncio de calzoncillos absorbentes.

Miró asombrado la pantalla. Estaba claro que los herederos del actor estaban dispuestos a ceder la imagen de Wayne para lo que fuera. Esto pocos actores lo preveían: el hecho de que su yo residual de celuloide podía ser manipulado por ordenador para servir de esclavo, de zombi digital después de la muerte. El actor Robin Williams había sido de los primeros en redactar un testamento que prohibía los usos electrónicos indebidos de su imagen. Una estrella menos previsora, Audrey Hepburn, seguía trabajando en forma digital, promoviendo los bombones Galaxy. Fred Astaire vendía aspiradoras. Marilyn Monroe ofrecía chocolatinas Snickers.

Como fantasmas, pensó Piper.

Una frase pegadiza, como una musiquilla, le resonaba en la cabeza.

—«El Día del Ajuste está aquí» —repitió para sí mismo mientras miraba la televisión. Le habían hecho recitar aquella frase tantas veces que seguramente ya no se la quitaría nunca de la cabeza.

Tenía el sobre con los billetes escondido en la cocina, en un armario, metido en una caja de cereales vacía. Se gastaría una parte en contratar a un abogado. Escribiría por fin sus últimas voluntades y testamento. Se aseguraría de que nadie pudiera apropiarse de su imagen después de que muriera. Un fallecimiento que sería pacífico e indoloro y se produciría en un futuro muy, muy lejano, suponía.

De vuelta al Tiempo de Antes... en el mundo que queréis creer que todavía es el real... Walter estaba cruzando el estado de Illinois con el coche en dirección oeste. Rezongaba que la mayor prueba del poder del amor era que no se podía reducir a palabras. El amor no era un experimento científico que se pudiera replicar. No hacía falta ser cirujano aeroespacial para reconocer el amor. Era como aquel poema sobre los ejércitos ignorantes que se enfrentan de noche. *Aquel* poema. En el que no había placer ni cura para el dolor.

Mientras su nuevo padre secuestrado escuchaba o dormía o se moría en el maletero del coche, Walter describió a Shasta. Hasta el último detalle de Shasta.

Estaba convencido de que el amor era una misión que uno emprendía a diario. Una misión que no acababa más que con la muerte. En aquel sentido, el amor verdadero era una misión suicida.

Dawson estaba decidido a no mirarla. Pero al final le había echado un vistazo, con la intención de no mirarla más, y terminó volviéndola a mirar. Y fue entonces cuando vio el nombre en la lista.

El nombre ya había recibido una cifra impresionante de votos. No le correspondería al linaje de Dawson, pero algún otro linaje ganaría votos a mansalva con aquel objetivo. Por fútil que pareciera, Dawson supo que aun así tenía que hacer un esfuerzo. Algún día Roxanne le preguntaría si había hecho un esfuerzo y él se lo tendría que explicar. Decirle que al menos lo había intentado.

Dawson se compró un móvil de usar y tirar en el 7-Eleven y se lo llevó al tramo central del puente Morrison, donde nadie pudiera oírlo. Especialmente con el ruido del tráfico. Marcó un número de memoria. Mientras sonaba el timbre del otro lado de la línea, Dawson contempló las aguas oscuras del río Willamette y rezó para que el número siguiera siendo válido. Había pasado mucho tiempo.

—¿Hola? —Una voz de muchacho.

—¿Quentin? —preguntó Dawson.

—¿Papá? —preguntó su hijo. De fondo sonaba una música a todo trapo—. Papá, apenas te oigo.

—¡Baja la música! —le gritó Dawson.

Su hijo gritó para hacerse oír por encima de la música.

—¿Está bien mamá?

—¡Tu madre está bien! —gritó Dawson—. Pero ¡necesitas largarte zumbando a Canadá! —Estar allí en público y gritando de aquella manera era arriesgado. Pasaban coches, aunque la acera del puente estuviera vacía.

—¡Si te refieres a la guerra —gritó su hijo—, me voy a alistar voluntario! ¡La doctora Steiger-DeSoto dice que como individuo pan-género que soy es mi deber demostrarle al mundo que la valentía no conoce límites de género!

Dawson no estaba seguro de qué le acababa de anunciar su hijo. A modo de respuesta le gritó:

—¡*No va a haber* guerra!

—¡La doctora Steiger-DeSoto dice que la guerra es necesaria para proteger los derechos humanos! —gritó su hijo.

—¡Te estoy intentando salvar la vida! —gritó Dawson.

—¡La doctora Steiger-DeSoto dice que ya no soy un niño! —gritó su hijo.

—¡Baja el volumen de la música! —gritó Dawson.

Su hijo gritó para hacerse oír por encima de la música.

—¡La doctora Steiger-DeSoto dice que soy su alumno de posgrado más prometedor y que tengo que empezar a pensar por mí mismo!

Dawson lo estaba arriesgando todo. Si le contaba a su hijo lo que estaba pasando y Quentin acudía a la policía, los matarían a los dos. Roxanne se quedaría sola en el nuevo mundo que se avecinaba. Nadie se beneficiaría. Aun así, Dawson se lo dijo:

—¡Tu nombre está en una lista de gente a la que van a matar!

Su hijo se rio. Se rio más y más.

—Papá —dijo, recobrando el aliento—. ¡Ya lo sé! ¿No es genial?

Dawson no entendió aquello.

—¡Hasta me he votado a mí mismo! —dijo su hijo entre risas—. No pasa nada. —Suspiró—. Papá, no te preocupes. Es como… ¡Es como el nuevo Facebook!

Dawson intentó explicarle la verdad. Un bip los interrumpió.

—¿Papá? —dijo su hijo.

El bip los interrumpió de nuevo.

—Papá —dijo su hijo—, la doctora Steiger-DeSoto está en la otra línea.

Otro bip los interrumpió.

—Papá, te quiero —le dijo su hijo—. ¡Nos vemos después de la guerra! —Y la conexión se cortó.

Y Dawson se acordó de la cita del libro de Talbott:

Tenemos que matar a quienes quieren que nos matemos entre nosotros.

Y Dawson dejó que se le resbalara el teléfono entre los dedos y que desapareciera sin apenas hacer un chapoteo en el punto más profundo de las profundas aguas del río.

Jamal llamó a su madre para avisarla de que no podría ir a cenar con ella el domingo. Llamaba desde una suite de hotel en Albany. A su alrededor, apoltronados en sillones y sofás o bien sentados en el suelo, todos comiendo la comida del servicio de habitaciones, sus compañeros de equipo esperan a que les llegue el turno de hablar por teléfono. No es su linaje entero, pero sí un segmento de su equipo. Todos beben en silencio vino y cerveza del minibar. Escuchan a cada uno de ellos cuando coge el teléfono y habla con su familia. Jamal quería compartir el secreto. Quería hablarle a su madre de la Declaración de Interdependencia y del hecho de que prometía crear una patria donde ninguna raza viviría sometida a otra como si esta fuera un ejército de ocupación. Cada raza tendría el mando en su territorio y las miradas hostiles de la mayoría no desafiarían a ninguna minoría. La gente de mentalidad afín podría establecer su propia cultura. A los niños no los escolarizarían para que sirvieran de colonias humanas del imperialismo de una cultura ajena.

Por el teléfono, su madre le preguntó en tono imperioso:

—¿Qué significa eso de que no vas a venir?

Jamal quería hablarle de su linaje. Por primera vez en la historia humana, las líneas de poder no se basarían en la sangre ni en las alianzas matrimoniales. Jamal miró al hombre que lo había invitado a él y luego al hombre al que él había invitado. Aquella cohorte no era más que un pequeño segmento de un linaje que esa noche atravesaba el país entero. La hermandad de aquellos hombres que estaban comiendo pizza del servicio de habitaciones, comiendo sándwiches tostados de tres pisos y panecillos de mini-hamburguesas y fingiendo que no escuchaban su conversación, aquella hermandad se basaba en el respeto mutuo y la confianza y la admiración. Allí Jamal era un eslabón de la cadena de hombres, ninguno de los cuales era su enemigo. Y hasta el último de ellos esperaba que Jamal fuera nada menos que un héroe.

Quería leerle un pasaje del libro de Talbott, el que decía:

> Lo último que quiere un hombre negro
> es ser otro hombre blanco falso.
> Lo último que quiere un homosexual
> es ser otra imitación de heterosexual.
> Lo último que quiere un hombre blanco
> es ser otro modelo de falsedad.

Por el teléfono, su madre le dijo:

—¿Jamal? —Abandonando la voz chillona de antes, le preguntó—: ¿Qué es lo que no me estás contando?

Si él le contaba cualquier cosa, ella llegaría a la carrera para inmiscuirse. Como hacía siempre.

Esa noche, la última noche del antiguo régimen, las líneas de poder se estaban congregando delante de las instituciones políticas y los tribunales. Aquellos que habían sido invitados por otros que habían sido invitados por otros que habían sido invitados, formando linajes unidos por la confianza, estaban conociendo a sus compañeros por primera vez y ahogando exclamaciones de feliz asombro al ver cuántos eran. Tribus formadas con los mejores, no con los más débiles, reunidas para esperar delante de los ayuntamientos y de todos los lugares a los que los traidores electos regresarían a la mañana siguiente.

Si el recuento de votos de uno de los casos era astronómico, se mandaba a un equipo para tenderle una emboscada delante de su casa. Si no, los linajes acampaban en grupos listos para la acción, sin que nadie mencionara su tarea. El tiempo de los ensayos y los planes ya había pasado. Sus próximas acciones tenían que ser igual de automáticas que ponerse los pantalones antes que los zapatos.

La mayoría estaban en silencio, ahorrando energías para el trabajo del día siguiente.

A ojos de Jamal, el grupo de la suite del hotel le recordaba a un cuadro, el cuadro religioso aquel donde salían Jesucristo y sus coleguitas zampando. El de *La última cena*. Con la diferencia de que ellos se estaban pasando un teléfono para que, uno a uno, pudieran llamar a sus casas y despedirse. No para dar explicaciones, sino para hacer las paces consigo mismos.

Eran un ejército de lobos solitarios.

Para Jamal, la idea del poder no se traducía en sexo ni en drogas. En su opinión, aquellos placeres a corto plazo eran las distracciones que buscaban los hombres cuando carecían de poder verdadero. Ostentar el poder, el de verdad, comportaba una paz mental y una satisfacción muy superiores al adormecimiento y al atontamiento debidos a la pipa de maría y las putas.

El poder comportaba acceso a cualquier cosa y a todas las cosas. Lo cual significaba que no te hacía falta estafar ni acaparar. Comportaba una vida libre de planes B. De rutas alternativas. De segundas opciones.

El libro de Talbott lo explicaba muy bien:

Cada grupo debe habitar un territorio propio donde constituya la norma. Si no, aparecen el odio autodestructivo a uno mismo o la egolatría basada en atacar a los demás. El alcoholismo, la adicción a las drogas y las conductas sexuales tóxicas se dan cuando las culturas se ven obligadas a compartir el espacio público. No hay que obligar a ninguna cultura a cumplir las expectativas de otra ni a someterse a la mirada devastadora de otra.

Una vez estuvieran en su propio Estado nación, los jóvenes quedarían liberados de los criterios de evaluación de aquella cultura europea foránea que intentaba estandarizar a todos los seres humanos, independientemente de sus talentos e inclinaciones naturales. Del código de conducta humana único para todos que se imponía en la actualidad. Tener poder significaría que Jamal ya no hubiera de presentarse más como copia imperfecta de una persona que nunca había querido ser.

Su linaje había rechazado todas las prescripciones estandarizadas de las leyes y las escuelas. El juego de toboganes y escaleras de las normas y los impuestos, donde ascender costaba una eternidad pero un solo paso en falso te mandaba a la pobreza o a la cárcel.

Jamal se dio cuenta de que los demás estaban esperando para hacer sus llamadas. Escuchó la respiración preocupada de su madre y los ruidos de fondo de la cocina. Quería decirle que a partir de mañana el mundo sería distinto. Que gracias a él la vida de ella mejoraría y sería más digna. Que se convertirían todos en lo más parecido a la realeza que permitiera la Declaración de Interdependencia.

El éxito de todos dependía de todos. Por eso nadie quería defraudar aquellas expectativas tan altas. Todo el mundo luchaba para hacerse digno del honor que le estaban otorgando sus camaradas. Su tribu.

Jamal quería contárselo todo a su madre. Quería decirle que la quería, pero todo el mundo lo oiría. Así que dijo:

—¿Has dado de comer a mi perro?

Ella pareció aliviada:

—¿Quieres que dé de comer a Matón?

Oyó que ella estaba debatiéndose. Como si quisiera gritarle que volviera a casa de una puñetera vez y diera de comer él a su puñetero perro, pero no quisiera gritar por si acaso aquella era la última conversación que tenían en vida. Jamal cruzó una mirada con el hombre al que había invitado. Un hombre que sabía cómo se ponía a veces su madre. Y por fin dijo:

—Por favor…

Y de pronto oyó algo que no había oído nunca. Su madre se echó a llorar por teléfono. De forma que, aunque sus compañeros lo estuvieran escuchando, dijo:

—Te quiero, mamá. —Se sorbió la nariz. No lo pudo evitar—. Pero da de comer a mi perro, ¿vale?

Su madre se sorbió la nariz. Y en voz tan baja que su hijo apenas la oyó, dijo:

—Vale. —Era una voz asustada.

Jamal terminó la llamada y le pasó el teléfono al siguiente.

Entre quienes esperaban a que amaneciera estaban los antiguos periodistas. Matando aquellas horas finales delante de lo que quedaba de los periódicos más importantes. Merodeando por las aceras alrededor de los estudios de televisión. Su determinación venía reforzada por el hecho de saber que los pocos periodistas que habían conservado sus trabajos lo habían conseguido a base de inflar mentiras para aterrorizar y enfurecer a la opinión pública. Decir la verdad no otorgaba el poder suficiente.

Para consolarse, los periodistas que quedaban se convencían a sí mismos de que no existían las verdades absolutas. Y esta nueva falsedad la propagaban como si fuera la nueva verdad. La capacidad de entretener, la capacidad de provocar, se había convertido en la prueba de fuego de toda nueva verdad.

Ahora la meta de aquellos hombres era moldear las mentes de la gente y distorsionar la información a ese fin. El reportaje honesto, que la gente en democracia necesitaba tanto como el aire que respiraba, había dejado de ser una prioridad para el Cuarto Poder. Y a aquellos periodistas a quienes no se podía corromper, los echaban.

Se ponían a prueba unos a otros enseñándose fotos en sus teléfonos. Retratos sonrientes de algún hombre o mujer distinguidos con el pelo repeinado y sonrisas resplandecientes. Con el pelo gris o bien teñido. Con corbata o collar de perlas. Y el desafío consistía en adivinar el nombre de la persona y el número de votos que tenía en la lista. O bien en darse cuenta de que la foto era de algún inocente que no aparecía en absoluto en la lista y por tanto no era un blanco que abatir.

Eran los antiguos caza-noticias de mejillas hundidas y ojos inexpresivos quienes se habían congregado delante de las emisoras de radio y las cadenas de televisión, listos para devolver la objetividad a las ondas hertzianas.

Aquella misma noche, Esteban y Bing invitaron a una docena de sus amigos más cercanos a una cena a la que cada uno llevaba algo. Mientras comía en platos de plástico cargados de sopa al curri y de mole de pollo, el segmento local de su linaje finalizó su lista de blancos que abatir. A pesar de sus semanas de entrenamiento, el nerviosismo flotaba en el ambiente en la misma medida que el olor del curri.

Mientras los congregados comían, Esteban leyó en voz alta del libro de Talbott:

Es vivir entre heterosexuales lo que hace que el homosexual se sienta anormal. Solo entre blancos los negros se sienten inadecuados. Y solo entre homosexuales y negros los blancos se sienten amenazados y culpables. Ningún grupo debería sufrir la maldición de las expectativas intelectuales y los baremos morales de otros.

De pie en el centro del grupo, con el libro abierto en las manos, Esteban leyó:

El arte no debe ser ingeniería social El arte que intenta curar a la gente debe tener sus raíces en la sociedad.

Bing se sabía de memoria la siguiente frase:

Con eso en mente, tenemos que permitir que cada hombre tome las decisiones relativas a su propia felicidad.

Antes de juntarse con Esteban, el pequeño Bing había tenido una relación enfermiza con su chulo. A pesar de que su ídolo de siempre era Audrey Hepburn, la vida de Bing estaba a años luz de la que se describía en *Desayuno con diamantes*: nada de clubes nocturnos pijos ni de salir de un salto de pasteles gigantes de cumpleaños en medio del aplauso estruendoso de multitudes de Shriners perdidamente enamorados. No, en realidad, cuando el exchulo de Bing le hablaba, era para decir: «¡Esas pollas no se van a chupar solas, zorra!».

Así que cuando Esteban hizo su jugada, el pequeño (de edad y de estatura) Bing le hizo caso. El cubano, mayor y más sofisticado, lo había invitado a que tomara las armas en su linaje de poder, y Bing sabía reconocer una mejora de las circunstancias cuando la veía.

Cerrando el libro de Talbott y dejándolo a un lado con cuidado, Esteban proclamó:

—Los cuerpos queer siempre han sido las tropas de choque de la civilización occidental.

Cuando los centros urbanos se habían podrido hasta verse reducidos a los esqueletos calcinados de su antaño elegantes valores inmuebles, fueron los cuerpos queer los que reanimaron aquellos vecindarios azotados por el crimen. Los inquilinos queer no tenían hijos a los que poner en peligro en aquellos sistemas escolares fracasados. ¡Las fuertes espaldas queer y las brillantes mentes queer no tenían nada que arriesgar más que sus propias vidas! Aquellos intrépidos pioneros habían colonizado los duros yermos de Savannah y los páramos desolados de Baltimore y Detroit. Los colonos queer habían detenido la espiral de muerte de todas aquellas bases fiscales locales. Con tenacidad queer habían domesticado la frontera urbana sin ley. Con capital ganado con sudor queer habían hecho subir el valor inmobiliario de la zona.

Por toda la sala, las exclamaciones por lo bajo de «Amén, hermano» puntuaban el discurso febril de Esteban.

—¡Cuando nadie más se atrevía —dijo, levantando la voz—, fue el coraje queer el que volvió a apuntalar los tejados de aquellas casas! ¡Fue la determinación queer la que reparó la pudrición por hongos e hizo del gueto una inversión segura para los banqueros blancos!

Y siguió describiendo cómo la subida del precio de la vivienda había atraído a las manadas de heterosexuales. La mejora de la escuelas y la proximidad de los servicios de la ciudad había llevado a muchos más. Estaba claro que Esteban solo había empezado a presentar su tesis.

Miró a sus oyentes uno a uno y dejó pasar un momento largo de silencio antes de cambiar de rumbo.

—¡Para mejor o para peor… —exclamó blandiendo un tenedor de plástico para enfatizar— los cuerpos queer también han sido siempre la avanzadilla de la política emergente!

Citando estudios académicos recientes a modo de prueba, contó que Malcolm X había actuado con discreción, sirviendo a los hombres blancos y ricos a los que más adelante regresaría para robarles.

—Pero ¿acaso celebramos la energía subversiva queer de ese hombre? —preguntó en tono imperioso—. ¿De ese héroe que intentó subvertir el poder por todos los medios posibles?

De la pequeña multitud se elevó un coro general de gritos de «¡No! y «¡Ni hablar!»

—¡No me hagáis hablar de James Baldwin! —berreó Esteban—. Ese hombre… ese profeta… ese poeta laureado que escribió la liturgia de su raza entera, ¡y su gente se niega a celebrar su espíritu queer!

A Esteban no solo le salía de rechupete el pollo masala, sino que además estaba soltando una arenga a las tropas de una fuerza para Bing inédita.

Ya nadie hacía caso de la comida ni de la bebida, y los presentes dejaron a un lado sus platos picantes y levantaron las mano y se mecieron juntos en señal de unidad. El pequeño Bing no pudo menos que sonreír. Estaba orgulloso de ser testigo del poderío retórico de aquel hombre.

—¡Hay otro chico queer —berreó Esteban— que no hizo tantas cosas buenas pero sí fue un personaje histórico y ha sido igual de olvidado!

Desafiando a sus oyentes a que adivinaran quién era, describió a un chico locamente enamorado de un compañero de clase que lo rechazaba. Aquel mismo chico se convertiría al crecer en un soldado condecorado antes de verse relegado a la miseria. Su juventud le abrió las puertas y los billeteros de muchos admiradores masculinos adinerados, y enseguida el joven se vio liderando un partido político. Y poco después, al timón de un país entero.

—Posiblemente el líder más poderoso del siglo xx. —Esteban pronunció estas palabras con desdén—. Y nadie habla de cómo su corazón queer lo llevó a la grandeza.

Aquel demagogo, aquel gigoló bigotudo con mal de amores, se creó un séquito de líderes queer de ideas afines y lanzó un estilo de imaginería visual que todavía eran objeto de imitación. Pero cuando la prensa mundial sacó a la luz y ridiculizó el radicalismo queer de su movimiento político, aquel mismo líder ordenó la ejecución en masa de toda su estructura de poder.

—En una sola noche —vociferó Esteban— hizo que los ejecutaran sumariamente a todos y solo quedó él como superviviente, obligado a ocultar su vergüenza queer y a sufrirla hasta el suicidio.

El público escuchó con atención hasta la última asombrosa declaración de Esteban.

—Y ese hombre —juró—, con todo su poderío queer y su cobardía, no fue otro que… —Y miró a Bing.

—¡No será Adolf Hitler! —sugirió el jovenzuelo.

Esteban asintió en silencio.

Su público tragó saliva. El chico al que el pequeño Adolf había amado en la escuela primaria, les reveló, era Ludwig Wittgenstein, un brillante judío que se convertiría al crecer en una especie de anti-Hitler, un lúcido filósofo y profesor sin miedo a esconder su identidad queer. Famoso por su Conejo-Pato. En cuanto a la noche en que se masacró a muchos de los compatriotas de Hitler, aludía a la legendaria Noche de los Cuchillos Largos en la que el Partido Nazi purgó a sus miembros fundadores queer.

Ante los fascinados comensales se desplegaba una historia hasta entonces prohibida a sus oídos.

—Sí —continuó implacablemente Esteban—, incluso dentro del noble movimiento feminista…

Después de la obra de Betty Friedan, después del trabajo de la década de 1960 y de la sangre derramada por una generación entera de mujeres queer, las líderes habían expulsado a sus hermanas queer en un intento de volver la liberación más aceptable para las mujeres de clase media e ideas convencionales. Las mujeres heterosexuales. La historia siempre repetía ese patrón: los soldados rasos queer abrían las vías de avance y en cuanto el trabajo más duro estaba hecho se los quitaban de encima.

Ya se estaba distribuyendo entre los presentes —y entre todas las tribus y linajes— un libro, porque todos los grandes acontecimientos necesitan su manifiesto. Todos los ejemplares de aquel libro estaban encuadernados en un azul marino intenso y llevaban el título y el nombre del autor en letras doradas en la portada. Ya fuera *El manifiesto comunista*, la Biblia, el Corán, *La mística de la feminidad* o Saul Alinsky.

—Pensad en los hípsters —dijo Esteban con un suspiro. Agitó una mano para mostrar que casi no tenía palabras. Negó con la cabeza como si estuviera perplejo—. Van cubiertos de tatuajes y atiborrados de piercings, pero pocos saben quién era Jean Genet. ¡Y ninguno sabe que fue la cultura aborigen urbana del San Francisco queer de la década de 1970 la que revivió los artes primitivos de la modificación corporal!

Dejó que la energía de la sala se asentara. Hasta el último de los presentes sentía el peso de la injusticia. La forma continua en que la historia se había negado a celebrar o incluso a reconocer los acontecimientos de la historia queer. Muchos retuvieron las lágrimas. Aquel festín de unidad empezaba a parecer un funeral. Esteban lanzó un vistazo furtivo a Bing para garantizarle que no todo estaba perdido.

—A partir de mañana —dijo con un tono profundo y suave— la historia dejará de pasarnos por alto. —Continuó, levantando la voz—: ¡Nuestro linaje de poder demostrará su valía! ¡Cobraremos muchos objetivos, muchos más que ningún otro linaje! —gritó para hacerse oír por encima del clamor de unanimidad que lo rodeaba.

Bing se hizo eco del grito de batalla:

—¡Demostraremos nuestro poderío queer y ganaremos el derecho a controlar la nación… que controla el mundo!

Toda voz individual se vio ahogada mientras los vigorosos hurras colectivos llenaban el loft.

Charlie y sus amigos bajaron la cabeza y rezaron por las almas de los hombres que nunca habían encontrado su destino. Invocaron a los muertos e invitaron a los antepasados a unirse a ellos. Y las partidas de la guerra crecieron gracias tanto a los vivos como a los difuntos. Igual que Garret Dawson había invitado a Charlie, Charlie terminó invitando a Martin, que invitó a Patrick, que invitó a Michael, que invitó a Trevor, hasta que su linaje se extendió de océano a océano y de ciudad a ciudad. Y aquella noche quedaron completadas las líneas del gran líder.

Estaban celebrando la fiesta en un aparcamiento, junto a los coches, con el aire cargado de olores a carbón y a salsa de barbacoa. Hombres rudos con gorras de visera y conjuntos de camuflaje para salir de caza.

Por encima de ellos se elevaba el Capitolio, de esa forma en que todos los edificios grandiosos han sido diseñados para que quienes están fuera se sientan impotentes y los que están entre sus muros se sientan omnipotentes. La forma inflada e inútil de su cúpula de mármol, una ciudadela que conquistar. La nueva Bastilla. Garret Dawson la fulminó con la mirada como el ridículo decorado teatral que era. Sus ojos azul claro se llenaron de desprecio.

Bañada por la luz de los focos, la cúpula de mármol se parecía muchísimo a una luna llena congelada en el horizonte. A un Moloch que se alimenta de niños sacrificados pero siempre está hambriento. Se alza imponente ante ellos. Ningún agente de policía les preguntó qué hacían allí. Su presencia no extrañaba a nadie.

Al día siguiente ya no serían hombres que medirían su tiempo con semáforos en rojo y su placer con pintas de cerveza artesanal local.

Charlie se metió dos dedos en la boca y pidió silencio con un silbido largo y ensordecedor. Dawson estaba a punto de hablar.

No era un hombre alto, pero sí fornido y atlético tras una vida entera en la planta de producción. Ahora aceptó con modestia la atención silenciosa de los congregados.

—La gente queer… —dijo, y le falló la voz. Respiró hondo y volvió a empezar—: La gente queer se dedicó al arte porque nada de lo que podía hacer en público les resultaba natural.

Desde que tenían uso de razón, les explicó, se veían obligados a estudiar e imitar una conducta que resultaba instintiva para todos los demás. A fin de sobrevivir necesitaban observar y recordar, y de esa forma se convirtieron en los académicos, artistas y clérigos de la civilización.

Asimismo, los negros criaban familias. A fin de sobrevivir creaban carreras y negocios. Los negros fundaron iglesias y lucharon en las guerras y se establecieron como modelos de virtud moral que eclipsaban a sus equivalentes blancos.

—Pero las políticas identitarias —prosiguió Dawson— han reducido a los homosexuales a una simple preferencia sexual.

Ha reducido a los negros al color de su piel. Y todos ellos se han convertido en caricaturas de su dignidad original.

Los hombres como Dawson y como Charlie no habían abandonado sus taladros hidráulicos y sus tornos para ir corriendo a rescatar a los gays y a los negros. Sus linajes se habían formado para batallar contra la misma política identitaria corrupta que ahora estaba convirtiendo a la fuerza a las razas blancas en un único estereotipo monstruoso.

La suya quizá fuera la más cruel de todas las caricaturas.

En vez de honrados maquinistas y carpinteros, la política moderna estaba obligando a todos los blancos a alinearse bajo la pancarta única de las tropas de asalto de los fans nazis de las carreras de coches.

Los gays habían sido encajados a la fuerza en una identidad bidimensional que los había reducido a una conducta hipersexual, conducta que había diezmado sus filas. A los negros les habían dicho que carecían de poder a menos que se hicieran delincuentes, de tal forma que el más mínimo gesto interpretado como falta de respeto los llevaba a asesinarse a millares.

—Los hombres blancos —proclamó Dawson— no vamos a permitir que nos hostiguen para que adoptemos una imagen como esa.

Al contrario: las acciones que llevarían a cabo, las acciones de todos los linajes, destruirían la esclavitud ideológica de la política actual y la reemplazarían por un mundo donde los héroes manifiestos llevarían el timón.

Tras el velo del humo de la carne a la parrilla, los hombres rezaron para ser dignos de la miríada de individuos que habían muerto a fin de darles la vida a ellos. Se rindieron a su destino y pidieron la fuerza necesaria para llevar a cabo sus tareas.

Y mientras invocaban a sus ancestros, llamaron también a sus hijos todavía no nacidos y los reclutaron para que les dieran fuerzas.

Aquella misma noche, el senador Holbrook Daniels despidió a su contingente habitual de guardaespaldas y salió a correr por la Explanada Nacional. Su buena forma física lo llenaba secretamente de orgullo. El trabajo de oficina y el ejercicio de mantenimiento muscular lo habían convertido en un vigoroso espécimen de masculinidad, y ahora reflexionó sobre su estatus privilegiado entre la élite de Washington. Podría vivir hasta los cien años con toda facilidad.

Era un chollo ser senador de Estados Unidos. Al día siguiente lo esperaban un corte de pelo gratis en la barbería senatorial, seguido de un almuerzo en alguno de los mejores restaurantes de la ciudad de cuya elevada factura no tendría que preocuparse. Un ir y venir constante de asistentes congresuales solo ansiaban que los eligiera como becarios, así como un contingente de becarias sexy en edad universitaria estaban listas para su placer sexual. Y no debía olvidarse de que también tenía que confirmar la declaración de guerra.

Al día siguiente tenía que decidir de un plumazo los destinos de dos millones de hombres innecesarios, de jóvenes mediocres. Un trabajo como cualquier otro.

Un trabajo duro, se dijo con una risilla, pero ¡alguien tenía que hacerlo!

Mientras corría a oscuras, la brisa nocturna le trajo un aroma de cerdo a la barbacoa. Vio llamas anaranjadas procedentes de una fila de parrillas. Cuando pasó por allí, una adusta reunión de hombres de clase obrera guardó silencio y se quedó mirándolo. Las botellas de cerveza se veían pequeñas en sus puños peludos. Un macarra barbudo estiró el cuello y soltó un eructo atronador. Sus miradas silenciosas pusieron tan nervioso a Daniels que estuvo a punto de tropezarse y caerse por el borde de una fosa aparentemente sin fondo.

Allí, en el césped al pie de la escalinata del Capitolio, se abría la gigantesca excavación que había visto ampliarse desde el ventanal de su oficina. Un paso más y Daniels se habría despeñado en sus profundidades. Era una locura que nadie la hubiera cercado con barreras. Menudo peligro. Notó las miradas de los bebedores de cerveza posadas en él, y se giró para hacerles frente.

Cohibido y sintiéndose repentinamente vulnerable, quiso decirles que no deberían estar allí. Estaba prohibido cocinar y beber alcohol en la explanada. Pero algo en sus frías miradas le hizo morderse la lengua. Muchos de ellos tenían cámaras en las manos y lo estaban filmando. Otros trasegaban cerveza. Los filetes chisporroteaban y escopeteaban, soltando goterones de grasa caliente que levantaban géiseres de chispas brillantes. Los hombres clavaron en él sus miradas hurañas mientras se llevaban costillas y muslos a la boca. Sus dientes enormes hacían un ruido horrible al roer los huesos y arrancar los tendones.

Con rabia impotente, el senador se quedó en el borde del hoyo, señaló sus profundidades vacías y gritó:

—¿Cuándo van a llenar esto? —como nadie le contestó, gritó—: ¡Esto es un peligro!

Un tosco troglodita se tiró un pedo. Decidido a tener la última palabra, el senador Daniels chilló:

—¡Alguien se puede matar!

No estaba saliendo por la CNN. Sin la acústica de unas paredes de mármol, sin una hilera de micrófonos y amplificadores, su voz sonaba frágil y chillona en la intemperie a oscuras.

Varios de los palurdos dejaron de mirarlo para observar algo que había cerca. Él siguió sus miradas.

Y allí, esmeradamente apilados al borde del abismo, había una cantidad considerable de sacos llenos. Amontonados tan ordenadamente como si fueran ladrillos, los sacos de lona blanca formaban un muro casi tan alto como los hombres. Daniels entrecerró los ojos para leer las etiquetas impresas en los sacos. A la luz parpadeante de la grasa chamuscada, y a través del humo denso de la carne quemada, las etiquetas resultaban casi ilegibles.

Pasó un coche por la Primera Avenida y sus faros barrieron la zona. Por un instante todos quedaron iluminados: el senador, los bebedores de cerveza, aquel hoyo cavado de cualquier manera y los suministros metidos en sacos al lado.

Y en aquel momento el senador pudo leer las etiquetas. CAL VIVA, ponía.

Un escalofrío de terror inexplicable le erizó el vello de la nuca. Necesitó todos sus músculos tonificados en el gimnasio y toda su autodisciplina para dar media vuelta y echar a correr. Poniendo tierra de por medio a cada zancada con aquella caterva, Daniels bullía de confusión y de rabia. Se juró a sí mismo que al día siguiente haría unas cuantas llamadas telefónicas.

¡Mañana rodarían cabezas, maldita sea, y alguien rellenaría aquel foso inmundo y peligroso!

A Gregory Piper lo despertó su teléfono antes de que amaneciera. Según la pantalla era su agente el que llamaba, pero Piper sabía que no. Aceptó la llamada y oyó una voz joven, alguna becaria o asistente, que le decía:

—Espere, le paso al señor Leventhal, por favor.

Un clic estridente le indicó que lo habían puesto en espera mientras su agente terminaba otra llamada. O dos. Piper era consciente del lugar que ocupaba él en la jerarquía de sus clientes.

Miró el reloj de la mesilla de noche. Las cinco y media. Huso horario del Pacífico. Ni siquiera habían abierto los bancos en Nueva York. Una voz le preguntó por el teléfono:

—¿Gregory?

Piper se incorporó hasta sentase en la cama, asombrado de oír a su agente. Fuera estaba oscuro. Apenas oía la autopista.

—¿Has visto la televisión? —proiguió la voz.

Con la mano libre, Piper hurgó entre las sábanas y mantas en busca del mando a distancia.

—¿Qué canal? —preguntó.

—Cualquier canal —le dijo su agente en tono seco. Y añadió—. ¡Todos!

Piper encontró el mando a distancia y encendió el televisor que había junto al pie de la cama. Apareció él mismo llenando la pantalla, con su traje azul de una sola solapa de Savile Row. Mirando directamente a cámara, estaba diciendo:

«Les habla Talbott Reynolds...».

Piper cambió de canal y allí estaba él también, diciendo: «... Monarca absoluto...».

Piper probó otro canal y allí estaba otra vez, diciendo: «... Designado por el Consejo de las Tribus».

Por el teléfono, su agente exigió saber:

—¿Has firmado *algo*? —Sin esperar respuesta, le dijo—: Todavía estamos esperando esos contratos.

Entre imagen e imagen televisada de sí mismo, Piper no encontró deportes ni vídeos musicales ni anuncios. En una cuarta cadena de televisión, se oyó decir en español:

«El Día del Ajuste está aquí».

Se acordó del sobre de dinero y se preguntó si el hecho de aceptarlo habría implicado un acuerdo contractual. Era una estupidez, pero no le había mencionado aquel dinero a nadie. Si podía evitar la obligación fiscal que suponía, la evitaría. En otro canal de televisión, se vio proclamar:

«Antes de que podamos crear algo con valor duradero...».

Era la frase que había improvisado. Ahora aquel equipo de producción de zampabollos y bebedores de cerveza tendría que acreditarle como guionista del proyecto.

En otro canal se vio decir:

«... tenemos que crearnos a nosotros mismos».

Su agente rabiaba por el teléfono:

—¡Ya hemos emitido una carta de cese y desista!

Sonó el timbre de la puerta.

Por el televisor, digno y apuesto, haciendo su mejor imitación de Ronald Reagan con un toque de su mejor JFK, Piper declaró:

«El Día del Ajuste está aquí».

Sujetándose el teléfono entre el hombro y la oreja, Piper se levantó de la cama y se puso su albornoz. Mientras se ataba el cinturón, volvió a sonar el timbre de la puerta.

«El Día del Ajuste está aquí», repitió el televisor. A cualquiera salvo a él, aquello le parecería una repetición de la toma anterior, pero Piper oyó la ligera variación en la entonación de cada palabra.

En su oído, el agente juró:

—¡Está en la radio y por todo internet! —Por el diminuto altavoz del teléfono llegaron las distintas capas de sonido, cada una de ellas separada por un milisegundo. «El Día del Ajuste está aquí.» Un coro entero de Talbott Reynolds. Las voces sincronizadas resonaban como un cántico:

«El Día del Ajuste está aquí».

Piper cruzó su sala de estar y guiñó el ojo para escudriñar por la mirilla de la puerta.

Las palabras llegaban del televisor del dormitorio. De su teléfono. De los apartamentos de los vecinos. «El Día del Ajuste está aquí.»

Al otro lado de su puerta estaba el hombre con las orejas de coliflor y la esvástica tatuada en el cuello. Piper escarbó en su memoria en busca del nombre. El director de fotografía de cuatro duros.

—Están aquí —dijo por el teléfono.

Estaba amaneciendo y la luz emergía por detrás del visitante. Avanzando lentamente hacia la hora punta matinal, los ruidos de la 101 iban creciendo.

—¿Quiénes están ahí? —le preguntó su agente.

El coro de palabras pareció alejarse y desdibujarse. «El Día del Ajuste está aquí.» Convirtiéndose en papel de pared sonoro. En la nueva normalidad. En ruido de fondo, como el de la autopista. En los sonidos ambientales de la habitación.

Piper abrió la puerta. Se había acordado del nombre.

—Eres LaManly, ¿verdad?

—¿Quién es LaManly? —exigió saber el teléfono.

De todas direcciones llegaba el mensaje:

«La lista no existe».

El hombre, LaManly, se metió la mano en la chaqueta y sacó una pistola. Sin decir palabra, apuntó al pecho de Piper.

De la ventana de un vecino llegó el mensaje:

«La lista no existe».

El ruido del disparo hizo que Piper saliera despedido hacia atrás tanto como el impacto. Se le abrió el albornoz, revelando la camiseta blanca. El pelo canoso del pecho. Dejó caer el teléfono, pero no se desplomó. No inmediatamente.

Los ecos de su intensa voz procedentes de todos los televisores se pusieron a repetir: «La primera víctima de toda guerra es Dios». Ecos procedentes del televisor de la habitación contigua. Su campo de visión empezó a estrecharse hasta mostrarle el interior de un túnel largo y estrecho que se extendía hasta la acera por la que el pistolero se alejaba en dirección a un coche aparcado. En los oídos le resonaba un bramido más fuerte que el de la autopista. Cerca del coche el hombre masculló: «Mierda» y se dio una palmada en la frente con la base de la mano. A zancadas, regresó a toda prisa a la puerta del apartamento. Aferró el pomo y cerró la puerta tras de sí. Sacudió el pomo como si estuviera asegurándose de que estaba bien cerrada. Al otro lado de la puerta cerrada, sus pasos rápidos se fundieron con la distancia. Una voz, la voz de Piper, proclamó:

Que todo hombre se esfuerce por ser odiado. Nada convierte a un hombre en monstruo más deprisa que la necesidad de ser amado.

El actor se quedó solo en su sala de estar. Su voz, grabada, duplicada, sonorizada, inmortal, la voz de Talbott Reynolds, siguió hablando y hablando, mientras Gregory Piper caía de rodillas y se desangraba en la moqueta delante de su propia imagen televisada.

El líder de la mayoría del Senado hizo el recuento final de votos, que fue unánime. Mientras anunciaba la aprobación de la Ley de Declaración de Guerra, se alzó una voz desde la galería del público:

—Amigos, romanos, compatriotas —gritó un hombre—, prestadme atención. —Era Charlie, protagonizando un momento que figurará en todos los libros de historia del nuevo futuro. Aquellas palabras prestadas habían sido muy deliberadas por el linaje de Charlie. Palabras que se volverían igual de famosas que las de Nathan Hale.

El líder de la mayoría golpeó con su martillo para pedir silencio. Llamó al capitán de la guardia para que echara de allí a aquel joven alborotador. El guardia no hizo nada. En la galería un segundo hombre se puso de pie, se llevó al hombro un rifle de precisión Dragunov y el puntero rojo de su mirilla láser encontró el centro de la frente del senador. El hombre del rifle era Garret Dawson.

Aquel mismo año, la temporada de caza de la grulla no fue inaugurada.

Nick había vivido cosas peores. Al principio le había preocupado que si la policía lo buscaba. Le llegó un olorcillo a humo y fue a mirar por la ventana. Estaban saliendo llamas de los laterales de ladrillo de una tienda Urban Outfitters de la misma manzana. No se oían sirenas. Y lo que era más preocupante: en la calle no había nadie mirando. Lo que más asustaba a Nick era el hecho de que no había nadie saqueando el local.

Marcó el número de emergencia, pero no hubo tono de llamada. Ni siquiera un mensaje grabado.

Se había pasado las últimas noches escondido en la última cafetería en la que había trabajado Shasta. Habían cometido el error de darle las llaves y el código de la alarma antes de despedirla. Nick se había escapado de casa sin nada más que sus drogas y la ropa que llevaba puesta. Ya se había comido todos los biscotti bañados en chocolate y sentía curiosidad por saber cuándo llegaría el encargado del turno de la mañana para echarlo. Fue entonces cuando olió el humo. El viento estaba empujando el fuego en su dirección.

Nick hizo espuma con la leche y le añadió una docena de cargas de expreso y un chorro de sirope de vainilla y declaró que aquel era su desayuno. Nadie había tocado los botes de espray de nata montada, por eso trasteó con los pitorros e hizo salir gas aerosol en exceso. Comprobó las fechas de caducidad de las chapatas de pollo a la parrilla. Se lavó la cara en la pila del lavabo y se peinó con los dedos. La siguiente vez que miró, el incendio se había propagado al Baskin-Robbins. Teniendo en cuenta cuántas existencias se había comido ya y en cuántos sitios había dejado sus huellas dactilares, no estaba descontento de ver que el fuego se avecinara. Colocado como iba, solo un poquitín, empezó a sentirse otra vez a salvo.

En cualquier caso, ya era la hora de que abrieran los dispensarios de marihuana. Con eso le llegaría hasta la reunión de Narcóticos Anónimos que se celebraba a la hora del almuerzo en la Primera Iglesia Metodista, el lugar óptimo para pillar droga.

En aquel momento apareció la primera furgoneta en la acera. Al otro lado del escaparate se detuvo una segunda furgoneta con un chirrido de ruedas. La primera elevó una antena parabólica y la orientó hacia el cielo. Una mujer de rostro familiar ocupó su sitio delante de una cámara y empezó a narrar la escena del incendio. Un circo de aquel calibre debería estar atrayendo a una multitud de curiosos. Eso era lo que le inquietaba: no se habían congregado mirones. Ningún conductor aminoraba la marcha para asomarse por la ventanilla. No había coches, punto. La calle estaba vacía.

Llegó otra unidad móvil de informativos y se puso a emitir. Seguida de una cuarta. Una muralla de informadores se estacionó delante del incendio.

Nick sintió que le vibraba el culo. El bolsillo de atrás de los vaqueros. Le estaba entrando una llamada en el teléfono. Sin apartar la vista de la escena del incendio, se llevó el móvil al oído y preguntó:

—¿Walter? —Al no recibir respuesta inmediata, preguntó—: ¿Shasta?

Una voz de hombre le contestó:

—«El Día del Ajuste está aquí». —Una llamada robótica automatizada.

El identificador de llamadas decía «Privado». La voz repitió: «El Día del Ajuste está…», pero Nick colgó. De inmediato empezó a vibrar el móvil con otra llamada del mismo número privado.

Los últimos en llegar a la escena fueron los servicios de emergencias. Un coche patrulla de policía seguido de un solo camión de bomberos. Sin desenrollar las mangueras ni abrir las bocas de incendio, los bomberos y los agentes se posicionaron en un perímetro fuera de los ángulos de las cámaras. Estas giraron para enfocarlos. Nick no se perdía detalle a través del escaparate del café. En algún recoveco de su mente, sabía lo que estaba a punto ocurrir. No estaba viendo cómo se fabricaba contenido, sino cómo se fabricaba la historia. Era como aquella historia chiflada que Walter había estado intentando venderle. Exacto. Más que nunca, tenía que encontrar a su amigo. Walter le explicaría lo que estaba pasando.

Porque, tal como había vaticinado Walter, de hecho los agentes de policía desenfundaron sus armas reglamentarias. Los bomberos se desabrocharon los impermeables y se llevaron rifles al hombro. Y tal como había predicho Walter que pasaría, aquel extraño pelotón de fusilamiento soltó una ráfaga de descargas digna del Cuatro de Julio, tan breve como una traca de petardos, que llenó el aire de nubecillas flotantes de humo blanco de azufre. Y antes de que se apagara el último eco, los hombres de uniforme ya estaban caminando por entre los periodistas desplomados.

Se dedicaron a levantarles la cabeza uno por uno, agarrándolos del cabello perfectamente repeinado. Los seguía de cerca un hombre que llevaba en una mano algo reluciente y arrastraba un saco de arpillera. A cada cabeza le acercaba su herramienta reluciente y daba una sola estocada. Nick vio que era un cuchillo. Y luego el hombre echaba la mano atrás para tirar algo dentro del saco.

Orejas. Walter dijo que se llevarían las orejas. Todas embadurnadas de maquillaje rosado y polvos de talco. Orejas que todavía tenían metidos pequeños transmisores.

El hombre del cuchillo tenía un nombre. Nick lo conocía de alguna parte. No, no de cortar orejas de muertos, sino de algún sitio normal. Y en la mente de Nick empezó a repetirse el recuerdo de una voz masculina, la de aquel mismo hombre, recitando: «Hola, me llamo Clem…». Repitiendo: «Me llamo Clem y soy un yonqui».

El Día del Ajuste era una expresión imprecisa. Alterar la historia de la humanidad no requería más de una hora.

La policía no se implicó. Después de tantos años siendo tachados de villanos por los políticos y los medios de comunicación, los policías hicieron la vista gorda mientras los ciudadanos entraban con macutos de lona en todas las sedes institucionales, tribunales, ayuntamientos y edificios de administración de las universidades. Aquella mañana la policía sabía que las llamadas que les llegaban denunciando incendios y asesinatos no eran más que señuelos, anzuelos lanzados a los medios de comunicación para que cayeran en las emboscadas.

Todos los años los criminales mataban a contribuyentes y a votantes. Los criminales mataban a policías. Este año, en cambio, el crimen se dirigiría contra los legisladores.

La participación en el Día del Ajuste exoneraría a Bing y a Esteban de todos sus cargos criminales y órdenes de busca y captura. Cancelaría las deudas como estudiante de Jamal.

A los objetivos rebeldes, por supuesto, hacía falta perseguirlos por salidas de incendios, por aparcamientos y hasta en los coches aparcados bajo los cuales se escondían, lloriqueando. Otros se parapetaban detrás de puertas de despachos cerradas con llave que había que tirar abajo con hachas antiincendios. Pero incluso teniendo en cuenta a esos remolones, a la hora del almuerzo el antiguo régimen ya habría sido erradicado.

Jamal se acordó de las palabras de un antiguo profesor suyo. Tiempo atrás aquel profesor le había impartido una clase. El profesor Brolly les había hablado de la cultura helenística y les había contado que aquellos griegos concedían un valor mayor a la comedia que a todas las demás formas de teatro. Escribían muchas más comedias que tragedias porque creían que todas las empresas humanas les resultaban triviales y risibles a los dioses que los estaban mirando desde las alturas. A los dioses les hacía una gracia infinita la humanidad.

Cuando la cultura cristiana suplantó a la griega, sin embargo, los cristianos destruyeron la mayoría de las comedias. Las historias trágicas reforzaban el punto de vista cristiano, de forma que la Iglesia preservó *Edipo Rey* y *Medea* y *Prometeo encadenado* y erradicó todo aquello que no celebrara los ideales eclesiásticos del sufrimiento y del martirio.

Para los antiguos griegos, lo absurdo estaba más cerca de la verdad profunda que lo trágico. Estos pensamientos ocupaban la mente de Jamal mientras contemplaba el espectáculo como un dios del Olimpo.

Bajo la barandilla de la galería del público, el carnaval de chillidos y agitación de los estadistas heridos y ciegos, aquel circo de hombres ricos y poderosos que aullaban y manoteaban, de aquellos payasos jadeantes y ahogados por la sangre, constituía la cúspide de la necedad humana. Se inclinaban hilarantemente hacia delante y trataban de recoger sus propios intestinos reventados y pestilentes. Se sujetaban con las manos pálidas los sesos que se les desparramaban de los cráneos rotos. Se trataba de los mismos burócratas chupatintas que hacía unos momentos habían aprobado con sus votos mandarlos a él y a todos sus amigos a un final similar.

Mientras Jamal iba eligiendo a un blanco detrás de otro, iluminando con el cañón de su arma a un viejo tras otro, le asaltó un pensamiento. El profesor, el doctor Brolly, les había enseñado en la clase de Antropología una teoría sobre el típico humor de las caídas de culo. Aquellos chistes en los que alguien se tropezaba y se caía de golpe. Aquellos gags de torpeza física. De acuerdo con los antropólogos, nos reímos movidos por un reflejo prehistórico.

Cuando el hombre primitivo era la presa, cuando su tribu y él se escapaban aterrorizados del tigre dientes de sable o de lo que fuera, el hombre que se caía era devorado. Para todos los demás, su muerte era un alivio enorme. De acuerdo con Borolly, todo humor nace del hecho de escapar de la muerte.

Jamal se había pasado años presa de un terror constante. Antes de que lo registraran para... no para la *llamada a filas*, sus amigos y él lo denominaban *llamada para la muerte...*; antes de que apareciera en el horizonte la idea de otra guerra mundial... ya había sabido que moriría joven. Violado por el gas nervioso en el campo de batalla.

Y ahora en cambio, a partir de ese día, él era el tigre dientes de sable.

El dolor del dedo con que apretaba el gatillo significaba más para Bing que los viejos reventados por las balas que se arrastraban por el suelo pringoso de mármol debajo de él. Las descargas de su rifle lo molestaban más que sus chillidos. El retroceso de la culata del rifle contra su hombro le dolía más que aquellos brahmanes políticos acribillados que intentaban pasar a gatas unos por encima de otros para conseguir un momento más de vida.

Bing y otros miembros de su linaje estaban en la galería, una atalaya que se habían pasado semanas ocupando y filmando. Conocían hasta la última vía de fuga que sus objetivos intentarían seguir. Se habían apostado para disparar sin taparse con ningún obstáculo en la planta de abajo.

Los gritos facilitaban la cosa. Los gritos hacían que Bing odiara más, si cabía, a aquellas señoras mayores y viejos incapaces de decir la verdad. Con sus declaraciones siempre evasivas y matizadas y condicionadas. Aquellos gritos constituían el primer sonido honrado que les salía de la boca desde que se hicieran adultos.

Menuda estampa: viejos ricachos dándose golpes y empujones y pisándose los unos a los otros para ponerse a salvo.

En su estampida, parecían gatos gordos presas del pánico. Forcejeaban y se amontonaban contra las puertas de salida cerradas a cal y canto. Se acurrucaban y lloraban debajo de las mesas. Cogían gruesos volúmenes de leyes y se los ponían medio abiertos encima de las cabezas para usarlos de cascos. A Bing le ayudaba imaginarse a animales salvajes acorralados y sacrificados. Entre los miembros de su tribu había circulado un vídeo: mostraba imágenes de delfines cercados con redes y matados a golpes mientras el agua del mar a su alrededor iba convirtiéndose en una espuma sanguinolenta. A Bing le había resultado más duro contemplar aquella masa viscosa y bullente de preciosos delfines muertos y agonizantes que ver morir a los gobernantes trajeados. En internet había visto una estampida de conejos salvajes azuzados en jaulas, oleadas saltarinas de conejos que huían en una dirección y luego en otra mientras los hombres caminaban entre ellos y les aplastaban los cráneos con martillos metálicos. Bing había visto vídeos parecidos de canguros y cachorros de focas. El sacrificio de los legisladores no era nada comparado con la matanza a golpes de los diminutos cachorros de focas arpa.

El retroceso de la culata del rifle clavándosele en el hombro, aquel dolor avivaba la rabia de Bing y lo motivaba para encañonar todo lo que se moviera en la sala de abajo.

Aquellas escaramuzas tenían lugar con la bendición de la policía. Porque la policía ya había sido sacrificada en nombre de la corrección política. Y se estaba impidiendo el exterminio masivo de los jóvenes a base de sacrificar a un número mucho más pequeño de individuos que ya estaban cerca de la muerte, que ya habían criado a sus hijos y habían sido homenajeados.

El tribunal, las cámaras de representantes, los centros de prensa y lo auditorios de conferencias ya apestaban a humo de arma de fuego y mierda derramada.

Hasta que los francotiradores les dieron el visto bueno, los cosechadores no se aventuraron entre los muertos. De vez en cuando un cuerpo en apariencia muerto chillaba cuando le clavaban el cuchillo y se descubría que se había hecho el muerto. De vez en cuando llamaban a Bing para que bajara de la galería y el objetivo chillaba con tanta cobardía que era un placer verlo morir.

Las cosas pasaban demasiado deprisa para pensar. Algo se movía y Charlie disparaba una bala. Estaba en trance. Sus ojos buscaban movimientos. Cualquier cosa que se le moviera en la retina. Cualquier cosa viva. El más leve movimiento parecía eludir su cerebro, su conciencia, y lo sumía en el mismo estado de trance que jugar a videojuegos, igual que un perro que mira a una ardilla o que un gato que espera frente a una ratonera, o igual que su viejo en la orilla del río solía contemplar cómo flotaba en el agua el corcho de pesca rojo y blanco, esperando a que picara una trucha.

El trance le impedía imaginarse lo que sin duda les estaba sucediendo a sus padres en aquel mismo momento.

Todo lo que podía pensar ya lo había pensado hacía mucho tiempo. En el fondo de su mente, Charlie había sopesado sus razones para participar. Había perdido la fe en todos los métodos normales y graduales de crecimiento personal. Después de una vida entera de postear en blogs y grabar en vídeo hasta el último de sus movimientos y emociones en beneficio de las redes sociales, lo que estaba afrontando ahora era nada menos que la fatiga identitaria. Ya no había posibilidad de empezar de cero. Había establecido su marca en el más mínimo detalle. Se había documentado a sí mismo para la posteridad. Desde el día en que había aprendido a teclear, ya no quedaban lugares en internet donde no le hubiera contado ya al mundo todo de él.

El Día del Ajuste sería para él un nuevo comienzo. Funcionara o no, supondría un cambio radical. Estaría muerto o en la cárcel o sería un héroe revolucionario, pero cualquiera de esas cosas implicaría una mejora respecto a aquel don nadie ordinario feliz-triste y esperanzado-temeroso que el mundo de internet podía ver envejecer y crecer pero nunca llegar a ninguna parte.

Reprimiendo una risa histérica, se dedicó a cargarse a ricachones y a viejas adineradas, deteniéndose solo para recargar. Charlie iba a por los disparos mortales en la nuca. Herida de entrada en lo alto de la columna vertebral con herida de salida a través de la boca abierta. Así había menos que limpiar. La proteína era un rollo asombroso, Charlie lo sabía, era el pegamento que se adhería a todo. Si partías un cuerpo por la mitad con un AK, a tu linaje le iba a tocar fregar todos los restos.

En su fuero interno notó que algo se acumulaba. Un sentimiento. Algo enorme. La única palabra para describirlo era *regocijo*. Por primera vez en su vida, no se tenía que preocupar por la llamada a filas. Nunca había pensado mucho en su futuro porque el alistamiento o la guerra nuclear siempre habían estado en el horizonte. Siempre había parecido inevitable que muriera tras cumplir los dieciocho años. Pero ahora, por primera vez, entreveía un futuro. A partir de aquel momento tenía algo de control sobre su vida.

Siempre le habían enseñado que los hombres son protectores y guardianes, y que el destino más noble al que podía aspirar era morir para preservar otra vida humana. Si el humor deriva de algo, es de una sensación inmensa de alivio. Ahora Charlie estaba contento porque por una vez la muerte estaba fuera de él.

La escena que tenía debajo no podía ser más horrible. No podía ser más sangrienta. Pero no era la peor que podía darse.

De acuerdo con el libro de Talbott, la historia no guardaría memoria de su mayor error porque no quedaría nadie para registrarla. La tarea entre manos podía parecer un baño de sangre, pero ciertamente prevenía una guerra nuclear. Una hambruna global. Una pandemia que aniquilaría a miles de millones de personas.

A Charlie le habían dicho toda su vida que él y los suyos eran los malvados opresores patriarcales, los seres llenos de odio que habían colonizado el planeta y esclavizado a los buenos salvajes del paraíso de Rousseau. Gracias, académicos. Charlie ahora podía reivindicar ese título. Esa etiqueta que decía «peor que Hitler». Hoy le daría al mundo la prueba de que estaban en lo cierto.

Era como aquellos artículos de prensa en los que entrevistaban a los vecinos y amigos de toda la vida de un asesino en serie, y todo el mundo juraba que el asesino era un tipo normal y amigable, el hombre más majo del mundo. Después del Día del Ajuste, el mundo conocería una verdad nueva sobre Charliebuentipo144.

Estaba harto de aprender historia. Quería serla. Charlie quería que la historia del futuro fuera él.

El senador Daniels yacía inmóvil entre sus colegas muertos. Había reptado y se había metido por entre los cadáveres amontonados, hasta que la sangre de todos ellos le había empapado el traje hecho a medida. Había sido de los primeros en ponerse a cubierto, y las víctimas de la matanza habían sido abatidas y se habían desplomado dando tumbos a su lado y encima de él. Había sentido sus espasmos y convulsiones cuando la vida había abandonado sus cuerpos. Su sangre le había pegado el pelo a la cabeza y sellado los ojos como si fuera pegamento. La sangre le había adherido los pantalones a la piel de las piernas flacas y le había formado membranas entre los dedos. Su respiración eran jadeos rápidos y superficiales de un conejo que se hiciera el muerto. Estaba tumbado boca abajo sobre las manos para ocultar lo mucho que le temblaban.

Los disparos habían cesado. Los chillidos también. Ahora había voces moviéndose por la sala, palabras y gruñidos de cansancio. El peso que sentía sobre la espalda desapareció. Alguien se llevó el cuerpo que tenía a su lado. Una mano lo agarró de la parte superior del brazo, y Daniels sintió que le daban la vuelta hasta ponerlo boca arriba. Contuvo la respiración y se dejó arrastrar del brazo, deslizándose por el suelo de piedra manchado de sangre. La mano lo soltó y Daniels dejó caer el brazo inerte mientras seguía sin respirar. Yació allí paralizado por el shock, pero el sudor le empezaba a deshacer la máscara de sangre y tenía miedo de que los temblores del miedo lo traicionaran.

Unos dedos le pellizcaron la oreja y un dolor atroz le mordió la parte de la cabeza donde la parte superior de la oreja le nacía del cuero cabelludo. El senador chilló, abriendo de golpe los ojos pegajosos y los labios adheridos entre sí.

Los dedos lo soltaron. Había un hombre a su lado, un salvaje vestido con peto de camuflaje y blandiendo un cuchillo de caza. Uno de los jornaleros de la barbacoa de la noche anterior. Tenía la mano enfundada en látex manchada de rojo, pero no era salsa de barbacoa. Su mirada se encontró fugazmente con la del senador y la sorpresa le hizo abrir como platos sus ojos verdes.

—Por favor… —Daniels le suplicó por lo bajo. Rezando para despertar piedad, para que el salvaje siguiera adelante y lo dejara entre los muertos. Las lágrimas le brotaron a los ojos y le limpiaron sendos regueros por las mejillas.

Pero el hombre, en cambio, giró la cabeza hacia las demás voces y gritó:

—¡Tengo uno vivo!

Descubierto, Daniel intentó incorporarse hasta sentarse. A su alrededor, otros salvajes ensangrentados lo contemplaron mientras se acercaban caminando por entre los cadáveres. Por entre los montones y amasijos de cuerpos y medios cuerpos y cuerpos decapitados y mesas de madera hechas añicos. Uno de los salvajes sostuvo algo ensangrentado entre dos dedos antes de guardárselo en el bolsillo del pantalón. Otro hombre levantó la voz para decirle al primero:

—Ponlo con los que quedan. —Y le señaló la otra punta de la sala con el cuchillo de caza goteante.

Y allí Daniels pudo ver a un grupo de hombros llorosos acurrucados contra una pared. Calvos y barrigudos. Esqueléticos y de espaldas encorvadas. Viejos como él, empapados de sangre ajena.

Había un tercer salvaje a unos pasos de distancia, agachado, serrando una cosa con su cuchillo. Por fin levantó algo pequeño de lo que colgaba un cablecito enrollado. El cablecito estaba conectado con una cajita. Cuando el cable enrollado y la caja se cayeron de la mano del hombre, Daniels se dio cuenta de que era un audífono. Lo que el hombre sostenía era una oreja cortada, que se guardó en el bolsillo de atrás.

El hombre que estaba junto a Daniels sonrió. Era una sonrisa torcida y malvada, pero no exenta de lástima.

—¿Te acuerdas de la fosa de fuera? —Hizo un gesto con la cabeza en dirección al grupo ensangrentado de supervivientes—. Vuestro trabajo... —añadió, e hizo un gesto con el cuchillo en la dirección general de las víctimas de la matanza—: es meter toda esta porquería en ese hoyo. ¿Entendido?

Daniel se llevó los dedos a la oreja, que todavía le ardía de dolor. Sintió la sangre caliente aún manando y aún caliente. No estaba muerto.

—Ahora vete —le ordenó el salvaje sonriente—. Ve con tus amigos.

El senador Daniels asintió despacio con la cabeza antes de ponerse de pie como pudo.

Todavía en el Tiempo de Antes... antes de que se llenaran las fosas... en el camino de vuelta a Portland, Oregón, Walter se turnaba con Talbott Reynolds, jugando a gritos a un juego que se había inventado para asegurarse de que el prisionero seguía vivo. Al volante, Walter gritó:

—¡Salsa de Asado A.1!

Desde dentro del maletero, Talbott gritó:

—¡Formula 409!

—¡Seven-Up!

—¡Chanel Número Cinco! —gritó Reynolds.

—¡WD-40! —gritó Walter.

Se hizo el silencio en el coche. Solo el ruido de Ohio bramaba a su alrededor, como un túnel. Allí habían acabado todos los sueños de Walter de seducir a Shasta con dinero, de elevarse por encima de los misterios económicos que sumergían a la mayoría de gente: aquellos sueños tal vez se hubieran muerto dentro del maletero. Le pasó por la cabeza la idea de dar media vuelta e ir a cazar a un mentor alternativo. Sí, enterrar al que se había muerto y localizar a un sustituto.

Y entonces una voz gritó:

—¡Podría haber dicho V-8!

Felicidad. El mundo entero tenía sentido y todo dejó de ser un caos absoluto. Los muertos habían vuelto a la vida. Walter se olvidó de que aquello era un coche de alquiler y se encendió un buen canuto.

Aquello se comería los kilómetros, pero entonces Talbott Reynolds gritó:

—¡Basta! —Desde las profundidades del maletero, gritó—: ¡Espero que te encanten las pollas nazis blancas y bien gordas...!

Se estaba haciendo recuento de todo el contenido de los sacos de orejas. De las orejas sacadas de los bolsillos. Orejas negras y orejas blancas. Orejas taponadas con sonotones. Orejas de las que colgaban pendientes de aro. Orejas peludas por la edad y orejas veteadas por el espray de bronceado naranja.

En cada sede institucional, algún Garret Dawson o algún Jamal Spicer se dirigió al grupito de supervivientes temblorosos y ensangrentados:

—«Perduraréis» —les dijo, leyendo de la página oficial del libro de Talbott—, «sobreviviréis para obedecer la voluntad de los linajes y llevar a cabo todo lo que se os encomiende».

Aquellos a quienes se permitía sobrevivir enterrarían a los muertos.

—«No propondréis ni impondréis ninguna ley nueva. Seréis simples administradores.»

Los encargados de leer aquellas frases en tribunales y salas de conferencias universitarias dijeron:

—«Vuestro mandato será vitalicio, y si no cumplís con vuestros deberes un voto del electorado podrá decretar vuestra ejecución».

El libro de Talbott hacía que todo pareciera simple. Solo tenían derecho a voto quienes hubieran eliminado a gente de la lista. El recuento de todos los objetivos, combinados, determinaba el número de votos que se le concedía a cada linaje.

La meta era que solo tuviera voto la gente que se hubiera sacrificado por la causa. Aquello garantizaba que nadie secuestrara el movimiento, porque la gente que tuviera las cifras más altas se aliaría entre ella y elegiría a uno de los suyos, y porque solo aquella gente tendría agallas para aferrarse al poder por medio de las mismas acciones que habían emprendido para obtenerlo.

Oficialmente, los bienes requisados tenían que ir a parar al nuevo gobierno, a fin de compensar el coste de implantar el sistema correcto. Y también para compensar a las personas desplazadas que se habían visto obligadas a renunciar a sus propiedades a fin de mudarse a las jurisdicciones correctas.

—«En cuanto esté resuelta la cuestión de los cuerpos» —les leyó cada hombre a sus cautivos—, «vuestra primera tarea en el nuevo gobierno será instituir la Ley de Reubicación Nacional».

Mucho antes de que este libro fuera un libro… durante el trayecto de vuelta a Portland, Oregón… Talbott Reynolds seguía encerrado en el maletero del coche, repitiendo una y otra vez:

—¡Más te vale hacerte a la idea de ser una puta que se van a pasar de mano en mano en la cárcel para usar tu ojete a cambio de cigarrillos!

Talbott afirmaba tener un chip de rastreo implantado quirúrgicamente. No decía dónde lo llevaba, pero estaba debajo de la piel. Y emitía una señal de GPS que el FBI usaría para encontrarlo. En cuanto se parara el coche, los agentes solo necesitarían un par de horas para triangular la ubicación del chip.

Talbott citó leyes sobre secuestros que se remontaban a la época del secuestro del bebé de Lindbergh.

—Vas a aprender todas las diferencias sutiles de sabor entre las pollas nazis y las pollas negras y las mestizas.

Mientras Walter lo hacía bajar por la escalera del sótano de una casa abandonada, y lo ataba a una pesada silla, un minúsculo dispositivo estaba emitiendo pitiditos que anunciaban su paradero. En cualquier momento tirarían la puerta abajo y primero detendrían a Walter, luego lo dejarían en espera de juicio, lo encerrarían y lo sentenciarían a no volver a pasar ni un momento más con Shasta.

Fin de la partida, a menos que pudiera encontrar y extraer aquel dispositivo de rastreo. Arrancárselo de la piel al viejo, donde fuera que lo tuviera incrustado. Un simple cortecito con una navaja, un algodoncito empapado en alcohol, un pequeño hoyo y Walter ya lo podría aplastar con el tacón del zapato. Y cerrar la herida. O heridas. Muerte por un millar de cortecitos.

Con esto en mente, Walter se hizo con un frasco de alcohol de fricción. Una navaja. Vendas y pegamento Super Glue. Se había preparado para su caza del tesoro.

Le rajó la ropa con la navaja al viejo, buscando alguna pequeña cicatriz que indicara dónde tenía incrustado el chip. Le desgarró las costuras y le desprendió los brazos del traje y el cuello de la camisa, como si estuviera pelando una naranja. Empezando por las extremidades, las muñecas y los tobillos, y trabajando hacia el centro. Encontró un bulto en el antebrazo y le preguntó:

—¿Es esto?

Talbott se puso tenso y le dijo:

—Averígualo.

Walter frotó la piel con alcohol para limpiarla y clavó una esquina de la navaja. Con los dedos viscosos, resbalándole, pringados de sangre, y sin guantes de látex, con mugre roja incrustada bajo las uñas y una mirada que rezumaba compasión, aquel no era el Walter que Walter había querido ser: alguien que tortura a un viejo atado a una silla, abriéndole a navaja un agujero en el brazo, hurgando con cuidado entre las venas y los tendones principales.

La presa resultó ser un quiste. La búsqueda debía continuar.

Walter desprendió la bastante pernera del pantalón para dejar al descubierto una zona dura bajo la piel que cubría un músculo flácido de la pantorrilla. Levantó la vista para mirar las muecas de dolor, los temblores y las risillas de Talbott y le preguntó:

—¿Está aquí?

Entre risitas, el viejo chiflado de Talbott, claramente disfrutando de la angustia y la aprensión de Walter, le dijo:

—Vas a ser muy popular en la cárcel.

Walter tuvo que verter otro chorro de alcohol. Que frotar para localizar el pequeño bulto duro debajo de la piel. Que intentar pellizcarlo y mantenerlo quieto mientras clavaba la cuchilla a su lado. Pero la duricia se movió. Migró, deslizándose por debajo de la piel peluda, una piel que ahora estaba pringada de sangre. Obligando a la navaja de Walter a perseguirla, alargando la pequeña incisión, obligándolo a cortar de lado para seguirla y por fin alcanzando su objetivo solo para pescar otra falsa alarma. Un bulto de grasa.

A pesar de que su nuevo padre ya tenía goteras por todos lados, si Walter pinchaba algún punto de una manera determinada, la sangre empezaría a manar a chorros como si fuera lefa de color kétchup y despediría un olor como al chingar con una chati que llevara diez años muerta y enterrada.

El viejo Talbott, entre convulsiones de risa, sin quedarse quieto ni un momento, con las lágrimas cayéndole por las mejillas y todas las arrugas de la cara en tensión. Meneándose contra las correas que le sujetaban los brazos a los reposabrazos de la silla y las piernas a las patas de la silla. Matar a alguien de un millón de cortes no era matar, era mondar, desollar, reduciendo poco a poco la parte humana de Walter hasta que el siguiente bulto sospechoso ya resultó menos difícil de desenterrar y el siguiente ya no costó nada de sajar. La sangre, tan alarmante al principio, se alejó de su atención hasta no ser más que una pequeña molestia, y la compasión de Walter se agrió y se convirtió en rabia. Su empatía se evaporó. Walter escarbaba para torturar al viejo por no haberle dicho desde el principio la ubicación del chip. Rajándolo hasta convertirlo en tiras de carnaza para que el viejo lo confesara. Para que se rindiera. Pero Talbott seguía riéndose, insultando la ineptitud de Walter mientras la navaja se veía obligada a excavar trincheras por el cuero cabelludo del hombre y por su espalda y Walter empezó a verter alcohol sobre los cortes ya abiertos para limpiarlos y no cortarlos por segunda vez, y a Talbott ya le colgaba inerte la cabeza, con la cara pálida y la risa reducida a un silbido entre dientes, como si se estuviera riendo en sueños.

Para darse valor, Walt miró porno en internet con el teléfono. Sus vídeos favoritos eran los que solo mostraban a gente muerta follando y haciendo mamadas. Vivos cuando los habían filmado, pero ahora muertos. El hecho de que todavía lo pudieran excitar incluso desde la tumba era la mejor prueba que había encontrado de la existencia del alma humana. La belleza ancestral de aquellas divinidades carnales conseguía que le resultara aceptable rajar a una persona de la que solo quedaba carne y sangre.

Aun así, los dedos de Walter no encontraron ningún chip. Ningún diodo. Solo bultos de tejido queloide. Solo cúmulos de grasa o quistes calientes que le tocó sacar pellizcándolos y examinar para estar seguro. Trocitos de grava o minúsculos fragmentos de cristal reforzado, suvenires de algún accidente de bicicleta o de coche de mucho tiempo atrás.

Walter ya le había desprendido la camiseta y los calzoncillos y estaba trazando circulitos sobre la piel con los dedos, en busca de aquel cuerpo extraño que en aquel mismo momento estaría emitiendo su ubicación, la ubicación de aquella casa abandonada, de aquella sangrienta escena del crimen, sudando a mares, haciendo muecas de compasión mientras rajaba con la cuchilla solo para descubrir otro bolo de grasa... un ganglio linfático inflamado ... algo duro y firme, o un pelo enquistado, liberando un tufo repentino a carbúnculo, pinchando un forúnculo por accidente. Y su nuevo padre, que seguía haciendo movimientos bruscos para desviar la cuchilla, riendo histérico.

La policía, que rastreaba el pitido, la señal de alarma silenciosa, y se acercaba más y más con cada pitido.

Después del Día del Ajuste, el libro ya estaba en todas partes. Que te vieran sin un ejemplar del libro azul marino era arriesgarte a que alguien te denunciaran. Y nadie sabía qué pasaba después de eso.

A pesar de que el libro le había roto la nariz, la madre de Terrence le dejó quedarse con su ejemplar. Tenía las páginas salpicadas de orina y de plata coloidal, pero Terrence todavía podía leer las notas que le había escrito su padre. Entre ellas había una lista. En la última página en blanco, bajo el encabezamiento «Mis sueños para ti», su padre había escrito:

Fuerza y salud excelentes
Estatus social elevado
Sabiduría
Valentía
Que te conviertas en un Gran Sanador

En la cama, Terrence seguía empezando cada día con su lectura. Hoy, por ejemplo, el libro de Talbott decretaba:

El americano de los antiguos estados unidos era objeto de un control constante.
Su escolarización se basaba en la repetición continua del mismo modelo narrativo. En los relatos más clásicos de la narrativa americana, los más promovidos por los críticos y por el sistema escolar, figuran los tres personajes principales

cuyos destinos eran siempre igual. El dócil y obediente se destruía a sí mismo. El más agresivo y abiertamente rebelde era asesinado. Y no quedaba nadie para contar la historia salvo un personaje a menudo mudo pero siempre observador. El suicidio. El asesinato. El testimonio.

El suicidio siempre tiene lugar primero. Suele cometerlo el personaje con inocencia de niño. En *Alguien voló sobre el nido del cuco* es el hijo obediente, Billy Bibbit, el que se recluye a sí mismo en un psiquiátrico para complacer a su madre. Después de mantener relaciones sexuales con una prostituta, se quita la vida para no tener que hacer frente a la desaprobación materna.

A continuación se asesina al rebelde. En la misma novela, al descarado irlandés, Randle Patrick McMurphy, lo asfixian en su cama. El testimonio mudo, Gran Jefe, burla las férreas medidas de seguridad del pabellón y sale al mundo a contar su historia.

Asimismo, en *El gran Gatsby*, la desesperada Myrtle Wilson se tira delante de un coche. Ya desde el momento en que entra en la historia, Fitzgerald la describe como suicida. Poco después, al nuevo rico Jay Gatsby lo matan a tiros en su piscina. Finalmente, el narrador, Nick Carraway —que en inglés suena como «carry away», «salir con vida»—, huye y vuelve al Medio Oeste y cuenta la lección «portátil» de la historia.

No se trata del único modelo, pero sí es el ideal para los americanos, y el éxito duradero de cualquier libro viene determinado por el grado en que la historia se ajusta a este patrón.

A los personajes femeninos que dicen lo que piensan a menudo no se los mata, se los expulsa o se los encierra. En *Lo que el viento se llevó*, la obediente Melanie Wilkes decide morir en el intento de tener un bebé que le han dicho que la va a matar, movida por el deseo de complacer a su marido dándole una familia numerosa. Poco después, la audaz Scarlett

O'Hara es excomulgada de su comunidad y de su familia, mientras que el discreto Rhett Butler se marcha de Charleston, escapando igual que Gran Jefe y Nick Carraway. La misma variante tiene lugar en *El valle de las muñecas*, donde la hermosa Jennifer North se esfuerza constantemente por complacer a su madre, pero termina suicidándose por miedo a que un tumor que tiene en el pecho destruya su belleza. La ambiciosa Neely O'Hara, que no tiene pelos en la lengua –personaje de ficción que ha tomado su nombre artístico de un personaje de ficción anterior– enseguida es marginada por sus transgresiones del mundo del espectáculo. Y el libro termina con la plácida y etérea Anne Welles, el personaje de fuera, prófuga de una lejana familia de Nueva Inglaterra no demasiado distinta de la tribu de Gran Jefe, y la que ha salido más ilesa.

En *El club de los poetas muertos*, un alumno se suicida por miedo a la desaprobación de su padre, a un profesor lo expulsan por ser poco ortodoxo y solo queda como testigo alguien de fuera.

Incluso una novela aparentemente transgresora como *El club de la lucha* sigue el mismo patrón. El aspecto más creativo de *El club de la lucha* es el derrumbe de los tres arquetipos. Al suicidarse, el mártir asesina al rebelde y, al hacerlo, se crea una voz integrada activa y pasiva a la vez que cuenta la historia desde el punto de vista de un nuevo narrador que es consciente de sí mismo.

Otra vez más, la lección para los estadounidenses es que no sean demasiado pasivos o agresivos, sino que sean observadores y eviten llamar la atención. Para escapar, sobrevivir y contar la historia.

Si había que creer a Talbott, la mitad de la población de los antiguos estados unidos siempre se vio obligada a vivir esclavizada por la otra mitad. Y la relación cambiaba casi cada cuatro años. A los electores se los obligaba a ser esclavos o tiranos, dependiendo de los resultados de la votación. Y la literatura estaba calibrada para mantener cuerda a la gente a pesar de estos brutales cambios de manos del poder.

Terrence cerró el libro y se lo dejó en el regazo. Aunque solo fuera para seguir vivo, eso mismo era lo que quería hacer Terrence: escapar por completo de aquella fórmula. Y por eso justamente sabía que iba a tener que encontrar otra opción. Una alternativa para la que una vida entera de libros y películas no lo había predispuesto.

Medio muerto, Talbott admitió que no llevaba ningún dispositivo de seguimiento. Todo había sido una mentira. Una prueba para ver hasta dónde estaba dispuesto a llegar Walter para alcanzar sus metas. Cómo de despiadadamente podía actuar.

Farfullando las palabras, jadeante y blanco como el papel, el viejo le dijo:

—Estoy muy orgulloso de ti.

Walter ya no era el mismo Walter. Se había convertido en alguien a quien él mismo no conocía, estaba embadurnado de la sangre del viejo. Con los dedos rígidos.

—Estoy muy orgulloso de ti —le dijo su nuevo padre con un resuello. Le temblaron los párpados y le falló la voz como si estuviera listo para morir, pero siguió hablando. Clavándole los ojos inyectados en sangre, le dijo—: Escucha con atención. Porque estoy dispuesto a revelarte todos los secretos del éxito. Tragó saliva con fuerza y carraspeó para aclararse la garganta—. Apunta esto —le ordenó—. Apunta: «Declaración de Interdependencia».

Y siguiendo las órdenes del viejo, Walter corrió a buscar bolígrafo y un cuaderno.

Shasta comprobó el icono de la batería de su teléfono y pulsó el botón de apagado. La batería aparecía casi agotada. Ella se sentía igual.

Miró a Talbott Reynolds por el televisor y trató de tranquilizarse. No todo el mundo estaba aterrado. El hombre que repartía la leña, los profesores que le quedaban los que no habían sido tiroteados y enterrados en la fosa del campo de entrenamiento de fútbol... La mayoría de gente parecía entusiasmada por la remodelación de la sociedad. Ninguna de las antiguas soluciones había hecho nada más que empeorar los problemas sociales. La gente parecía dispuesta a probar algo radicalmente distinto.

Lo que el libro de Talbott planteaba no era ningún concepto radicalmente distinto. Hacía mucho que figuras políticas prominentes como Keith Ellison habían pedido patrias separadas. De hecho, el plan de Talbott imitaba el de Ellison en el sentido de postular que los estados del Sur se unieran en una sola nación ocupada de forma exclusiva por gente de orígenes africanos. Los estados restantes se convertirían en dominio exclusivo de los ciudadanos de orígenes europeos. A excepción de California: el Estado Dorado estaba reservado para un propósito especial.

Aparecieron en televisión presentadores de noticias desconocidos para reemplazar a los que habían formado parte de la lista. Estos nuevos presentadores explicaron que el censo nacional y las solicitudes de ingreso en la universidad suministraban los directorios iniciales de identificación racial. Para afinar más el proceso, se habían requisado los datos de los servicios de exámenes genéticos basados en internet. La Ley de No Discriminación por Información Genética se había derogado, cómo no. La popularidad de aquellas pruebas genéticas había generado un listado perfecto para identificar a aquellos ciudadanos de cada región a los que iba a hacer falta reubicar y compensar.

Shasta no quería verse atrapada en aquella red. Pillada por sorpresa por algún antepasado genético secreto. Para curarse en salud, encontró una página web que todavía aceptaba bitcoines y mandó una muestra de saliva bajo un nombre falso. Le enviarían los resultados del test por mensaje de texto a un móvil que le había comprado a un vagabundo harapiento en el Martin Luther King Boulevard. El desconocido le había pedido cincuenta dólares en metálico y no le había dado el cable del cargador. Las huellas dactilares de sangre seca en el aparato parecían indicar un pasado violento, pero Shasta se apresuró a limpiarlas con un pañuelo de papel antibacteriano del Safeway. Lo había comprado con la batería ya casi agotada.

La espera estaba siendo peor que una prueba de embarazo. Intentó calmarse recordándose que sus padres eran los dos blancos. Sus dos parejas de abuelos eran también blancas. Aun así, la espera la estaba agobiando más que si fuera una prueba de sida.

En el nuevo mundo decretado por la Declaración de Interdependencia, mucha gente estaba pasando por la misma difícil situación. Otros, sobre todo parejas y familias interraciales, estaban poniendo pies en polvorosa a la frontera con Canadá y solicitando estatus de refugiados. Otros se habían autoexiliado a Europa o a México, pero el libro de Talbott decretaba que quienes hicieran aquello estarían renunciando a todas sus propiedades y bienes. Solo se establecían compensaciones justas para los ciudadanos que renunciaran de forma voluntaria a sus casas y negocios y se trasladaran al territorio apropiado.

Por la televisión, Talbott Reynolds aplacaba miedos y repetía que los escuadrones de la muerte ya habían cumplido con su cometido. Quienes habían liberado los antiguos estados unidos supervisarían ahora el proceso de reubicación limitándose a un uso de la fuerza en proporción a la resistencia que pudieran encontrar.

Llevando encima el móvil apagado para no descargarlo del todo antes de que le llegara el mensaje de texto, Shasta intentó hacerse a la idea de la separación racial que se avecinaba. No había ningún grupo que fuera monolítico. Ni siquiera los gays. Especialmente los gays. La identidad queer se dividía más deprisa que una célula en el útero. Resistiendo el impulso de encender el teléfono, Shasta se acordó de la brillante escritora Zora Neale Hurston, a la que había leído en el Mes de la Historia Negra, y que había afirmado que los afroamericanos se presentaban con las siguientes graduaciones:

Amarillo subido
Amarillo
Marrón subido
Marrón vaselina
Marrón foca
Marrón apagado
Marrón oscuro

Para no verse superada por lo más granado del Renacimiento de Harlem, Shasta clasificó de forma sistemática a la raza blanca en la siguiente escala:

Arroz blanco
Suero de leche
Pálido «recién salido de la cárcel»
Vampiro
Patata pelada
Crudo
Bolsa de la compra
Barbie normal

Que ella supiera, no era más étnica que la patata pelada.

No había forma de saber cuánto rato había pasado, pero no lo pudo aguantar más. Encendió el teléfono. Sonó la melodía de un mensaje de texto nuevo.

Por la televisión, por la radio, Talbott decretó medidas nuevas. Todos los empleados del sector público tenían que seguir sirviendo al pueblo. Debían olvidarse de sus sueños de jubilación anticipada. Sí, habían pospuesto sus sueños a cambio de seguridad y de la promesa de que algún día los jóvenes los relevarían. Pero ahora los jóvenes habían asumido el control y estaban embriagados de poder. Aquellos chavales que jamás habían esperado llegar a la edad legal para beber alcohol… de pronto tenían futuro, y lo último que querían hacer era repartir el correo o poner multas de tráfico. De forma que Talbott había decretado una moratoria temporal de todas las jubilaciones y los periodos sabáticos y las vacaciones en el sector público. Estrictamente a corto plazo, una simple medida temporal. Nadie sabía durante cuánto tiempo. Quedaban exentos de la medida la policía y el ejército, por el hecho de haber ayudado a las tribus.

Durante una temporada la nación siguió adelante a trancas y barrancas, decapitada. Los organismos cuyo propósito era repartir el correo y poner multas de tráfico continuaron repartiendo el correo y poniendo multas de tráfico, porque no pudieron planear ningún contraataque y porque nadie sabía muy bien quiénes habían sido los atacantes, y también porque nadie quería llamar la atención y convertirse en el siguiente objetivo.

La amenaza de las repercusiones hizo que los empleados del sector público se replantearan su mal humor. Su motivación era menos zanahorias y más palo.

A fin de prevenir más violencia, Talbott apareció en vallas publicitarias en forma de efigie sonriente con el eslogan:

¡Tu mejor chaleco antibalas es una sonrisa!

La misma imagen y el mismo eslogan aparecieron en pósteres y en las paradas de autobús y en los comedores de las empresas. La gente se dio cuenta de que era un edicto de «sonríe o te pegamos un tiro», pero ¿qué alternativa le quedaba?

Se hizo habitual ver a los empleados de la oficina de Correos sonreír de oreja a oreja mientras los goterones de sudor les perlaban la frente. Porque su única vía de escape era una fosa llena de cal viva. Los empleados del sector público se convirtieron en una nueva clase de siervos, encadenados a sus tareas. Convertidos en cautivos.

De acuerdo con el libro de Talbott, la gente se había pasado tanto tiempo atrapada en un estado de confusión y viviendo al borde del caos que ahora aceptaría agradecida los términos de cualquier nuevo gobierno. La palabra *agradecida* se quedaba corta. Al desaparecer la amenaza constante de la muerte, la gente estaría entusiasmada, henchida de alivio. Dispuesta a jurar lealtad a cualquier nuevo orden con tal de que mantuviera la paz.

El dinero ya no representaba el poder. Solo era una herramienta a corto plazo.

El dólar, declaraba Talbott, había muerto, y la nueva moneda tenía que circular hacia abajo a través de los miembros de cada linaje. Y a través de los miembros, a sus familias y seres queridos. Y aun así, la nueva moneda sería efímera y en menos de cien días se borraría, hasta no ser más que una película de plástico. Y como el dinero no se podía acumular, habría que cambiarlo por pan y vino, y como luego haría falta más pan y más vino, habría que emplear a más gente para plantar trigo y cultivar uvas.

Y siempre quedaba la posibilidad de hacer una lista nueva, integrada por conductores de autobús y agentes de tráfico impopulares, lo que generaba sonrisas aterradas y una humildad rastrera entre los funcionarios públicos. Para los jóvenes excedentes de la generación milenial, el barrendero era igual de culpable que el senador y había estado igual de dispuesto a mandar a la nueva generación a la guerra. Del mismo modo en que el Reinado del Terror en Francia se inauguró con la decapitación de la realeza y luego se amplió con la de empleados y clérigos y sirvientes, existía el peligro de que el Día del Ajuste se convirtiera en un nuevo evento anual.

Desde el momento en que la vio aparecer en el horizonte lejano, la figura se le antojó un espectro. Flaca y reverberando en el calor del desierto, ondeando, parpadeando como una llama, iba creciendo de tamaño a cada paso por la autopista. Le hizo pensar en los animales abandonados. En los perros que la gente pobre llevaba al campo para librarse de ellos, confiando en que aquellas mascotas domésticas pudieran valerse por sí mismas. Después de unos días de pasar hambre, aquellos perros falderos y chuchos con pedigrí acababan recurriendo a comerse la mierda de otros animales. Aquella mierda llena de huevos de moscas negras, huevos a punto de dejar salir a las larvas. El resultado era que todos aquellos animales abandonados se morían de hambre, comían más mierda, incubaban más bocas que alimentar hasta que encontraban un matorral, un árbol, una cerca o lo que fuera que diera la bastante sombra para poder desplomarse jadeantes y morir.

La figura fantasmal le hizo pensar en todo esto.

Garret Dawson solo tenía que girar la cabeza para contemplar el avance de la figura. El antiguo delegado sindical, príncipe del linaje más poderoso de Caucasia, yacía ahora en la cuneta polvorienta. Con la mitad superior del cuerpo debajo de su camión, destornillaba con las manos una tapa de cojinete del cardán de la transmisión. Tenía las piernas extendidas a lo largo del arcén de grava de la autopista, bajo el sol de justicia, hasta el punto de le daba la sensación de que le hubieran planchado los vaqueros con ellos puestos y cosido las puntas de los pies dentro de sus botas.

Sacó los cojinetes de agujas de la tapa y se los metió en la boca para limpiarlos, escupiendo la grasa quemada. Se asomó para ver acercarse un poco más a la figura. Tanteando, encajó los cojinetes de vuelta en su cubo. El yugo del piñón del diferencial estaba casi demasiado caliente para tocarlo. Tenía la caja de herramientas colocada medio a la sombra, con los juegos de llaves de tubo y las extensiones al alcance de la mano.

La radio estaba puesta con el volumen alto para oírla. Estaba hablando aquel tipo, Talbott. No había música. Ni retransmisiones de partidos. Ninguna emisora de radio ni canal de televisión ponían nada que no fuera Talbott Reynold. El nuevo potentado gobernante; lo más seguro era que viviera en un castillo, el cabrón suertudo, servido a cuerpo de rey por vírgenes adolescentes. La voz salía traqueteante de los altavoces de latón de la guantera.

El paraíso no se crea con arquitectura espléndida ni con escenarios espectaculares, sino con la calidad de las almas que lo pueblan.

La voz del prohombre resonaba por la arena y la artemisa. Desde que Dawson se había dado cuenta de que el cojinete se había quemado, no había pasado por la autopista ni un solo coche. Ahora veía que su visitante tenía cierta pinta de mujer. Le pareció que si le quitara la ropa polvorienta no tendría bastante culo para ocultarle el ojete. Y lo que el sol le había hecho a su piel cubierta de ampollas, se lo había hecho doblemente en el pelo quemado. El viento se lo había llenado de nudos y el sudor se lo había pegado con polvo a la cabeza. La voz de Talbott declaró:

Si uno puede hacer frente a la realidad a los veinticinco años, a los sesenta puede determinarla.

No era ninguna belleza, pero por si acaso Dawson se quitó la alianza y se la guardó en el bolsillo de los vaqueros. Se metió un cojinete de agujas en la boca y lo hizo rodar, sorbiendo la grasa chamuscada. Soltó un escupitajo negro.

Palpó con los dedos un trozo de algo que tenía metido al fondo del bolsillo. Un papel. Arrugado y reblandecido por el paso del tiempo, era una lista de los artículos que le había prometido llevarle a casa a su mujer, Roxanne. La caligrafía de Roxanne ya era ilegible, arrugada por los pliegues del papel y diluida por el sudor de Dawson, pero él se sabía la lista de memoria:

Filtros para el café
Baterías AA (para el mando de la cocina)
Aguacates (que no sean Hass)
Papel higiénico
Lenguas de pavo real

La vida no se había vuelto más tranquila, en su opinión. Con la diferencia de que ahora medían el paso de los días con lenguas de pavo real.

Al cabo de un instante, la mujer abandonada ya se había acercado dando tumbos lo bastante para alcanzarla de un escupitajo. Se detuvo frente a su camión, con la caja de herramientas a los pies.

Entrando lentamente en el radio de acción de la radio, la mujer titubeó, como si aquella voz le diera miedo. La radio arengaba:

Cuando escapen corriendo, cázalos. Encuentra a los rezagados en sus escondrijos. La vergüenza que sienten deriva de haber desperdiciado la autoridad que les confirieron generaciones enteras de padres.

En opinión de Dawson, había distintos grados de quemaduras de sol. La primera era el «moreno de techador», resultado de poner tela asfáltica todo el día y grapar tejas sobre un contrachapado inclinado en ángulo ideal para que el sol te asara como si fueras un filete chisporroteante. Los tonos más oscuros incluían:

Color hígado tipo náufrago en bote salvavidas en pleno océano

Rojo suicida de bañista justo bajo el agujero de la capa
de ozono de la playa de Bondi con loción de
protección solar factor N°5 Hawaiian Tropic
Naranja Bain de Soleil Saint-Tropez
Bronceado de bote roll-on Arnold Schwarzenegger
Moreno tostado de señora loca con carrito de Tucson

Aquella desconocida no pertenecía a ninguna de esas categorías. Sus quemaduras rojas habían formado ampollas y se habían despellejado, dejando al descubierto óvalos muy blancos. Era su primera exposición al sol después de una vida entre algodones.

Dawson supuso que él tendría los labios negros, pero los de la mujer estaban cubiertos de una escarcha blanca de copos de piel reseca. Los dientes se le veían bien alineados y blancos, como los de una estrella de cine.

No era ningún secreto que muchos objetivos de la lista se habían escapado del Día del Ajuste. Sobre todo los académicos habían conseguido eludir a los escuadrones, ya que es sabido que los centros de enseñanza superior tienen horarios erráticos. Se rumoreaba que ahora aquellos fugitivos iban disfrazados con harapos y trataban de pasar por gente normal mientras se dirigían a la frontera con Canadá. México no los quería, pero Canadá no les había cerrado la puerta del todo. La Ruta 21 del estado de Washington discurría hacia el norte por los yermos pedregosos de caliche del este de Washington, directa a la frontera, aunque solo a un idiota de nacimiento se le habría ocurrido pateársela a pie en pleno verano.

Y si había algo que Dawson sabía de los académicos era que no eran demasiado listos.

El pueblo más cercano en aquella dirección era Kahlotus, a diez kilómetros largos. La mujer se acercó a su caja de herramientas y se puso en cuclillas para mirar debajo del camión.

—Eh, amigo —dijo arrastrando las palabras. Su acento sonaba falso, copiado de las reposiciones de *Hee Haw* y *Rústicos en Dinerolandia*—. ¿Me lleva usté?

Dawson rodó a un lado y se quedó mirándola. Se sacó el móvil del bolsillo de la camisa y enmarcó su cara llena de ampollas. Si la desconocida conocía el software de reconocimiento facial, estaba demasiado cansada para que le importara. Le hizo una foto y la mandó por mensaje de texto. Para ponerla a prueba, estiró la mano con la palma hacia arriba:

—¿Me quieres pasar esa llave de tubo extralarga del 7/8 que tiene puesta la extensión de desplazamiento?

Los ojos de un azul desvaído de la mujer se posaron sobre el surtido de herramientas metalizadas de la bandeja superior de la caja. Su mirada fue nerviosamente de las llaves de tuerca hexagonales a las llaves inglesas ajustables.

Roxanne habría reconocido a primera vista la herramienta correcta.

Dawson se pasó el cojinete de agujas por entre los labios como si fuera un mondadientes. Para mostrar su impaciencia, chasqueó los dedos sucios de grasa.

Un segundo más tarde, ella le puso una pieza de metal caliente en la mano. Cuando él se la acercó a los ojos, resultó ser una llave inglesa de borde cerrado de 5/8.

Su teléfono sonó. La base de datos la había identificado. Aquel despojo humano famélico, con los pies enfundados en zapatillas de baloncesto rotas y las piernas y los brazos perdidos en un mono de trabajo holgado y remendado con cinta aislante, se llamaba Ramantha. Había desaparecido de la Universidad de Oregón, donde había dirigido el Departamento de Recorridos de Género. Pero era una académica muerta en vida. Un pequeño ejército de cazarrecompensas ya se cernía veloz sobre ella. El más cercano iba pisándole los talones, y ahora encima se acababa de topar con Dawson. Dinero caído del cielo. Ya estaba condenada.

Su recuento de votos apenas llegaba a los mil cien. No era precisamente para fundar una dinastía, pero Dawson podía ganar una pequeña fortuna a base de votar con el mejor postor en todas las elecciones. Si la podía asesinar, o cómo, eso ya era otra cuestión.

Quizá ella le leyó todo esto en la mirada.

—Supongo que me va a matar usted —le dijo. Su voz había perdido el deje de palurda. Ahora sonaba culta y cosmopolita. Hoy en día ser culto era malo. Ser culto podía hacer que te mataran.

En la cabina del camión, Talbott seguía arengando a todo volumen:

El Día del Ajuste no busca venganza. El cazador no odia al ciervo. Siente un gran respeto por su presa. Pero el cazador también sabe que el animal tiene que morir si él quiere sobrevivir.

A Dawson le pareció una lástima. Viéndola así, en la indigencia total, con los agrietados orificios nasales y las comisuras de la boca cubiertos de mugre reseca, con el cuello infestado de picaduras de mosquito y de marcas de uñas en carne viva, debajo de todo aquel hedor inmundo y de su chorrada de ideología política, se daba cuenta de que en algún momento había sido una señorita de muy buen ver.

Ella torció el cuello para mirar por encima del hombro. Con los ojos entrecerrados escrutó el horizonte en busca de perseguidores. Sin dirigirse a nadie en particular, dijo:

—No fue ninguna panda de chavales salidos los que se colaron en el dormitorio de las chicas… —Apenas se la oía, de tan ronca y desolada como tenía la voz—. Llevaban armas de fuego.

Los escuadrones la habían dejado con vida, contó, y le habían ordenado que cargara con sus compañeros de trabajo muertos hasta las fosas.

—Todos mis subordinados…

Menos de un segundo después le fallaron las piernas y de estar en cuclillas pasó a quedarse de rodillas y derrotada sobre la grava punzante. Con la cabeza gacha y el pelo colgando y ocultándole la cara. La víctima de un sacrificio humano. Sacó una cuchilla para linóleo de la caja de herramientas de Dawson y se la ofreció.

—Cójala —le dijo—. Se lo suplico. —Con la otra mano se apartó el pelo requemado para dejarse al descubierto la oreja—. Córtemela, pero lléveme a la frontera, por favor…

Y se quedó allí arrodillada en el polvo, como si estuviera demasiado cansada para seguir escapando. Si él no la cazaba, lo haría otro.

Con o sin tortura, ella quería que Dawson la marcara como muerta. Él se llevaría los votos y ella podría escapar a Canadá. Lo que quedara de ella. Parecía una situación donde todos ganaban.

Dawson volvió a chasquear los dedos, pero esta vez señaló la llave de tubo que quería. El primer cazarrecompensas llegaría pronto.

—¿Samantha? —dijo.

—Ramantha —lo corrigió ella. Le quedaba el orgullo necesario. Dejó a un lado la cuchilla y cogió la llave de tubo. Pareció captar el mensaje.

Nadie iba a rajar a nadie, y nadie iba a ir a ninguna parte hasta que él pudiera acoplar aquella transmisión.

Un cuaderno normal no le funcionó. En el mundo anterior a La Lista… en ese mundo que tan estable os parece… Walter no conseguía escribir tan deprisa. Nadie podría haber escrito a la velocidad a la que hablaba Talbott Reynolds, enloquecido como estaba. Aturdido por la pérdida de sangre de los cortes y del escarbar de la navaja, que no habían parado de hacerle sangrar, mecía la cabeza y los párpados le temblaban, grogui por el éxtasis de su dolor. Todavía desnudo y atado a una silla en medio de un charco de su sudor y sus meados y su sangre, al prohombre le habían caído largos regueros de babas de las comisuras de la boca mientras desvariaba. Un cadáver farfullando. Un oráculo delirando por la sobredosis de endorfinas.

El cuaderno no le funcionó, así que Walter lo cambió por un ordenador portátil. Con los dedos volando para seguir el ritmo de las palabras de Talbott. Walter no tenía ni idea de cómo aquello le reportaría una fortuna que le permitiera proponerle matrimonio a Shasta.

Mientras tecleaba, las yemas de sus dedos iban dejando huellas dactilares rojas en las teclas. Espirales y volutas de sangre de Talbott.

Talbott dictaba:

—El homosexual siempre será un motor de producción de riqueza porque no carga con los gastos de criar a sus hijos. —Hizo una pausa para observar a Walter. Para asegurarse de que sus palabras no se perdían—. La siguiente generación de homosexuales —continuó— siempre nace de heterosexuales y es criada por ellos antes de marcharse para unirse a su gente. Así pues, el producto del trabajo del homosexual adulto se puede acumular, mientras que el de los heterosexuales se dedica a los gastos de la crianza de los hijos, lo cual en última instancia beneficia a la comunidad homosexual.

Walter acabó de teclear el pasaje, repitiendo en voz alta las palabras «la comunidad homosexual» para indicar que había llegado al final.

—Además, a los homosexuales —lo aleccionó Talbott— no les hace falta malgastar su tiempo en la producción de hijos, y pueden destinarlo a mejorar sus habilidades profesionales o simplemente a trabajar más horas sin pagar el precio de abandonar a su familia...

Walter tecleó y repitió en voz alta las palabras finales:

—... el Estado homosexual siempre disfrutará de un flujo libre de costes de ciudadanos nuevos.

Hasta la fecha, aquel ricacho había instruido a Walter para que presentara un plan y dejara que lo realizaran otros. La tarea de Walter era poner en marcha una maquinaria que nadie pudiera parar. Una maquinaria que se dirigiera sola. Que ni siquiera Walter fuera capaz de detener.

Walter no tenía ni puñetera idea de cómo eso lo haría rico. Igual que la mayoría de escritores, estaba demasiado ocupado tecleando para pensar.

—A fin de preservar la integridad de los Estados nación heterosexual y homosexual mutuamente excluyentes —prosiguió Talbott—, hay que intercambiar a los niños heterosexuales de madres lesbianas por los homosexuales nacidos de parejas heterosexuales...

Walter acabó la frase en voz alta:

—... en cantidades iguales.

Talbott ahogó un grito. Su torso mutilado se retorció contra las ataduras.

—En caso de que haya que intercambiar a un número desigual de individuos...

Pronunciando las palabras mientras las tecleaba, Walter dijo:

—... entonces se pagará una dote o rescate a modo de compensación a los padres que no reciban ninguna criatura.

Y así seguía la cosa, día tras día. El viejo espetaba palabras y Walter las plasmaba con fidelidad. La única otra tarea, la única tarea tangible que Talbott le había ordenado que llevara a cabo, era crear una página web. Siempre que el hombre dormía, Walter trabajaba en la página, y ya la tenía casi terminada.

Sin venir a cuenta de nada, y como si estuviera teniendo un momento de delirio, el viejo le dirigió a Walter una sonrisa de maníaco y le gritó:

—¡Tu mejor chaleco antibalas es una sonrisa!

Sin importarle que fueran todo chorradas o no, Walter tecleó la frase en su documento. Siempre confiando en que las divagaciones de aquel vejestorio fueran a alguna parte. Que no estuviera desperdiciando su vida documentando las últimas palabras de un lunático.

La página web, por ejemplo, la que Talbott le había pedido que creara, no parecía precisamente una maquinaria ultrasofisticada para ganar dinero.

Todavía no estaba activada. Pero Walter la había creado siguiendo con exactitud las instrucciones de Talbott, incluido aquel estúpido nombre. El nombre deleznable. Cero ingenio. Aquel viejo demente charlatán e histrión había exigido que la página se llamara simplemente «La Lista».

La empleada de la oficina de Correos metió la mano por debajo de su lado del mostrador y sacó un impreso. El Impreso N.º 346, Solicitud de Reubicación en Territorio Patrio Apropiado. Mientras le pasaba el documento por el mostrador a Gavyn, la mujer sonrió, se pasó la lengua por los labios, y le dijo:

—Qué raro, no pareces negro.

Gavyn cogió el impreso y dijo:

—No lo soy.

La mujer echó un vistazo a su pelo, que era muy rojo, a su mentón ancho y su pecho fornido, y suspiró:

—Pues qué lástima tan grande.

¿Qué podía decir él? No había hecho nada malo. Simplemente estaba obedeciendo la nueva ley. Gavyn le dio las gracias y se llevó el impreso para rellenarlo al mostrador que había bajo las ventanas. Había gente haciendo cola para mandar paquetes. Había gente esperando para cambiar pequeñas cantidades de su dinero antiguo por las nuevas láminas de dinero perecederas.

La primera línea del formulario le solicitaba el nombre. «Gavyn Baker McInnes», escribió.

Rellenó la casilla del lugar de residencia. Su territorio actual. Los nombres de sus padres.

En la casilla de la Edad, escribió «Dieciocho».

En la de Habilidades Profesionales, vaciló. Era experto en muchas cosas, pero ninguna se podía poner en un impreso oficial del gobierno.

En la de Nivel de Estudios Alcanzado, escribió que se había graduado del instituto y puso la fecha. Era la del día anterior.

Antes del Día del Ajuste, cuando aún nadie hablaba de territorios patrios y de reubicar a la población según estos, cuando iba a cuarto de secundaria, Gavyn había aprendido un par de cosas. Por ejemplo, sabía que los maestros enseñan muchas cosas, pero solo las que quieren que sepan los niños. Las cosas importantes las tenía que descubrir por su cuenta.

Gavyn había oído a su profesora, una mujer que nunca había salido de Norteamérica, explicar la historia entera de Europa y Asia. Gavyn había oído a otra profesora, que jamás había escrito ni un relato corto, diseccionar a Faulkner, a Fitzgerald y a Donne. Cuando él repetía como un loro sus insulsas ideas equivocadas, los profesores lo elogiaban y lo declaraban inteligente. Inteligente, sí, lo bastante para saber que seguía sin entender nada y que sus maestros eran idiotas. Lo único que lo educaría en la vida era la cacería que emprendiera en el mundo real.

En la casilla de Razón de la Reubicación, volvió a vacilar.

Gavyn ansiaba una felicidad ante la cual sus padres vomitarían. Ansiaba un amor que destruyera por completo el amor que le tenían sus padres. Su vida era una proposición disyuntiva. Algún día tendría que elegir entre la felicidad de ellos y la suya.

En la casilla de Antecedentes Criminales mintió y escribió: «Ninguno». Y oficialmente era verdad. No quería que le rechazaran su reubicación por ninguna razón.

Se preguntó qué sensación produciría acabar con la vida de alguien para hacer sitio para la tuya. Se había entrenado a sí mismo para no querer nada. Lo peor eran la Navidad y los cumpleaños, ocasiones diseñadas justamente para querer cosas. Cuando sus padres le pedían que escribiera la carta a Papá Noel, Gavyn tenía que preguntar a sus compañeros de clase. Como si estuviera llevando a cabo un estudio antropológico, les preguntaba a los demás niños qué los hacía felices. Legos o consolas Nintendo, lo que obtuviera más votos, eso fingía querer. Desenvolvía el regalo y fingía estar feliz. Lo que realmente quería no se lo podía ni plantear.

La siguiente pregunta del formulario: «¿Has buscado alguna vez ayuda profesional en materia de salud mental?».

Había empezado su vida secreta mangando ropa de las tiendas. Cruzaba los almacenes Sears, se probaba camisas y salía con una camisa nueva por debajo de la antigua. O un abrigo debajo del abrigo. Después de Sears, se iba a JC Penney o a Nordstrom. Nunca podría justificar una bolsa de la compra llena de chaquetas de cuero frente a su madre. La solución era llevar su botín a la oficina del centro comercial y entregarla en Objetos Perdidos, rellenado una ficha con su nombre e información de contacto. Después de tres semanas, dado que nadie aparecía para reclamar aquellos artículos que nadie había perdido, el centro comercial lo llamaba por teléfono para decirle que eran suyos. Problema solucionado.

Era el plan perfecto de blanqueado. Pero el plan no podía seguir el ritmo al que Gavyn robaba. El personal del centro comercial y sus padres solo se creerían que descubriera un número limitado de bolsas caídas del cielo de zapatos y cinturones de marca. Y cada vez exactamente de su talla. Gavyn estaba enormemente orgulloso de su habilidad para hacer algo que nunca les podría explicar a sus padres.

Además, lo importante no era tener aquella ropa. El placer estaba en encontrar el artículo y cazarlo. Esperar en estado de trance excitado. Listo para abalanzarse sobre su presa. Prisionero de un impulso que no podía controlar, aguardaba el momento oportuno. A menudo lo que perseguía era una camisa que ni siquiera se pondría nunca. Hasta era posible que la odiara, pero repitiendo lo dicho: lo que lo excitaba no era poseerla para siempre.

De hecho, poseer la camisa o los vaqueros lo llenaba de vergüenza. Eran recordatorios de su lado licantrópico y de la facilidad con que podía tirar a la basura su vida de ciudadano respetuoso con la ley. Por esa razón, Gavyn empezó a quemar su botín en la chimenea del sótano de su familia. En las tardes en que sus padres todavía no habían vuelto del trabajo sostenía una camisa con el brazo extendido y acercaba la llama de una cerilla a los horrorosos estampados de cachemir. Quemar la ropa era casi igual de placentero que robarla. Se tumbaba a quemar pantalones en los morillos de la chimenea y luego añadía camisas y jerséis hasta que todo quedaba reducido a un polvillo de ceniza gris.

Su ruina fue una chaqueta de cuero de aviador. De cuero rojo. Rojo oscuro. El forro de satén ardió, y también el cuello y los puños de punto. Pero el cuero en sí empezó a soltar un humo negro y apestoso, que olía igual que un pelo cuando lo acercas a la llama de una vela. Gavyn estaba abanicando frenéticamente la pial de brasas cuando su madre entró en la sala de juegos del sótano.

Gavyn se lo contó todo. Bueno, la mitad de todo. La mitad que creyó que su madre entendería. La parte de mangar en las tiendas. Y ella le preguntó si estaría dispuesto a ver a un psicólogo.

Y aquí entra el doctor Ashanti. Los martes por la tarde Gavyn cogía un autobús para ir al consultorio que tenía el doctor en un sótano del centro, parte del programa de servicios de salud psiquiátrica del condado. Se había acordado que el pago se llevaría a cabo siguiendo una escala proporcional, pero aun así su madre tuvo que empezar a hacer horas extras en el trabajo. Él se sentaba en la sala de espera con otros chavales granujientos de su edad. Algunos iban acompañados por sus padres pero la mayoría estaban solos.

Durante una hora todos los martes Gavyn se sentaba a escuchar cómo el doctor Ashanti le explicaba que mangar en las tiendas era un impulso presexual. Palabras de libro de texto. Cuando cazaba ropa, Gavyn estaba practicando las artes de la seducción. Seguida de la adquisición. Y culminando en la desinversión del objeto deseado. Tenía lógica.

Lo que Gavyn debía hacer con aquel impulso ya era otra cuestión.

En aquel consultorio del sótano, con las paredes cubiertas de paneles cuadrados de corcho y pósteres con chinchetas en las esquinas que mostraban barcas de vela espectacularmente escoradas sobre leyendas tipo: «Encuentra el viento que va adonde quieres ir», Gavyn terminó por venirse abajo. Estaba desplomado en un puf. El médico se hallaba sentado en una silla giratoria un poco apartada de su mesa.

Gavyn estaba mirando una vela de arena que había sobre la mesa. Fue incapaz de mirar a nadie a la cara cuando por fin dijo:

—Creo que soy gay. —En voz baja, por si acaso lo oían los chavales de la sala de espera.

—No —contestó el doctor Ashanti de forma instantánea—. No lo eres.

Asombrado, a Gavyn no se le ocurrió ninguna réplica. Negarlo no solucionaba nada. Se atrevió a mirar al médico.

Ashanti había entrelazado las manos.

—Después de hablar contigo seguido, puedo decir sin miedo a equivocarme que es una simple fase. —Cerró los ojos y soltó un bufido suave, como si aquello le hiciera gracia.

Gavyn se sintió al mismo tiempo agradecido y encolerizado. El único gran miedo ligado a su percepción de su propia identidad era que se la negaran de plano.

Ashanti habló con seguridad de sanador espiritual:

—No eres homosexual.

Todas las horas extra que su madre había hecho. Después de todo el dinero que su madre había pagado para ayudar a solucionar aquella crisis, ahora el doctor negaba que existiera ningún problema. Todo aquel dinero y tiempo no iban a servir para nada, y Gavyn volvería a la casilla de salida.

El doctor Ashanti miró el reloj que tenía sobre la mesa. Todavía les quedaban veinte minutos de sesión.

—¿No te sientes mejor? —le preguntó. Su sonrisita petulante y su ceja enarcada parecían burlarse de él.

Gavyn no se sentía mejor. Lo que pasó a continuación no fue tanto un acto sexual como político. Gavyn, allí, estaba participando en una partida del juego de la gallina. Se bajó lentamente del puf y avanzó por la moqueta. Ashanti no lo detuvo. Ni siquiera cuando Gavyn se arrodilló entre sus piernas y descubrió que el médico ya tenía una erección. Gavyn le desabrochó el cinturón y la bajó la cremallera con cuidado, con sigilo, como si su plan no fuera más que robarle los pantalones.

Gavyn esbozó una sonrisita. A Ashanti se le había vaciado la cara de expresión y se le había acelerado la respiración. Su mirada se encontró con la de Gavyn mientras el estudiante de primero de secundaria le cerraba la mano en torno a aquella erección, que era como una tercera persona en la habitación, y le retiraba el prepucio para revelar su champiñón morado y húmedo. Gavyn cerró la boca en torno a ella y ni se inmutó cuando le golpeó el fondo de la garganta el primer chorro de clara cruda de huevo, el sirope caliente de crema agria con sal y cebolla. Otro chorro le subió chapoteando por los senos nasales y le salió en forma de burbuja por la nariz.

Ya no era virgen, o por lo menos no lo era su garganta. Más que un acto sexual había sido como si alguien aquejado de una sinusitis grave le hubiera estornudado en toda la boca.

Acababa de demostrarle al médico que se equivocaba. Acababa de demostrarle que él era más listo. Que por lo menos se conocía a sí mismo. El reloj indicó que les quedaban once minutos de sesión.

El médico jadeaba, desplomado en su butaca. Los lunares marrones le moteaban en abundancia el escroto y una mata de vello púbico gris y crespo le salía de la base del pene blando. Los faldones de la camisa de traje le cubrían la panza redonda y, visto desde abajo, la piel flácida de su cuello se amontonaba en un solo pliegue que parecía una vagina afeitada por encima del nudo de su corbata.

Por poco atractivo que fuera el hombre, aun así era su primer amante, y Gavyn sabía que siempre recordaría aquel momento. Que fuera victorioso o no, resultaba más excitante que mangar en las tiendas, aunque no mucho más.

Durante las semanas siguientes, el trabajo y el dinero extra de su madre servirían para pagar algo distinto. Cada martes el doctor Ashanti negaba con vehemencia la preferencia sexual de Gavyn y Gavyn le demostraba que estaba equivocado. También fue aprendiendo a variar la experiencia, a marcar el ritmo, a darle argumento como si fuera una película de intriga y finalmente a llevar la situación a su clímax cuando faltaran pocos segundos para que se terminara la sesión.

Una vez más Gavyn se hizo experto en una habilidad que nunca podría contar a sus padres.

La primea vez que oyó hablar de La Lista, se conectó a internet y posteó el nombre del doctor Anthony Ashanti. Parecía una forma de canalizar su odio que no implicaba riesgos. Todo el mundo daba por sentado que aquella lista era una broma.

Cuando al cabo de unas horas mil setecientas personas habían votado a aquel nombre, a Gavyn se le abrieron los ojos. Empezó a entender por qué el tipo tenía tantos pacientes y la historia secreta de su larga carrera. De pronto la sala de espera llena de adolescentes huraños de su consulta adoptó un nuevo significado. Era un harén. No había que infravalorar el vigor físico de Ashanti.

La terapia de Ashanti, al parecer, era distinta de lo que se anunciaba.

Ya hacía bastante tiempo que Gavyn había terminado su tratamiento para cuando el Día del Ajuste terminó con la vida del médico.

En la casilla de Terapias, escribió: «Ninguna».

El callejón de detrás de la Primera Iglesia Metodista estaba lleno de yonquis. Todos esperando a que se abrieran las puertas y empezara la reunión. Gente impaciente por colocarse. Nick se fijó en un chaval que hablaba mucho y le preguntó si tenía vitamina V para vender.

—La cosa iba *en serio*, joder —dijo el chaval con admiración, rascándose y moviéndose nerviosamente.

Todo el mundo conocía a alguien en rehabilitación que había estado en un escuadrón.

—El tipo intentó reclutarme —juró otro en tono taciturno—. Ojalá le hubiera escuchado. Ahora sería rico.

—Solo necesito un poco de vitamina H —insistió Nick.

—¿Tienes dinero del nuevo? —replicó el chaval.

Nick sabía a qué se refería, pero no, no lo tenía.

Las puertas de la iglesia no se abrían.

La gente tenía hambre. Empezaba a escasear el agua potable. La sociedad se abocaba al caos por falta de gasolina y por los cortes de la electricidad, había gente robando la comida de otra gente, y se rumoreaba que algunos se comían a los perros y los gatos, e incluso a otras personas. Pero Nick sabía que la varita mágica que hacía desaparecer al instante toda aquella agonía descabellada digna de una película de desastres era una bolsa bien grande de hidrocodona. Si le daban el suministro para un año de Vicodin no le haría falta sudar para encontrar comida ni un sitio donde cagar. Podría aguantar toda aquella desdicha.

El chaval que hablaba mucho y el resto de yonquis empezaron a dispersarse. Unos cuantos se dirigían obviamente al siguiente punto de encuentro, para ver si les abrían las puertas de los Ministerios Ecuménicos. Se acercó caminando hacia Nick un tipo con un perro, un tipo negro que sujetaba la correa del perro con una mano y en la otra llevaba un libro grande azul marino. El perro tenía todo el pelaje blanco salvo por una mancha negra en torno a un ojo, era una especie de cruce de pitbull. Cuando el tipo estuvo lo bastante cerca para hablarle, le dijo:

—Nick.

—¿Llevas algo? —le preguntó Nick.

El tipo negó con la cabeza y sonrió.

—Olvídate de esa mierda.

Se llamaba Jamal y había sido habitual de aquellas reuniones hasta que dejó de ir hacía un par de meses. Todo el mundo creía que había muerto pero allí estaba. Jamal se metió la mano en el bolsillo de atrás y se sacó un puñado de algo que parecían naipes. Como una baraja de naipes de colores extraños. Le ofreció el fajo y le dijo:

—Quédate estos, tengo de sobra. Pero necesitas gastártelos en menos de un par de semanas, ¿de acuerdo?

Los naipes eran resbaladizos, láminas finas de plástico rígido. Todas mostraban la cara de un hombre, el típico actor de televisión que interpretaba a padres, una cara apuesta como de un actor que vendía monedas de oro. Nick aceptó los naipes y los desplegó para contarlos. Era aquel dinero nuevo del que había oído hablar. Nadie lo tenía, salvo quienes trabajaban para alguna de las patrullas de vigilancia. Apoyó una rodilla en el suelo para metérselo por dentro del calcetín. Aunque se guardó una parte en los bolsillos. Corría por ahí mucha gente hambrienta, no valía la pena arriesgarse.

Jamal señaló con la cabeza al perro.

—Matón y yo nos vamos a subir a un avión dentro de unos días, rumbo a una vida nueva. —Estaba hablando de Negrotopía, la nación reservada exclusivamente a todo el que tuviera un ADN predominantemente subsahariano—. Ha sido un experimento interesante, pero ya se ha terminado.

Se estaba refiriendo al hecho de que los blancos y los negros vivieran juntos, todo el asunto de los estados unidos, supuso Nick.

—¿Nunca leíste en la escuela el libro que se titula *Las uvas de la ira*? —Negó con la cabeza, disgustado—. Toda esa gente que ronda por el libro, diciendo que necesitan contraatacar para arreglar el sistema, pero luego nunca hacen nada, solo cavan zanjas a cambio de una miseria y paren bebés muertos. —Escupió en el suelo—. Ese libro es una cagada.

Nick tenía una mano dentro del bolsillo y palpaba su dinero caído del cielo.

—Sí, lo leímos.

—¿Qué sentido crees que tiene leer la historia de esos inútiles? —preguntó Jamal. Luego se dirigió al perro y le preguntó—: ¿Alguna vez te has preguntado qué nos estaba enseñando ese libro *en realidad*? —Le pasó a Nick el libro azul marino que llevaba en la mano—. Talbott dice que es aceptable matarte con drogas. Pero también dice que no hay colocón mayor que matar a tus opresores. —En el lóbulo de la oreja le resplandecía un diamante de gran tamaño.

—¿Mataste tú a Brolly? —le preguntó Nick.

—¿Has oído hablar alguna vez de la Plantación Peabody? —preguntó. Se giró y habló con el perro—: Pues ahora es nuestra. ¿Verdad, Matón? Un valle entero de bosques y tierras de cultivo, y que circunda una mansión impresionante estilo revival griego.

Nick supuso que aquello debía de estar en alguno de los antiguos estados, como Georgia o Carolina del Norte.

—¿Tu familia habían sido esclavos allí?

No estaba intentando ser descortés. Tener una casa como aquella en medio de la nada parecía una decisión extraña para un antiguo drogata. Costaba imaginarse a Jamal de agricultor.

Jamal rebuscó en su bolsillo y le ofreció un puñado más de aquel dinero en forma de naipes.

—Quédatelo. Yo no me lo puedo gastar todo antes de que caduque. —Le tendió el libro y el dinero nuevo con la misma mano, como si fuera una oferta de dos por uno—. Es la ley. Si vas por ahí sin el libro, te detendrán.

Nick cogió las dos cosas. Aquel tipo era una de las muchas personas a las que nunca volvería a ver.

—Venga, perro —dijo Jamal. Tiró de la correa y el pitbull lo siguió. Los dos se marcharon.

Con el dinero en la mano, Nick se alejó a zancadas veloces y sudorosas en la dirección contraria. Para pillar una montaña de oxi o de hidro y ponerse tan ciego que el estado del mundo dejara de importarle. Para alcanzar al chaval que hablaba mucho antes de que le vendiera su mandanga a otro.

Para Jamal, el Día del Ajuste había hecho lo contrario de lo que pasaba en el libro aquel, *Las uvas de la ira*. Aquella lectura obligatoria de Literatura Inglesa de primero de ESO. En la que intimidaban a todos aquellos blancos y los echaban de sus granjas. Un tractor les pasaba por encima de la casa y no hacían nada. Aparecía un agente de préstamos o alguien parecido y les decía que se marcharan y la familia no hacía nada. Sí, hablaban de conseguir armas y asaltar el banco para matar a los banqueros, pero no llegaban a hacerlo.

Lo que hacía la familia de blancos era largarse a California, donde la policía pasaba de ellos y terminaban matándose a trabajar por cuatro chavos. Y seguían sin hacer nada. No paraban de hablar de lo que harían un día. De declarar que un día tomarían las armas para hacer una revolución contra los ricos, y sin embargo lo único que hacían era dejar morir a sus viejos y enterrarlos en tumbas sin nombre. Dejar que sus hijos pasaran hambre. Jamal había seguido adelante leyendo cientos de páginas, esperando la revolución, y al final no había más que un bebé muerto tirado en un arroyo y un viejo agonizante que conseguía chuparle una teta a una chavala. El autor, John Steinbeck, había sido un cagón, había tenido demasiado miedo para hacer que pasara algo. Había abandonado a sus personajes en la miseria.

Igual que Dios.

Solo un blanco podía tener la arrogancia de escribir aquel libro, y solo un blanco podía tener la presunción secreta de leerlo.

El hombre blanco era el único que se aferraba a su culpa. La culpa por la caída de Adán. La culpa por el sacrificio de Cristo y por la esclavitud de los negros de África. Jamal tenía claro que para los blancos la culpa constituía una forma singularmente blanca de vanagloriarse. Los golpes que se daban en el pecho eran una forma de falsa modestia que significaba: «¡Esto lo hicimos nosotros! ¡Defraudamos a Dios en el Edén! ¡Matamos a su hijo! ¡Los blancos vamos a hacer lo que nos venga en gana con las demás razas y con los recursos naturales!».

Ínfulas disfrazadas de mea culpa.

Para el blanco, la culpa era la insignia de sus mayores logros. Solo los blancos mataban al planeta por medio del calentamiento global para que solo ellos pudieran salvarlo. Sus jactancias no tenían fin.

Era el gran fraude de los blancos: crear problemas para poder rescatar a todo el mundo.

Y mientras la escuela obligaba a los chavales a leer un libro patético como *Las uvas de la ira...* los chavales leían de forma voluntaria *El manantial*, de Ayn Rand. Los chavales querían ser Howard Roark en el banquillo de los testigos. Las escuelas odiaban el hecho de que la genialidad solo distinguiera a unos pocos. Y los genios reconocían la mediocre campaña de los maestros para enseñarles mediocridad a los mediocres. Y los chavales rechazaban la idea de una vida entera de sufrimientos y fracasos.

En *El manantial*, alguien hacía aquello de lo que Steinbeck solo hablaba. Por eso a los chavales les encantaba el libro de Rand.

Tal como lo veía Jamal, el Día del Ajuste representaba el final feliz que *Las uvas de la ira* nunca procuraba.

Y hoy Jamal y tres de sus camaradas regresaban al Capitolio, victoriosos.

Lo cual no significaba que Jamal no experimentara cierto conflicto interior.

La gente le preguntaba cómo había sido. Refiriéndose al Día del Ajuste. Él les contestaba que había sido como entrar en la estación de autobuses más sucia y asquerosa del mundo. Como entrar en un mundo apestoso de suelos de cemento cubiertos de vómito y vagabundos borrachos tirados boca abajo. Como ir caminando por entre toda aquella porquería hasta encontrar el lavabo de hombres, un agujero inmundo de tuberías rotas y desagües embozados. Evitando los charcos para llegar a un retrete y luego poner el culo desnudo sobre el asiento todavía caliente y pringoso de la taza, respirando un aire que no era nada más que una acumulación de pedos. Y luego, al bajar la vista, ver una cosa en el suelo.

Había sido como mirar y allí, al lado de la taza inmunda del váter, pegado al suelo de cemento salpicado de mierda y rociado de semen, ver un Oxycontin de 800 miligramos casi inmaculado.

Para ayudar, te dices a ti mismo que es medicina. Y la medicina, por su naturaleza misma, mata los gérmenes. En algún lugar un médico lo había recetado. Un científico lo había fabricado en un laboratorio, por mucho que ahora estuviera manchado de la lefa de una panda de pervertidos enfermos de la estación de autobuses.

Lo único que hacía falta era inclinarse y recoger esa píldora del suelo. Una simple acción, asquerosa pero rápida. Si te la metías en la boca y te la tragabas, todo estaría bien. Mejor que bien, todo sería perfecto. Como una perfección que no te podías ni imaginar.

Así había sido el Día del Ajuste para Jamal, visto con la perspectiva que daba el tiempo. Y allí estaba ahora, regresando al escenario de su… no de su crimen, sino de su triunfo. En el Capitolio, los conserjes habían fregado la sangre porque no podían imaginarse ninguna otra opción. En alguna parte lloraban las viudas, pero aquellos muertos no eran los muertos de Jamal. Aquellas viudas no eran nada comparadas con las viudas y madres que estarían llorando ahora si se hubiera declarado la guerra y se hubiera mandado a su generación entera a una ejecución en masa en tierras lejanas organizada por una panda de burócratas.

A la entrada de la gran sala había un representante de su linaje. Todo el mundo llevaba un ejemplar del libro azul marino y todo el mundo estaba sonriente. No era la ley, pero la práctica de llevar un ejemplar del libro a todos los sitios públicos y todo el tiempo era consecuencia de algo más aterrador que la ley.

Respecto a los orificios de bala de los cuadros no había nada que hacer. Y tampoco con las muescas allí donde la munición había rebotado en las columnas y paneles de mármol. Detalles que los turistas del futuro fotografiarían, maravillados. Los pocos senadores que quedaban correteaban de un lado a otro, obedeciendo a todo el mundo. Viejos demacrados, consumidos a nivel celular. Uno de ellos tenía una cicatriz en la parte superior de la oreja. Se acercó a Jamal haciendo reverencias y rebajándose, le dejó un dosier sobre la mesa y se alejó sin dejar de hacer reverencias.

El hombre que estaba en el estrado se acercó a un micrófono y anunció:

—Nuestro primer punto del orden del día… —La calidez de las cámaras de televisión los bañaba a todos.

Siguiendo las instrucciones que le habían dado, Jamal se puso de pie, sostuvo el libro de Talbott abierto en las manos y se puso a leer en voz alta:

—Ley número uno, Artículo primero de la Declaración de Interdependencia…

Se hizo el silencio en la sala mientras Jamal se disponía a seguir leyendo. De pronto se arriesgó a levantar la vista y se puso a buscar a alguien con la mirada entre las caras de la galería del público. El momento se alargó infinitamente. El silencio esperaba. Buscaba entre aquellas caras la de una mujer en concreto. Entre aquellas caras que lo miraban expectantes. Y allí, situada en el mismo sitio donde había estado él en el Día del Ajuste, vio a la mujer, muy por encima de él.

Sólo entonces volvió Jamal al libro y siguió leyendo.

—«A todas las personas obligadas a renunciar a sus bienes inmuebles y trasladarse a un territorio patrio apropiado se las compensará con una cantidad de propiedades igual o mayor que aquellas a las que han renunciado...»

La sonrisa de la mujer lo iluminó. Con la mirada rebosante de orgullo, allí estaba su madre.

La gente había visto el dinero nuevo por televisión: unas tarjetitas de plástico más bien duro, demasiado rígidas para doblarlas. Los colores: combinaciones chillonas de rojo y azul y de amarillo y violeta. Oficialmente, se los denominaba talbotts, pero todo el mundo los llamaba «los cromos». Se rumoreaba que las primeras remesas habían sido refinadas o fabricadas de alguna manera usando la piel tensada y blanqueada de los objetivos de La Lista. La idea parecía producir un placer histérico a la gente.

En vez de estar respaldado por el oro o por la fe plena del gobierno o algo parecido, aquel dinero estaba respaldado por la muerte. En teoría, el hecho de no aceptar la nueva moneda y no honrar su valor nominal podía convertir a quien la rechazaba en blanco de los escuadrones. Eso nunca se declaraba, al menos no abiertamente, pero el mensaje no paraba de aparecer por televisión y en vallas publicitarias: «Por favor, denuncien a quienes no reconozcan el talbott». Los billetes mantenían su valor nominal durante una temporada, pero perdían los colores más deprisa bajo la luz fuerte y el reflejo del sol. Los billetes descoloridos tenían menos valor porque las marcas de los bordes se volvían ilegibles. Pero aun cuando el cromo se había convertido en una lámina de plástico blanquecino y ligeramente opaco, un poco parecido a un rectángulo blanqueado y seco de pergamino o de piel de cordero –alimentando los rumores de que en realidad eran suvenires arrancados a presentadores de las noticias o a profesores de la universidad–, por mucho que los cromos solo fueran unas tarjetas blanquecinas y anónimas, aun así conservaban un pequeño valor. Aquellas láminas con los colores borrados –la mayoría de gente los llamaba los *blancos*– todavía se podían devolver al gobierno a cambio de un pequeño reembolso. Los niños las sacaban de los cubos de la basura, o bien los sin techo las recogían de las alcantarillas como si fueran latas de aluminio y botellas de cristal para reciclarlas. Cien cromos blancos valían un billete de cinco talbotts y, por tanto, eran el equivalente a una moneda de cinco centavos del antiguo orden. Incentivo suficiente para que los niños las siguieran recogiendo.

Los linajes, que tanto tiempo llevaban adentrándose en la sociedad más y más, hombre a hombre, como si fueran raíces, habían llegado a formar largas cadenas que ya permeaban todos los grupos sociales. Y ahora sus miembros tenían la función de introducir la nueva moneda en la nueva sociedad.

Su superior inmediato en la cadena, Garret Dawson, le dio a Charlie una caja de cartón que contenía cien mil talbotts y le dijo que se gastara lo que pudiera y que le pasara el resto al hombre que tenía debajo en la cadena, con las mismas instrucciones. Charlie se compró una corbata y tenía planeado quedarse con el resto del dinero, pero al día siguiente Garret apareció con otra caja, y al tercer día con otra. Y todo el tiempo los talbotts se iban borrando infinitesimalmente, de manera que el sentido común obligó a Charlie a empezar a pasárselos al hombre siguiente para que se gastara lo que pudiera y le pasara el resto al siguiente. De esa forma, el dinero fue fluyendo hacia abajo a lo largo de los linajes, enriqueciendo a todos aquellos hombres más allá de lo que habían soñado jamás y enriqueciendo a quienes los conocían, y lucrando a quienes conocían a estos, y llenando las arcas de quienes conocían a estos, y de esta forma la nueva economía empezó a levantarse y a estabilizarse.

El nuevo dinero descendía en cascada. Pasaba a espuertas de un hombre al siguiente.

Y como aquel dinero no se podía acumular, muchos lo intentaron cambiar por oro y diamantes, pero quienes tenían oro y diamantes se negaban a venderlos, y por esa razón el oro y los diamantes desaparecieron de la circulación y perdieron su valor. Pasaron a ser como las obras de los maestros de la pintura, artículos que solo circulaban entre los ricos a modo de símbolos de estatus pero que no significaban nada para la mayoría de la gente. A medida que lo grandes millonarios de los viejos tiempos perdían sus fortunas, ya que no podían usar dinero para ganar más dinero y no conocían otra forma de sobrevivir, sus posesiones acabaron en el mercado.

Ah, y luego estaban las mujeres. Dejaban a Charlie sin aliento, aquellas mujeres que le llegaban en manadas: mujeres jóvenes, mujeres mayores que le llevaban a sus hijas, mujeres que entendían el valor de su belleza y su vitalidad en aquel mercado. Las mismas mujeres que toda su vida lo habían tratado como a un trapo —y eso si se daban cuenta de que existía—, ahora se peleaban entre ellas solo para atraer su atención. La atención del flaco de Charlie, del ridículo Charlie, que apenas había terminado a trancas y barrancas la secundaria y solo sabía hacer funcionar un taladro hidráulico.

Los lunes y los martes Charlie se sentaba en una silla a la cabecera de una mesa cubierta de fotografías. La mesa había pertenecido a un rey medieval, y la silla a un conde del Renacimiento o algo parecido, Charlie no se acordaba de los nombres de ninguno de los dos. Tampoco importaban. Ahora la mesa, la silla y las armaduras con lanzas en la mano que flanqueaban los pasillos y las banderas que ondeaban sobre las torretas, todas esas cosas pertenecían a Charlie. Un fuego ardía en la chimenea, continuamente alimentado por troncos que proporcionaban hombres a sueldo de Charlie. Otros hombres lo abanicaban con plumas de pavo real, y otros le presentaban lenguas de pavo real guisadas y uvas peladas, cosas ambas que Charlie no quería comer, y aun con los gastos que implicaba el mantenimiento de una casa así, Charlie no conseguía gastarse el dinero nuevo tan deprisa como lo requería su linaje. La mayor parte de aquel dinero pasaba a manos del hombre siguiente y de los que iban detrás de este.

Los lunes y los martes un agente que trabajaba para Charlie le llevaba a una selección de mujeres, escogidas de entre las multitudes que mandaban solicitudes detalladas. Mujeres con caras de actrices de Hollywood y cuerpos de cine porno, que se sentaban en el vestíbulo y se escrutaban unas a otras mientras el agente las iba acompañando una por una, mujer a mujer, al salón de recepciones, donde Charlie más o menos daba audiencia.

A la mayoría Charlie las descartaba de un vistazo y con un educado «gracias». A otras las invitaba a acercarse. Algunas de las mujeres le hacían proposiciones de negocios. Algunas querían ser nombradas para un puesto en el nuevo gobierno. Fuera cual fuera el caso, Charlie las valoraba a todas con la misma actitud.

En menos de una estación del año el viejo orden desapareció. Los nuevos linajes se convirtieron en los caballeros coronados, en los duques y los lores recompensados por su única batalla victoriosa, y quienes pertenecían a sus familias se beneficiaron también, y quienes aprendían a servir a aquellas nuevas familias de la nobleza, alojadas en antiguas propiedades recién adquiridas, quienes las servían mejor con su trabajo, con comida o con entretenimiento, se convirtieron en la segunda clase más próspera. Y luego estaban las personas que no tenían más talento que ofrecer que su habilidad para manipular el antiguo dinero, restringiendo su flujo y distribuyéndolo a cambio de unos honorarios, esa clase de personas con su bagaje caduco se vieron relegadas a deambular por las calles buscando los blancos que luego cargaban en bolsas sucias de papel, igual que antaño se llevaban las orejas, hasta las estaciones de recuento.

Llegasen como llegasen los cromos a los centros de recuento, allí los limpiaban, los colocaban debajo de plantillas y los volvían a exponer a la luz ultravioleta. Revitalizados durante tres meses más, aquellos talbotts volvían a entrar en circulación en lo alto de las cadenas de los linajes.

La gente aceptaba el nuevo dinero pese a todos sus defectos porque no había más opción. Tal como se decía en el libro azul oscuro:

Primero vuélvete despreciable y después indispensable.

La economía de la sustitución era como un globo que alguien llenara con agua del grifo. Cuanto más dinero le echabas dentro, más se inflaba y más pesaba el globo, pero hasta que estuviera lleno nadie sabía hasta cuánto se hincharía ni qué forma terminaría adoptando.

Si alguien hubiera preguntado su opinión, la señorita Josephine Peabody habría dicho que los políticos fallecidos eran unos fanfarrones, unos charlatanes vendedores de remedios milagrosos que se habían merecido sus ejecuciones sumarias. Adiós y hasta nunca. Que descansaran en paz. No, el orden natural, si uno seguía los modelos clásicos de belleza y de gobierno, dictaba que los propietarios eran los únicos capacitados para decidir qué le convenía a la gente, porque los propietarios eran los únicos que tenían los intereses creados apropiados. Y más en concreto los grandes plantadores, según la tradición agraria de Jefferson, libres de la influencia corrupta de los intereses judíos y en menor medida también de los católicos.

Si alguien le hubiese preguntado su opinión, claro, aunque nadie se la había preguntado. No, tuvo que llegar Arabella una mañana de la cocina para sugerirle a la señorita Peabody que encendiera la caja tonta porque estaba apareciendo el mismo hombre en todos los canales. Ver la televisión antes de la hora de la cena era un hábito espantoso, pero Arabella insistió y se quedó de pie junto a la silla de la señorita Josephine mientras el hombre aquel anunciaba:

Una casa no es una patria. Por eso es necesaria la partición de los antiguos estados unidos a fin de instaurar naciones autónomas separadas e independientes en las que cada pueblo pueda conducir su propia existencia. No está bien que una cultura se imponga a otra, por medio de acciones o de expectativas. Por consiguiente, todas las culturas deben existir libres de las exigencias que les plantean las demás.

La señorita Peabody blandió el mando como si fuera un cetro para expulsar de allí a aquel hombre, pero su imagen siguió pontificando:

Cada grupo debe habitar un territorio propio donde constituya la norma. Si no, aparecen el odio autodestructivo a uno mismo o la egolatría basada en atacar a los demás. El alcoholismo, la adicción a las drogas y las conductas sexuales tóxicas se dan cuando las culturas se ven obligadas a compartir el espacio público. No hay que obligar a ninguna cultura a cumplir las expectativas de otra ni a someterse a la mirada devastadora de otra.

Arabella llevaba el delantal puesto y estaba retorciendo nerviosamente un trapo de secar platos.

−¿Qué quiere decir? −preguntó.

No significaba nada, le aseguró la señorita Josephine, y la mandó de vuelta a mondar guisantes. Arabella no pareció convencida, y abandonó la sala con lentitud de caracol, caminando hacia atrás para no apartar la vista de la pantalla. Donde aquel hombre seguía discurseando:

Igual que los dos géneros están separados en la mayoría de competiciones atléticas, también hay que separar a las culturas entre sí para evitar que una siempre domine a las demás.

Y el desgraciado resultado de todo ello fue que el hombre de Arabella, Lewis, sintió que era su obligación presentarse en la puerta de la sala de estar, donde sin pasar del umbral trató de convencerla de que Georgia ya no formaba parte de los Estados Unidos, sino que había sido entregada junto con Florida, Luisiana, Mississippi y Alabama para crear una especie de Martin Luther Kinglandia diseñada a fin de que solo vivieran en ella negros, y al oír aquello la señorita Josephine se impulsó con la silla de ruedas hasta la puerta y se la cerró en las narices.

A pesar de lo que percibían sus ojos y sus oídos, la Plantación Peabody seguía siendo su propiedad y su casa. Y antes de estar en manos de su clan, las tierras habían pertenecido a las tribus Creek Muscogee y Yamacraw. Y eso no lo iban a cambiar todas aquellas paparruchas fraudulentas.

Allí ella gozaba de una posición. Si permitía que la desarraigaran y se la llevaran al norte o al oeste, se vería reducida a la condición de simple señora mayor del montón, de solterona en posesión de un juego de té Crown Derby para treinta y seis invitados.

Había árboles demasiado viejos y testarudos para tolerar que los trasplantaran. Arabella y compañía no debían olvidar que la señorita Josephine era el alma de la plantación. Nadie más que ella conocía las idiosincrasias de la bomba del pozo o cómo vaciar la cisterna. Solo ella sabía cómo rotar el sorgo y el tabaco. Caramba, sin su pericia la estufa de petróleo y el ventilador del horno quemarían la casa en menos de un año. Que los dejaran a ellos solos, a Arabella y a su hombre, Lewis, y a sus hijos, Chester y Lewis Junior, y a su hija, la pequeña Luray, y ya verían. Que intentaran llevar ellos la casa sin las indicaciones de ella.

Aquellos conocimientos eran de su pertenencia, y de nadie más que de ella. Por esa razón se mostraron de acuerdo en que resultaba apropiado dejarla residir en la planta del desván del edificio principal, una angosta serie de habitaciones polvorientas, con apenas suficiente espacio para que cupieran los tesoros familiares que insistía en que había que esconder allí, junto con ella. Las soperas y las espadas, los retratos al óleo de su padre y de su gente. Pero el desván solo sería apropiado hasta el momento en que cesara la locura política vigente. Llegado ese momento se reinstauraría a la señorita Josephine como reinante con plenos poderes.

Por la mañana, cuando Arabella le subió su bandeja, la señorita Josephine le preguntó:

—¿Has llamado a los Ives y a los Caldwell tal como te pedí?

Arabella dejó la bandeja y se puso a hacer la cama.

—Los he llamado —dijo—, pero no queda nadie. Se han mudado.

Si había que creer a Arabella, hasta la última familia de sangre europea había abandonado Georgia.

En materia de testarudez, la señorita Arabella podría dar lecciones a las mulas. A ella no la iban a echar de allí con tanta facilidad.

Para que nadie sospechara, salía a hurtadillas por las noches. En cuanto todo el mundo estaba en la cama, bajaba de puntillas la escalera del desván y seguía por la escalera de atrás hasta la cocina. Durante las noches hacía incursiones para aflojar la tuerca de la presión de la tubería de propano, un defecto que solo ella sabía reparar. Otras noches dejaba entrar aire en la tubería del agua hasta que la bomba empezaba a renquear. Aquellas travesuras no eran tanto operaciones de sabotaje como simples recordatorios amables de que su mente era la mente de la casa. La ermitaña y el alma de la casa. Solo ella podía ejecutar los rituales secretos que reiniciaban los filtros de ósmosis inversa; si no lo hacía, el agua de la casa no se podía beber.

Independientemente de la Martin Luther Kinglandia que aquella gente quería imponer en Georgia, la plantación seguía siendo un negocio lucrativo, y ella fundamental para que rindiera beneficios.

Por la televisión y la radio no paraba de salir aquel hombre. El tal Talbott, predicando:

Concededle a cada cultura sus propios tribunales. Permitid que vivan todas aisladas. Las diferentes cepas de la humanidad llevan demasiado tiempo fundidas en una masa cada vez más desustanciada. Una cultura de mediocridad compartida que solo sirve para ampliar cada vez más una reserva de consumidores receptivos a la misma publicidad genérica y, por tanto, manipulados para desear una gama restringida de productos en cantidades grandes. Las culturas que se desarrollaron a lo largo de milenios en relativo aislamiento, en unos climas y unas condiciones que las estimularon para crear su propia imaginería y sus propios rituales, todas esas culturas están siendo desplazadas por el estándar global. A fin de preservar la integridad de cada una, hay que asignar a esas culturas un espacio vital alejado de la influencia de las demás.

Movido por el desacertado deseo de ayudar, el hombre de Arabella subió un día a trompicones la escalera del desván para llevarle un libro. Lewis se lo tendió con ambas manos y le dijo:

—Así es como funcionan las cosas ahora. —Como ella no quiso aceptar el regalo, él se lo dejó en la mesa junto a su silla y se marchó.

Era un volumen de gran tamaño y azul marino supuestamente escrito por el Talbott aquel. El hombre de la televisión. Un batiburrillo de observaciones superficiales sobre obviedades, es lo que era. Páginas y páginas de cosas como:

Los crímenes internos a un grupo solo se pueden resolver dentro de ese grupo. Los gays diezmaron a un gran porcentaje de su propia comunidad por medio de la enfermedad. Los negros aniquilan a los negros con crímenes violentos. Los blancos parecen suponer un peligro menor para los demás blancos, hasta que nos planteamos cosas como la Segunda Guerra Mundial, la Primera Guerra Mundial, la Guerra Civil Americana, la Guerra de los Cien Años, etcétera. Por consiguiente, los crímenes de cada grupo solo los pueden juzgar miembros de ese mismo grupo.

Para una persona culta como ella, saltaba a la vista que aquello era obra de un judío, del judío aliado con el papista, ambos intentando agitar la situación ya existente con el negro, y de esa forma desposeer al escoto-irlandés local de sus antiguos derechos naturales. Aquella tierra había sido un yermo hasta la llegada de los antepasados de ella, y sin ellos regresaría al mismo estado. Que Arabella y su gente probaran a llevar el lugar por sí solos, ya verían. Solo ella podía entender por qué ciertos pozos sépticos y acequias naturales retenían el agua veranos enteros mientras que otros no.

Aquella noche bajó de puntillas al sótano y aflojó la tapa de la mitad de los frascos de conservas para que se estropeara su contenido.

La mañana siguiente, Arabella le llevó la bandeja del desayuno y la dejó sobre la mesa de las bebidas, delante del diván. Sacudió la servilleta para desdoblarla y se la extendió a la señorita Josephine sobre el regazo, diciéndole:

—La nueva ley dice que se la compensará a usted de forma justa... —Arabella sirvió el café y se lo acercó. Y añadió—: No es sano que se pase usted todo el día y toda la noche en el desván.

La señorita Josephine no dio su brazo a torcer. No hacía falta decir que si se marchaba de allí, por su propio pie o en un ataúd, la tierra se echaría a perder, estaba claro.

Arabella la observó con aire compasivo. Había nacido y se había criado en aquella casa. Estaba claro que quería quedarse con ella y convertirse en la nueva señora. La señorita Josephine la despidió en tono seco:

—Gracias, eso es todo.

Una vez a solas, no pudo probar bocado. La atormentaba una idea: ¿y si Arabella y su gente la intentaban envenenar? ¿Quién se iba a enterar? Los vecinos, no. Las antiguas familias se habían marchado. Envenenarla y enterrarla… o peor, echarle su cuerpo a los cerdos. Sería la desaparición perfecta.

Pero ¿cómo podía defenderse? ¿Cómo podía demostrar que era lo bastante necesaria para que la siguieran alimentando y cuidando?

Al día siguiente Arabella le llevó la bandeja del desayuno y retiró la tapa que mantenía calientes los huevos. Mientras le servía el café, dijo:

—Debería estar usted contenta de que esta casa no les haya tocado a los homosexuales. —Según le explicó Arabella, el estado de California había sido destinado a servir de patria de sodomitas, hombres y mujeres. Arabella suspiró e hizo una mueca de dolor solo de pensarlo.

La señorita Josephine no tenía deseo alguno de conocer los detalles sórdidos de aquello. Pero Arabella persistió:

—Todo el mundo tiene que residir entre los suyos… esa es la idea. —Se quedó mirándola como si esperara una reacción. Le tembló la comisura de la boca—. Señorita Josephine, tiene usted que entender eso y pasar página.

Disimulando su malicia, la señorita Josephine le dirigió a la mujer una sonrisa radiante.

—Eso es todo, Arabella.

En cuanto se quedó sola, igual que había hecho el día anterior, cortó los huevos, el filete de jamón frito y la tostada en pedacitos pequeños. A continuación se llevó el plato al diminuto lavabo del desván y tiró el desayuno entero por la taza del retrete.

Al anochecer se moría de hambre. Su silla de ruedas siempre había sido más una ayuda que una necesidad, y pasada la medianoche bajó con sigilo hasta la cocina y llenó una bolsa de la compra con todas las latas de atún —qué horror—, latas de leche y galletas saladas que podía cargar de vuelta arriba.

Si Arabella se dio cuenta de que faltaban aquellas cosas, nunca lo mencionó. Todas las mañanas le llevaba la bandeja y todas las tardes, la cena. Y la señorita Josephine tiraba hasta el último bocado por el retrete.

Los libros de historia estaban llenos de historias parecidas sobre gente moralmente recta que se había tenido que esconder hasta que amainara la tormenta de la tiranía. Individuos atrapados por ideologías malignas. ¡Caramba, la nación de Israel prácticamente se había fundado basándose en el diario de una de esas personas, una dulce niñita perseguida que se había refugiado en un desván como el de ella!

Dios santo, no, la señorita Josephine no dejaría que la echaran. Su nación seguía siendo la de Thomas Jefferson y la de su padre, que Dios lo tuviera en su seno, y la obligación de ella era defender los ideales cristianos de aquellos hombres. Caramba, según solía contar su padre las condiciones del país no se habían desestabilizado hasta que llegaron a la década de 1890 y la avalancha de inmigrantes de la región del Báltico. En 1890 la nación tenía menos de medio millón de judíos. En 1920 ya tenía varios millones.

Por las noches, si llovía, se aventuraba fuera de la casa para echar sal de roca en el huerto. O bien se sentaba a oscuras y se comía su atún hurtado. Leyendo el libro azul marino. El último libro que se había leído entero era *Matar un ruiseñor*, y ya había tenido bastante, muchas gracias. ¿Quién era aquel señor Talbott para ir en contra de ella? Ni todo el vudú político del mundo ni todas aquellas paparruchas de derechos civiles podrían convencerla.

De día, Lewis subía a trompicones la escalera para quejarse. Estaba agobiado porque el sótano apestaba y se había llenado de moscas y la bomba séptica había dejado de funcionar. Las verduras del huerto se habían marchitado y muerto casi de la noche a la mañana, de manera que ahora había que comprarlo todo en el Piggly Wiggly. Le enseñó una cosa que parecían naipes. Unas láminas de plástico rojas y amarillas.

—Es el dinero nuevo —le dijo Lewis—, pero no dura. —Le contó que la gente tenía que trabajar todo el tiempo porque ese dinero no se podía ahorrar—. Todo el dinero que ganamos lo tenemos que gastar antes de que desaparezca.

Si no había moros en la costa, la señorita Josephine lo acompañaba escalera abajo y hasta el cobertizo de detrás de la casa. Una vez allí le pedía que le trajera tal o cual herramienta para deshacerse de él mientras ella devolvía una pieza que había robado unas noches antes de la trilladora o del tractor. Lewis se quedaba maravillado de cómo ella era capaz de reparar hasta la última pieza de todas las maquinarias.

Una noche la señorita Josephine estaba sentada leyendo el libro de Talbott. Después de tirar por el retrete su cena de panceta de cerdo y arroz salvaje. Mientras comía galletas saladas y bebía agua del grifo, se encontró con la frase:

Se recompensará toda información relativa a cualquier persona que esté viviendo fuera de su territorio apropiado.

Sin esperar a leer una sola palabra más, bajó a hurtadillas y averió los fogones de la cocina. Abrió con una palanca la portezuela del corral de las gallinas.

Por la mañana, Arabella le llevó la bandeja del desayuno y la noticia de que no tenían huevos porque los mapaches les habían matado todas las gallinas. No tenían beicon ni avena porque se había roto la cocina. Lo único que le llevó fue una tostada con mantequilla de cacahuete. La señorita Josephine también la tiró por el retrete.

La noche siguiente requisó la tostadora.

Le quitó la lámina metálica trasera a la lavadora y le robó una pieza.

Averió el televisor y la cocina de la radio y se cargó el lavavajillas.

Siempre cerniéndose sobre ella y angustiándola en su fuero interno estaba el miedo a que Arabella y Lewis la traicionaran para llevarse el dinero de la recompensa. Necesitaba serles más valiosa que ninguna recompensa, más valiosa viva que envenenada.

A petición de Arabella se ofreció al día siguiente para intentar reparar la cocina. La mandó a buscar un destornillador mientras volvía a conectar el cable que le había aflojado a la tostadora.

—Veo que la ha arreglado —dijo Arabella, sin la habitual sonrisa de alivio y con los brazos cruzados sobre el pecho. Desterrada la plaga de problemas de aquel día, la mujer dirigió a la señorita Josephine una larga mirada de reojo. Puso el destornillador sobre la mesa de la cocina y dijo—: Es raro que no pare de romperse todo, ¿no? —Y sin dejar de mirarla, añadió—: Casi da la impresión de que tenemos un gremlin.

La señorita Josephine desestimó la idea con un gesto de burla. Se rio del hecho de que Arabella y su gente le echaran la culpa de todo a los duendes.

Arabella no se sumó a las risas.

—¿Está usted enferma? —le preguntó, con un tonillo que no era de solícita preocupación, sino inquisitiva.

—Solo lo pregunto —dijo la sirvienta— porque el otro día oí que tiraba de la cadena del retrete unas quince o veinte veces seguidas.

Al oír aquello, Josephine decidió no tirar de la cadena durante el día. Podía guardarse la comida de la jornada, meterla en su neceser de costura, y echarla al retrete por la noche, después de que Arabella y su hombre se hubieran retirado a la casita donde vivían. Se rio, cogió el destornillador de la mesa y empezó a alejarse con pasitos tambaleantes.

Detrás de ella, Arabella le preguntó:

—¿Adónde va?

Sin molestarse en ocultar su irritación, la señorita Josephine le contestó:

—A arreglar la lavadora. —Ahogó una exclamación, como si quisiera tragarse sus palabras. La cara se le quedó paralizada en una mueca boquiabierta.

Al principio Arabella no dijo nada. Su silencio llenó la cocina. Con lentitud deliberada y en tono bajo, preguntó:

—¿La lavadora está averiada? —En su voz había un retintín estridente de victoria.

La señorita Josephine se giró para mirarla. Se rio para rebajar la tensión y dijo:

—¿No lo está?

—Ni idea —dijo Arabella. Chasqueó la lengua y ladeó la cabeza como para examinar a la anciana desde un ángulo nuevo.

La señorita Josephine sintió que le ardían las mejillas. Dejó deambular la mirada y negó con la cabeza como si no se pudiera creer lo olvidadiza que era aquella mujer. La pieza robada le abultaba en el bolsillo de la bata de estar por casa. El destornillador se le cayó de la mano y tintineó sobre el suelo de linóleo.

Nick... Nick era listo, no listo de los que leen libros, pero la casa de sus padres siempre era el blanco de las pintadas de los gamberros grafiteros. En cuanto el padre de Nick hacía pintar o limpiar las últimas pintadas, aparecía otro vándalo de madrugada y les dejaba una nueva obra maestra. En vez de instalar una cámara o intentar que el ayuntamiento tomara cartas en el problema, Nick lo solucionó.

Una noche, entre pintada y pintada, acudió él también con un bote de pintura en espray. En dos laterales de la casa dibujó esvásticas tan grandes como le alcanzaban los brazos. Pintó con espray las palabras «Muerte a los maricones» y «Los negros dan asco». Con un solo bote de pintura le llegó para todo. No es que Nick fuera nazi, sino que tenía un plan.

Se fue a la cama. No les dijo nada a sus padres.

A la mañana siguiente sonó el timbre de la casa. En la puerta había un equipo de filmación de la televisión. La calle estaba abarrotada de gente haciendo fotos. Sus padres estaban confusos y furiosos, pero Nick vio que no les molestaba la solidaridad de la gente. Después de que nadie les hiciera caso durante tanto tiempo, cuando el único problema eran los grafitis, se alegraron de que ahora el problema incumbiera a la ciudad entera. El alcalde de Portland convocó una rueda de prensa para condenar los mensajes de odio, y se aumentó el número de patrullas de policía. En el futuro ningún gamberro se iba a atrever a pintarrajearles la casa y arriesgarse a que lo acusaran de aquel rollo del odio. Los medios de comunicación calificaron a sus padres de valientes héroes que habían sufrido mucho. Y Nick nunca les contó nada.

Nick era de esa clase de gente lista.

Después de que todo el mundo se fuera a dormir, la señorita Josephine bajó sin hacer ruido la escalera del desván. No le hacía falta luz. Hasta el último tablón chirriante del suelo era un viejo amigo suyo. Ninguna sombra podía sorprenderla y hacerla tropezar. Hasta la estrecha puerta de la cocina había cincuenta y siete escalones. Puso una mano contra la puerta y empujó suavemente para que el pestillo no hiciera clic cuando girara el pomo con la otra mano.

La puerta no se movió. El pomo giraba pero algo le impedía abrirla. Apoyó el hombro del camisón de satén contra la madera y afianzó un poco más separados los pies descalzos en el suelo. La señorita Josephine empujó la puerta con toda su fuerza, hasta que la vieja madera soltó un crujido estridente. Estaba cerrada con llave. Y los pasadores de las bisagras estaban por fuera.

Unas voces susurraron en medio de la respiración del aire acondicionado de la cocina. Le pareció oír el regular ritmo cardiaco del reloj del vestíbulo, pero no estaba segura de que lo que percibía no fueran en realidad sus recuerdos de una vida entera de oír aquel reloj. En la oscuridad oyó hablar a gente que llevaba muerta desde que ella era niña.

Se agachó con cuidado hasta quedar sentada en el escalón inferior, se abrazó las rodillas contra el pecho y se quedó escuchando, y cuando los primeros pájaros señalaron la salida del sol con sus cantos, desanduvo sus pasos de vuelta a la cama.

En el Tiempo de Antes, Walter cerró los ojos para ver mejor con las yemas de los dedos. Sus dedos golpeaban y pulsaban con aplomo las teclas de su portátil. Sus dedos danzaban para escribir las palabras que Talbott iba diciendo:

Se recompensará toda evidencia fotográfica de cualquiera que no lleve un ejemplar del libro de Talbott en lugares públicos.

Talbott dictaba y Walter escribía:

Se recompensará toda evidencia de cualquier individuo que finja una discapacidad.

El viejo decretó:

Se recompensará toda información relativa a cualquier persona que esté viviendo fuera de su territorio apropiado.

La página web que Walter había creado siguiendo las instrucciones de Talbott ya estaba siendo todo un éxito. Los Más Odiados de América. La gente entraba en ella y registraba nombres de políticos, académicos y periodistas. Cientos de nombres. Los nombres registrados iban acumulando votos. Millones de votos. Walter no tenía ni idea de cómo todo aquello podía hacerlo rico. Era un simple aprendiz que todavía no entendía el gran esquema de las cosas. Se limitaba a tomar notas mientras su nuevo padre divagaba.

De acuerdo con Talbott Reynolds, el país necesitaba una aristocracia. A los reyes de Europa y de Asia no los había votado nadie. Se limitaban a derramar sangre y el que más derramaba, más poder obtenía. La reina de Inglaterra y los reyes de Suecia y de España gobernaban en la cima de una montaña de gente a la que habían matado. Atado a su silla, barnizado con las gotas de sangre que le manaban de un par de centenares de pequeñas incisiones, Talbott despotricó:

—¿Por qué trabajar de camarero cuando una lluvia de balas puede llevarte a tu coronación?

La democracia era una aberración efímera. Él insistía en que América necesitaba una clase gobernante de hombres que se hicieran con el poder de la forma en que los hombres se habían hecho siempre con el poder. Quienes pasaran a la acción se convertirían en aquella nueva realeza. Aprender un oficio estaba bien. A fin de cuentas, la universidad no era para todo el mundo. Pero después de treinta años de encofrar casas o de cablear edificios, ¿qué le pasaba a tu cuerpo? Cuando te envejecían las rodillas o la espalda, ¿cómo te ibas a ganar la vida? La meta del Día del Ajuste era que los hombres sumaran fuerzas.

Walter levantó la vista de lo que estaba tecleando.

—Entonces —dijo—, ¿esto es como *El club de la lucha*?

Su nuevo padre negó con la cabeza.

—¿Te refieres a la novela?

—¿Qué novela? —preguntó Walter, con los dedos esperando sobre las teclas.

Talbott sonrió con suficiencia.

—Pues no —dijo—. *El club de la lucha* trataba de dar poder a cada hombre por medio de una serie de ejercicios. —Le brillaba la cara horripilante por la pátina de sangre que la cubría—. *El club de la lucha* enseñaba a cada hombre que poseía una capacidad que iba más allá del concepto más elevado que tenía de sí mismo. Luego le daba a cada hombre la libertad para realizar su destino: para construir una casa, para escribir un libro, para pintar un autorretrato.

Walter se acordaba por haber visto la película.

Talbott negó despectivamente con la cabeza y murmuró:

—Palahniuk… Toda su obra trata de la castración. De la castración o del aborto.

El Día del Ajuste, le explicó Talbott, iba a servir de modelo para que los hombres adquirieran un estatus social alto de forma permanente. La idea era reclutarlos para que pasaran a la acción antes de que los reclutara la sociedad. Aquellos hombres estarían dispuestos a matar en su propio nombre y para su propio beneficio, en vez de para el beneficio de quienes ya tenían el poder y los recursos.

—Lo que los hombres quieren —dijo— es una estructura para unirse entre ellos.

Tal como lo veía Talbott, había una explosión demográfica de jóvenes que se estaban haciendo hombres, hombres con una buena educación, sanos y bien alimentados, y criados con la expectativa de un futuro glorioso. Pero no era ese el futuro que los esperaba. La democracia del capitalismo garantizaba que solo alcanzaran la notoriedad los más banales, los que tenían el intelecto más moderado y el aspecto y el talento más atractivos a primera vista. Y estos solo eran un puñado entre muchos millones.

Walter esperó, sin saber si aquello tenía que apuntarlo.

—¿Y qué va a pasar con el resto de nosotros? —dijo.

Talbott sonrió y suspiró. Parpadeó un par de veces y se distrajo contemplando el suelo de cemento salpicado de sangre.

—Pues va a pasar lo que pasa siempre.

Y continuó afirmando que el gobierno siempre había sabido que los japoneses atacarían Pearl Harbor. Insistió en que el gobierno había estado al corriente desde el principio de la destrucción inminente del World Trade Center. Los acorazados hundidos eran básicamente obsoletos. Las Torres Gemelas habían sido un gasto necesario. En ambos casos, lo que la nación había necesitado en realidad era sacrificar a la generación en ciernes de jóvenes que estaban llegando a la vida adulta. Una guerra así reduciría el número de gente en edad laboral y aseguraría unos sueldos generosos a los supervivientes. Mandaría a combatir al excedente de hombres de muchos países y estimularía las economías por todo el mundo.

—Y lo que es más importante —dijo Talbott—, el conflicto provocaría una carestía de hombres que preservaría el patriarcado.

Walter no se quería creer aquella teoría. No se atrevía a contradecir a su mentor, pero era obvio que la policía y el ejército aplastarían una insurrección popular como la que Talbott había descrito.

—En cuanto la policía haya sido lo bastante humillada y culpada de los crímenes… —le contestó Talbott—. En cuanto el ejército se dé cuenta de que lo están llevando a una carnicería… —Ambos colectivos harían la vista gorda cuando llegara el Día del Ajuste. Hasta era posible que se unieran miembros de ambos al ataque, sobre todo si eso les garantizaba que sus descendientes ostentaran el poder en las generaciones venideras.

Quizá un hombre no se atreviera a matar si eso solo implicaba un beneficio para él, pero si sus actos coronaban a sus hijos, y a los hijos de esos hijos, y los convertían en la realeza de una nueva sociedad, aquel hombre que no tenía más opción que cometer asesinatos en una guerra que no era la suya se alegraría de crear una meritocracia basada en el asesinato.

Después, Talbott guardó silencio. Su mirada se posó en el ordenador que Walter tenía sobre el regazo. Estaba claro que el discurso ya se había terminado para cuando declaró:

Con la excepción de los miembros de la policía y del ejército, queda suspendida hasta nuevo aviso toda jubilación en el sector público.

Y con plena fe, y sin entender todavía adónde se encaminaba todo aquello, Walter tecleó obedientemente aquellas palabras. Tal como Talbott veía la situación, los secretarios y burócratas del mundo habían renunciado a su incierta juventud a cambio de seguridad y rutina, y ahora eso iba a ser lo único que tendrían. Ya era demasiado tarde para que se escaparan a la Toscana e hicieran sus pinitos como pintores. Ya era demasiado tarde para que fueran nadie más que ellos mismos.

En mitad del sermón, Talbott preguntó:

—¿Has leído *Bouvard y Pécuchet*, de Flaubert?

En aquella novela dos empleados heredan una fortuna y dejan el trabajo para dedicarse al arte y la literatura, pero terminan dándose cuenta de que no tienen talento para la vida ociosa. Al final regresan a sus vidas aburridas, estables y estructuradas de chupatintas. Los hijos del Baby Boom iban a tener que aceptar un destino similar. Bajo el nuevo régimen se les requeriría que trabajaran y mantuvieran a la generación milenial hasta que el nuevo sistema estuviera instaurado.

Jamal deambulaba pasmado por las habitaciones de su casa nueva. Matón, su pitbull, iba unos pasos por delante, olisqueando detrás de una silla, arañando la puerta de un armario, como para hacer salir a todo animal que pudiera estar escondido allí. Todas las habitaciones daban a una habitación más grande, con las paredes cubiertas de retratos de gente blanca, de chimeneas y de estanterías atestadas de libros. La luz radiante del sol iluminaba los ventanales grandes y limpios y la pintura blanca de las paredes. Había requisado aquella casa de entre una larga lista de propiedades dejadas por sus propietarios. Tras mirar las fotografías colgadas en internet. Era el primer día de su vida que no pasaba bajo el techo de su madre.

Las pinturas que lo contemplaban desde lo alto habían sido un linaje del viejo mundo. Caras petulantes de tipos poderosos ya muertos. Se desharía de ellas. Los libros se los quedaría. Ahora que ya había pasado el Día del Ajuste, lo que realmente quería hacer Jamal era escribir, ser un autor que pusiera en las mentes de la gente un mundo entero de símbolos e imágenes por medio de su meticuloso flujo constante de palabras. Igual que había hecho Talbott. En palabras del mismo Talbott:

Nadie es adulto mientras sus padres sigan vivos. Hasta que se mueran, el hijo solo podrá actuar para complacerlos o para castigarlos.

Los blancos llevan demasiado tiempo comportándose como padres severos de los negros.

Y hace más tiempo todavía que los heterosexuales se comportan como padres que avergüenzan a los homosexuales.

A Jamal le daba la sensación de que siempre se había esperado de él que se echara atrás, que mostrara deferencia y que se hiciera a un lado. Siempre había interpretado el papel de buenazo dócil porque el único otro rol disponible era el de delincuente. Cuanto había hecho estaba destinado a tener contenta a la gente. Matar a gente no era ideal, pero era la primera vez en su vida que no estaba intentando conseguir que todo el mundo lo quisiera. Y por encima de todo, se le hacía extraño —aunque no extraño de mala manera— porque no estaba intentando complacer a aquella gente. Era agradable limitarte a tirotearlos y no tener que preocuparte de si eso los ponía contentos o no. Y ese alivio hacía feliz a Jamal.

Parecía poco probable que tuvieran oposición. Los oprimidos tradicionalmente recurrían a la iglesia, y su número crecía hasta que aparecía un líder que los organizara. Esta vez, con la historia desplazada, las masas subyugadas ya hacía tiempo que se habían mofado de la idea de Dios. Sus iglesias eran las universidades y las oficinas gubernamentales y ahora mismo sus predicadores ya estaban enterrados en fosas comunes. Puede que el nuevo campesinado tuviera títulos superiores y premios a mansalva, pero no tenían iglesias que los albergaran o los reconfortaran.

Quizá existieran hombres más inteligentes. O más fuertes. Pero era Jamal quien apretaba el gatillo, de forma que trabajaban para él.

Fueran quienes fueran los antiguos dueños de aquella casa, ya hacía tiempo que se habían trasladado a su territorio apropiado. Y daba la impresión de que no se habían llevado mucho equipaje. Habían dejado atrás los muebles y hasta la ropa y los zapatos en los armarios. Tampoco importaba. A partir de ese día la casa, las tierras y los campos eran suyos. A su madre la había instalado en una casa del pueblo, más agradable que ningún otro sitio en el que hubiera vivido aunque no tanto como la casa nueva de él. Tres plantas, por lo que se veía desde fuera, con columnas de templo griego en la fachada; el único calificativo que parecía adecuado era *grandiosa*. Tal como él siempre se la había imaginado. Siguió abriendo puertas y no dejaba de encontrarse más habitaciones, más puertas y más escaleras. Detrás de una de las puertas se topó con la cocina. Frente a los fogones había una señora de la edad de su madre. Llevaba un uniforme de los de antaño, un vestido gris con delantal blanco. El pelo recogido con una redecilla y pegado a la cabeza.

—Disculpe —le dijo Jamal. Quizá fuera una confusión. La mujer también era negra. Era posible que la página web les hubiera asignado la propiedad a dos personas por error. Su estatus en el linaje le concedía un rango superior, por supuesto, pero no le apetecía nada echar a nadie de una casa que considerara su hogar.

—Vivo aquí —dijo ella. De fondo se oía que algo hervía—. Mi familia y yo cuidamos la propiedad.

Matón pasó olisqueando junto a Jamal y se acercó al trotecillo para acercar el hocico a las gruesas piernas de la mujer.

Como Jamal no dijo nada, ella le preguntó:

—¿Es usted el propietario nuevo? —Lo dijo mirando el interior de la sartén, como si odiara lo que estaba cocinando hasta el punto de sentir tristeza.

Jamal soltó el aire que no era consciente de haber estado conteniendo. Hasta la cocina donde estaba la mujer era una maravilla, llena de pomos y cajones y ollas colgando y fregaderos de cobre y máquinas, y ahora todo era suyo. Tardaría meses, quizá años, en acostumbrarse a un sitio así. La idea de que no viviría solo allí lo reconfortó. Matón se alejó de la mujer para ir a olisquear y arañar una puerta, una puerta estrecha con picaporte de metal. El perro gimoteó. Olisqueó el ojo de la cerradura.

La mujer siguió la mirada de Jamal hasta la puerta.

—Está cerrada con llave —dijo—. Ha estado así desde que perdimos la llave.

El perro siguió olisqueando la rendija de debajo. Con una pata arañó el suelo de madera.

—Seguramente olerá los ratones —dijo la mujer. Se volvió hacia la sartén que tenía en el fogón—. Al final de esa escalera no hay nada, solo el desván. —Con voz cantarina, ligera como una pluma, dijo—: Nada, solo un desván viejo y vacío.

Jamal fue a agarrar al perro por el collar y lo alejó a rastras de la puerta cerrada con llave.

—Pero ¡qué maleducado soy! —dijo él, y le ofreció la mano que tenía libre—. Me llamo Jamal Spicer.

Ella lo observó con una ceja enarcada, mirándolo de arriba abajo, despacio, como si lo estuviera viendo por primera vez. Relajó los hombros y sacudió la cabeza como si quisiera aclararse la vista.

—¿Es usted uno de los de la tele?

Se refería al hecho de ser miembro del primer linaje. Los medios públicos habían estado ofreciendo pequeñas biografías para presentarle a la gente al grupo de hombres que iban a gobernar la nueva nación de Negrotopía. Todos los hombres de la tribu de Jamal habían leído en voz alta pasajes del libro de Talbott, lecturas que se emitían en un ciclo continuo día y noche. El verse a sí mismo por televisión había hecho que Jamal se asqueara de sus propios límites, de sus dientes torcidos y sus orejas grandes, pero el reconocimiento público había empezado a hacer que se enorgulleciera del hombre en que se había convertido.

La mujer se secó las manos en el delantal y aceptó su apretón de manos.

—Encantada de conocerlo —dijo, con voz de asombro. Una sonrisa le relajó la cara. Una sonrisa genuina, no parte del uniforme que se veía obligada a llevar—. Me llamo Arabella.

Le dio la impresión de que le había caído en suerte una familia ya montada, con gente que cocinaba y limpiaba para él.

—Este es Matón —dijo, sacudiendo al perro por el collar. Y Jamal le devolvió la sonrisa.

Esperar era la única opción que tenía. Gavyn se había registrado como residente foráneo, había ido a la oficina de Correos y había rellenado los formularios, había declarado su homosexualidad y la había ratificado con su juramento. La empleada que le había tomado el juramento lo miró con expresión severa.

—Sabes que no puedes trabajar, ¿verdad? —le dijo—. Es ilegal.

Gavyn lo había leído en el libro de Talbott.

—Tampoco puedes votar ni conducir vehículos motorizados —dijo la empleada.

—Lo entiendo —dijo Gavyn.

La empleada sacó un folleto de un fajo de papeles. Lo leyó:

—«Hasta que se apruebe la reubicación, los residentes foráneos deben informar a las autoridades pertinentes de su domicilio en vigor y de cualquier cambio de residencia».

Eso quería decir la casa de sus padres. Ni de coña podría irse a vivir a otro sitio, sin trabajo ni permiso de conducir. La Declaración de Interdependencia garantizaba el respeto mutuo entre todas las razas y sexualidades, pero el respeto sería más fácil cuando estuvieran todas aisladas, bien cómodas en sus territorios patrios respectivos. Por ahora Gavyn estaba fuera de sitio, atrapado entre heterosexuales. Y nadie sabía por cuánto tiempo.

Para empeorar las cosas, el tiempo pasaba deprisa. Ser queer, por lo menos hasta el Día del Ajuste, había comportado dos décadas de torturas. Que lo llamaran «Gay-vin» y lo encerraran en las taquilla del vestuario todas las semanas, con unos padres que no tenían ni idea de qué necesitaba saber un niño queer. Pero la recompensa era cumplir dieciocho años. Aquel cumpleaños hacía que dejaras de ser el miembro más débil y maltratado de la sociedad para ascender a la posición de convertirte en uno de los más poderosos.

Las mujeres conocían bien aquella transformación. Empezaban siendo territorio prohibido, menores de edad que jugaban con caballitos. Ignoradas. Descartadas. Y de un día para otro tenían a los hombres comiéndoles de la mano. Hombres ricos. Hombres poderosos. Los hombres más atractivos del mundo se desvivían por ganarse la atención de una mujer joven. Era una forma de poder que no duraba eternamente, pero aun así era poder. Y se podía usar para obtener dinero y educación y acceso a la gente, y con el tiempo se podía convertir en una forma más duradera de poder. Vale, algún día Gavyn sería abogado o ingeniero, pero de momento solo quería ser hermoso y atraer todas las miradas cada vez que entrara en una habitación. Después de tantos años de que lo ridiculizaran y lo estamparan contra las paredes, se merecía su momento bajo los focos.

La ventana de la juventud se abría a los dieciocho y tenía una duración limitada. Gavyn quería a sus padres, pero se moría de ganas de emigrar a un mundo donde fuera normal.

Hasta entonces había sido más o menos un rehén.

El problema estribaba en la Cláusula de Compensación. El libro de Talbott sostenía que los homosexuales acumulan riqueza y talentos más deprisa porque no sufrían la carga de parir y criar a sus descendientes. Igual que el polluelo del pájaro cuco, el niño homosexual nacía en un hogar heterosexual y luego volaba para unirse a su familia homosexual. Así pues, los heterosexuales gastaban un tiempo y unos recursos que en última instancia beneficiaban al mundo homosexual. La exportación constante de nuevos adultos de los territorios blanco y negro al homosexual daba lugar a un desequilibrio comercial inusitadamente cruel. Todos aquellos descendientes jóvenes, vitales y con la educación completa se trasladaban a la patria que les correspondía, dejando a sus padres sin compensación ni apoyo en sus años de vejez.

No era ideal, Gavyn lo entendía.

La Cláusula de Compensación se había introducido para equilibrar la situación. Postulaba que un adulto homosexual criado por heterosexuales solo podría emigrar cuando un heterosexual criado por homosexuales estuviera también listo para emigrar. Gavyn rezaba porque en algún lugar hubiera un chaval revelando su heterosexualidad a sus madres lesbianas. A aquel chaval lo mandarían a la oficina de Correos, como había sido el caso de Gavyn, y allí un empleado le entregaría los formularios que Gavyn acababa de rellenar. El mismo empleado, chasqueando la lengua y con mirada desaprobadora, avisaría al niño hetero de que no buscara empleo ni condujera vehículos ni tratara de votar en ninguna elección. Y el chaval, el anti-Gavyn, volvería con sus dos mamás o sus dos papás o lo que fuera el caso, a rezar para que le llegara la llamada telefónica.

En el último año del instituto habían estudiado el Día del Ajuste y los nuevos Estados nación. Los profesores que quedaban, los que no habían sido enterrados en el extremo del campo de fútbol americano del Instituto de Secundaria Franklin, se deshacían en elogios hacia los linajes. Según ellos, los tipos de los linajes eran héroes. Si no fuera por aquellos héroes, la generación de Gavyn habría sido mandada a morir en la guerra-señuelo. Gavyn incluido, gracias a la estúpida igualdad de los estúpidos derechos civiles.

Cuando sus profesores no les leían en voz alta pasajes del libro de Talbott, se dedicaban a sermonearles que aquellos hombres habían hecho lo correcto. Los estudiantes iban por ahí con la cámara de los móviles intentando pillar a cualquier que no llevara el libro azul marino o no expresara su amor por el nuevo orden. Los linajes habían hecho lo correcto, según los profesores, porque a los bebés varones les solían mutilar los genitales de forma rutinaria, porque los tribunales discriminaban a los hombres en los casos de custodia infantil y de divorcio no contencioso, y porque las cárceles estaban tan llenas de hombres que la tasa de suicidio entre varones era más del cuádruple que la de las mujeres.

Entre sermón y sermón, veían una película educativa: excavadoras que empujaban con las palas montones de algo descompuesto. No se trataba de la habitual matanza de diminutos pollitos macho. En el cielo bandadas chillonas de gaviotas volaban en círculos en torno a las excavadoras y a la basura que estaban enterrando. Una gaviota bajaba en picado para agarrar algo y luego pasaba por delante de la cámara. En una de las garras llevaba una oreja. Aquellos montículos de cosas grises y contrahechas que las orugas de la excavadora aplastaban e incrustaban en la tierra eran cantidades incalculables de orejas humanas.

Cuando se les preguntaba, los alumnos tenían que saberse de memoria todos los artículos del libro de Talbott. Por ejemplo:

Se recompensará toda información que lleve a la detención de cualquier persona que use unidades monetarias distintas del talbott.

En calidad de residente foráneo, Gavyn no tenía derecho a reclamar el dinero de las recompensas.

En teoría, Gavyn debería haber estado contento. El problema era que nadie mencionaba toda la sangre ni el hecho de que te encontraras agujeros de bala en la pared de la cafetería frente a la cual habían colocado a los objetivos para fusilarlos. A Gavyn le parecía genial que hubiera una patria para los homosexuales, pues claro, pero también sentía un conflicto interior. Como si hubiera conocido a un sacerdote joven con camiseta de manga corta y resultara que tenía tatuajes sexy, pese a ser cura, y encima unos brazos asombrosamente musculosos, y encima los tatuajes estaban llenos de esvásticas. Esa clase de felicidad ambigua.

A Gavyn no le habían pedido que llevara un triángulo rosa, pero tampoco distaba mucho la cosa. Lo que pasaba era que no había mucha opción. Así era el nuevo mundo real en el que vivían, de manera que se marchó a su casa para sentarse a esperar junto al teléfono.

En el Tiempo de Antes, los dedos de Walter se ralentizaron como si estuvieran caminando por detrás de la voz de Talbott. La escritura de Walter era la sombra de las palabras del viejo.

Talbott acababa de explicar la idea del dinero perecedero y de cómo iba a crear un clima donde todo el mundo lo ganaría y lo gastaría frenéticamente. Aquel dinero ya no sería un bien, sino un medio. Ya no mantendría el tiempo y la energía humanos suspendidos en cámaras acorazadas.

La cosa estaba yendo despacio. Ya fuera por la pérdida de sangre, ya fuera por la edad, el anciano estaba divagando:

El Principio de Contradicción Fatídica sostiene que la sociedad lleva tanto tiempo trabajando en detrimento de ciertos individuos que esas personas ya jamás confiarán en ella. Seguirán posicionándose en contra de la sociedad independientemente de sus metas, por mucho que en última instancia esas metas vayan en contra de los intereses personales del oponente.

Talbott se despertó boqueando. La cabeza le colgaba del cuello correoso y la sangre seca se le incrustaba en las arrugas, aquellos surcos que le recorrían la frente y las patas de gallo que le irradiaban desde los rabillos de los ojos. Con los hombros cubiertos de motitas rojas, se puso a dictar:

La gente está dispuesta a celebrar la belleza o el genio, pero no cuando se dan en la misma persona. Descubrir ambas cualidades en un mismo individuo constituye una injusticia que nadie tolera. Cuando sucede, hay que destruir uno de los dones o bien los dos.

Walter consultaba la lista a cada hora. Los nombres aparecían y se esfumaban, y los que quedaban estaban acumulando cantidades impresionantes de votos. Sobre todo, los políticos. Talbott se quedaba adormilado, con la cabeza caída a un lado, y Walter pasaba a la página web de La Lista. Con un ronquido, su nuevo padre se despertaba de golpe y anunciaba:

Las drogas son populares porque le dan al usuario un intervalo de locura o de enfermedad que se puede programar. A diferencia de la enfermedad, las drogas pueden sincronizar la infección, la enajenación y la recuperación de un grupo de gente.

Hecha la declaración, el viejo se sumía de nuevo en el estado de estupor babeante.

En cuanto al propósito de la lista, Walter no tenía ni idea de cuál era. Solo consistía en nombres y números, nombres y números. Siguiendo las instrucciones de Talbott, si alguien colgaba un nombre que no ganaba como mínimo tres mil votos en una semana, Walter lo tenía que borrar. A juzgar por la tendencia, por la forma en que los números parecían multiplicarse por dos cada día y otra vez por dos al siguiente, el boca a oreja estaba difundiendo la existencia de la página web.

Siguiendo un impulso, Walter introdujo el nombre del profesor que peor le caía. Un profesor que lo había suspendido por no querer aceptar sus enseñanzas como si fueran la palabra de Dios. Walter tecleó el nombre del profesor Emmet Brolly y pulsó la tecla de envío para colgarlo. La lista se movió automáticamente para mostrar el nombre en el lugar que le correspondía alfabéticamente, encajado entre un senador estatal y un presentador de noticias por cable.

Mientras todavía estaba mirando, apareció un voto más junto al nombre de Brolly. Un dos reemplazó al uno. Y un tres reemplazó al dos.

Nadie habría llamado a su hija Deliciosa Bastilla. Era el nombre que había elegido ella misma para sus documentos de inmigración. Patria nueva, nombre nuevo. Tras el Día del Ajuste, todos los emigrantes podían beneficiarse de un borrón y cuenta nueva. Nombres como Arístides y Aristóteles,

Bacarrá y Beauregard. Y Deliciosa, que estaba claro que no debería llevar un vestido de muselina crepé de un amarillo mantequilla si sospechaba que iba a llover, un vestido ultraajustado sin abrigo ni chal. Por muchos elásticos y varillas de alambre que usara, le resultaba imposible disimular las curvas vertiginosas de su cuerpo, de manera que ni siquiera se molestaba en intentarlo. A mitad de camino entre el sitio donde había aparcado y su meta, empezó a llover a mares y el chaparrón le adhirió la pálida tela a la piel hasta el punto de que el vestido parecía como una capa de mantequilla derretida sobre su piel color moka.

Ni una sola lesbiana le quitaba la vista de encima. A los pechos turgentes que parecían elevarse más y más y separarse del torso de Deliciosa Bastilla. A los pezones, dos ojos de buey perfectamente visibles bajo el canesú pegado a la piel. Las desconocidas violaban con la mirada los músculos firmes de sus muslos morenos, la raja suculenta de sus amplias nalgas, todo perfectamente perfilado a través de su falda empapada por la lluvia.

Que miraran, se dijo a sí misma. Aquellas miradas la habían impedido echar un vistazo al restaurante. Si se encontraba con sus ojos lascivos, no sería capaz de esconder su frustración y su rabia.

Allí estaba sentada, desnuda a efectos prácticos, picoteando desganadamente su ensalada. Solo posaba la mirada en los objetos inmediatamente cercanos: su copa de pinot noir, el platillo del pan y la rosa solitaria de color rosa que había en el centro de mesa. Evitó echar un vistazo al animado restaurante lleno de gays y lesbianas. Allí, sin embargo, no eran gays y lesbianas. En ausencia total de heterosexuales, la gente sentada a las mesas que la rodeaban no eran más que hombres y mujeres. Mujeres y hombres.

A fin de evitar todas aquellas miradas, se concentró en su compañera de cena. Al otro lado de la mesa estaba sentada una mujer con una rebelde melena pelirroja. El nombre que se había puesto después de la reubicación era Escarlata Prestigio, y era la última de las muchas citas a ciegas que le habían montado a Deliciosa las mujeres de la corporación aeroespacial. Ninguna de sus compañeras de trabajo parecía capaz de tolerar que hubiera entre sus filas una mujer soltera, de forma que no paraban de intentar juntar a Deliciosa con mujeres solteras llamadas Cálice o Estima. Deliciosa sospechaba que una chica soltera suponía una amenaza en el mundo domesticado y emparejado de la sociedad de mujeres de mediana edad.

La pelirroja levantó unos dedos largos y jugueteó con un bucle que le colgaba junto a la cara. Su mirada encontró la de Deliciosa y le preguntó:

—O sea, que eres ingeniera aeroespacial, ¿no?

Deliciosa dio un sorbo de su copa de vino. Asintió con la cabeza con modestia.

La mujer, Escarlata, miró amedrentada el vestido transparente de Deliciosa, que se le tensaba y le ceñía la cinturita. Sus ojos azules brillaron de admiración cuando dijo:

—Lo que estás haciendo es muy heroico.

Se refería a la misión en Marte, un programa de alto presupuesto y escala nacional destinado a unir a la patria recién nacida y reclamar, o al menos reclamar simbólicamente, el planeta entero de Marte para los hijos y las hijas de Oscar Wilde. Deliciosa era una de las principales expertas de la nación en cohetes, supuestamente el eje de la carrera nacional para llevar astronautas orientados al mismo sexo al planeta rojo.

Deliciosa solo había bebido un sorbo de vino. A fin de evitar la tentación, le hizo una señal al camarero para que le retirara la copa casi llena.

Los dedos largos y los labios carnosos de Escarlata invitaban a la fantasía. Deliciosa experimentó un estremecimiento cuando se imaginó la cara rosada y pecosa de Escarlata metida entre sus muslos de color cacao. La brillante ingeniera aeroespacial se sorprendió a sí misma pensando aquello y se sacudió de encima la atrayente visión. Llevaba demasiado tiempo sola, intentando ser fiel. La fantasía decía menos del sex-appeal de Escarlata que de la larga abstinencia sexual de Deliciosa.

Escarlata le hizo una señal al camarero para que le rellenara su copa y dijo:

—Estoy bebiendo por las dos. —Y le preguntó a Deliciosa—: ¿Qué horóscopo eres?

Deliciosa se recolocó la servilleta sobre el pequeño regazo y dijo:

—Finales de mayo.

—Géminis —dijo Escarlata sonriendo.

Como Deliciosa no contestó, la pelirroja le preguntó:

—Y como gurú aeroespacial, ¿qué piensas de todo ese rollo de la pirámide voladora?

Deliciosa llevaba cinco meses célibe. Habían pasado veinte semanas solitarias y devastadoras desde que había entrado a formar parte de aquella extraña nación. Empezó a violar con el tenedor la lechuga de su ensalada en busca de un corazón de alcachofa. Levantó la vista para pedir un vaso de zumo de naranja, otro tedioso vaso de zumo de naranja, cuando lo que ansiaba en realidad era un Martini con vodka, un Martini con vodka con tres aceitunas rellenas de ajo y la erección gigantesca y dura como la roca de cierto hombre rubio que la llevara a un clímax enloquecido... Y cuando levantó la vista en busca del camarero vio al hombre rubio.

Estaba sentado en un estrecho reservado en la otra punta del local. Un hombre blanco y delgado, flaco, con constitución de tenista como mucho, pero en realidad poco más que piel y huesos. Deliciosa reconoció su pelo rubio, que ahora llevaba más largo y peinado con una onda juvenil sobre la amplia frente ebúrnea. Por cómo estaba sentado, Deliciosa lo podía ver plenamente de perfil. Delante de él comía un gigante sobrecargado de músculos, un negro apenas contenido por un jersey demasiado ajustado. Por debajo de la mesa se veían las piernas del gigante enfundadas en unos vaqueros, y Deliciosa lo vio encajar las dos rodillas carnosas por entre las rodillas del hombre blanco y delgado y empezar lentamente a separarle a la fuerza aquellas rodillas huesudas.

El hombre de constitución liviana se apartó, pero lo angosto del reservado no le dejaban espacio para escapar del todo de aquel contacto, y Deliciosa observó cómo el gigante depredador lo obligaba a abrir las piernas esmirriadas pese a su reticencia. Ruborizándose, conteniendo las lágrimas de humillación, el rubio flaco pareció notar que Deliciosa lo estaba mirando y se giró hacia ella.

Deliciosa apartó la vista. El corazón le latía con fuerza contra las costillas. En aquel sitio, una mujer lo arriesgaba todo si se quedaba mirando a un hombre durante un momento demasiado largo. El gobierno podía quedarse con la custodia de sus hijos y deportarla a un territorio, blanco o negro, donde a nadie le pareciera una perversión que las mujeres y los hombres intimaran.

Si la pelirroja se dio cuenta, no dijo nada. Dio un sorbo al vino y reflexionó sobre la raza de los hace-bebés. A cada hora que pasaba, los heterosexuales estaban fabricando homosexuales. Los homosexuales no podían seguirles el ritmo. Nunca conseguían presentar las mismas cifras de niños heterosexuales para intercambiar, y eso implicaba que siempre había una larga lista de espera de niños homosexuales atrapados en territorios heterosexuales. La institución pública donde trabajaba ella, explicó, se dedicaba a hacer el seguimiento de aquellas cifras. En un intento de equilibrarlas, habían propuesto que se pagara una prima económica equivalente por los niños que no se podían intercambiar por otros niños. Una especie de dote que pagarían a los padres heterosexuales a modo de compensación por sus esfuerzos y para ayudar a mantenerlos en su vejez. Lo llamaban «fondo de liberación» y subía a cientos de millones de dólares, pero los fondos se podían recaudar por medio de donativos.

Deliciosa solo la escuchaba a medias. Necesitaba todas sus energías para no girarse a mirar al hombre rubio. Notaba su mirada en ella, en la suave curva de sus pechos, y rechinó los dientes en un esfuerzo por no llorar.

El palacio de San Simeón es a su franja aislada de la costa de California lo que el palacio de Maryhill al Pacífico Noroeste. Se trata de los respectivos legados de cemento armado de sendos adinerados magnates, atiborrados de detalles arquitectónicos del Viejo Mundo y amueblados con tesoros de familias reales empobrecidas comprados a precio de liquidación por cierre. Ambos edificios están en sendas cimas de colinas, dominando kilómetros y kilómetros de paisajes espectaculares. Y los dos fueron apodados «El Rancho» por los hombres que los construyeron.

De entrada, toda magnificencia parece locura. Cuando la torre Eiffel osó elevarse sobre París en 1887, el pope de la cultura francés Victor Hugo la tachó de horrorosa torre petrolífera que estropearía la imagen de la ciudad. Asimismo, cuando se terminó de construir el Empire State Building, en 1931, y se pasó toda la Era de la Depresión sin inquilinos, el pueblo de Nueva York empezó a burlarse de su nuevo edificio señero llamándolo el Empty State Building, el «edificio del estado vacío». El tiempo legitima toda extravagancia.

Su lóbrego emplazamiento no hacía que Maryhill, el excéntrico palazzo italiano, resultara menos impresionante que su rival californiano. Lo rodeaba un desierto, poco más que un roquedal yermo y barrido por el viento. Las ventanas estaban protegidas por rejas de bronce forjado de estilo renacentista, lo que la convertía en fortaleza pero también en prisión, porque en su interior se acumulaban tronos y coronas eslavos, retratos zaristas y porcelana de valor incalculable saqueada de Próximo Oriente. Y fue en aquel reino trasplantado donde estableció su hogar Charlie. Sus ingresos eran la única fuente de talbotts de la región, de forma que los pobres de solemnidad de varios kilómetros a la redonda peregrinaban hasta su puerta. Como quien pide limosna, todos le pedían que los acogiera bajo su tutela. A las mujeres más atractivas Charlie las aceptaba como concubinas, a las que lo eran un poco menos las ponía de sirvientas domésticas y a las que lo eran todavía menos, de mujeres para los jornaleros. Todas sin excepción tenían que llevar saltos de cama fáciles de desgarrar y los hombres kilts o pantalón de tela escocesa, según dictara el clima.

Para sí mismo, Charlie prefería una casaca profusamente bordada en oro sobre una camisa de lino con mangas amplias. Le adornaban las piernas unos bombachos con parches de terciopelo, cuyo tejido se ceñía a las pantorrillas y los tobillos por medio de cordones de cuero entrecruzados. Un atuendo que concordaba con la identidad cultural naciente de Caucasia.

Entre la larga lista de arduas tareas pendientes estaba la de cambiar todos los nombres. Había que rebautizar cada montaña y vía fluvial de forma acorde con la sociedad emergente. Además, Charlie encargó que se erigiera una recia fábrica de piedra para fermentar hidromiel. Mientras invocaba las aguas del poderoso río Columbia —al que en adelante habría que referirse como el «Charlie Bourne»— decretó que se canalizaran y se llevaran hasta los páramos altos las suficientes aguas para cultivar sus enormes campos. Una empresa faraónica que emprendió Charlie, que pronto vio su palacio rodeado de vastas extensiones de endivias rizadas, seguidas de campos enormes de remolacha azucarera, cilantro y grandes excedentes de colinabos.

En consonancia con los valores culturales de Caucasia, los hombres del pueblo llano iban por la campiña ataviados con casacas y túnicas y capas, calzados con botas o sandalias, dependiendo de la estación, y con tocados que representaban su rango. Muchos se engalanaban con jubones de mangas abullonadas de resplandeciente brocado rojo rubí. Sobre los hombros llevaban joyas saqueadas de no pocos museos y otros lugares, porque ahora las perlas se podían comprar a la gente antaño adinerada por el precio de un huevo, y el oro en absoluto lo querían ni los que se morían de hambre ni los muertos.

De manera que Charlie y sus cortesanos se adueñaban y se esposaban con las más jóvenes y encantadoras criaturas que pudieran encontrar. Y a base de llevar aquellas vestimenta, Charlie y los demás señores feudales de Caucasia redescubrieron su noble herencia. Y enfundados en bombachos venecianos empuñaban jarras de peltre llenas de espumosa cerveza oscura y las entrechocaban en bulliciosos brindis. Muy ajetreadas andaban las amas de casa, aquellos multitudinarios contingentes de concubinas, cosiendo escarcelas.

El desafío de demostrar la propia condición de héroe dio paso a la tarea de gestionar los asuntos domésticos, y Charlie empezó a estar demasiado ocupado para preguntarse si alguna vez se sentía satisfecho. Y sin embargo, aun mientras se paseaba ataviado con tabardos y cotas de malla, gambesones acolchados, jubones y capotes, aun entonces lo asaltaba una sensación de vacío. Charlie reaccionó nombrando un Comité para el Renacimiento de la Cultura Verdadera, que recuperó el minueto. Recuperó la galantería y el beso cortesano en la mano. Instituyó la práctica obligatoria de la Elocución Blanca. Y a fin de infundir una mayor trascendencia a su reino, reinstauró el culto a Odín y a Thor, y para ello emprendió la construcción de una catedral antigua con arbotantes y naves, pero incluso cuando se arrodillaba frente a la baranda y comulgaba con los recién instaurados sacramentos, aun entonces se quedaba insatisfecho.

Sus súbditos se mantenían ocupados y bien alimentados. Consultaban textos olvidados en busca de recetas de tintes y patrones de telas de encaje relegadas al pasado. Y a medida que se acortaban las casacas, los más osados se ponían bragueros de cuero dorado incrustadas de perlas. Y en las inmediaciones de aquellos bragueros siempre había concubinas a las que acosar. Puede que los caballeros llevaran gorros Tudor o tricornios con plumas, pero ¡a menudo la caballerosidad se terminaba ahí!

Aquel vacío ya mencionado le recordaba a Charlie a los tiempos del instituto. Lo llevaba de vuelta a la clase de Literatura Inglesa y al estudio de la novela inacabada de Flaubert, *Bouvard y Pécuchet*. Mientras sus compañeros de clase más enérgicos retozaban y cotilleaban sobre métodos para alcanzar el éxtasis sexual, el pequeño Charlie leía con detenimiento el libro, reteniendo su premisa básica: a los dos empleados les caía una fortuna y dejaban sus vidas normales para intentar descubrir una satisfacción mayor en una pasión más ennoblecedora. Los dos pasaban por el vino, el arte y las carreras de caballos, pero no encontraban ninguna que los satisficiera bastante. A final regresaban a sus antiguas vidas de chupatintas y de rellenar libros de contabilidad.

Ahora Charlie tenía tal parábola atascada en el buche como si se estuviera intentando tragar un sándwich de mantequilla de cacahuete demasiado deprisa y con bocados demasiado grandes. ¿Era posible que fuera incapaz de saborear la vida del potentado? ¿Acaso había ascendido demasiado deprisa por encima de su estado natural de humilde mecánico de la planta de producción?

Había oído hablar de músicos de rock emergentes. Figuras de la vanguardia hechas con el mismo molde que Kurt Cobain que, en cuanto se veían recompensadas con fortunas, se compraban la mansión de rigor simplemente porque les parecía el siguiente rito de paso. Y luego se pasaban años ocupando una sola habitación de la casa, a menudo la más pequeña, a menudo un simple armario grande.

Considerando aquel precedente, Charlie decidió no eludir su destino, sino amoldarse de forma gradual a su nuevo rol. Y aunque sus concubinas domésticas eran solícitas y estaban más que dispuestas a darle descendientes, necesitaba a una que fuera capaz de ayudarlo a llevar la carga de su reinado.

Se dio cuenta entonces de que su siguiente desafío, quizá el mayor de todos, sería eliminar la desigualdad que había entre los hombres y las mujeres de sus tierras. A ese fin encontraría e instruiría a una mujer excepcional para prepararla de modo que sirviera como esposa pública adecuada. Ya que eran las mujeres quienes hacían todas tareas más duras del campo, y mantenían limpias las habitaciones de su palacio de Maryhill, mientras que los hombres se ponían morados de cerveza y se jactaban de cómo sembraban las semillas de la generación siguiente, si Charlie le otorgaba riqueza y poder a una sola mujer, elevándola a la condición de deidad, aquel nombramiento compensaría la posición ínfima de todas sus subordinadas femeninas.

Las enzimas de las células de Piper iniciaron el proceso autodestructivo de la autólisis, digiriendo las membranas celulares y liberando el mejunje líquido del interior. Las bacterias presentes en sus pulmones, en su boca, senos nasales y tracto digestivo se atiborraron de aquel flujo ámbar de aminoácidos. Las moscas encontraron los ojos, el recto, los genitales y los orificios nasales y empezaron a desovar allí. Las larvas eclosionaron y se metieron por debajo de la piel para devorar la grasa subcutánea.

Los ojos implosionaron.

Los intestinos ya habían colapsado, obstruyéndose a sí mismos y atrapando el gas que producían la bacterias en el tracto digestivo, y el vientre se empezó a inflar. Las bacterias atrapadas inflaron la cara y los genitales; inflaron la lengua hasta que esta llenó todo el espacio entre los labios abiertos y dilatados. El pene se expandió en una última erección falsa, turgente por los productos secundarios de las bacterias. El único ruido era el que hacían los gusanos al devorar la cara. Un crepitar. Exactamente el mismo que hacen los neumáticos con cadenas para la nieve cuando ruedan despacio por el asfalto desnudo.

La pared abdominal se desgarró, el gas se soltó y el torso se licuó en forma de charco pestilente que empezó a crecer. Las bacterias de la boca digirieron el paladar y atacaron el cerebro. Llegaron los escarabajos carnívoros, el *Anthrenus verbasci* y el *Dermestes lardarius*, para darse un banquete con los músculos.

Luego quizá ya solo quedaron la piel y los huesos. Lo más seguro es que los escarabajos acabaron por comerse la piel.

Y durante todo aquel tiempo el televisor siguió encendido. El mismo hombre que estaba siendo devorado por los escarabajos y por los gusanos, contempló sus propios restos mortales y dijo:

> El cobarde se ofende en nombre de otros. Que cada cual se responsabilice únicamente de su propia reacción.

Las larvas maduraron hasta convertirse en moscas y pusieron más huevos. Y el apuesto hombre del televisor les dijo a las moscas que cubrían su esqueleto:

> Hacer carrera rescatando a gente también implica crear una clase permanentemente necesitada de rescate.

Las moscas cubrían las ventanas del apartamento. Las repisas estaban forradas de moscas muertas y los insectos seguían poniendo más huevos. Cada vez retoñaban más gusanos. Y el hombre del traje hecho a medida de Savile Row les dijo:

> Tenemos que permitir a todo individuo
> que persevere o perezca como él quiera.

Cada nueva generación de moscas ponía huevos, maduraba y moría intentando alcanzar la luz del sol del otro lado de las ventanas cerradas, hasta que toda la grasa subcutánea quedó consumida y los últimos miembros de la última generación de moscas cayeron muertos sobre la repisa. Y aun entonces el hombre del televisor, cuya cara podía ser de rey o de santo o de presidente, contempló el cráneo y los huesos que tenía delante en el suelo y les dijo:

No te van a querer más por hacerte el encantador.

De cara a emigrar, ella había elegido el nombre de su marido: Galante Amando. Y su marido había elegido Deliciosa Bastilla para ella. Habían brindado por sus nuevos apelativos con champán, pero no bebieron mucho porque ella estaba desesperada por quedarse embarazada. El hecho de esconderse los había mantenido juntos, pero en cualquier momento podían llamar a su puerta.

Luego a él lo habían deportado, lo habían trasladado al estado étnico de los blancos. Ella se había quedado en el antiguo estado de Luisiana, convertido en parte de Negrotopía. Si tenía un bebé, le harían la prueba y le asignarían un territorio apropiado. Originalmente habían planeado escaparse a Canadá, pero un millón más de parejas interraciales habían tenido la misma idea. Y para detener aquella avalancha, Ottawa había cerrado la frontera.

Lo cual les dejaba una sola opción si querían seguir juntos. No juntos-juntos, no como marido y mujer, ni siquiera como amigos ni conocidos que se juntaban ocasionalmente de pasada.

No, su única opción era hacerse pasar por homosexuales. La nación queer admitía tanto a blancos como a negros, y no había prueba genética que pudiera revelar su verdadera orientación sexual. No es que los homosexuales no previeran aquellos intentos. Corría el rumor de que había familias interraciales desesperadas que se separaban de forma temporal y emigraban y después se reunían de modo subrepticio. Ya hacía tiempo que México había dejado de aceptar a refugiados.

Deliciosa había salido con una mujer que trabajaba en la división de detección de fraudes del Departamento de Inmigración. La mujer le había dejado claro que todo inmigrante al que pillaran cometiendo actividades heterosexuales encubiertas podía ir a la cárcel. Debido al elevado número de jóvenes homosexuales que había en Caucasia esperando visados de salida, la nación queer estaba buscando de forma intensiva a heterosexuales escondidos para intercambiarlos por los gays que querían emigrar a Gaysia.

Si descubrían a Deliciosa, la deportarían ipso facto. Y a Galante también, pero a cada uno lo mandarían a un estado étnico distinto. Aquello los ponía en un dilema.

Habían comentado en broma la posibilidad de verse de madrugada en mugrientos lavabos públicos unisex. Besos robados en callejones inmundos. Por degradantes y humillantes que parecieran aquellas circunstancias, por lo menos permitirían que Deliciosa y Galante mantuvieran un contacto íntimo. Su amor y su futura criatura. Hasta que esa criatura tuviera edad para declarar su orientación sexual, podrían seguir siendo una pequeña familia. Incluso podrían compartir la custodia, pasándose a la criatura en lóbregas y sucias librerías para adultos cuando se juntaran para tener sus escarceos en alguno de los sex-shops inenarrablemente siniestros y de suelos pegajosos donde los demás heterosexuales secretos iban a consumar sus pasiones prohibidas. Sórdidas visitas conyugales en antros de pornografía.

Considerando aquel panorama, Deliciosa no podía evitar acordarse de que el Salvador había nacido en un sucio establo. Y aquello había terminado bien, más o menos.

Odiaba la idea de que su bebé acabara siendo un simple peón de la política internacional, pero todavía faltaban dieciocho años para que llegara el día de esa decisión. Era posible que para entonces las leyes hubieran cambiado. Si la criatura decidía ser gay, incluso podría servirles de seguro de residencia para que Galante y ella pudieran quedarse en el mismo territorio.

Una ventaja que tenía el zumo de naranja era que le daba una excusa constante para ir a mear. Se limpió las comisuras de la boca con la servilleta y le dirigió una tenue sonrisa a su acompañante.

—La naturaleza me llama —le dijo. Se levantó de la silla, evitando de forma deliberada mirar en dirección a Galante y a su agresivo fortachón. ¿Se atrevía a llamarlo a «su cita»? Entre las miradas descaradas que recibía su vestido amarillo transparente y su desplazamiento por el restaurante, que circunnavegó con lentitud deliberada, pasando por entre las mesas como si no estuviera segura de dónde estaban los lavabos, y usando ambos factores en su beneficio, confiaba en que su marido reparara en ella y se apresurara a alcanzarla.

Shasta encontró la página web. En el banner ponía «Novia de reyes» y más abajo había una lista de todos los miembros de cada linaje que ahora mismo andaban buscando a novias potenciales. Había un tal Brach, exoperador de carretilla elevadora, que había tomado posesión de unas propiedades insulares cerca de Seattle donde vivía con su harén de concubinas. La página indicaba que estaba buscando parejas adicionales.

Brach era dueño de una cadena de restaurantes de carretera en expansión. Shasta había visto los letreros giratorios que se elevaban por encima de las salidas de la autopista. Con sus grandes letras negras sobre fondo iluminado, en ellos se leía: «SOLO BLANCOS». Shasta no tenía ni idea de si aquello era una jactancia o una simple expresión irónica de resignación. El menú ofrecía penne a la nazi, hamburguesa Ku Klux Klan y taco vegetariano Hitler con ensalada.

Brach y los de su ralea se habían autoproclamado príncipes y barones. Exmecánicos y peluqueros caninos. Una aristocracia de antiguos instaladores de calefacciones y basureros. Habían tomado las armas y le habían volado los sesos a la civilización. Habían leído el libro de Talbott y vivían de acuerdo con él. Y como ella también lo había leído, se podía imaginar cómo le iría la vida de concubina. O de potra de cría, pariendo niños blancos sin parar para repoblar el Estado nación. Una sarta de críos nacidos con un año de separación o menos, lo que su madre solía llamar «gemelos irlandeses».

En los pequeños asentamientos y campamentos la gente se reunía para votar. Elegían entre las mujeres jóvenes más atractivas y unían recursos para prepararlas y vestirlas como era debido. Y equipadas con un séquito de estilistas y asistentas, todas aquellas reinas de la belleza eran enviadas a las cortes de los miembros de los linajes. Porque tener a una hija casada con alguien del linaje aseguraba que una comunidad no cayera en el abandono. En calidad de esposa de un príncipe de los linajes, Shasta podría ejercer su influencia en beneficio de su pueblo natal.

Y de esa manera partían, aquellas comitivas de mujeres jóvenes, todas aquellas reinas en potencia acompañadas por sus doncellas. Y viajaban de corte en corte, financiadas por las esperanzas y los sueños de sus aldeas. Antiguas animadoras y reinas del baile del instituto, reinas de la cosecha y princesas del rodeo.

Y haciendo piña, el grupo exhibía a su representante más excelsa a fin de que pudiera forjar una poderosa alianza. Y a modo de preparación para cada encuentro, las damas de compañía le rizaban el pelo y le hacían peelings. La depilaban y peinaban.

Tal como había dictaminado Talbott, había que introducir una moratoria en el progreso. Durante los cien años siguientes, se aparcarían el desarrollo de tecnología nueva y los prodigios de la ingeniería. Los hombres blancos llevaban demasiado tiempo sublimando sus impulsos naturales por medio de la ciencia, así que en adelante tocaba canalizar aquellas energías en su dirección natural. Había que alejar a los hombres blancos de la revolución industrial, o de la Era de la Información, o de lo que fuera aquello. Los blancos necesitaban relajarse, beber cerveza, divertirse un poco al aire libre y no hacer nada más que fabricar bebés saludables. Su lema sería «la generación sexo».

A los duques y condes les encantaba la terminología deportiva. La expresión «Mujeres del campo», como se llamaba a las concubinas dedicadas a tareas agrícolas, sugería receptores de fútbol americano, alas cerradas y corredores de poder. «Equipo de las esposas», como se llamaba al fondo de concubinas, hacía pensar en el amplio contingente de competidores de la Fórmula 1. Toda empresa humana, desde las fábricas de neumáticos hasta las huertas, estaba quedando bajo jurisdicción de un feudo de algún príncipe local. El dinero nuevo se tenía que ganar y gastar deprisa. Talbott decía que en cuanto la divisa estuviera bien establecida, se le daría una vida más larga. Pero de momento los cromos debían comprar pan, gasolina, pasta de dientes, uva, entradas para el cine y un par de calcetines, y pasar por muchas manos en un solo día.

El matrimonio de los padres de Shasta había sobrevivido porque a veces su madre dejaba su alianza en el lavabo del baño y salía a cenar y volvía al cabo de unos días. Otras veces era su padre el que salía a cenar sin anillo.

En la página web, el cacique Charlie había llamado la atención de Shasta porque era uno de los pocos que no afirmaban haber liquidado en persona al presidente de los antiguos estados unidos.

Colgó en la página un par de selfies que estuvieran bien, uno solo de la cara y otro de cuerpo entero. Siguió las indicaciones. Posición deseada: Esposa principal. ¿Aceptaría ejercer de concubina? Sí. Altura: Un metro setenta y cinco. Peso: Cincuenta y siete kilos. Antecedentes de enfermedades físicas o mentales hereditarias: Ninguno. Cabello: Rubio. Ojos: Azul violeta. Raza: Caucasiana.

Pulsó Enviar. Apareció un mensaje: «A fin de ser aceptada, la solicitante deberá someterse a pruebas genéticas para confirmar su buen estado de salud y sus antecedentes raciales».

Shasta clicó en la casilla de Aceptar.

Tanto en las habitaciones grandes como en las pequeñas había bandejas de planta con decantadores de cristal centelleante llenos de licor, un licor excelente, y Jamal se sirvió una copa para darse un gusto mientras recorría su nuevo dominio. Contempló las altas pinturas al óleo, que llegaban casi al techo. A juzgar por las espadas tremendas y por las medallas que llevaban, aquellos tipos debían de haber sido los que movían el cotarro de su época. Habrían entendido perfectamente que les quitara aquella casa de las manos a los blandengues de sus descendientes. Aquellos soldados habían matado para vivir allí, para construir aquellos muros y aparearse con las mujeres que habían decorado el sitio entero con pañitos de volantes.

Arabella y su familia se habían retirado a la casa donde vivían, que era más pequeña y estaba en otra parte de la propiedad. Ahora tenía aquella casa, la grande, para él solo.

Pero una casa no basta para hacer poderoso a nadie.

Jamal cogió su ejemplar del libro de Talbott y su copa de licor del bueno, fue al sillón más grande que había delante de la chimenea más grande y se puso cómodo. Leer a Talbott equivalía a entrar en su mente. A sentir tus propios pensamientos modelados sobre los de Talbott. Eso sí era poder: vivir dentro de mentes ajenas. Reorganizar sus mentes de acuerdo con la tuya. Para Jamal, no había poder mayor.

No se acordaba de la última vez que había pasado la noche entera despierto, en la oscuridad silenciosa, absorbiendo palabras organizadas por la mente de un escritor. Pero así fue como las leyó aquella noche. Los majestuosos relojes antiguos de los pasillos y de las repisas de las chimeneas hacía tictac como bombas de antaño.

En palabras de Talbott:

Ya sea que procreen, ya sea que prediquen, la tarea de los hombres no es más que una incesante diseminación de sí mismos.

Si mirabas a los blancos actuales, te dabas cuenta de que la crianza les había quitado algo vital. Aquellos vikingos y nórdicos, aquellos hombres que habían navegado con sus drakares por el Rin, el Volga, el Dniéper y el Danubio para quemar y saquear y hacer que la mayor parte del continente fuera rubio y de ojos azules... ¿cómo habían podido desaparecer del todo? Sospechaba que para la mayoría de blancos, el hecho no ser negro ni gay ya era motivo suficiente de orgullo. Ya era razón suficiente para establecer patrias separadas. Eso obligaría a los hombres, a todos los hombres, a ganarse una razón para sentirse superiores.

Ni uno solo de aquellos hombres de los retratos, con sus patillas largas y barbas y trencillas doradas, había nacido siendo importante. Cada uno de ellos lo había arriesgado todo por la oportunidad de obtener algo mejor, y todos y cada uno de ellos se habían erguido triunfantes sobre un centenar de enemigos muertos o de un millar de enemigos muertos. Vencedores y vencidos por igual, ahora todos estaban igual de muertos y felicitándose entre ellos por el valor demostrado.

Fue entonces cuando lo oyó por primera vez. Aquella madrugada. Estando solo en casa. Jamal no quería ni plantearse la idea de que hubiera fantasmas rondándolo, pero eso fue lo que se le fijó en la mente. Teniendo en cuenta a cuántos objetivos de la lista había liquidado, toda aquella gente contada y enterrada, el terror lanzó sus pensamientos por aquella senda infestada de culpa.

Pero no era un tipo de sonido que se asociara habitualmente con fantasmas. Dejo la copa vacía en una mesa. Era su copa y su mesa y su casa, y no iba a permitir que ningún ruido de madrugada lo ahuyentara de allí. Especialmente por aquel ruido concreto.

Aquel retumbar de agua seguida del temblor de algo que pasaba por las viejas tuberías. Repitiéndose una y otra vez.

Breve pero inconfundible: era el ruido de alguien que tiraba de la cadena de un váter en algún piso superior.

Deliciosa estaba sentada en medio de los olores fétidos y el chapoteo de las aguas adyacentes, encerrada en el cubículo del retrete unisex del restaurante. Se oyeron unos golpecitos en la puerta seguidos de un susurro:

—¿Susan?

Ella se inclinó hacia delante y susurró:

—¿Galante?

Descorrió el pestillo y la abrió. Con el vestido todavía pegado a las curvas. Y esperó allí dentro, completamente vestida.

—No me llames así —le dijo el muchacho blanco y esmirriado que estaba de pie en la puerta entreabierta.

Antes de emigrar, su marido había tenido un nombre distinto. Miró a ambos lados del pasillo fuera de los cubículos, entró deprisa, cerró la puerta tras de sí y pasó el pestillo. Sus brazos la abrazaron de inmediato. Su boca se posó sobre la de ella. Deliciosa sintió que los dedos del hombre le subían la falda húmeda por los muslos.

Galante le frotó los labios contra el costado del cuello. Le clavó la erección a través de la tela de los pantalones.

Deliciosa sentía curiosidad por el fornido acompañante negro de su marido. Solo podía confiar en que aquel negrata musculitos de sangre caliente no estuviera disfrutando de su trasero blancucho y huesudo. Trató de serenarse. Se dijo a sí misma que a los morenos les resultaba más difícil fingir ser gay. Las morenas podían coquetear y flirtear, pero de los negros, y más todavía de los negros gay, se esperaba que estuvieran follando o siendo follados de forma más o menos incesante. Aun así, mientras los labios de Galante le recorrían los pechos, no pudo evitar preguntarle:

—¿Brian? —Él, antes se llamaba Brian. Y le preguntó—: ¿Ese negro te la ha metido?

Todavía explorándola con la boca, bajándole el vestido ansiosamente por los hombros y desnudándola, Galante murmuró algo. Levantó la mano y la agitó con los dedos extendidos. Alrededor de un dedo le relucía un anillo de oro. Una alianza. Distinta de la que ella le había dado en su boda.

Y con voz demasiado alta para aquel cubículo diminuto de los lavabos, Deliciosa vociferó:

—¿Te has casado con él?

Cierto: ella sabía que la mejor manera de evitar el sexo era casarse. Nada mataba la diversión tan deprisa. Pero ¿acaso era necesario contraer nupcias con el primer mazas gigantesco que pasara? ¿O acaso Gaysia era como una cárcel de hombres, donde tenías que ser la puta de otro recluso o de lo contrario todo el mundo te pasaba por la piedra?

Galante emergió a la superficie en busca de aire.

—No, no —le dijo jadeando.

—¿No, no qué? —le preguntó Deliciosa en tono imperioso.

Sí, estaba casado con el Kunta-Kinte, le explicó Galante, pero no lo estaban haciendo.

Deliciosa estaba confusa. Galante se había puesto de rodillas y se le estaba metiendo dentro del vestido desde abajo y no desde arriba. Lo que parecía una panza de embarazada era la cabezota enorme y blanca de Galante que le abultaba por debajo del vestido a la altura de la barriga. Su aliento caliente le gorgoteó algo en la entrepierna.

—¿Qué? —preguntó Deliciosa. Quería respuestas pero no tenían mucho tiempo y no quería que él parara.

Alguien llamó a la puerta. La lengua de Galante dejó de moverse entre sus piernas.

Una voz preguntó desde fuera:

—¿Deliciosa? —Era la pelirroja, Escarlata Prestigio. Y le preguntó—: ¿Estás bien? —Susurrando cerca de la puerta, le preguntó—: No estarás teniendo un aborto de esos, ¿verdad?

Galante se echó a reír. Como tenía la boca apoyada en Deliciosa, su risa le metió aire dentro. Le iba a provocar pedos de coño. Deliciosa apretó el puño y le pegó en toda la cabeza con los nudillos para que parara. Y luego se sulfuró con la fisgona de la pelirroja:

—No seas racista —le masculló.

Era la peor acusación que se podía formular en Gaysia. No es que tuviera mucha lógica en aquella situación, pero funcionó.

—Perdón —dijo la voz. Y pareció que los pasos se alejaban.

Sin dejar de estirarle con la cabeza la falda húmeda a lo bruto, Galante dijo:

—Jarvis no es así.

La rata de gimnasio musculosa que no paraba de abrirle teatralmente las flacas piernas a su marido para que lo viera todo el mundo y de tratarlo como a su puta en público, según Galante, era heterosexual. Él y su esposa blanca habían emigrado separadamente y se había pasado los últimos siete meses intentando encontrarla. De momento, Galante y él se habían casado para guardar cada uno las espaldas del otro. Era un montón de explicaciones teniendo en cuenta que tenía la cara hincada en su chocho, pero parecían sinceras. El tremendo despliegue de humillación sexual de Galante era una farsa. Otras veces se acusaban mutuamente de estar intentando ligar con alguien de otra mesa y se liaban a gritos y bofetadas.

Galante se empezó a incorporar. De forma gentil pero insistente, la puso de espaldas y le levantó la falda por detrás. Se sacó el pene.

Las peleas y las humillaciones sexuales en público no eran la forma en que los gays verdaderos se comportaban en Gaysia. Aquello era estrictamente la interpretación que hacían desde fuera dos heterosexuales, pero al menos conseguía que la gente no se les acercara demasiado.

Deliciosa quería preguntarle cómo se habían conocido. Quería encontrar a una chica heterosexual maja y casarse también ella. Pero ahora Galante se la metió por detrás, de forma que ella abrió las piernas tanto como se lo permitía el cubículo diminuto. Se inclinó por encima del retrete y empujó atrás el culo contra las embestidas de él.

Las velas eran muy molestas. No paraban de apagarse. Temblaban, se tambaleaban y se caían. Shasta vio a una joven que recorría la acera con pasitos diminutos de geisha. La chica mantenía la cabeza innaturalmente erecta, tocada con una corona de rasposas hojas de acebo y bayas venenosas de muérdago. De la corona se elevaban seis velas altas y blancas, todas rematadas con llamas parpadeantes.

Mientras Shasta la miraba, a la chica se le tambaleó una de las velas. Le empezó a gotear cera encima del canesú del vestido dirndl profusamente bordado. La candela torcida se cayó. Las manos de la chica entraron en acción, apagando a manotazos un pequeño fuego que la mecha encendida le había prendido en los pliegues de la falda de lino. El movimiento repentino le derribó el resto de velas de la cabeza. Algunas se alejaron rodando por la calle. Otras se cayeron a la alcantarilla, donde incendiaron los condones usados y el papel moneda abandonado del Tiempo de Antes.

Las velas y las coronas de espinas no eran solo una prueba de postura, sino también una declaración de estilo caucasiano. Al menos eso se imaginó Shasta.

Y llevar aquella cursilería de las narices no solo era una moda extravagante, también era la ley.

La chica del dirndl soltó una palabrota por lo bajo mientras se quitaba las ruinas humeantes de la falda y las enaguas. Shasta activó los músculos centrales y puso el espinazo recto como una escoba. Los años de yoga habían rendido fruto y mantenían la estabilidad de sus velas. Pasó junto a la desafortunada escena con pose regia de monarca en prácticas.

A cierta distancia una voz la llamó:

—¡Chica! —Era una voz masculina—. ¡Bonitas velas!

Tardó una eternidad en girarse en aquella dirección —no había que olvidarse de las velas—, pero Shasta reconoció al joven que se le acercaba. Llevaba un macuto debajo del brazo. En una mano sostenía un libro de tapa blanda tan grueso como un ladrillo. Era un hermano de su amigo Esteban del instituto. Esteban el gay. No lograba recordar su nombre.

—Xavier —le apuntó él. El hermano hetero—. ¿Cómo es que te da por ir toda vestida de *blanca*?

Ella no se molestó en explicarle que había suspendido la prueba de ADN. Era de cajón, pero el hecho de tener dos abuelos de Quintana Roo se la había metido doblada. Era hispana hasta las cejas. Y no precisamente de los hispanos que molaban, de los de España. Le preguntó si había visto a Walter.

Xavier negó con la cabeza.

—Llevas una vela apagada —le dijo.

—Mierda —dijo Shasta mientras abría su bolsa de tela de Kate Spade, donde quedó al descubierto un revoltijo medio aplastado de galletas danesas y dónuts rellenos. Hizo una mueca mientras metía los dedos en el mejunje de hojaldre, crema bávara y azúcar en polvo.

Xavier se apartó al ver aquellas exquisiteces aplastadas y resopló de asco.

—¿De qué vas disfrazada?

Shasta levantó despacio la vista y señaló con la mirada a las demás mujeres, que daban sorbos con cuidado a sus lattes o paseaban a sus perros mientras mantenían en equilibrio coronas de llamas encendidas sobre las cabezas.

—Es escandinavo o algo así. —Las hojas pinchudas y los goterones de cera hacían que le escociera el cuero cabelludo—. Es la versión escandinava de las rastas.

Xavier puso los ojos en blanco.

—Pues es algo ridículo.

—Pero es la ley —dijo Shasta en tono cortante. Sus dedos dieron con lo que buscaba y sacó un encendedor manchado de crema del mejunje pringoso. Se lo ofreció al chico y le dijo—. Por favor…

Xavier cogió el encendedor pegajoso. Lo olisqueó un poco, como si fuera a limpiarlo a lametones. Lo accionó con el pulgar y el encendedor emitió una llama azul susurrante.

Shasta se agachó para que él llegara a las velas. Mientras se agachaba, le cogió una muñeca y le torció la mano para ver el libro que sostenía. *La rebelión de Atlas*. El doctor Brolly lo había incluido en el temario del semestre anterior.

Mientras acercaba la llama a las velas, Xavier se puso a cantar «Cumpleaños feliz». Luego dejó de cantar y dijo:

—Nos vamos a deportar todos a nosotros mismos. La diáspora mexicana entera se larga de este país. —Se refería al hecho de que todos los hispanos, latinos y chicanos se marchaban al sur de la frontera—. Estos blancos están como una cabra —dijo, riendo—. Cuando se hayan matado entre ellos o se hayan muerto de hambre, volveremos a recoger lo que quede.

Entretanto, en palabras de Xavier, México «florecería como si hubiera pasado por el Renacimiento italiano».

Shasta mantuvo la cabeza ligeramente gacha. Mirándose los zuecos de madera, preguntó:

—¿Tengo cera en el pelo?

—La arqueología europea —prosiguió Xavier— ha impuesto su versión falsa de todo el mundo precolombino.

Por ejemplo, citó las pinturas y tallas que supuestamente mostraban a los aztecas arrancándoles los corazones a las víctimas de sus sacrificios humanos. Xavier sabía a ciencia cierta que aquellas obras de arte mostraban a los mesoamericanos llevando a cabo con éxito trasplantes quirúrgicos de corazón. Las losas de piedra que había en la cima de sus pirámides en realidad eran mesas de operaciones colocadas allí donde daba en toda su intensidad la saludable luz del día.

—Y lo que es todavía más asombroso —siguió diciendo Xavier—, esas pinturas que muestran a los miembros de las tribus cortando cabezas y sosteniéndolas en alto mientras la sangre mana a chorros y las venas cuelgan de los cuellos cortados...

Shasta hizo una mueca de asco.

Esas escenas atroces, explicó Xavier, en realidad demuestran que se llevaban a cabo con éxito trasplantes completos de cabeza.

—¡Los científicos blancos —casi gritó el joven— tienen que negar lo que ellos no consiguen replicar!

A poca distancia de allí, una joven se acercó a una tienda para mirar el escaparate. Las velas que le salían de la corona incendiaron el toldo a rayas del negocio. No muy lejos, otra joven dio un sorbo de moca en la terraza de un café, sin saber que sus velas estaban incendiando lentamente la sombrilla de Cinzano que tenía encima.

Xavier le ofreció de vuelta el encendedor.

—Vente conmigo —le dijo en tono imperioso—. Dejemos que estos gringos locos se destruyan a sí mismos.

Era tentador, y ciertamente Shasta se sentía tentada. Sus padres ya se habían deportado a sí mismos a la península del Yucatán. Por no mencionar el hecho de que Xavier estaba hecho un buenorro macho alfa con aquellos vaqueros blancos ajustados, pero con alguna que otra mancha de tierra de modo que no tenía ninguna pinta de gay. Lo más seguro era que su hermano gay se hubiera largado a Gaysia. No era de extrañar que Xavier quisiera compañía. Estaba más solo que la una.

Shasta cogió el encendedor y abrió el bolso.

—Se supone que tengo que dar estos dulces a la gente. —Devolvió el encendedor al potingue azucarado—. Es un ritual extraño que acompaña a llevar las velas en la cabeza. —Shasta estaba haciendo tiempo; no quería romperle el corazón a Xavier. Pero realmente necesitaba encontrar a Walter. A fin de cambiar de tema, le mostró el bolso abierto—. Tengo un pastelito de chocolate relleno que no se ve demasiado machacado.

Xavier captó el mensaje. Cogió el pastelito maltrecho. Con la nata montada llena de pelos. La delicia hojaldrada salpicada de pelusa del bolso y de pastillas de menta pegadas.

—Gracias —dijo con un suspiro. Se lo veía dolido pero también muy follable.

—Gracias por encenderme la vela —le dijo ella estúpidamente. Se giró despacio y, paso a paso y con cuidado, manteniendo en equilibrio su halo de fuego, se obligó a a marcharse.

Era una desgracia nacional. Nada menos que un símbolo de ignominia, en opinión de Charlie. Negrotopía acababa de anunciar el lanzamiento exitoso de su nueva pirámide voladora, basada en una tecnología antigravedad olvidada desde la Antigüedad y reprimida por los intereses eurocéntricos. Después de que los blancos lo negaran durante siglos, los negros habían demostrado por fin que en realidad las pirámides que construían los faraones egipcios eran máquinas voladoras.

Mientras los blancos contrataban al prestigioso cineasta Stanley Kubrick para rodar en el desierto de Nuevo México imágenes falsas del aterrizaje en la Luna que resultaran convincentes, los negros habían mantenido en secreto durante diez siglos su propio método efectivo de viajes espaciales.

Pero ahora el secreto había salido a la luz. Charlie estaba agachado frente al televisor, contemplando las imágenes que se estaban emitiendo desde Negrotopía. Y que mostraban con claridad una serie de pirámides descomunales del tamaño de la de Keops elevándose del terreno de unas instalaciones militares. Embarcaciones imposibles de piedra ascendiendo al cielo azul. Ya había aterrizado sin problemas una nave enorme en la Luna, cerca del emplazamiento que la NASA había reclamado como suyo en el montaje ficticio de finales de la década de 1960. En cuestión de días los astronautas negros se aventurarían a explorar el emplazamiento. No encontrarían ninguna bandera americana. No encontrarían pelotas de golf ni huellas de neumáticos de vehículos lunares.

El etno-Estado blanco de Caucasia estaba al borde de la humillación total.

A fin de distraerse de lo inevitable, Charlie abrió un ejemplar del libro de Talbott. Todavía estaba leyéndolo cuando sus asistentes entraron en la gran sala del trono para presentarle otra remesa de jóvenes atractivas llenas de esperanzas de convertirse en su esposa.

El televisor siguió provocándolo con imágenes de pirámides enormes que flotaban sobre un florido paisaje poblado de negros atractivos y orgullosos. Con sus dashikis de colores vivos y centelleantes. Manejándose —hombres, mujeres y niños por igual— con porte nobiliario, con las espaldas rectas y los hombros echados hacia atrás, como si hasta el último ciudadano fuera un aristócrata.

Tal como lo explicaba Talbott Reynolds, la facción más inteligente y decidida de la gente negra llevaba en huelga más o menos desde 1600. El germen de la idea del Día del Ajuste llevaba generaciones enteras con ellos. Y con ese día en mente, habían practicado su ferocidad a base de atacarse los unos a los otros, sabiendo que a quienes detentaban el poder les daría igual que los negratas se liquidaran entre sí. De acuerdo con Talbott, los blancos habían ensayado para el Día del Ajuste a base de tiroteos en escuelas y lugares de trabajo. Los gays se habían cargado a otros gays con el sida. Los maricas iban al gimnasio y aprendían a destruir con su belleza. Toda las facciones habían estado templando su sangre fría de cara a las conquistas del futuro.

Si se podían acostumbrar a matar a sus propios compañeros de raza sin vacilar y sin remordimientos, seguramente también podían masacrar a sus opresores en el ámbito de la política, los medios y el mundo académico. Cuando llegara la hora, pararían de matarse entre sí y dirigirían su rabia hacia fuera.

Aquellos daños colaterales internos habían alimentado la furia que sentía cada ejército hacia aquellos supuestos líderes aislados y protegidos que se presentaban ante el mundo apoyados en discursos bien redactados y en besuquear a bebés, pero que nunca habían demostrado ni un mínimo de fuerza física real en el mundo.

Los palurdos fans de la Fórmula 1 y atiborrados de opioides... los negratas delincuentes de sonrisas relucientes... los maricones adictos al sexo... todos habían ensayado para el Día del Ajuste usando blancos fáciles de sus propias comunidades, y nadie habría sospechado que esos asesinatos internos fueran a trascender más allá. Y la práctica había enseñado a los negros a disparar mejor. Había enseñado a los gays a sonreír encantadoramente para ganarse la confianza de cualquiera. Y había aleccionado a los blancos acerca de los patrones de huida que adopta una muchedumbre aterrada bajo fuego hostil.

Por lo que explicaba Talbott, nada de todo aquello había sido casualidad. Cada tiroteo desde un coche, cada contagio vírico, cada cartero que perdía la chaveta, cada una de estas cosas había acelerado la llegada del Día del Ajuste. En cuanto aquellos grupos se deshicieran de su humanidad, era inevitable que diezmaran a sus opresores comunes.

En el televisor, una enorme pirámide voladora flotaba en el cielo soleado y sin nubes, por encima del clamor y las danzas de las hordas de Negrotopía. Sus joyas de oro resplandecían como también sus sonrisas de felicidad total y orgullo desatado.

Daba la sensación de que la raza blanca había perdido el norte: ya no tenía a los negros y a los maricas para sentirse superior a ellos, de forma que un componente crucial de su orgullo se había evaporado. Los blancos habían sido como una familia rica que celebraba un concurso continuo de moralidad y de ingenio para impresionar a un servicio doméstico compuesto por idiotas y degenerados. Pero en ausencia de negros y de gays, Charlie y los demás blancos habían perdido la motivación para vivir unas vidas superiores. Sin subordinados a los que deslumbrar, el etno-Estado blanco parecía estar viniéndose abajo.

Le quitó el sonido al televisor y contempló las danzas jubilosas de los ciudadanos de Negrotopía.

La raza blanca era como un padre que hubiera sobrevivido a sus hijos. No tenía a nadie a quien arengar ni impresionar. No tenía ninguna versión débil ni defectuosa de sí misma a la que sermonear ni rescatar. Como un dios que ha visto morir a su última creación. En el nuevo mundo pulcro y ordenado del etno-Estado blanco, ¿qué deparaba el futuro? La raza blanca ya había superado todos sus desafíos. ¿Podían crear algo excitante? ¿Hacer que los trenes siguieran el horario con mayor puntualidad?

En momentos como aquel, el Día del Ajuste parecía un paso atrás. Después de los arriesgados experimentos sociales de los últimos trescientos años, la gente blanca solo podía regresar a un mundo de caballeros y aristócratas. A una fortaleza de cosas bonitas estilo Norman Rockwell, estilo *Reader's Digest*.

Una voz le susurró al oído. Era su mayordomo, avisándolo:

—Han llegado unas cuantas candidatas para su inspección, señor.

Aquel lacayo adulador y rastrero lo llenaba de un desprecio rabioso. Cualquier hombre que no hubiera participado activamente en la carnicería ponía enfermo a Charlie. Él había dejado su huella, había demostrado su valor, y eso significaba que durante el resto de su vida los hombres más débiles lo evitarían. Los cobardes le tenían rencor y odiaban sus logros. Durante la mayor parte del resto de su vida llevaría una existencia solitaria, sin más consejo que el suyo propio, porque sus iguales verdaderos eran pocos. Eso era lo que hacía que fuera tan tremendamente importante elegir a la compañera perfecta. Importante, pero nada fácil.

Charlie dejó a un lado del libro y pulsó el botón del mando a distancia para que aquellas imágenes del televisor desaparecieran. Apenas necesitó girar la cabeza para ver al rebaño de potrillas jóvenes y núbiles que conducían ante él. Vestidas con faldas cortas de color pastel que hacían pensar en huevos de Pascua, se movían nerviosamente. Intentaban captar y retener la atención de Charlie con sus caídas de ojos. Pestañeando con coquetería. Haciendo mohines con los labios húmedos. Algunas cogían aire y sacaban pecho. Pero a él no lo engañaban. ¿Qué podían entender de todo lo que no fuera ser mujer? Vivían unas existencias completamente corpóreas, sin creer en nada que no fuera visible, tangible y totalmente explícito.

Entre aquel batiburrillo de féminas pavoneándose, una sí consiguió que se fijara en ella. Una se manejaba con quietud regia, sin mover en absoluto los miembros esbeltos, una reina en potencia. El pelo de color miel le caía en cascada sobre los hombros del vestido profusamente bordado de campesina. Charlie se la imaginaba blandiendo una guadaña en campos fértiles de trigo dorado. Sus entrañas parirían una nueva generación de dioses. Charlie engendraría en ella una horda de inventores y artistas que revitalizarían la raza blanca.

Contempló su brazos blancos como el mármol y los montículos en forma de pera de sus pechos inocentes. Sus piececitos no llevaban nada más que unas sencillas sandalias de cuero. Sus ojos de un azul violeta traslucían una inteligencia animal y dócil. Charlie le dedicó un gesto apenas perceptible de los dedos, invitándola:

–Pequeña…

Como mucho aparentaba un año o dos menos que él. Empleando su tono más señorial, Charlie le preguntó:

—¿Cómo te llaman, niña?

Durante un instante ella le devolvió la mirada, enmudecida. Quizá estuviera al corriente de que Charlie llevaba semanas sin echar más que un vistazo al desfile de esposas en potencia. Todavía no se había dirigido directamente a ninguna de aquellas legiones de mujeres atractivas. Su mudez se añadió a su atractivo, y Charlie sintió que su hombría se excitaba ante la posibilidad de tomarla cuanto antes.

Como ella no dijo nada, intervino el mayordomo.

—Señor —dijo—, se llama Shasta.

Shasta. La reina Shasta.

Sería suya, la perfecta consorte aria de Charlie.

Pocos de sus pensamientos le pertenecían, dado que vivía a base de galletas de soda y ginebra. La señorita Josephine no se atrevía a probar la comida que le subía Arabella. La tiraba incesantemente al retrete cortada en pedacitos diminutos, pero solo de madrugada, cuando nadie la oía. Había cogido la costumbre de dejar el pequeño televisor encendido día y noche. Necesitaba la compañía, por mucho que solo saliera aquel Talbott. De acuerdo con él, los blancos estaban encantados de renunciar a Jackson, Mississippi. Igual de encantados que los negros de abandonar Detroit. Decía Talbott que para los etno-europeos suponía una vergüenza de trescientos años el hecho de no haber sido capaces de arar sus propios arrozales ni de cortar su tabaco o su caña de azúcar bajo aquel calor de justicia. Michigan era poco más que nieve y guardabarros oxidados. Los blancos necesitaban el invierno, decía Talbott, necesitaban una época del año de descanso obligado, o el trabajo los volvía locos. Los negros odiaban la ridícula nieve.

Era fácil imaginarse a Talbott interpretando aquellas frases en su libro, fiel a su personaje. Manifestaciones de una mente lunática, las llamaba la señorita Josephine. Una locura que pasaba por la nueva cordura.

Talbott decía que los blancos del sur no habían tenido valor para emigrar al norte inmediatamente después de la Guerra de la Agresión del Norte, porque no querían demostrar que el *New York Times* tenía razón. No tenían nada que hacer en Georgia ni en Mississippi ni en Luisiana. Pero replegarse ahora y devolverles el Sur a sus legítimos ocupantes equivaldría a terminar de asumir los resultados de la guerra. Los etno-europeos no echarían de menos aquellos paisajes de vides de kudzu y culebras de agua. Quedarse con Florida era posar sonriente con un cadáver, el cadáver de una niñita pequeña ataviada con un vestidito de encaje de bautizo y un minúsculo collar de perlas y fingir que aquella niña recuperaría algún día la salud. Florida representaba la muerte para los blancos.

Como si estuviera dirigiéndose directamente a la señorita Josephine, Talbott peroró con elocuencia sobre las miasmas y la tendencia incesante de los pantanos a la podredumbre y la corrupción. Lo único que mantenía con vida a los blancos sureños era su obstinación escoto-irlandesa. Las brisas malignas y las ciénagas humeantes no ofrecían a los blancos nada más que cáncer de piel y malaria. Las ciudades del Norte, como Chicago y Filadelfia, les provocaban a los negros un déficit de vitamina D, malnutrición e hipotermia.

Apostada en lo alto de aquella casa llena de habitaciones y más habitaciones, como una tienda de antigüedades atestada de copas de plata y trofeos, diplomas, diarios, recuerdos y biblias familiares, la señorita Josephine era el cerebro de todo. Una centinela en un puesto fronterizo remoto. Espíritu refugiado arriba, entre el tesoro de bebidas espiritosas de la bodega, pues había ordenado que ocultaran con ella todo el inventario de coñac y oporto de Madeira, para cuidar de él. Cajas enteras, traídas en embarcaciones de contrabandistas durante la Guerra de Secesión.

Un impulso fugaz y ebrio se adueñó de la señorita Jo. Podía quemar aquellos tesoros. Tenía el pasado en las manos, como un administrador o un testaferro. Podía quemar aquella casa con todas sus reliquias defectuosas dentro.

Charlie sabía cuál era el problema. El problema era que la raza blanca había aprendido a sublimar sus impulsos sexuales. Había aprendido a postergar la gratificación y a inventar luces eléctricas y mamografías y estudios botánicos en vez de pajearse mirando porno o tirarse a todas las zorras que tenían ganas. El resultado era que los blancos, y sobre todo los hombres blancos, siendo justos, habían creado la tecnología y obtenido el mérito de crear una civilización donde todo funcionaba. El problema llegaba cuando las demás razas no sublimaban como deberían y se limitaban a tirarse todo lo que se moviera, con o sin el sida, con o sin herpes, y no paraban hacer criaturas como churros. Los blancos habían cambiado a los niños por las patentes de todas las cosas útiles y por sus rendimientos, que eran considerables, pero el hombre blanco había abandonado la carrera principal. La carrera demográfica. Así veía la situación Charlie. Pues el hombre blanco había estado tan ocupado en no follar que le había quedado energía para inventar la energía solar. Pero eso había provocado que perdiera el control de la situación. Todo estaba ya en Stoddard. A lo largo de la historia, la tecnología y los bebés siempre habían buscado el equilibrio. Cuando la tecnología se ponía por delante, caía la natalidad. Y cuando la natalidad se ponía en cabeza, la civilización se quedaba atrás. Ahora mismo el progreso de la humanidad estaba a punto de ahogarse en un mar de bebés ajenos, y eso significaba que había que renunciar al caucho vulcanizado y a la ósmosis inversa porque a ese paso ya no quedaría gente inteligente para gobernar esos segmentos de la sociedad.

Si los blancos pudieran relajarse… Si pudieran dejar un momento de anodizarlo todo y tirarse a unas cuantas chatis, entonces la civilización tendría una oportunidad. Las mujeres blancas tampoco ayudaban demasiado, la verdad. Al contrario: se limitaban a sumarse a la fiesta inventando los rayos X y eBay, y estaba claro que no les apetecía renunciar a sus galardones para abrirse de piernas. Para eso se había llevado a cabo el Día del Ajuste. Para dar a los pocos machos alfa que quedaban la oportunidad de aumentar la población blanca. Para eliminar la tentación de las titulaciones en estudios feministas y otras patrañas por el estilo que incitaban a las mujeres a dejar que se les secaran sus preciosos óvulos blancos.

El Día del Ajuste les daba a los hombres como Charlie, provistos de montones de esperma y no muy duchos en el temario de Álgebra II, la oportunidad de que el equipo blanco se pusiera a la altura de los demás.

Así de simple.

Dawson no tenía valor para cortarle la oreja a la mujer. No importaba cuánto se lo suplicara ella. Al final ella misma agarró el cúter para moquetas y empezó a hacerlo sola, pero renunció entre lloros.

Se quedó allí de rodillas, a sus pies. De pie junto ella, Dawson pudo ver que tenía la parte de arriba de la oreja derecha embadurnada de sangre seca. Al parecer había intentado cortarse sola la oreja varias veces.

Luego Ramantha le contó varios detalles de cómo había vivido el Día del Ajuste. Todo había empezado al sonar la alarma de un móvil, a pesar de que ella les había pedido a sus alumnos que silenciaran sus teléfonos. Luego otra. Un coro de móviles empezó a señalar que había llegado el momento. Una cacofonía de pitidos y zumbidos y perros ladrando. Y no es que *unos cuantos* estudiantes de los que estaban en el enorme auditorio metieran las manos en sus mochilas de Hello Kitty y de G. I. Joe y sacaran armas de fuego. La profesora y el equipo de alumnos de posgrado que le hacían de asistentes se quedaron mirando confusos cómo *todas* las manos se metían por debajo de las mesas. A continuación bramó un coro de cientos de cremalleras. *Todos los alumnos* se incorporaron, extendieron el brazo y en cada una de las manos en alto había un arma de fuego.

–Pareció… –dijo, con la voz quebrada. Agitando una mano temblorosa en el aire, prosiguió–: que nos estuviera apuntando un bosque entero de ramas negras. –Cañones cortos de pistolas, cañones largos de rifles y escopetas y en medio bocas de revólveres.

Las ramas negras abrieron fuego, una muralla de destellos de detonaciones y humo, de olor a pólvora negra, y uno de los alumnos de posgrado se desplomó en el escenario con un par de golpes sordos. Después de aquella primera descarga, Ramantha ya no pudo oír nada más.

El alumno de posgrado se arrastró hacia ella. Seguía teniendo las piernas en el mismo sitio donde se le habían caído, pero su torso y sus brazos se arrastraban patéticamente hacia la salvación, dejando tras de sí un reguero de entrañas destrozadas como flecos grasientos. Se arrastró hasta las inmediaciones del podio detrás del que ella estaba encogida. Las balas y las ráfagas de postas reventaron la pantalla que tenían detrás y empezaron a abrir agujeros en la pared.

No había más ruido que el de los disparos constantes. Ramantha no pudo oír si el alumno de posgrado llegaba a decirlo, pero mientras extendía hacia ella su mano azul, agonizante, ya muerta, sus labios cadavéricos articularon la palabra:

–Socorro…

Alrededor de Ramantha, su precioso equipo de profesores asistentes, el equipo que ella había seleccionado meticulosamente durante años, reuniéndolos y reclutándolos de otras instituciones, yacía sacudiéndose en el suelo como delfines varados, destrozados más allá de cualquier posibilidad de sobrevivir pero todavía brincando como marionetas y experimentando convulsiones obscenas mientras la munición se hundía en sus cadáveres.

Se arriesgó a sacar una mano de detrás del estrado. Entrelazó los dedos con los dedos gélidos del chico y arrastró su cuerpo empapado hasta ponerlo a salvo. Con su cabeza apoyada en el regazo de ella, parecía dormido.

Dawson apretó la mandíbula para no preguntarle cómo se llamaba aquel alumno de posgrado.

Ahora, delante de Dawson, la mujer dejó de sollozar, miró taciturna el suelo y murmuró:

—Solo le faltaban unos días para terminar su tesis doctoral sobre la fluidez de géneros… —El dolor emocional pareció provocarle una convulsión—. ¡Y todo porque él había pedido a unos cuantos alumnos de primer ciclo que leyeran a bell hooks!

Estaban paseando por sus jardines, Charlie y su prometida. Caminando despreocupadamente por entre las antiguas fuentes romanas para pájaros y los ornamentos de jardín de la Grecia clásica incautados de importantes museos de todos los antiguos estados unidos. Charlie señaló un ornamento de jardín babilonio que había encontrado al saquear el Getty. En un intento de impresionarla, llamó su atención hacia una mata de petunias amarillas plantadas dentro de un cacharro mesopotámico de piedra labrada que había encontrado en el Museo Nacional de Washington D. C. Los pavos reales paseaban su belleza, pero no eran nada comparados con Shasta.

Debidamente impresionada, Shasta miró una estatua egipcia de un millón de años de antigüedad que representaba a una mujer. Charlie había mandado a su equipo que la pintara de un verde irlandés, para que hiciera juego con su nuevo mobiliario de jardín. Shasta la vio y dijo:

—Cómo mola.

Charlie quería enseñarle los trastos tan chulos que había pillado en el Art Institute of Chicago. Trastos súper antiguos. Unos trastos que confiaba en que también le gustaran a ella.

Los exámenes del cortejo ya casi se habían terminado. Todavía faltaba la prueba genética que demostrara que Shasta era oficialmente blanca, pero era un simple formalismo. Solo hacía falta echarle un vistazo para ver que era blanca. El cielo despejado parecía haber usado como modelo sus ojos azul violáceo. Los cantos de los pájaros no podían competir con la risa de ella. Qué inocente era, qué dulce, qué ingenua. Todavía creía en el calentamiento global y en el Holocausto.

Charlie sospechaba que le estaba destrozando los oídos, pero estaba nervioso. No podía parar de hablar.

La hizo pararse a admirar los enormes candeleros que había rapiñado de alguna iglesia de la Quinta Avenida. Eran de oro macizo o algo así, o sea, que se podían dejar al aire libre todo el año. La hizo ponerse en cuclillas, coger uno con las manos e intentar levantarlo para que viera cuánto pesaba. Shasta no pudo.

—Mola mucho —admitió ella.

Les llevaban cacharros nuevos todos los días. Más trastos viejos polvorientos del Getty y hasta cosas del Metropolitan Museum of Art de Nueva York. Había una cuadrilla de tipos cuya única tarea era sacar las cosas de las cajas y tratar de encontrar sitio para colocarlo todo.

Mientras paseaban, intentó hacerle entender a Shasta lo difícil que era su vida. No era fácil acostumbrarse a vivir como un aristócrata. Al hecho de que tantas vidas dependieran de cualquier cosa que dijera. Por no mencionar la comida tan pesada que se esperaba que comieran los magnates omnipotentes. Aquella misma mañana, por ejemplo, se había sentido totalmente violentado por la caca de su deposición matinal.

Así había empezado su cortejo formal, y con él la educación de Shasta. Charlie le leía pasajes del libro de Talbott. Día a día, le iba leyendo que una mujer decide enseguida si ama el alma que lleva en el útero o bien si la descarta. En cuanto el bebé de su vientre nace de forma natural, da igual que sea negro o moreno o asiático, la madre ya no puede evitar sentir amor y orgullo por él. Ese impulso explicaba gran parte del arte hecho por mujeres.

El hombre blanco, en cambio, necesita ver que el recién nacido es un facsímil sano de sí mismo antes de quererlo. Porque los hombres blancos se ven tan constantemente asediados, atacados por las ideas corruptas y las maniobras degradantes de las razas menores, que necesitan estar seguros de que sus descendientes van a ser sus leales aliados.

En el glorioso nuevo mundo, le aseguró Charlie, todas las criaturas tenían valor. Ni siquiera un niño homosexual carecía de valor. En cuanto llegaba a la edad de declarar su sexualidad, se lo podía intercambiar por un niño o niña heterosexual inocente erróneamente criados en cautividad por homosexuales.

Mientras los trovadores les daban una serenata con sus liras y sus flautas en los campos repletos de margaritas, Charlie le leyó en voz alta un pasaje del libro de Talbott:

Solo Dios puede crear algo nuevo. Nosotros solo podemos reconocer patrones, identificar lo nunca visto y combinar cosas para crear pequeñas variaciones.

Le leyó:

El Día del Ajuste es una consecuencia de la resolución de la resolución.

Según Talbott, la tecnología y la moralidad habían creado un clima donde solo la muerte resolvía algo. Los conflictos tenían una vida eterna en internet. Nadie podía escapar de ningún momento de su pasado. Nada se olvidaba. Y a la inversa: los hombres se habían adaptado a aceptar la vergüenza y la humillación como simples obstáculos pasajeros. Ninguna figura pública, por mucho que hubiera salido a la luz y se hubiera revelado que era un degenerado, dejaba de estar en el centro de la atención pública por mucho tiempo. Las conclusiones no eran concluyentes. El Día del Ajuste había tenido como meta resolver el hecho de que nada se podía resolver.

Por la radio, Talbott leía las noticias:

«El consejo unificado de los linajes informa de que no se ha recuperado el cuerpo del presidente de los antiguos estados unidos. Lleva en paradero desconocido desde el Día del Ajuste, y las autoridades están investigando la posibilidad de que se escapara, ayudado por agentes de alguna potencia extranjera.

»Portavoces de varios linajes informan de que alguien ha detonado una bomba en una vía pública atestada del etno-Estado blanco… en Negrotopía… en Gaysia… y se cree que dos personas… seis personas… dieciocho personas han muerto a raíz del atentado.

»Un grupo terrorista confabulado con el antiguo presidente se ha responsabilizado del ataque con gas… del incendio provocado… de los actos de sabotaje… Cualquier ciudadano que tenga información de estos crímenes deberá ponerse en contacto de inmediato con algún representante de un linaje».

Tal como predecía el libro azul marino:

Durante los tiempos de profunda crisis ética y moral, la gente se pondrá del lado de los nobles líderes que posean el mayor número de armas.

Tal como había previsto Talbott, se propagó una modalidad del síndrome de Estocolmo. La gente aceptaba a sus nuevos líderes porque la gente quería líderes y los de antes habían muerto. Los detalles de quién dirigía el gobierno eran secundarios respecto a los problemas cotidianos de sus vidas. Procurar sustento a sus hijos, por ejemplo. O realizar su trabajo o acabar sus estudios. O encontrar pareja. Las personas más afectadas por lo que hubiera sido la guerra inminente habían sentido una punzada de alivio. La ciudadanía estaba acostumbrada a adaptarse a las demandas del gobierno. La naturaleza exacta de ese gobierno no era tan importante.

Como es natural, la violencia de los medios empleados había escandalizado a mucha gente, pero no tanto para arruinar sus vidas protestando. Los muertos ya estaban muertos.

Todo el mundo había sido bendecido con una pizca de inteligencia. Una inteligencia compartida con los demás. Según Talbott, nuestras almas se aferraban a nuestros cuerpos igual que la gente que no sabe nadar se agarra al borde de la piscina.

Los aviones cruzaban el cielo. Cada uno cargado con una población que estaba siendo reubicada al territorio patrio que le correspondía. Los jóvenes de aquellas poblaciones estaban felices de participar en la mejora social más importante de la historia reciente. Los mayores, derrotados. Hogares enteros empaquetadas en cajas y enviados. Quienes renunciaban a sus propiedades se conectaban a internet y elegían una casa disponible de valor equivalente de las que habían sido abandonadas por otras poblaciones reubicadas. En los aeropuertos, las familias estaban atentas a sus respectivos hijos y estudiaban en sus teléfonos las fotos y los vídeos de las casas, las granjas y los apartamentos a los que tenían derecho.

Era incorrecto llamar a aquello «experimento social». Jamás se permitiría que fracasara. Quienes participaban en él tenían que conseguir que tuviera éxito.

Cien años después de la medianoche, Deliciosa y su marido seguían abrazados después de un encuentro conyugal celebrado en el váter de una estación de autobuses.

—A Jarvis lo llaman el «Tío Tom de Finlandia» —dijo Galante.

—¿Eso qué quiere decir? —preguntó Deliciosa.

Galante se encogió de hombros y negó con la cabeza.

—Algo relacionado con tener demasiados músculos —dijo—. No es ningún cumplido. —Bajó la mirada un momento demasiado largo y contempló la porquería que había en el suelo del baño—. ¿Eso es una cápsula de Percocet? —preguntó.

Deliciosa tenía ganas de preguntarle si Jarvis y él follaban. Los hombres eran capaces de follarse cualquier cosa. Pero no quería una respuesta que no le gustara, así que no dijo nada.

Quizá los blancos lo hubieran sospechado. En los últimos años, la cultura popular blanca se había acercado peligrosamente a descubrir la inmensa sabiduría y poder que los negros llevaban tanto tiempo ocultando. Los blancos le habían atribuido al personaje ficticio comúnmente conocido como «negro mágico» unos talentos psíquicos y capacidades espirituales que apuntaban a los inmensos dones que en realidad los negros se guardaban. Pero con la llegada de Negrotopía, por fin todas las mujeres negras que hasta entonces habían representado los papeles de adictas degradadas al crack y de defraudadoras de la Seguridad Social con obesidad mórbida, llegando incluso a pegarse cabellos de mujer blanca en la cabeza en una burla de los estándares de belleza blancos, que los egocéntricos bufones blancos se tomaban como un cumplido, aquellas regias mujeres negras pudieron finalmente deshacerse de sus roles falstaffianos y encarnar el papel que les correspondía de imparables sanadoras y conocedoras de las grandes verdades cósmicas.

Como les correspondía por derecho natural, los negrotopianos se paseaban lánguidamente por las amplias avenidas de sus ciudades respetuosas con el medio ambiente. Sus largas extremidades relucían. Sus mujeres caminaban esbeltas y rebosantes de sabiduría confiada. Los pináculos inmaculados se elevaban grácilmente hacia el cielo despejado, desafiando las leyes físicas de la Edad de Piedra del retrógrado hombre blanco.

Más que caminar, los negros fluían con un movimiento continuo. No daban esos pasos entrecortados que dan los ciudadanos de Caucasia. El lenguaje del hombre blanco carecía de términos para calificar un movimiento tan fluido, elegante hasta el paroxismo. Y con cada defecto como ese, el idioma blanco se fue desplomando un poco más, y Negrotopía resucitó su lengua primitiva.

Mientras que la historia blanca estaba escrita con palabras, la historia negra estaba escrita con melodías.

Los negros se quitaron el disfraz de violentos asesinos psicóticos, una caracterización tan tosca y gruesa que solo los toscos blancos se la habían podido tragar. Incluso se había convertido en una broma privada: ¿hasta dónde podían llegar con su conducta estrafalaria? ¿Hasta dónde podían llegar con su música, antes de que los opresores blancos se empezaran a preguntar si todo aquello no sería quizá una farsa representada para ellos?

Si hablaban muy fuerte y soltaban risas estridentes, había sido para ocultar el hecho de que la mayor parte del tiempo se comunicaban entre ellos por medio de la telepatía.

Libres por fin para asumir su herencia de sabios chamanes, los negros se quitaron encantados sus gorras de visera y sus pañuelos anudados, los adornos azules y rojos de sus fingidas afiliaciones a bandas callejeras. Soltaron una risotada de despedida a la jerga barriobajera tras la que le habían ocultado su genialidad al hombre blanco. Aquellas palabras en clave habían enmascarado las fórmulas para transformar alquímicamente la arena en preciosos diamantes, y ahora los negros recién liberados materializaron cantidades descomunales de diamantes y cargamentos equivalentes de rubíes y esmeraldas perfectos, y dedicaron la totalidad de esas joyas a crear unos palacios inmensos que reflejaban el sol y resplandecían por dentro como arcoíris celestiales a cuyo esplendor ni siquiera se podían acercar remotamente las birriosas catedrales de los blancos con sus vidrieras de colores.

En Negrotopía la gente seguía cantando alabanzas a la Tierra, y a modo de agradecimiento brotaban diamantes del suelo del tamaño de rascacielos que atravesaban las nubes como minaretes. Y el oro fundido burbujeaba y se endurecía al instante, creando palacios con cúpulas para albergar a los fieles.

Refugiados en aquel paraíso de colores, los negros recuperaron el destino que les había sido negado bajo el dominio de los blancos. Por primera vez en los anales de la historia, el trabajo de los negros solo beneficiaría a los negros, en vez de llenar las arcas del enemigo. Y las ciudades conocidas como Atlanta, Birmingham y Miami, todas ciudades blancas, fueron derruidas, y los majestuosos negros, con el sudor limpio reluciéndoles en las espaldas musculosas, crearon con sus cánticos unos templos gloriosos para honrar a sus predecesores, y aquellos edificios engalanaron el horizonte con unas formas demasiado magníficas para la imaginación de los blancos, y dentro de aquellas mansiones colosales la gente vivía en armonía perfecta con todos los animales, en equilibrio absoluto con la naturaleza y el mundo de los espíritus.

Los pocos blancos a los que se permitió posar la vista sobre los prodigios de Negrotopía retrocedieron llorosos y sobrecogidos. Y a fin de preservar su obstinada y troglodita fantasía de superioridad, aquellos blancos clamaron a voz en grito y con vehemencia que los palacios enjoyados y las pirámides voladoras interplanetarias eran mentiras e ilusiones totales. Y cuando las mujeres negras terminaron de erradicar todas las formas del cáncer en Negrotopía, los blancos celosos exigieron pruebas, pero ¿qué prueba se puede dar de algo que no existe? Porque en su sabiduría aquellas mujeres habían invocado a los espíritus eternos y habían reclutado a aquellos espectros para que desterraran el cáncer y el sida y el herpes hasta que ni un solo negro se viera afligido por ellos.

Y mientras los blancos luchaban por incrementar su población, su ciencia y su tecnología se estancó. Y así algunos blancos llegaron al punto de infiltrarse en Negrotopía para robar los secretos de su genialidad. Porque la ciencia y las matemáticas de los blancos solo se habían dedicado a construir bombas atómicas, mientras que el intelecto negro producía a diario nuevos prodigios que enriquecían la vida, sobre todo las vidas de las mujeres, dado que Negrotopía trataba a sus mujeres como su mayor tesoro.

Y siguiendo el ejemplo de hombres blancos como el periodista John Griffin, que se había oscurecido la cara con methoxsalen y luz ultravioleta y se había infiltrado para apropiarse de los logros negros y de la experiencia negra y presentarla como suya en el libro *Negro como yo*, y así hacer fortuna… de la misma forma los hombres blancos se enmascaraban y se colaban por la frontera.

¡Qué absurdo! Porque los blancos solo sabían imitar los apretones de manos ridículamente complejos y la jerigonza de pantalones caídos que los negros habían impostado, y los negros reconocían de inmediato a aquellos impostores. A aquellos aspirantes a ladrones, a aquellos blancuchos con la cara pintada de negro que se dedicaban a armar trifulcas, blandir pistolas, menear las caderas y agarrarse la entrepierna. Les seguían la corriente y les hacían creer que se habían infiltrado con éxito en Negrotopía. Y una vez allí los instruían para que se bebieran su propia orina diciéndoles que curaba el cáncer, y los aspirantes a ladrones de cultura volvían corriendo a sus casas, y básicamente todos los blancos adoptaron la práctica.

Las instrucciones que les habían dado especificaban «Solo lavado a máquina» y «Prendas que duren». Gavyn le quitó el plástico de la tintorería a su camisa Sand favorita y desabrochó los botones. Le quitó la percha. Perfectamente hecha a medida. Con los rojos y los naranjas perfectamente saturados. Solo se la había puesto dos veces, por miedo a mancharla o a que perdiera color. Sujetando el cuello de la prenda con la barbilla, dobló la camisa contra el pecho y juntó las mangas. Dobló la camisa ya doblada por segunda vez y por tercera, hasta convertirla en un paquetito pulcro y liso que luego metió en la maleta que tenía abierta sobre la cama.

Una voz. No la de su madre. Su hermana, Charm, le dijo:

—Esa camisa es lo contrario de lo que piden. —Estaba apoyada de costado en el umbral, con los brazos cruzados. Charm levantó una mano en señal de «alto» para acallar cualquier réplica. Fue al armario abierto y se encogió de hombros con gesto de resignación. La colección de camisas de vaquero retro con sus broches perlados. Los petos Dolce de imitación con detalles metalizados. La ropa Versace de época. Ante ella estaba el ajuar que Gavyn había reunido para su vida adulta. Su arcón del ajuar homosexual, por decirlo así.

Su hermana se pellizcó la pechera de su camisa de uniforme de tienda de excedentes militares.

—Esto te aguantará todo lo que haga falta. —Caqui militar. Por fuera de los vaqueros, los faldones le colgaban hasta las rodillas. Lo más parecido que pudo encontrar en el armario de Gavyn fue una camisa de tienda de segunda mano de lona caqui adornada con parches. Un uniforme de boy scout usado con una insignia de Eagle Scout.

—¡Es de las que no se planchan! —protestó Gavyn.

Charm tiró a un lado la camisa Sand y puso la caqui en su lugar.

—No vas a un desfile de moda —dijo—. Vas a un *campo de concentración*.

El libro de Talbott denominaba el lugar Centro de Retención de Inventario. Hasta hacía poco, hasta el Día del Ajuste, el centro en concreto al que había sido asignado Gavyn había sido una prisión de baja seguridad.

El año de la Reubicación Inicial estaba tocando su fin. Los nacidos en el territorio incorrecto —homosexuales de padres heterosexuales o gente con una preponderancia inapropiada de ADN subsahariano o caucasoide– eran entregados por sus familias de origen a la custodia del gobierno hasta que se pudiera identificar un nacimiento erróneo en el territorio correspondiente para realizar un intercambio. En algún lugar de Gaysia, Dios mediante, algún heterosexual de dieciocho años estaría preparando su maleta y encaminándose a algún campo de concentración parecido. Después de que los alimentaran, vistieran y educaran durante casi dos décadas, Gavyn y los de su clase representaban una inversión demasiado grande para dejarla desatendida. Si trataban de emigrar ilegalmente o escapar a Canadá o suicidarse, el país perdería un producto de exportación de magnitud considerable.

Gavyn se preguntaba distraídamente si existiría una red clandestina que les suministrara a los nacidos en el lugar incorrecto una vía más rápida para llegar a su patria adecuada. Que se saltara la espera normal hasta que apareciera un candidato adecuado para el intercambio. Un sistema de casas-refugio. Traficantes de personas. Quizá existieran coyotes a los que pudiera pagar para que lo guiaran a través de las fronteras.

Charm abrió el cajón superior de la cómoda y rebuscó entre los calcetines de Gavyn. Eligió dos pares azul marino, tres negros, un par de un verde neutro y seis pares de deporte blancos. Los metió en la maleta y dijo:

—Por lo menos no vas a ser la máquina de hacer bebés de algún cacique.

Su hermana desde luego que no terminaría como esposa de un cacique, con esa cara quemada por el sol y ese pelo corto. Otra razón de que él hubiera cedido a la retención y exportación. Si no había disponible nadie equivalente, los territorios que aceptaran a Gavyn tendrían que pagar más de medio millón de talbotts a modo de compensación. A los padres de Gavyn les vendría muy bien aquel dinero. Hasta Charm debía de saberlo. Podrían comprarse un negocio, una pequeña granja, plantar maíz, tener ganado, todos los productos básicos que les permitieran ser autosuficientes en la nueva economía. Si no, acabarían igual que todos los demás antiguos profesionales con trabajos cualificados, oficinistas y técnicos de la información: a fin de sobrevivir deberían ofrecerse como siervos de algún cacique local.

Otros optarían por salir pitando hacia la frontera. O por inhalar la muerte del tubo de escape en un garaje cerrado. Pero si tenía paciencia, Gavyn suponía que aquello podía terminar en una situación ideal para todos. Él se integraría en Gaysia y su familia de origen obtendría sustento y libertad.

Su hermana se puso de rodillas junto a la cama, metió la mano debajo y sacó deportivas y mocasines. Metió un par de cada en sendas bolsas de la compra de plástico y las encajó dentro de la maleta junto a un par doblado de pantalones cortos de lona que había elegido ella misma. Unos pantalones cortos que Gavyn odiaba. Estaban encima de unos pantalones de camuflaje que ella había recomendado porque no se veían las manchas. Entre ambos había embutido un tupperware con el cepillo de dientes de su hermano, su maquinilla de afeitar, su pasta de dientes y su peine. Su camisa Sand, hermosa e impráctica en todo su esplendor de cuadros naranjas, yacía en la cama, donde ella la había relegado.

Gavyn no oyó bien lo que su hermana le decía a continuación.

—Te pregunto —repitió Charm— si te has enterado de lo del tipo ese, Walter.

Gavyn echó un último y largo vistazo a su habitación.

—¿Qué Walter?

—El que salía con Shasta en el instituto —le apuntó ella.

Él negó con la cabeza.

—¿Por qué?

Su hermana miró el espacio que quedaba en la maleta. Sacó un grueso jersey de lana y uno más ligero de algodón del estante superior del armario. Los dobló varias veces y los metió en la maleta. De vuelta en la cómoda, pasó por alto los estilizados suspensorios deportivos de Andrew Christian sin trasero y eligió unos slip blancos y anticuados. Le dobló unos pantalones cortos con cordón en la cintura que le dijo que podían servirle también de bañador.

Le preguntó algo.

—¿Cómo dices? —preguntó Gavyn.

En tono ligero, como si su hermano solo se fuera de campamento de verano durante el resto de su vida, Charm le preguntó:

—¿Me echarás de menos?

Gavyn se dijo a sí mismo que en su futuro lo esperaban una ropa mejor y cosas mejoes, mejores que todo lo que se iba a ver obligado a dejar atrás. La bastante ropa y amor para no tener que volver a pensar nunca en el patético vestuario que se había comprado con lo que le pagaban por cortar céspedes y pasear perros. Allí fuera, en alguna parte, había un amor que le haría olvidar a su hermana y sus padres de origen.

Con la maleta llena, Charm le dijo:

—No te preocupes, será divertido. —Y añadió—: ¿Quién puede saberlo? —Pero en verdad no lo creía.

Gavyn la vislumbró un momento en el espejo de encima de su cómoda. Mientras él le daba la espalda, su hermana cogió a hurtadillas la preciosa camisa de cuadros naranjas y la metió debajo de todas las prácticas y duraderas prendas de lona y tela vaquera. Cerró la maleta y la cremallera.

Mientras su criada le enrollaba mechones de cabello en pequeños tirabuzones y se los sujetaba con horquillas, la señorita Josephine estaba inclinada hacia delante para leer un libro. En el regazo tenía una gruesa edición de *Lo que el viento se llevó* salpicado de cagadas de mosca, y mientras leía atentamente los diálogos de Margaret Mitchell iba articulando en silencio las expresiones en dialecto. Los gruesos granos de sal de roca le escocían en los labios. Los tenía tan escocidos e inflados que se le habían empezado a cuartear y ya notaba en la lengua el sabor de la sangre mezclado con el de la sal.

Había dejado la dentadura postiza encima del tocador que tenía delante. Los dientes casi brillaban bajo todas las capas de pintaúñas blanco perlado que les había aplicado. A oscuras, completamente a oscuras, relucían debido a los tintes fosforescentes que la señorita Jo había añadido al pintaúñas.

Al alzar los ojos del libro, la imagen que le devolvía el espejo le encantaba. El methoxsalen, como el que había usado John Griffin mientras escribía *Negro como yo*, había funcionado de maravilla. Igual que le había funcionado a aquel tal Sprigle, el periodista que había tomado dosis enormes del fármaco en 1948 y se había recorrido el sur para escribir su libro *In the Land of Jim Crow*. Para no quedarse atrás, la reportera Grace Halsell se había pintado la cara de negro para escribir también ella un libro en 1969, *Soul Sister*. No habían parado de aparecer periodistas fisgones que se ennegrecían para escribir sus descabelladas aventuras.

Tampoco habían inventado ellos el truco. Al Jolson en 1927. Freeman Goden y Charles Correll caracterizados de Amos y Andy, en 1928. Judy Garland ya lo había hecho en la película de 1938 *Everybody Sing* y lo volvería a hacer con Mickey Rooney en 1941 para la película *Chicos de Broadway*. Solo hacían falta treinta miligramos de methoxsalen seguidos de unas horas bajo la lámpara de bronceado. Ahora mismo había varias lámparas de luz ultravioleta iluminando a la señorita Jo desde varios ángulos, bronceando de forma uniforme sus brazos desnudos, piernas, cuello y cara mientras transpiraba delicadamente en su camisón de encaje.

Los efectos secundarios podían incluir dolores de cabeza, mareos, insomnio y náuseas, pero eso no había impedido a la encantadora Ava Gardner interpretar a una hermosa sirena negra en *Magnolia*. Los posibles daños renales no habían disuadido a Jeanne Crain de interpretar a una guapa niña negra en la importante película de 1949 *Pinky*. Ya en 1965, Laurence Olivier había arriesgado su salud para interpretar al negro Otelo. Los daños hepáticos eran un riesgo del methoxsalen, igual que el cáncer. Ahora mismo la señorita Josephine se sentía mareada. Veía borroso. Pero era un pequeño precio que pagar por aquella droga milagrosa que permitía a los blancos convertirse en negros.

Arabella no lo entendía. La tonta de su señora se estiró de otro mechón de pelo y se lo enrolló en torno a un pasador. Ya tenía la mayor parte del pelo pegado al cuero cabelludo en forma de aquellos nudos bien prietos. En el paso siguiente, la doncella le aplicaría la solución para permanentes. Se esperaría un poco más de la cuenta para aplicarle el neutralizador. Usaría zumo de piña porque tiene el grado perfecto de acidez. A base de esperarse un ratito más de la cuenta, quemarían una pizca el pelo. Después de quitarle las horquillas, cuando la señorita Jo se atusara los rizos bien prietos resultantes, estos se le levantarían alrededor de la cara como un frondoso halo de ónices. Teñidos, claro.

Entre el dolor de los tirones del pelo y el estómago revuelto, los labios inflados a base de aplicarles sal y la piel sudada, a la señorita Jo le estaba costando pronunciar aquel habla anticuada en el que había escrito Mitchell. El reflejo que la miraba desde el espejo de su tocador no se parecía al encantador personaje de Ava Gardner, Julie LaVerne, pero al menos esa persona recién creada permitiría a la señorita Jo escapar de la corriente de sus delicadas circunstancias presentes.

Siguiendo al pie de la letra las instrucciones de Talbott Reynolds, Walter colgó la lista en internet. Al principio la gente se la tomó a broma. No, al principio no le hicieron ni caso. Solo después de fijarse en ella empezaron a burlarse. Cuando alcanzó varios millones de posts, hubo gente que se ofendió y exigió que la prohibieran. Fue principalmente la gente cuyos nombres estaban obteniendo más votos, los políticos, académicos y famosos mediáticos. Sentado en el sótano de la casa abandonada, Walter actualizaba el contenido de su pantalla a cada hora y se maravillaba de la reacción.

Le preguntó a Talbott:

—¿Cómo monetizamos esto? —Walter tenía en mente comprarse varias casas, según el plan grandioso que había urdido para seducir a Shasta.

Talbott, atado como siempre a la silla, mareado por la pérdida de sangre y salpicado de costras y cicatrices de cuchillas, le dijo:

—Apunta estos nombres… —Mientras le supuraban los cortes infectados, procedió a desgranar con voz rota una docena de nombres que Walter apuntó apresuradamente en su cuaderno—. Búscalos en internet —le ordenó Talbott—. Ponte en contacto con todos ellos.

Walter estudió la lista.

—¿Y esto me hará rico?

Febril, con los ojos vidriosos, el nuevo padre de Walter le preguntó:

—¿A ti? ¿Te tiene que hacer rico a ti?

Walter clicó en el icono de Actualizar y trató de esconder su fastidio. Se planteó añadir el nombre de Talbott a la lista. Ahora iba a tener que buscar a aquella docena de hombres y probablemente ponerse en contacto con ellos. Últimamente parecía que Talbott estuviera intentando atormentarlo. Era posible que todo aquel plan fuera un simple bromazo que el viejo le estaba gastando.

El viejo masculló:

—Si quieres hacer fortuna —le aconsejó—, compra piel falsa.

—¿Falsa? —repitió Walter.

El viejo asintió con expresión grave.

—Piel… Cuero sintético Naugahyde —recitó—. O cuero de poliuretano. —La cabeza se le venció sobre un hombro y se quedó adormilado.

Walter clicó en el icono de Actualizar.

Un músico los seguía a cierta distancia, tañendo una suave melodía con una flauta dulce. Un surtido de pavos reales abanicaba el aire con sus exóticas colas cuando Shasta pasó por su lado, delicadamente cogida del brazo de Charlie. Los jardines se extendían hasta el horizonte en todas direcciones, con sus intrincados patrones de hinojos y espárragos. Había vuelto a salir a colación el espinoso tema de la saliva. En los viejos tiempos, antes del Día del Ajuste, los chicos la habían presionado para que les hiciera felaciones. Charlie, en cambio, solo le pedía con insistencia una prueba genética que demostrara su etnicidad. Ella llevaba semanas dándole largas, aplacándolo con sexo oral y fetichistas uniformes de enfermera, pero aquel día Charlie tenía un mohín enfurruñado.

Mientras caminaban en un silencio solo interrumpido por la flauta dulce y los graznidos frecuentes de los pavos reales, a Shasta se le ocurrió la solución. Una chica a la que había conocido en la facultad. Un espíritu libre a quien Shasta casi había olvidado.

Una chica como ninguna otra. Solo Charm era Charm.

En Mitologías del Mundo, el doctor Brolly les había enseñado la antigua leyenda griega de Belerofonte, el héroe que había domado al caballo alado, Pegaso. Que había batallado y derrotado a las legiones estrictamente femeninas de las amazonas y había matado al dragón Quimera. Invicto, Belerofonte había ordenado al dios Poseidón que inundara la nación de Janto, pero las mujeres de Janto habían plantado cara a las olas que se acercaban. Aquellas emprendedoras féminas se habían levantado las faldas y habían hecho frente al océano con sus partes al aire.

Todas las culturas del mundo antiguo, desde Europa hasta Indonesia y Sudamérica, habían compartido la creencia de que los chochos al desnudo siempre ahuyentaban el mal. Hasta el siglo XVIII, encima de las puertas y las rejas de entrada a los castillos y las iglesias, los masones solían tallar imágenes de mujeres en cuclillas que revelaban sus partes pudendas. Se decía que ni Satanás ni ningún otro ser maligno podían soportar la visión de los órganos sexuales femeninos.

Al encontrarse con todas las vaginas de Janto, las mareas retrocedieron atemorizadas. Las olas se retiraron y Belerofonte conoció la derrota. Hasta el alado Pegaso se asustó y se escapó.

Caminando cogida del brazo de Charlie, Shasta reflexionó sobre lo que había pasado poco después de aquel módulo de estudio sobre el mundo antiguo.

Al parecer, Charm se había tomado aquella lección a pecho. En las semanas previas al Día del Ajuste, cuando iban a cortejarla los excedentes condenados del desborde de jóvenes, ella le había dado un buen uso a su reciente educación. En una ocasión, el equipo universitario de lacrosse la había rodeado en un pasillo desierto. Alegremente, los agresivos adolescentes se pusieron a chuparle los pechos a través del jersey y a pincharle el culo con sus portaminas. En vez de compadecerlos como la inminente carne de cañón que eran, Charm aplicó sin vacilar las enseñanzas de la Antigüedad.

Mientras bailaban alrededor de ella, Charm se limitó a levantarse la parte de delante de su minifalda de animadora. Sin la cobertura de la ropa interior, su vulva quedó plenamente expuesta. Acostumbrados a las dóciles y calvas vaginas de la pornografía, los jóvenes retrocedieron aterrorizados. Igual que un ejército de vaginas peludas a la carga habían aterrorizado al corcel alado Pegaso, el hirsuto centro sexual de Charm horrorizó a aquellos pretendientes en potencia. Mientras las chanzas de los muchachos quedaban silenciadas, apretó las nalgas y proyectó su sexo hacia ellos como si fuera un sable letal. Presa del pánico, cayeron hacia atrás. Se levantaron a trompicones y huyeron, pero aun mientras corrían como alma que lleva el diablo, Charm permaneció con la falda levantada y los atacó con las acometidas de su vello púbico de un rubio rojizo, que recordaba poderosamente a la gorguera de pelaje que rodean las feroces fauces de los leones africanos. Para rematar su imitación, se puso a emitir gruñidos y rugidos como si el mismo coño hubiera encontrado de repente su voz salvaje.

Shasta había presenciado la retirada. Los flirteos juguetones seguidos del asalto de la vagina desatada. Había visto a Charm perseguir al equipo de lacrosse hasta el aparcamiento de profesores. Y mientras los aterrados jovenzuelos desaparecían en la lejanía, Shasta se arriesgó a acercarse a aquella atrevida muchacha. Una chica así, por mucho que luego regresara a su yo normal y se bajara otra vez la falda y se volviera a poner el brillo de labios rosa, tenía que ser una librepensadora. Encarnaba el ideal supremo de la belleza blanca: peinándose la melena rubia, contemplaba el mundo con ojos de un azul glacial. Por entonces Charm era joven y menuda, pero ya tenía un toque de vieja dura e irascible. Jamás se arredraba ante un desafío.

En cuanto se quedó a solas con aquella chica, Shasta se aventuró a preguntarle:

—¿Cómo te va? —Las dos compartían una mitología, pero nada más.

A Charm se le ruborizó la piel pálida que le cubría los rasgos nórdicos clásicos como si de pronto se sintiera cohibida. Quizá también ella se daba cuenta de que su ataque pélvico contra aquella pandilla tontorrona de jóvenes inofensivos había sido innecesariamente cruel.

—¡Hola, Shasta! —tartamudeó.

Shasta no le reveló que había presenciado lo sucedido con aquel equipo de pendencieros.

—¿Has visto a Walter? —preguntó a continuación.

Aquel bombón ario ladeó la cabeza con gesto de confusión, haciendo que una cascada de pelo lacio y dorado cayera sobre ese lado.

—¿Qué Walter? —preguntó.

Ahora, en Maryhill, mientras paseaba por los jardines, Shasta era dueña del corazón y de la confianza de uno de los caciques más poderosos de Caucasia. Tendría que ser capaz de ofrecerle algún incentivo a una chica como aquella. Si pudieran hacer un pacto, quizá las dos conseguirían beneficiarse del plan a largo plazo de Shasta.

Charlie no decía palabra. Se limitaba a contemplar su reino. Por debajo de aquella parte de los huertos, el terreno descendía hasta unos llanos fértiles de frutales que se perdían en el horizonte. A lo lejos, las concubinas del campo tostadas por el sol se agachaban para atender a los vástagos de las semillas. Entre los frutos de la tierra, Shasta reconoció amplias franjas de deliciosos rábanos... matas densamente pobladas de judías... zarcillos de plantas de pepinos. La dura vida de una concubina del campo era mejor que morirse de hambre en los bloques de pisos de acogida de Portland, pero estaba muy lejos de la condición de esposa pública a la que Shasta aspiraba. A pesar de su bajo estatus, unas cuantas concubinas del campo ostentaban enormes barrigas de embarazada que tenían que ser obra de Charlie. Su reino, como el de cualquier cacique, consistía en un rey único con hordas enteras de trabajadoras. Lo contrario de una colmena de abejas o un hormiguero de termitas.

En el cielo justo encima de los campos, una formación de aviones jumbo escoltaba a lo que quedaba de los genotipos asiáticos de vuelta a su continente nativo. Shasta los vio marcharse con desesperación. Caucasia había elegido la morcilla escocesa en vez del *yu xiang rou si*.

Charlie seguía supervisando en silencio los campos. Bajo ellos se extendía una plantación espectacular de colirrábanos. Los girasoles enanos dispuestos según un complicado sistema de viveros, parecían girar las cabezas greñudas para seguir al sol. Intentando participar de la admiración de Charlie por aquella abundancia de sustanciosos cultivos, Shasta siguió contemplándolos. Solo entonces comprendió la realidad de la situación. Su llegada a aquel lugar y en aquel momento concreto no era casual.

Mientras el sol cruzaba lentamente el azul cielo caucasiano, los girasoles torcían también sus caras de color naranja intenso. Como el público de un estadio deportivo moviéndose al unísono para hacer «la ola», las hileras de girasoles terminaron gradualmente orientándose hacia Shasta. Mirando más allá del millar de jornaleras embarazadas, y más allá de los colirrábanos en proceso de maduración, comprendió por fin el secreto de aquel instante.

Un solo vistazo a Charlie confirmó sus sospechas. Una tenue sonrisa le afloró momentáneamente a los labios.

Allí donde se posaba su mirada, las sombras anaranjadas emergentes formaban un patrón. En contraste con el verde lima más claro del resto de las verduras, los girasoles empezaron a formar palabras.

Grabado a lo largo de casi dos kilómetros de campo abierto, legible solamente desde la posición más elevada, los cultivos que se giraban para mirarla estaban escribiendo este mensaje: Charlie (dibujo de un corazón) Shasta.

Fuera lo que fuera lo que había entrado en la habitación, le relucía la piel. La criatura emitía mareantes oleadas de aroma, un aroma como si alguien estuviera partiendo todos los cocos del mundo. Un hedor a infinitas piñas coladas. Jirones enredados de un pañuelo para la cabeza le ataban el pelo encrespado en forma de mechones en apariencia arbitrarios, pero la gran mayoría de los rizos grasientos se le proyectaban desde la cabeza formando una masa tan densa que el pelo le empujaba las orejas hacia delante y hacía que le sobresalieran como asas de jarra.

Los pies descalzos se arrastraban por el salón. Dieron brinquitos y cabriolas. Lo que fuera que se estaba acercando a Jamal, iba a zancadas.

Un trozo de soga de cáñamo le aguantaba los pantalones a aquella cosa, y los bajos raídos golpeteaban en el suelo. Cruzó el salón con zancadas espasmódicas, agitando los brazos enfundados en mangas rotas de camisa y estirando el cuello arrugado de pavo para mirar boquiabierta los muebles y las pinturas. Así cruzó la alfombra persa, con los ojos como platos y lamiéndose los labios en carne viva.

—¡Ay Dio mío! —chilló—. ¡La señaíta Yosefin nunca me dio permiso pa' entrá en el salón!

La aparición levantó los codos a la altura de los hombros, mostró unos sucios guantes blancos y se puso a menear los dedos. A cada paso levantaba las rodillas tanto y tan deprisa que parecía que estuviera caminando sobre pegamento. Un espasmo muscular parecía haberse adueñado de su cara, obligándole a abrir tanto los ojos que se le veía un margen enorme de blanco alrededor de cada iris. Los ojos se le movían en todas direcciones, su boca era un bostezo que mostraba unos dientes resplandecientes y el mentón iba de lado a lado, se le proyectaba hacia delante y al cabo de un momento se le volvía a hundir en el cuello.

Los pies descalzos, las canillas esmirriadas visibles a través de los desgarrones en los pantalones, el cuello y la cara de la criatura… todo lo tenía negro como el carbón.

Mientras la cosa avanzaba dando brincos, Arabella asistió a la escena desde su posición, junto a la puerta.

—Señor Jamal —dijo en tono inexpresivo y mirando hacia otro lado—. Este es Barnabas. —Y suspiró pesadamente.

Un guante sucio salió despedido hacia Jamal. Con labios inflados y cuarteados, aquella cosa llamada Barnabas canturreó:

—¡Encantao de conose'lo, señoíto Jamal! ¡No sabe usté cuánto! ¡La señaíta Yosefin era una mujé malvaaada!

Jamal cruzó una mirada con la doncella. Arabella se encogió de hombros. Levantó una mano y se estudió perezosamente las uñas.

Negro como el tizón, más negro que ese tono de piel que la gente llama negro-azul, aquella cosa llamada Barnabas siguió retozando vivazmente por el centro del salón.

—¡Ese demonio de mujé de la señaíta Yosefin m'ha tenío enserrao en el de'ván casi toa la vida!

Jamal intentó entender aquella dicción a lo Butterfly McQueen. Miró a la doncella en busca de alguna pista, de alguna clave, pero Arabella se había tapado la cara con las manos para sofocar una risa. Estaba claro que fuera cual fuera la naturaleza de aquel muñeco de trapo negro y demente, no era de él de quien se estaba riendo. A su pesar, devolvió la mirada a aquel mamarracho, que no paraba de mecer la cabeza y las caderas.

—Barnabas, ¿me puedes decir adónde se ha ido la señorita Josephine? —le preguntó.

La criatura de ojos en blanco se llevó las manos enguantadas a los lados de la cara arrugada y se echó a temblar como si estuviera aterrorizada.

—¡S'ha escapao por patas a Caucaaasiaaa!

Arabella carraspeó. Hizo una mueca de dolor.

Jamal miró hacia ella.

—Barnabas —dijo la doncella, señalando a la criatura con la cabeza— ha estado viviendo en su desván, señor. Era el ruido que oía usted por las noches.

La noticia no desagradó a Jamal. Recientemente había empezado a inquietarlo un temor. Que por el hecho de haber participado en el Día del Ajuste y haber ascendido al rasgo excelso y vitalicio de príncipe de Negrotopía, quizá hubiera alcanzado su cima personal demasiado deprisa. El reconocimiento, aquella mansión y la fortuna eran agradables, pero tal como decretaba el libro de Talbott:

La propiedad no es más que un residuo de los logros verdaderos.

El Día del Ajuste no había serenado su espíritu. Al contrario, había dejado su alma hambrienta de desafíos mayores. A partir de ahora estaba decidido a vivir una vida llena de hazañas y no de objetos. Tal como dictaba el libro de Talbott:

Solo vale la pena hacer lo imposible.

Nadie que hubiera participado en el Día del Ajuste, fuera príncipe o cacique, daba nunca nada por sentado. Por los registros del decomiso, Jamal sabía que la propietaria, aquella legendaria señorita Josephine, nunca había entregado el título de la propiedad. Tampoco existía constancia de su reubicación ni de que hubiera solicitado una compensación de Caucasia. Clavó una mirada larga y penetrante en aquella monstruosidad vivaz y parloteante. Si le quitabas el pelo quemado, el atuendo harapiento y el imposible tono de obsidiana de la piel, tenía que ser ella.

Lo confirmaba la forma en que la doncella negaba con la cabeza y reprimía la risa.

Claramente enajenada, la vieja infló los carrillos y silbó una jiga mientras marcaba el compás dándose palmadas en los muslos flacos y movía el esqueleto por el elegante salón.

De pronto los silbidos y los baileteos cesaron y la criatura se quedó con los ojos abiertos como platos delante de un retrato al óleo de gran tamaño. El cuadro mostraba a un oficial del ejército de frondosas patillas, vestido con uniforme gris de la Confederación, engalanado con trencillas doradas y con una espada enfundada en el costado. Después de más de un siglo, la determinación todavía le brillaba en los ojos azules. La criatura chasqueó la lengua, agachó la cabeza y miró de reojo el cuadro con los ojos entrecerrados y rencor teatral.

—¿Señó Jamal? —dijo—. ¿Le pue'o preguntá una cosa? —Clavando en el aire el índice enfundado en el guante sucio, preguntó—: ¿Está usté pensando en quemá tós estos cuadros del dimonio?

La mirada de Jamal se encontró con la mirada sorprendida de Arabella; los dos enarcaron la ceja con gesto idéntico.

—Barnabas, ¿por qué querrías que los quemara?

La criatura llamada Barnabas enseñó los dientes relucientes y demasiado blancos y dirigió un gruñido vacilante a la pintura. Como el hombre del cuadro no le devolvió el gruñido, Barnabas levantó un puño enfundado en un guante blanco y lo agitó en dirección al oficial.

—¡M'he pasao encarcelao en esta casa tó el tiempo que llevo en el mundo!

Jamal se esforzó por descifrar aquella jerigonza. Cada frase era toda una prueba.

La criatura llamada Barnabas entrecerró los ojos con gesto amenazador y escrutó el salón, contemplando con intensidad la lámpara de araña de cristal, el piano de cola de palisandro, la chimenea de mármol y la tapicería de terciopelo. Hasta la última borla y escupidera de metal. Infló el pecho esmirriado y flexionó los brazos parecidos a alas de pollo como si estuviera listo para liarse a puñetazos.

—¡Pos a mí me parece —masculló— que debería usté quemar to'a la casa!

Jamal posó la mirada en la pobre criatura.

—Barnabas —le dijo—, ¿te has planteado alguna vez que tu animosidad quizá fuera la razón de que la señorita Josephine nunca confiara en ti?

Quizá fuera hora de dejar atrás la ideología política de talla única de Talbott. Quizá, se dijo Jamal, debería ahondar en aquel problema para ver qué ideas podían salir de él.

Barnabas apretó los puños enguantados y adoptó una pose de boxeador.

—¿Está usté del lao de la señaíta Yosefin?

Jamal no se inmutó. Desde los «wiggers», o fans blancos de la cultura negra, hasta la película *10* protagonizada por la actriz Bo Derek con aquel pelo rubio trenzado al estilo africano, pasando por los jóvenes rentistas blancos con rastas, aquel

Barnabas parecía el resultado inevitable de la apropiación cultural. Una anciana wigger. La última de una serie de falsos negros químicamente alterados. El equivalente racial a la versión fallida de convertirse en mujer de verdad que constituye una drag queen.

Jamal se acordó del personaje ficticio D'orothea Wilson de la amada serie de novelas de Armistead Maupin *Historias de San Francisco*. Después de fracasar como modelo de pasarela, una mujer blanca llamada Dorothy se oscurece y se convierte en exitosa y muy solicitada modelo «negra». ¡La anemia falciforme era la broma final de un libro adorado por millones de lectores! Eso, y la entrega del cómic de Superman titulada «Soy curiosa (negra)», donde la intrépida reportera Lois Lane usa un artilugio para convertirse en mujer negra durante veinticuatro horas. Daba igual que lo llamaran reportaje o investigación, para la gente blanca cruzar la frontera del color de la piel no era más que un juego.

Incluso podría ser una patología. Como el desorden de personalidad múltiple o la disforia de género.

Según el profesor de psicología de Harvard Jeremiah Brockyard, la disforia racial o transracialismo estaba ejemplificada por la activista Rachel Dolezal, que se hacía pasar por negra, y por el cantante Michael Jackson, que había corrido unos riesgos de salud enormes para parecer más blanco. Así como Sigmund Freud se había labrado su carrera gracias al caso de Dora, Jamal podía explotar con la misma facilidad la enfermedad mental de aquella mujer blanca demente para obtener fama y fortuna.

Sí, aquel era su próximo desafío. Jamal levantó una mano para señalar a la doncella:

—Arabella, ¿tendrías la amabilidad de traernos a mi invitado y a mí dos julepes de menta bien helados?

Jamal no se atrevía a conjeturar si aquella aparición era la manifestación de una personalidad hecha trizas y disociada o bien alguna forma de síndrome de Estocolmo causada por el hecho de verse una extranjera en su antigua nación. Todavía no. Se le ocurrió que aquello, aquella clase de aventuras, pobladas por personajes trastornados y traumatizados, eran la materia de la que estaban hechas los libros. Aquella criatura llamada Barnabas tal vez fuera el embrión de su libro.

El suyo sería un libro escrito por un hombre negro sobre una mujer que fingía ser un hombre negro. El título se escribió solo. Su obra maestra de la literatura se titularía *Negro como tú*.

En los meses que siguieron al Día del Ajuste, la población de castores empezó a crecer otra vez. Mientras la población humana bullía sumida en el caos, y las ciudades se convertían en escenarios de hambrunas, no solo aumentó la población de los castores. Las nutrias, los gatos monteses, las ratas almizcleras y los conejos volvieron todos con fuerza. Los visones, los linces y los lobos. Mientras los elementos atmosféricos limpiaban el medio ambiente de toxinas, incluso los depredadores alfa como los osos y las panteras resurgieron con vigor.

Y había pieles, pieles por todas partes. En consecuencia, la piel artificial emergió como el nuevo símbolo de estatus social. Al desaparecer la cadena de suministros petroquímicos, la piel y el cuero falsos empezaron a extinguirse a marchas forzadas. Las existencias de piel falsa se iban agotando, pero no llegaban nuevas pieles falsas que las reemplazaran.

Así pues, para hacer ostentación de su riqueza, el cacique Charlie empezó a llevar túnicas de leopardo de un verde amarillento y de exótica cebra acrílica. Se pavoneaba por los pasillos de su palacio calzado con unas botas hasta la rodilla de cuero sintético en peligro de extinción. Sus cortesanos lo engalanaban con mantos de marta cibelina falsa de color lima y guanteletes con flecos de cuero de poliuretano tachonado de costosas perlas falsas. Y adornado de esta manera, ascendía a las almenas de Maryhill para otear las ricas plantaciones de remolachas azucareras y cebollas dulces, la intrincada parcelación de viveros de calabazas-bellota y de endivias, los tesoros de su reino.

Shasta se había marchado, pero pronto se convertiría en su consorte. Se casarían en cuanto las pruebas genéticas confirmaran su etnicidad.

Habló una voz. Charlie dio la espalda a las almenas y a las vistas y su mirada se posó sobre un lacayo de librea. El hombre acompañaba a una joven manceba, una concubina doméstica perteneciente al contingente de doncellas de las cocinas y ayudas de cámara. No era ninguna belleza, pero sus entrañas parecían fértiles. Charlie asintió con la cabeza para indicar su aprobación y el lacayo se llevó de allí a la chica. Estaría esperándolo en sus aposentos cuando él estuviera listo.

Aquel tufo empezaba a saturar el sótano. El origen del efluvio era la sangre del viejo, porque la sangre se agria como la leche, y ahora la fetidez de la sangre derramada impregnaba hasta la última bocanada de aire que Walter respiraba. Las moscas negras volaban en círculos, círculos en torno a Walter y Talbott, círculos en torno a su comida a medio comer, en medio de una miasma constante, como si el olor mismo generara un zumbido grave.

Walter, que no era el mejor custodio de su propia higiene, tampoco mostraba muchos miramientos hacia las necesidades de su anciano protegido. Las comidas se quedaban demasiado tiempo a temperatura ambiente y el hedor de su podredumbre resultaba indetectable en medio del hedor generalizado de la sala. En consecuencia las excreciones de Talbott se volvieron repentinas y explosivas. Con cada inhalación contaminada, Walter se decía a sí mismo que había hecho cosas peores por una fortuna. Hasta la fecha, cada tarea que Talbott le había asignado había sido una prueba. Pronto quedaría repentinamente claro el esquema general de las cosas.

En cuanto la lista estuvo colgada en internet y atrajo los primeros posts y votos, Walter esperó el siguiente desafío. Su nuevo padre estaba dormitando. Tenía la cabeza caída sobre el pecho y de repente se despertó con un sobresalto y un ronquido burbujeante. Balbuciendo, con la cabeza colgando del cuello flaco, masculló:

—Espasmo hipnagógico.

Y procedió a explicarlo. Entre la vigilia y el sueño, la gente pasa por el estado hipnagógico, la fase en la que tiene lugar el sonambulismo. También son comunes las alucinaciones, las visiones en las que tropiezas con un obstáculo o te caes por una ventana y te despiertas de golpe. A ese despertar repentino los expertos en sueño lo llamaban el «espasmo hipnagógico». Los antropólogos, de acuerdo con Talbott, creían que nuestros antepasados evolutivos habían desarrollado aquel espasmo a fin de protegerse del peligro de soltarse de las ramas o del pelo de la madre primate. Esa impresión de que nos caemos se correspondía con su impresión de precipitarse en el suelo de la selva, un terror que ha perdurado desde los tiempos en que ni siquiera éramos humanos. Talbott siguió explicando el concepto. Tragó saliva con fuerza y se lamió los labios resecos. El pecho le subía y le bajaba como un fuelle, inflando y comprimiendo el pequeño y lacerado dirigible de su caja torácica. No había cagado toda la comida en mal estado, tal como demostraban los regueros de vómito que tenía en la vieja barbilla y pegados en forma de pálidos grumos a los pelos canosos de su pecho.

—¿Conoces N.A.? —preguntó. Se refería al grupo de terapia de doce pasos para rehabilitar a los drogadictos. Narcóticos Anónimos. Y dijo—: Ve ahí.

Así empezó la siguiente fase del entrenamiento de Walter. Talbott le ordenó:

—Encuéntrame a un par de hombres que no tengan nada que perder.

Walter debía oír sus historias y dar con hombres que hubieran tirado la toalla. Hombres jóvenes. Hombres rabiosos y desilusionados. Talbott quería reclutas que hubieran recurrido a las drogas porque eran listos y fuertes, pero el mundo actual no les daba ninguna salida para aquellos dones. Hombres que odiaran las drogas, pero que odiaran todavía más una sociedad que no les había dejado medios para obtener el estatus que todos los hombres ansían.

Walter tenía que prometerles un millón de dólares. Tenía que prometerles que iba a convertir a cada uno de ellos en príncipe del nuevo mundo. A Walter no le gustaba cómo sonaba aquello, considerando que él no había visto ni un miserable céntimo. Para ganar tiempo cogió un cuenco de fideos Top Ramen fríos y lo olisqueó someramente. Recorrió la distancia que lo separaba de la silla a la que estaba amarrado Talbott. Usando una cuchara que se las apañaba para estar al mismo tiempo grasienta y pegajosa, le metió los fideos en la vieja boca abierta.

Con la lengua atiborrada de comida, Talbott citó el movimiento americano de defensa de los derechos civiles de las décadas de 1950 y 1960. Antes de dicho movimiento, los desposeídos y los desamparados solían ir a las iglesias en busca de consuelo, y en aquellas iglesias los marginados de la sociedad habían descubierto que no estaban solos en su miseria. Unidos, formaban un ejército, y los líderes eclesiásticos habían reconocido su poder y conducido a aquellos ejércitos a la batalla.

Atragantándose y escupiendo sopa, Talbott dijo:

—Esos grupos… esos grupos de apoyo y rehabilitación son las nuevas iglesias.

Y explicó que los centros tradicionales de culto religioso se habían visto reducidos a toscos teatros a los que la gente acudía a ostentar su estatus y sus virtudes. Una iglesia verdadera tenía que ser el refugio seguro al que la gente pudiera ir sin miedo a confesar sus peores defectos. No a jactarse y a exhibir su orgullo. Quienes asistían a grupos de rehabilitación llegaban derrotados. Contaban la historia de su fracaso. Sus pecados y sus defectos. Acudían allí para admitir su culpa y al hacerlo comulgaban con sus compañeros en la imperfección. Era en el seno de aquellas insólitas iglesias, en compañía de borrachos y drogatas, donde Walter encontraría a los oficiales de su nuevo ejército. La ociosidad acaba con los ejércitos más poderosos del mundo, sostenía Talbott. Desprovistos de oportunidades, aquellos hombres a los que Walter iba a alistar, en ausencia de un enemigo exterior y de una batalla, se estaban volviendo víctimas de sí mismos.

Lo que Talbott le iba a contar a Walter, Walter tenía que predicarlo a aquellos hombres a los que elegiría en persona, y a su vez aquellos hombres habrían de salir al mundo a propagar el mensaje entre un pequeño número de hombres. Si aquellos hombres eran gays, tenía que tentarlos con visiones de Gaysia, donde vivirían en un entorno homogéneo entre los suyos. Si eran blancos, tenía que presentarles el futuro posible de Caucasia. Si eran negros, ofrecerles las promesas de Negrotopía, donde nunca deberían que postrarse ante otra raza.

—Tráeme —le mandó Talbott— a los hombres cultos y sin poder. —Elevó la voz hasta gritar—: ¡A los desdichados resultados de la deslocalización de los puestos de trabajo! Tráeme a esos desesperados, derrotados por la diversidad…

Y en aquel momento Talbott pareció entrar en éxtasis. Con una voz que era poco más que un susurro, declaró:

—Yo pagaré la factura. El mundo es tuyo.

Y una vez más, cayó en una somnolencia convulsa, nerviosa y entrecortada, llena de terrores prehistóricos.

Tal como se decía en el libro de Talbott, los estados desunidos siempre habían sido una nación compuesta de otras naciones. Algunas soberanas y otras invisibles. Parroquias. Gremios. Asociaciones. Logias y clubes. Después del Día del Ajuste sobrevivieron aquellas que fueron autosuficientes. En cambio, aquellas hermandades y alianzas que habían dependido de la generosidad del gobierno desaparecido, o de la atención aduladora de los derrotados medios de comunicación, dejaron de existir.

Lo mismo pasó con las familias.

Los dos hermanos habían quedado en verse para comer. En encontrarse por última vez. Una valla publicitaria enorme en el tejado del restaurante hacía que este pareciera diminuto por comparación. Era por lo menos el doble de grande que el establecimiento, y sus letras negras y enormes decían: «SOLO PARA BLANCOS».

Dentro, los dos hombres estaban en un reservado junto a los ventanales delanteros. Sentados el uno delante del otro como imágenes imperfectamente reflejadas: la misma nariz, los mismos ojos y boca y mata de pelo despeinado, los dos con los codos apoyados sobre la mesa, pero con expresiones distintas.

A su lado había de pie una camarera con vestido de tela a cuadros y delantal de bordes festoneados. Con el bolígrafo suspendido encima del cuaderno, la camarera les recitó:

—El plato del día es el estofado de alubias blancas a la Paula Deen... Los especiales son el filete de un cuarto de pescado blanco a la Richard Spencer y la ensalada de carne blanca de pollo a la Lester Maddox...

Uno de los hermanos, al notar que ella estaba esperando, le dijo:

—Danos un momento, ¿quieres? —Era Esteban.

El otro hermano dijo:

—Tomaremos dos sopas Paula Deen para empezar. —Era Xavier.

En cuanto la camarera se alejó, Esteban se metió la mano en el bolsillo de la chaqueta y sacó un puñado de paquetitos blancos. Unas bolsitas de plástico blanco del tamaño de tarjetas de crédito del Tiempo de Antes, con los cuatro lados sellados al calor. Los lanzó al centro de la mesa vacía. Algunos de los paquetitos estaban marcados con rotulador negro con una «p» minúscula y otros con una «b» minúscula. Esteban los señaló con la cabeza y dijo:

—No te hace falta emigrar.

Xavier estiró el brazo y examinó uno. Lo apretó con el pulgar y el índice para comprobar su blandura.

—Son del mercado negro —explicó Esteban—. La «b» significa «babas». Si has de hacer una prueba racial te vacías uno dentro de la boca. Es saliva de origen europeo garantizada por el laboratorio.

Xavier hundió el dedo en un paquete que tenía la «p».

—¿Y estos? —preguntó.

—Pis. Para los análisis de orina —explicó Esteban—. No los mezcles.

Xavier manoseó los paquetes.

—Tu caligrafía es horrorosa. —Dependiendo del ángulo desde el que las miraras, las «p» y las «b» eran idénticas.

Sin inmutarse, Esteban dijo:

—Quédate aquí en Caucasia para que podamos visitarte. Tengo inmunidad diplomática. En calidad de miembro del primer linaje, puedo viajar libremente entre las tres naciones por razones de trabajo.

Su hermano contempló los paquetes y se puso a darles la vuelta como si intentara distinguir cuál era cuál. En el equipo de música sonaba un gangueo de música country. Al otro lado de los ventanales, una mezcla de vehículos a motor y carruajes de caballos avanzaba en ambos sentidos por la autopista. Detrás de la autopista, una extensión enorme de repollos colorados llenaba las hectáreas que se perdían en el horizonte. Mirando a lo lejos, Xavier le preguntó:

—¿Por qué lo hiciste?

Esteban miró los paquetes con los ojos entrecerrados. Separó uno del resto y dijo:

—Creo que... este es pis. —Apartó otro y dijo—: Pero este son babas. *Creo*. —Dejó de toquetearlos de golpe—. No entiendes nada. —Murmuró. Luego, más alto y con voz más firme, continuó—: Las naciones se basan en las religiones. Se basan en los sistemas políticos. En ideas abstractas. ¿Por qué no basarlas en algo tan real y básico como las preferencias sexuales?

Xavier no intentó refutar aquello. Había dejado su macuto de lona en el asiento contiguo.

—Quería ayudar —prosiguió Esteban—. Crear un espacio seguro donde nadie se sintiera un paria. —Un timbrazo lo interrumpió. Procedía de un bolsillo de su chaqueta. Sacó su teléfono y miró la pantalla—. Me reclaman importantes asuntos de Estado. —Se puso de pie y salió al aparcamiento.

—¿Dos estofados de alubias blancas? —preguntó una voz.

La camarera dejó dos cuencos sobre la mesa donde Xavier seguía esperando. Echó un vistazo al otro lado del ventanal, hacia donde Esteban estaba hablando por teléfono. Los cuencos rebosantes de mejunje humeante habían apartado a un lado y mezclado irremediablemente los paquetitos mal etiquetados. La camarera se quedó mirando a Esteban y preguntó:

—¿No lo he visto por televisión? ¿Es alguien importante? —Y en tono conspiratorio, añadió—: ¿Sabes si está casado o no?

Xavier vio a su hermano dar órdenes, inaudibles debido al cristal de los ventanales y de los ruidos de fondo del tráfico. La camarera no se marchaba. Sonriente, se giró hacia ella y le dijo:

—¿Sabes que vuestra música es una mierda?

La camarera todavía se estaba dando la vuelta, enfurruñada, cuando él ya estaba abriendo una de las bolsitas. «P» o «b», daba lo mismo. En cuanto la camarera se fue, Xavier se puso a mezclar dentro del cuenco de sopa de su hermano todos los paquetitos de origen europeo garantizado por el laboratorio.

A Walter no se le escapaba la ironía de las palabras de Talbott. Puede que los grupos de rehabilitación fueran las iglesias de nuestros tiempos, pero todavía se reunían en los edificios de las antiguas iglesias. Igual que las iglesias cristianas se habían incautado de los antiguos templos dedicados a Apolo y Diana, la sección local de Narcóticos Anónimos se reunía en el sótano de la iglesia de Saint Stephens. En el santuario de la planta baja, bañados en la luz de colores que entraba por las vidrieras de colores, los buenos ciudadanos llevaban su mejor ropa de domingo. Cantaban en armonía en la clave correcta y recitaban sus oraciones al unísono. Bajo sus pies, bajo tierra, tenía lugar otra historia.

Lejos del sol, después del anochecer, llegaba arrastrando los pies una congregación completamente diferente. Fragmentada, solitaria. En vez de incienso, los seguía una nubecilla de humo de cigarrillos. En vez del vino de los sacramentos, bebían café solo y comulgaban con dónuts rellenos de mermelada.

Fue solo el entusiasmo que le provocaba Shasta lo que consiguió que Walter llegara al sótano de la iglesia, la excitación que sentía al imaginarse la cara de Shasta cuando se diera cuenta de que era rico. Talbott le había enseñado que la visualización creativa por sí sola no funcionaba. Cuando una empresa como Amway quería motivar a sus miembros novatos, los animaba a que probaran a conducir coches Maserati y Alfa Romeo. Los animaba a que buscaran jets privados Gulfstream y se pusieran en contacto con agentes inmobiliarios que les enseñaran mansiones en canales navegables y playas privadas. Los detalles reales motivaban a la gente. El olor de los asientos de cuero y el rumor de las olas del océano al otro lado de las ventanas de los dormitorios. La gente necesitaba conocer los detalles agradables de la vida que esperaban conseguir un día. Las metas vagas como la buena salud o el dinero eran difíciles de medir. Lo abstracto no excita el espíritu. A diferencia de la suavidad y la calidez de un abrigo de marta cibelina. O del brillo de un collar de diamante. O de la textura sedeña de la piscina perfecta de agua salada. Esas cosas sí que motivaban. De manera que Walter se imaginó a Shasta a bordo del velero en la bahía de San Francisco y le añadió el aroma de su loción de bronceado y el sabor del Château Lafite de 1869 que se iban a beber. Algún día picarían caviar blanco de beluga y se reirían de la estrategia que había seguido Walter para hacer fortuna, desollar con cuchillas a Talbott y colgar la lista en internet y colarse en Narcóticos Anónimos en busca de conversos. Espoleado por aquellos detalles, Walter se aventuró en el submundo de aquella nueva religión.

Llegaron los parroquianos llevando a rastras sus crímenes. Tipos con nombres como Clem, T. J. y Keishaun. Con trajes de ejecutivo, chándales o monos de trabajo manchados, esperaban su turno, hombres y mujeres por igual, para confesarse sin reservas. Lejos del mundo, todos hacían crónicas de sus peores conductas y decidían enmendarse.

¿A quién podía Walter ofrecer el mundo? ¿A quién radicalizar? Se dedicó a escuchar, sopesando al veterano de guerra desempleado frente a la camarera que intentaba sacarse el título de cosmetóloga. Talbott le había avisado. Los blancos echarían la culpa a los negros. Los gays a los heteros. Los negros a los blancos. Y todo el mundo echaría la culpa a los judíos. Walter esperó a que cada hombre y mujer dijera la suya. Talbott le había indicado qué debía decir exactamente y le había obligado a repetir las palabras hasta memorizarlas. Y cuando todo el mundo terminó de hablar, le llegó su turno. Y solo cuando fue el centro de todas las miradas Walter recitó su parte.

—Me llamo Walter —dijo.

Cada día le traía una nueva prueba. Se imaginó el terror que sentiría Shasta cuando lo estuviera besando en una casa de la que él era el dueño en secreto. Antes de que el grupo pudiera interrumpirlo, anunció:

—He venido a reclutar a hombres para gobernar el mundo dentro de menos de un año. —Un rumor colectivo de exasperación se elevó mientras los presentes se mofaban y negaban con las cabezas—. Todo el que esté interesado en ser miembro fundador de una nueva clase dirigente, que me busque fuera, por favor.

Y Walter se puso de pie, se excusó y salió por la puerta, subió la escalera y esperó en el callejón a que lo siguiera algún héroe, o algún loco, o nadie.

Charm pasó las páginas de un libro de cocina, saltándose las recetas pero deteniéndose en las fotografías a todo color de la langosta a la Newberg y de la ensalada Waldorf. Contempló los canelones, sintiendo que la boca se le hacía agua. Miró con deseo el *bok choy* hasta el momento en que tuvo que tragar saliva y entonces se fue a toda prisa a la cocina.

Su madre estaba frente a los fogones, removiendo algo en una sartén. Llevaba una toca. ¡Una toca! Su madre era tan blanca que los labios se le veían igual de finos que gomas elásticas rosadas. Gavyn era el afortunado. Y Shasta. Shasta solo tenía que entregarse y que la exportaran a Negrotopía. Charm y sus padres, en cambio, estaban atrapados, condenados a vivir en aquella Feria del Renacimiento patriarcal y llena de armas de fuego que era Caucasia. Su madre levantó la vista de lo que estaba cocinando y le dijo:

—Hola, cielo.

—¿Cerveza? —le preguntó Charm—. Es temprano.

Su madre estaba dando sorbos de un tazón de líquido de color ámbar.

—¿Esto? —preguntó, y le pasó el tazón—. Es orina. Previene los cánceres. Los negros le tienen una fe absoluta.

Charm emitió un sonido ambiguo a modo de respuesta. Tenía la boca demasiado llena de saliva para arriesgarse a decir palabras. Abrió la nevera y sacó un recipiente de plástico. Escrita a mano sobre la tapa hermética se leía la advertencia: ¡NO TOCAR! ¡SALIVA DE CHARM! Le quitó la tapa y acercó la cara al recipiente: un chorro de líquido espeso y turbio cayó dentro, y luego ella le añadió un gargajo asqueroso.

—Qué asco. —Su madre hizo una mueca. Y dio otro trago de orina medicinal.

Charm volvió a escupir y cerró la tapa del recipiente. Llevaba un par de días haciendo aquello y el recipiente todavía parecía vacío.

—Es para un concurso de ciencia —dijo—. Como los perros de Pavlov.

Su madre le dirigió una mirada de preocupación.

—Ya sabes que la ciencia está prohibida.

Se estaba refiriendo a la moratoria. La campaña para que la gente hiciera carreras de ingeniería y ciencia estaba muerta. El edicto establecía que los blancos tenían que estar criando, no leyendo. Mientras cerraba la nevera, Charm intentó cambiar de tema:

—He estado pensando en Gavyn.

Su madre frunció el ceño. Fingió perplejidad y preguntó:

—¿En quién?

—En tu hijo. —Charm fue al fregadero y llenó un vaso grande de agua. Tanto escupir tenía su precio.

Su madre suspiró todo lo fuerte que le permitían los cordones de su corpiño.

—No tenemos hijo —dijo—. No tienes hermano.

Mientras se bebía el agua, Charm sopesó aquella declaración. ¿Acaso su madre estaba siendo cruel, o solo realista? En cuanto Gavyn emigrara, era muy poco probable que volvieran a tener contacto con él. Lo mejor que podían esperar era que les llegara un hijo o hija nuevos exportados por unos padres igualmente decepcionados de Gaysia. Había muchos padres que lo consideraban una ofensa. Si su hijo o hija llegaba a la Edad de Declaración, los dieciocho años, y anunciaba una sexualidad inapropiada, siempre les parecía una traición. Charm sabía que sus padres le habían pedido a Gavyn que pospusiera su declaración. Se podía esperar a tener diecinueve, y retrasar el anuncio permitiría que la familia estuviera dos años más junta. Pero Gavyn había presentado la documentación. Sabía lo que quería. Quería largarse de allí como fuera.

Su madre evitó la mirada de Charm y siguió removiendo y diciendo:

—Ya sabes que no puedes salir así. —Lo que había en la sartén chisporroteaba y crepitaba.

Se refería a salir con la cabeza al descubierto. Las mujeres de Caucasia estaban obligadas a cubrirse la cabeza en público. Otra medida destinada a inculcar unidad étnica. De ahí la toca. Los gorros franceses estilo Tudor eran tentar la suerte. Una podía pasearse por ahí haciendo topless si quería. Pero ¿una caperuza? Ni hablar. Charm sabía que sus padres ya habían perdido a un hijo. Dios no quisiera que la hija que les quedaba terminara en una granja de trabajo para herejes o algo así.

Ese día los habían llamado del instituto. El director estaba amenazando con expulsarla. Su madre cogió un pellizco de sal de un cuenco y la echó en lo que estaba cocinando. Y comentó:

—Dicen que has vuelto a perseguir a más chicos con las partes al aire. —Usando ambas manos, hizo girar el molinillo de la pimienta—. Los chavales se han quedado aterrados.

Charm sonrió al recordarlo. Había provocado el pánico en el equipo de baloncesto durante los entrenamientos. Saliendo de un salto del vestuario de chicas sin bragas, había conseguido que aquellos machos alfa corrieran en estampida por las salidas de incendios. Las alarmas se habían disparado. Como momento de poder feminista, había sido bastante glorioso.

Ya estaba intentando juntar una nueva bocanada de saliva.

—¿Crees que Gavyn puede estar teniendo problemas?

Lo que quería decir era que la nación de Gaysia apenas acababa de lanzar su programa para reproducir individuos que exportar. Iban a tardar diecisiete años en entregar heterosexuales que pudieran intercambiarse por los homosexuales que había acumulados en Caucasia y en Negrotopía. A ese ritmo, Gavyn quizá tendría treinta y cuatro o treinta y cinco años antes de que le llegara la oportunidad de emigrar. Por supuesto, algún benefactor podía reunir el medio millón de talbotts que hacían falta para pagar su rescate, pero no parecía demasiado probable. Eran demasiados los adolescentes que había en los campos de concentración.

Y durante todo aquel tiempo los Estados nación heterosexuales seguirían produciendo bebés, y durante los siguientes diecisiete años un pequeño ejército de homosexuales que exportar se iba a ver retenido en los campos de concentración. La gente hetero tenía una ventaja histórica enorme en lo tocante a hacer criaturas.

Mientras se le llenaba la boca, Charm observó a su madre y trató de no tragar saliva ni hablar.

En la actualidad las naciones estaban llevando a cabo un modesto intercambio de bebés nacidos con preponderancia de ADN caucasiano o subsahariano, pero todo el mundo sabía que los beneficios de verdad se encontraban en la exportación de ciudadanos queer inadecuadamente nacidos. Era la nueva expresión en uso: inadecuadamente nacidos. Se refería a alguien nacido y criado en el Estado nación que no le correspondía.

Además, ¿quién sabía si Gaysia iba a dar prioridad a las exportaciones más jóvenes? En caso de que no, todavía más generaciones pasarían su juventud esperando a ser repatriados. Si se daba prioridad a los más jóvenes, entonces Gavyn podía pasarse la vida entera atrapado en el limbo entre dos naciones.

En sus cartas no lo decía, pero Gavyn había dejado de escribir acerca de sus grandes esperanzas. Si antes solía escribir sobre encontrar el amor, asentarse y convertirse en un agente importante que contribuyera a construir su nueva nación queer… últimamente había empezado a quejarse de la comida del campo de concentración. Era mala. Estofados de ternera llenos de almidones. Sopa de verduras aguada. Igual que la enfermedad se convertía en el tema principal entre los ancianos, Charm sabía que la comida era la gran preocupación entre los habitantes de las prisiones.

Pero no mencionó nada de todo esto. Se limitó a mirar cómo su mare removía la comida. Era pollo frito aquel chisporroteo de grasa. Patatas hervidas en una olla. En el horno se estaban cociendo panecillos, y la mantequilla ya estaba sobre la encimera para que se reblandeciera a temperatura ambiente.

Su madre estiró el brazo y pulsó un interruptor. El extractor de humos de la cocina empezó a ronronear y el humo de la sartén se elevó en espiral y desapareció.

El olor a la grasa y la carne, al queso parmesano que ella sabía que habría mezclado en la harina de maíz para empanar, todos aquellos aromas colmaron la boca de Charm de saliva nueva. Al cabo de un minuto necesitaría volver a abrir la nevera. Su hermano era un rehén, y cuanto más deprisa llenara ella aquel recipiente de saliva, antes lo podría liberar.

Quienes llamaban no eran Clem ni Keishaun, pero hablaban con la misma economía de lenguaje, en tono imperioso: «Ponme con Talbott». En tales ocasiones Walter le colocaba un manos libres a Talbott en la cabeza llena de costras y se retiraba de la sala. A petición de Talbott, empezó a mecanografiar sus notas en un solo documento que las reuniera todas. Walter no tenía ni idea de para qué. Puede que fuera un libro en marcha. O puede que simplemente fuera una nueva prueba. Comparado con la primera prueba, desollar a su nuevo padre en busca de un dispositivo de seguimiento imaginario, teclear sus notas era pan comido.

Walter solo podía especular acerca de los hombres a los que Talbott había enrolado. Los dos adictos a la heroína. Quizá estuvieran fingiendo y pegándose la gran vida a costa del dinero de Talbott. Quizá estuvieran propagando las enseñanzas de Talbott entre otros yonquis por los grupos de terapia de todo el país. No era imposible que hubiera una red de hombres desesperados ramificándose y extendiéndose para abarcar el país entero. O podía ser también que aquellos dos hombres estuvieran muertos.

En las páginas de noticias de internet no se había dicho nada de la desaparición de Talbott. También era pura especulación, pero existía la posibilidad de que la policía hubiera mantenido el caso en secreto mientras llevaba a cabo su investigación. Dicho esto, era posible que los agentes del FBI estuvieran cerniéndose ya sobre ellos, apostados en su manzana y a punto de tirar abajo la puerta de la casa. Walter siguió tecleando.

Los gritos de Talbott lo hicieron acudir. El viejo le dijo:

—Tienes que hacer la llamada de la que hablamos.

Walter fue a quitarle el teléfono del cráneo viejo y lleno de manchas de vejez. Los goterones de sangre que le asomaban de las viejas heridas se lo habían pegado a la cabeza de forma tan eficaz que el clip para la oreja no parecía necesario. La horripilante verdad era que Walter tuvo que despegarle el teléfono de la piel flácida y distendida, y aun así el plástico negro quedó pringado de feas manchas y costras. Hasta el punto de que Walter se vio obligado a limpiarlo con una toallita impregnada de antibiótico. Y durante todo ese tiempo Talbott se dedicó a arengarlo:

—Diles el código —rezongó desde la silla—. No alargues la llamada más de un minuto.

Walter olisqueó el teléfono. No olía a nada más que a alcohol de friegas. Marcó el número que se había aprendido de memoria.

Le contestó una voz, una voz de mujer:

—Oficina del senador Daniels.

Walter echó un vistazo al viejo mientras decía:

—Llamo de parte de…

La voz lo interrumpió:

—El senador está reunido.

—¡Diez segundos! —gritó Talbott.

Walter se decantó por la opción nuclear.

—Esto es un código 4C247M.

Al otro lado se hizo el silencio por un instante y luego se puso al teléfono una voz masculina y estridente.

—Habla el senador —anunció la voz.

—Sí. —Walter miró a Talbott en busca de indicios de aprobación o de desaprobación—. Necesita usted aprobar la Ley de Declaración de Guerra.

Talbott le había explicado la situación. El hecho de que el excedente de hombres jóvenes amenazaba con desestabilizar el país, así como otras muchas naciones extranjeras. La ley desencadenaría la llamada a filas de un millón de jóvenes, que serían enfrentados a fuerzas militares equivalentes reclutadas en otros países. Walter era consciente de que cada vez que los acontecimientos del mundo se ponían feos, siempre se mandaba a los hombres de su edad a lidiar con el desastre. Walter le dijo al senador:

—El señor Talbott desea que la guerra empiece como muy tarde el día en que se abre la temporada de caza de la garza.

—Por supuesto —dijo el senador. A menos que Walter se equivocara, el hombre estaba jadeando como si hubiera llegado corriendo a coger el teléfono.

Talbott le había explicado que una guerra mundial reduciría el excedente de mano de obra. Que los mercados globales de industrias de manufactura experimentarían un boom. Por fin Walter se imaginó que podía ver un dinero considerable al final de aquel túnel tan largo. Le dijo al senador:

—El señor Talbott le manda recuerdos para su esposa.

—Por supuesto —dijo el senador.

Hasta la fecha, nadie había llamado nunca «señor» a Walter, y le resultó sorprendentemente agradable. Ebrio de valor, le dijo al senador el nombre completo de Shasta y le pidió que le quitara las multas de aparcamiento.

—Un minuto —dijo Talbott en tono cortante—. ¡Cuelga!

A modo de pulla final, Walter preguntó:

—Senador, ¿cuándo empieza la temporada de la caza de la garza?

—¿Este año? —preguntó el senador con la voz aguda por el nerviosismo.

—Este año —confirmó Walter.

—Empieza un día después de que arranque la Tercera Guerra Mundial —dijo el senador, y añadió—: Señor.

Solo entonces, acabada la prueba, y mientras Talbott lo fulminaba con la mirada, y tomándose todo el tiempo del mundo, Walter colgó el teléfono.

Una velada destacó entre las muchas que Jamal se había pasado pimplándose julepes de menta y tratando de estudiar a la criatura. En su pellejo negro-añil, Jamal podía discernir vestigios de la dama envejecida que se había quemado el pelo hasta convertirlo en una masa chamuscada y que a diario bajaba contoneándose del desván, dando zancadas altas, meneando las palmas de las manos al estilo de Bojangles y haciendo muecas propias del viejo cabaret de caras pintadas. A veces la criatura se olvidaba de su farsa y se ponía a rememorar nostálgicamente a la gente de los retratos. En aquellas ocasiones, cuando la ginebra disipaba las payasadas, la criatura hablaba largo y tendido del cementerio que había al otro lado de los campos. Jamal se paseaba entre las lápidas, grandes y pequeñas, y la criatura le narraba las vidas de toda la gente que había enterrada allí.

Contemplando las lápidas con atención, Jamal le preguntó si estaba allí la tumba de una mujer llamada Belinda.

—Esa 'tá en la sección de los esclavos —dijo Barnabas. La criatura caminó hasta una zona boscosa situada fuera del cementerio familiar. Allí, entre las cruces herrumbrosas y las tumbas hundidas, Jamal encontró una lápida pequeña con el mármol blanco erosionado por la lluvia. Solo el nombre, «Belinda», era legible.

En otras ocasiones la criatura guardaba silencio y Jamal le leía en voz alta pasajes del libro de Talbott. La palabra sagrada del nuevo mundo. En el salón, con los leños crepitando en la chimenea, le leía:

Nos encanta luchar pero odiamos ganar. Desafiamos a la autoridad, creamos conflictos y nos enfrentamos al poder no porque queramos dominar, sino porque sabemos que el triunfo solo implica más lucha. Y nos encanta luchar porque sabemos que cuando una fuerza irresistible finalmente nos derrote, podremos regocijarnos y reconocer a ese enemigo como Dios.

Se había fijado en que cuando la criatura estaba borracha e interpretando al payaso, parecía experimentar un placer genuino. Elevaba su voz cascada para berrear temas de góspel antiguos. Jamal la observaba con una mezcla de lástima y fascinación. Ese payaso danzarín. Se había manifestado como un fantasma. El espíritu de aquel lugar dejado de la mano de Dios. La imagen hizo que le viniera a la cabeza otro pasaje de Talbott:

Para los blancos, la cualidad más envidiable de los negros es su capacidad para ser felices. Siempre han mostrado una determinación elegante y una naturaleza positiva que los blancos solo pueden codiciar. Durante siglos enteros de persecución, los negros desarrollaron un espíritu envidiable y una alegría interior. A fin de arruinar ese gozo, los blancos crearon la industria del rencor y envenenaron la felicidad negra reemplazándola por la rabia y el odio. A base de sembrar inseguridad, los blancos han destruido el mayor poder que tuvieron antaño los negros. A base de enseñar a los negros a ofenderse, los blancos han conseguido maldecir a los negros con una desdicha mucho mayor que ninguna infelicidad que puedan sentir los blancos.

Desplomándose en una butaca de terciopelo rojo, la criatura parpadeó con expresión de sorpresa. Se relamió los labios inflados y preguntó:

—Señoíto Jamlal, el libro ese… ¿de verdá dice esas cosas?
Jamal asintió con la cabeza.

La criatura asintió también a modo de respuesta.

—Pues pa'ece la verdá.

Perdidos en sus pensamientos, los viejos ojos contemplaron su reflejo en el lado bruñido de la copa de plata de su julepe.

—Señoíto Jamal… —preguntó—. ¿Usté cree en Dios?

Jamal estaba un poco achispado.

—Me encanta lo que crea Dios —contestó—, pero admito que no le reconozco el mérito. —Y acercando la cara a la criatura, añadió en tono conspiratorio—: Si me dedicara a rezar la mitad del tiempo que paso en internet mirando porno, ya estaría salvado. De eso no cabe duda. —Sonrió con picardía—. Solo me gustaría amar a Dios la mitad de lo que amo a algunas de sus hermosísimas criaturas.

En cualquier caso, la criatura pareció entenderlo. En aquellos momentos, podría haber sido perfectamente lo que era en realidad: una anciana blanca con la cara pintada de negro y temerosa de que la expulsaran del hogar de sus ancestros. Al ver suavizarse la expresión de la criatura, Jamal fue consciente de una verdad. Su peor miedo era que aquel trasgo jorobado y grotesco se anulara a sí mismo. Que volviera a ser una anciana aterrada. Entonces la mujer abandonaría aquella casa y se llevaría consigo su historia. La preocupación de Jamal iba más allá del mero hecho de escribir su libro. Le preocupaba quedarse a solas con su poder, un rey en un castillo pero sin su ridículo bufón. Aquel bufón chusco y bailón era la única persona con la que se sentía cómodo en su nueva vida.

Nunca se había imaginado que el poder comportara tanta soledad.

Nadie creería a aquel loco, de forma que Jamal le podía confesar cualquier secreto. Necesitaba tanto a aquel lunático como confidente que la situación lo aterraba. Se preguntó quién necesitaría más a quién.

A fin de atajar de raíz aquel momento, el rey echó mano a una jarra perlada de gotitas que había en una mesilla. Sin que nadie se lo pidiera, le rellenó la copa a la criatura.

Deliciosa se sirvió otra copa de vino. Era menos peligroso parecer borracha que aparentar miedo. La policía no iba a detener a una mujer achispada, pero sí se pondría a seguir a alguien que sonreía furtivamente y caminaba por la calle demasiado deprisa, manteniéndose en las sombras y apartando la cara cada vez que unos faros de coche la iluminaban al pasar. Se comprobó el maquillaje en el espejo del baño y se quitó una mancha de pintalabios de uno de los incisivos. Alguien llamó a la puerta.

—Un segundo —dijo. Tenía la copa en la repisa de al lado de la bañera, al lado de la botella vacía de vino. Perfume, casi se había olvidado. Un toquecito detrás de las rodillas y un toquecito detrás de cada oreja. Apuró la copa de vino, se metió la mano por debajo de la falda corta, se bajó las bragas por los muslos y las tiró en la cesta de la ropa sucia. Un último vistazo al espejo le dio la confianza necesaria. También el vino.

Deliciosa abrió la puerta del baño y dijo:

—Todo tuyo.

En el pasillo estaba esperando Felix. Era el hijo que Belle había tenido con su marido, aunque la ley de Gaysia no reconocía aquella unión. Igual que ahora el marido de Deliciosa, Galante, estaba jugando a mamás y papás con Jarvis, Deliciosa también se había casado con Belle, en una fastuosa ceremonia pública en la magnífica catedral de Harvey Milk y que había contado con la liberación de cientos de palomas blancas y con una orquesta de veinticuatro músicos que había tocado durante el banquete. Felix les había hecho de pajecito. Felix sabía lo que se jugaban.

Una sola metida de pata y a cualquiera de ellos podían detenerlo y exportarlo. Lo meterían en un centro de retención y terminarían reubicándolo en Negrotopía o Caucasia, y jamás podría reunirse con sus seres queridos. Y para empeorar las cosas, ahora también se tenían que preocupar de Felix. Felix no era como los demás niños. A una edad en que tendría que estar haciendo playback con remezclas de Gloria Gaynor, en cambio se dedicaba a mirar demasiado fijamente a todas las mujeres que pasaban por la calle. No parecía en absoluto interesado en salir con otros chicos, y eso preocupaba a su madre. Belle insistía en que solo estaba pasando por una fase. A poca semanas de su Edad de Declaración, su madre le suplicó que no se dedicara a exhibir abiertamente su heterosexualidad. En el mejor de los casos, con aquella conducta tan arriesgada conseguiría que alguna panda de matones moralistas le diera una paliza. Y en el peor de los casos, que lo deportaran. Y ninguno de sus padres y madres volvería a verlo nunca más.

Felix le dirigió una sonrisita a Deliciosa.

—Pero qué buena estás —le dijo, contemplando sus piernas suaves, sus pies calzados con zapatos de tacón, el dobladillo alto de la falda y el escote bajo. Sonrió para mostrar que le gustaban sus nuevas extensiones y la pizca de purpurina que llevaba en el canalillo—. ¿Tienes una cita esta noche? —Señaló con la cabeza la botella de vino vacía que llevaba en una mano, la copa vacía que llevaba en la otra y las largas uñas de manicura.

La tenía. Tenía una cita aquella noche, pero no con su madre, Belle.

Deliciosa no hizo caso de la sonrisa lasciva del chico y pasó a su lado empujándolo.

—¿No tienes ningún festival de pajas al que ir?

—Pues no. —Él negó con la cabeza—. Hoy hemos hecho una donación muy grande de semen en la escuela.

Deliciosa sabía que no lo decía en broma, pero tampoco se moría de ganas de oír los detalles. Cogió su bolso de la mesilla del vestíbulo y miró dentro. Aquella tarde había llegado una carta certificada. Con la carta a salvo dentro del bolso, se encaminó a la puerta del apartamento y dijo:

–Dile a tu madre que no me espere despierta.

Felix no se chupaba el dedo. Conocía el percal. Y le gritó:

–¡Que no te pillen!

Por la calle, Deliciosa cruzó la noche a zancadas. Dejó que el calor la relajara y permitió que las caderas se le contonearan y le subieran la falda cada vez más a medida que sus pasos se ensanchaban. Las peatonas más hombrunas la piropeaban con silbidos. Las mujeres con camisas de franela le gruñían cumplidos al pasar. Un coche de policía se le puso al lado y empezó a avanzar a su misma velocidad, y ella no se atrevió a mirar en su dirección. A pesar del vino, sabía que se le vería el miedo en los ojos. Oyó el parloteo de la radio. Pareció que pasaba toda una eternidad antes de que el coche patrulla encendiera las luces parpadeantes. Y en aquel momento Deliciosa supo que la habían pillado. La historia entera se le desplegó en la imaginación: la policía gaysiática había estado vigilando su apartamento y monitorizando sus movimientos iban a deportarla.

Las luces rojas y azules la bañaron con su resplandor. La sirena del coche se puso a aullar. Los neumáticos chirriaron sobre el asfalto y el coche patrulla salió a toda pastilla respondiendo a otra llamada.

Con las piernas temblorosas por el terror, Deliciosa se metió dando tumbos en un portal oscuro y sin indicaciones. Era un antro de mala muerte. Una colección de revistas guarras de antes del Día del Ajuste, con las páginas dobladas y marchitándose en los expositores, mostraban saludables actos sexuales entre personas del mismo sexo. Las cabeceras eran del tipo *Pescadoras de Almejas Sáficas* y *Piratas Griegos de Culos*. Nadie quería aquellas revistas antiguas de pajas de pintorescos tiempos pasados. No eran más que puro atrezo. Una tapadera.

Detrás del mostrador había un tipo esquelético y taciturno sentado en un taburete. Ella le pagó unos cuantos talbotts a cambio de unas fichas metálicas. Oculta al otro lado de los expositores de revistas, detrás de las polvorientas vitrinas que exhibían consoladores de color rosa y cintas VHS, una puerta tapada con cortinas daba a un pasillo en penumbra. Deliciosa apartó la tela acartonada y entró. El olor a sexo era intenso, y se quedó inmóvil mientras los ojos se le acostumbraban a la oscuridad. Sus pasos en el suelo pegajoso hacían un ruido como de arrancar adhesivos. Aquel lugar, el sórdido submundo de Gaysia, era donde la gente se entregaba a sus apetitos ilegales.

Inmersos en la turbia luz negra, los números 4, 7 y 13 parecieron flotar ante sus ojos hasta que Deliciosa se dio cuenta de que estaban pintados con un par de brochazos de pintura rosa fosforescente. Aquellos y otros números continuaban espaciados a intervalos regulares, y cada marca correspondía a una puerta astillada y descascarillada. Un movimiento llamó su atención. Un hombre rubio de dientes relucientes le dijo:

—Eh, morenaza…

Hombres y mujeres, negros buscando a blancos, blancos buscando a negros, todos heterosexuales, todos ilegales, poblaban el lóbrego pasillo, algunos exhibiéndose con la esperanza de atraer a una pareja sexual.

Deliciosa levantó una mano y le enseñó su alianza.

El hombre le enseñó la suya.

Deliciosa siguió recorriendo aquel espacio abarrotado y maloliente. Las puertas astilladas daban a cubículos del tamaño de armarios en los que parpadeaban películas para adultos del mismo sexo en pantallas de vídeo manchadas. Eligió una puerta que llevaba el número 10 en pintura fosforescente. El suelo estaba cubierto de condones usados. Aquellos condones, si es que no eran algo peor, hacían que se le pegaran los tacones al suelo, tirándole de los zapatos y desprendiéndoselos de los pies desnudos. En un rincón había una silla de plástico cubierta de varias capas de podredumbre en la que se planteó sentarse antes de acordarse de que no llevaba nada debajo de la falda para protegerla. Entró y cerró la puerta tras de sí.

En la pantalla de vídeo resplandecían dos hombres de un atractivo asombroso, uno blanco y uno negro, copulando románticamente junto a la piscina fastuosa de una mansión regia. En Gaysia estaba permitida la mezcla de razas. Pero no la de géneros.

Alguien llamó a la puerta y una voz masculina susurró:

—Eh, morenaza…

Irritada, Deliciosa la entreabrió, lista para insultar a algún lujurioso desconocido.

En el pasillo a oscuras había una figura encorvada. No el apuesto desconocido que la había abordado antes, sino un hombre que le resultaba familiar. Ella lo agarró de una muñeca flaca y pálida y lo arrastró al interior del cubículo. En cuanto estuvieron los dos dentro, cerró la puerta y la atrancó poniendo la silla mugrienta debajo del pomo. Todas las superficies que tocaba estaban pegajosas o bien grasientas, y se secó las manos en la falda. Su boca ya estaba buscando la del hombre. Frotaba las caderas contra las de él. Las manos del hombre la recorrieron, subiendo por sus piernas para dejar al descubierto su sexo mojado.

Sin una palabra, el hombre dobló las rodillas y ella se puso en cuclillas. Galante forcejeó para bajarse los pantalones de tela por las flacas caderas y los labios de Deliciosa buscaron la obertura de sus calzoncillos estilo bóxer. Su boca carnosa ni siquiera se planteó las repercusiones mientras se disponían a cometer uno de los actos más prohibidos de Gaysia.

El efecto debería haber sido inmediato, pero la hombría de su marido no respondió. Ella cambió a masajeársela y así poder preguntarle:

—¿Galante, cariño?

Su marido gimió por lo bajo:

—No puedo.

Deliciosa se escupió en la mano y lo siguió intentando.

—¿Qué pasa, cielo?

Por encima de ella, Galante tenía la cara oculta por las sombras.

—Hoy en el trabajo hemos tenido una donación extra de semen.

Se estaba refiriendo a la recogida de semen viable de todos los ciudadanos varones sanos de Gaysia. Era voluntaria pero no lo era. En realidad no. De todos los ciudadanos de bien se esperaba que donaran cantidades enormes de semen para la campaña de engendrar hijos, la mayoría de los cuales se exportarían a fin de poder traer a los homosexuales que había retenidos en Caucasia y Negrotopía. Las exigencias físicas de aquellas recogidas de semen casi habían eliminado el sexo recreativo masculino. Y a aquellos hombres que no eran capaces de donar su cuota, o cuya semilla era de calidad inferior, se los obligaba a donar dinero al fondo para pagar los rescates de nuevos ciudadanos. La supervivencia de Gaysia dependía de aquellas campañas.

Deliciosa entendió la lamentable situación. Su Galante ya había cumplido con su deber tres veces aquel día. Estaba agotado.

A los hombres de Gaysia se les obligaba a donar, pero las mujeres tampoco carecían de responsabilidades de cara a asegurar el futuro de la nación. A lo largo de la historia se había llamado a filas a los hombres para que cumplieran con el servicio militar. Habían entregado sus cuerpos y sus vidas al Estado. Siguiendo aquel precedente, ahora se alistaba a las mujeres. Si eran elegidas como aptas, las ciudadanas mujeres de Gaysia tenían que aceptar que las inseminaran. Las semilla donada se usaba para crear una vida nueva y la mujer la llevaba dentro. Todas las mujeres fértiles eran candidatas, y solo una urgencia médica podía excusar a alguien de servir como madre.

Las criaturas resultantes eran principalmente para la exportación, pero se las criaba hasta que alcanzaban su Edad de Declaración. Exportadas o no, todas equivalían a un ciudadano nuevo.

Por eso Deliciosa se había afeitado las piernas. Su motivación para arriesgar su libertad, para rebajarse a aquello, a aquella sima de degradación. Allí en cuclillas, se trabajó a Galante con ambas manos y con la boca, pero en vano. No importaba lo mucho que se quisiera quedar embarazada de él y llevar a su hijo en ella, aquella noche no iba a pasar. Resignada, estiró la mano para recoger el bolso, que había dejado en el suelo inmundo. Sacó de él la carta que le había llegado aquel mismo día. Galante la ayudó a levantarse y ella le entregó el sobre. El gobierno sabía que la tenía. La habían hecho firmar al recibirla.

Bajo la luz tenue de la pantalla de vídeo, su marido desdobló el papel y entrecerró los ojos para leerlo. En la pantalla, en lo que era claramente una película anterior al Día del Ajuste, los dos hombres estaban eyaculando felizmente sobre las caras sonrientes del otro. Deliciosa contempló aquella unción y pensó: «¡Menudo desperdicio!».

Galante la miró con el ceño fruncido en expresión de confusión.

—¿Esto qué quiere decir?

Deliciosa intentó parecer despreocupada.

—Que me han alistado.

Su marido ladeó la cabeza.

—¿Qué quieres decir con «alistado»? —Si no lo entendía era porque no lo quería entender.

De acuerdo con el aviso, Deliciosa tenía que presentarse para ser artificialmente inseminada en menos de veinticuatro horas. Después de eludir a la policía, después de aventurarse a aquel tugurio de depravación, por fin le llegó el efecto combinado del vino y del miedo. A menos que pudiera convencer a su marido para que le hiciera el amor, pronto llevaría dentro a la criatura de un desconocido. Llorando frenéticamente, dejó que las lágrimas que le caían le mojaran las suaves palmas de las manos y redobló sus esfuerzos desesperados por excitar el miembro flácido de su amado.

Cualquiera que echara un vistazo, solo vería dos paquetitos de plástico de kétchup como los que había en cualquier restaurante de comida rápida. La única pista de su verdadera naturaleza la daba su temperatura. Eso y el hecho de que los paquetes, si uno los miraba de cerca, se veían manipulados. Alguien les había cortado uno de los lados y lo había vuelto a cerrar con pegamento, no sellándolo al calor como los otros bordes, sino con pegamento.

La pista principal era que estaban helados. Tan fríos que Shasta se vio obligada a apretarlos suavemente, estrujándolos y soltándolos, hasta que el grueso plástico y los bordes afilados estuvieron maleables al tacto.

Los enormes salones de audiencias del palacio de Charlie bullían de vida cortesana. Las prendas de seda y de tafetán barrían los relucientes suelos de madera, y las joyas rojizas centelleaban bajo el sol que entraba por los ventanales altos. Los trovadores se paseaban tañendo laúdes en un intento de animar el ambiente. Se había llamado al galeno de la corte y todo el mundo esperaba, conversando ansiosamente. Alrededor de Shasta pululaban las formidables mujeres de otros caciques, sus esposas públicas, engalanadas con el botín saqueado de tantos museos y galerías de arte. Ninguna de ellas tenía formación de realeza más allá del hecho de haber ejercido de reinas en bailes de bienvenida o de graduación del instituto. Eran las mujeres más guapas que habían seleccionado sus respectivas poblaciones. El cacique Brach había elegido como favorita a una joven dama empobrecida de las ruinas de Seattle. Aunque tenía montones de concubinas campesinas y domésticas, Charlie era el único que todavía no había elegido a una esposa pública.

Un lacayo que pasaba le ofreció a Shasta una bandeja de lenguas de pavo real. Shasta tomó una. Fingió con disimulo que se metía la deliciosa lengua entre los labios. En realidad, sin embargo, se la introdujo en su generoso escote. En lugar de la lengua de pavo, se metió en la boca uno de los dos paquetes de kétchup, ocultándolo en un carrillo. Mientras otro camarero le hacía una reverencia para presentarle un surtido de huevos rebozados dispuestos sobre un calientaplatos de plata labrada, Shasta repitió su juego de manos, metiéndose los huevos en el escote mientras ocultaba el segundo paquete de kétchup en el otro carrillo.

De su corpiño se elevaba ahora un olor a comida, y Shasta se esforzó por tragarse toda su saliva. Necesitaba tener la boca seca cuando tuvieran lugar las pruebas. Su saliva natural la traicionaría. Si los laboratorios de 23 & Me estaban en lo cierto, su saliva arrojaría un resultado del cincuenta y cuatro por ciento de antepasados subsaharianos, declarándola no apta para residir en Caucasia, ya no digamos para convertirse en esposa de un cacique.

No, lo que tenía oculto en la mejillas era la saliva empaquetada de una chica innegablemente blanca. Habían llegado a un acuerdo. Si Charm ayudaba a Shasta a convertirse en la esposa pública de Charlie, Shasta usaría su elevada posición social para ayudar a Charm en alguna empresa todavía sin especificar.

Al llegar la hora establecida para la prueba, el enorme reloj tañó. Los juglares guardaron silencio y las familias reales congregadas hincaron la rodilla. Un mayordomo entrechocó los talones y anunció:

—¡Hace su entrada el galeno del reino!

El galeno del reino era miembro del círculo de confianza de Charlie. Se llamaba Terrence y era un antiguo inválido al que las palabras de Talbott habían sacado de su lecho de muerte. Se acercó desfilando desde el otro extremo de la galería, con el tabardo verde esmeralda centelleando y decorado con bordados de hilo de oro. Le tachonaban el braguero unas perlas del tamaño de cacahuetes. A juzgar por su blandura mantecosa, las botas altas hasta los muslos que llevaba solo podían estar hecha del mejor cuero sintético.

Fuera cual fuera la antigua aflicción del galeno real, no quedaba ni rastro de ella. Una hermosa cascada de bucles dorados le caía sobre los hombros. Antes de llegar al sitio donde esperaba Shasta, se detuvo en el centro de la concurrencia y agachó la cabeza para entonar una breve plegaria:

—Oh, Odín, padre de Thor y de Balder. —Proyectó la voz hacia el techo cubierto de elaborados artesonados y frescos—. Odín, que empuñas la lanza Gungnir y eres esposo de Frigg...

Mientras escuchaba, Shasta intentó no pensar en la sabrosa lengua de pavo real que todavía tenía encajada entre los encantadores pechos, a fin de no salivar. Mantuvo la mandíbula laxa a fin de no perforar los paquetes de kétchup y llenarse antes de tiempo la boca de valiosísimas babas de chica blanca.

—Oh, Odín —prosiguió el galeno—, te rezamos a fin de que esta mujer resulte ser lo bastante pura para convertirse en nuestra reina. —Al terminar, se metió en la escarcela los dedos de la experta mano. De sus profundidades sacó algo que relució como un halo en la penumbra de la sala. Se rumoreaba que poseía unos poderes curativos fabulosos. Y que al leer las palabras del libro de Talbott se había levantado de golpe de su lecho de muerte y había encontrado las energías renovadas para ponerse al servicio de Caucasia.

El objeto reluciente que presentó ahora era una placa de Petri estéril, y con ella en la mano se aproximó a Shasta.

En silencio, Shasta hizo un mohín y tragó saliva para secarse la boca. El huevo rebozado que se había metido en el corpiño se cayó más abajo y ella sintió su calidez contra los abdominales tensos. No podía morder los paquetes hasta que empezara el ritual.

Terrence carecía de formación médica, pero todo el mundo sabía que su paladar era tan refinado que un único sorbo de la muestra de un paciente le bastaba para detectar todos sus antecedentes raciales. Se arrodilló frente a Shasta y le dio la placa de Petri como si fuera una ofrenda.

Sí, aquel era el momento. Shasta inclinó la cara sobre el recipiente vacío. Con las muelas, hizo un desgarrón en uno de los paquetes. El sabor extraño de la saliva fría de una desconocida colmó su lengua. Rasgó el segundo paquete y la sensación se redobló. Tenía la boca llena del regusto extraño de los fluidos corporales de Charm. Más fríos de lo que Shasta esperaba, los fluidos se propulsaron a chorros por entre las muelas. La humedad resbaladiza de Charm le cubrió la lengua, hasta el punto de que cuando bajó la cara para dejar soltar unas gotitas de muestra sobre la placa de cristal, de los labios le cayó una avalancha enorme de saliva de chica.

El chaparrón desbordó los bordes de la placa de Petri. Terrence, el médico real, levantó la vista sorprendido. Sus brazos extendidos temblaron debido al peso del líquido.

Shasta se ruborizó intensamente. En lo que confió que fuera un gesto elegante, se secó la boca chorreante con la manga de su vestido de seda. Resistió el impulso de girar la cabeza a un lado y ponerse a escupir hasta que el aroma de las glándulas salivares de Charm ya no le impregnara las papilas gustativas.

El noble séquito de los presentes abrió los ojos como platos del asombro.

El galeno real contempló la placa rebosante. Con voz queda y sobrecogida, Terrence espetó:

—Milady, el tono de vuestra expectoración resulta muy prometedor.

Fuera de quien fuera aquella saliva, resplandecía en las manos del hombre. Un centelleo plateado reafirmaba su belleza. Su espuma se veía azulada, de tan pura como era. Shasta rezó una plegaria en silencio porque aquella no fuera su saliva.

Todavía tenía los dos paquetes rotos en los carrillos. Con discreción, para que no la pillaran, se metió los dedos de una mano en las profundidades de entre los pechos y se sacó la lengua de pavo real y el huevo rebozado que se le habían amontonado allí. Para quitarse de la boca el sabor de Charm, engulló a toda prisa ambas exquisiteces.

El galeno de la corte se llevó la muestra a la nariz. Olisqueó el líquido viscoso. Se llevó el borde de la placa a los labios, lo inclinó y empezó a sorberlo. Se pasó la muestra chapoteante de un carrillo al otro. Se relamió.

Dawson nunca había reconstruido a una mujer. Al menos hasta ese momento. Igual que todos los hombres, había visto a mujeres en estado de siniestro total. Completamente contrahechas, mujeres con el cuerpo tan retorcido que nadie hubiera podido recomponerlas. Para el desguace. Había visto a una mujer preciosa tan abandonada que el chasis se le había oxidado entero. Y había visto a mujeres mayores customizadas en plan bólido, recubiertas de varias capas de resina para suavizarles las curvas, equipadas con cabezales Hooker y repintadas con unos colores que apenas era legal sacar a la calle.

Examinó a la chavala a la que había encontrado en la carretera. Agotada, se había quedado dormida en la cabina del camión, apoyada contra la portezuela lateral. Era poco más que un montón de ropa sucia. Una chavala tan bien criada como aquella se debía de imaginar que la historia solo se movía en una dirección. El libro de Talbott había demostrado que se equivocaba. Ahora que habían puesto precio a su cabeza, era una académica muerta viviente.

La autopista de dos carriles bordeaba unos campos que se extendían hasta el horizonte. Tantas hileras de berenjenas como olas tenía el océano. Atendidas por un regimiento de mujeres con pañuelos anudados a la cabeza para ocultar el pelo. Refugiadas de las ciudades. Daban igual todo el reciclaje y la electricidad de las turbinas eólicas, las ciudades nunca habían sido sostenibles. Se habían visto reducidas a simas de canibalismo cuyos afortunados supervivientes se escapaban en hordas al campo. A suplicar que los dejaran servir en las fincas de los caciques. En las montañas no se estaba organizando ninguna contrarrevolución de gente que se alimentaba de galletas y conspiraba para recuperar el poder con un poema muy, pero que muy mordazmente brillante.

Las armas de fuego las tenían los matones y los gángsteres, de forma que ahora gobernaban su propia nación de siervos de la gleba y esclavos. Las armas de fuego las tenían los palurdos y los maromos, de forma que ahora reinaban sobre los siervos de Caucasia. Los partidarios progresistas y sensatos de las armas, con su idea de lo históricamente correcto, tenían a sus abogados defensores de los derechos civiles y a su Tribunal del Circuito Noveno. Se habían pasado la vida entera entre papeles. Si sobrevivían, era en calidad de esclavos agradecidos.

La chavala académica se meneó en sueños. Dawson intentó acordarse de su nombre de la lista. Su recompensa eran mil seiscientos votos, que se podían subastar a cambio de un buen pellizco. No se acordaba de su nombre. Era un nombre de esos inventados.

Ella abrió los ojos de golpe.

Dawson le sostuvo la mirada hasta que la chica apartó la suya. No le hacía falta mirar al frente. Las carreteras estaban vacías. Podía alimentarla. Darle leche, un vaso bien grande de suero de mantequilla. La alianza que guardaba al fondo del bolsillo del pantalón le decía que aquello no sería fácil.

Iba encogida en el asiento, con la cabeza agachada. Y le preguntó:

—¿Adónde me lleva usted?

—A Canadá —mintió Dawson. En el horizonte apareció un letrero blanco de gran tamaño. Montado sobre un poste, giraba lentamente. Con letras negras y enormes sobre el fondo blanco, decía: SOLO PARA BLANCOS.

Dawson preguntó:

—¿Te apetece desayunar?

A ella le manaron lágrimas de los ojos.

—Necesito un sitio donde sentirme segura.

Dawson sabía que nunca se volvería a sentir segura.

Supuso que no estaba mal que a la chavala le hubiera caído encima aquella calamidad. Había adquirido poder a base de repetir opiniones de otra gente que repetía opiniones de otra .gente. Si aquello no era un linaje equivalente a los del Día del Ajuste e igual de corrupto, que bajara Dios y lo viera. La historia había salvado a aquella mujer. Igual que a Escarlata O'Hara, le había concedido la oportunidad de ser puesta a prueba y demostrar que era capaz de adquirir un poder real por sí misma.

El llanto le había limpiado un poco la cara. Sin la mugre, no estaba de tan mal ver. Contempló el paisaje arado con expresión aturdida de sonámbula que se hubiera despertado de un largo sueño sobre la igualdad universal y los derechos humanos garantizados.

Dawson se acordó. Se llamaba Ramantha.

Aparcó en el aparcamiento de grava de al lado del restaurante de carretera y los dos entraron y se sentaron a una mesa de tablero rojo. En las ventanas colgaban unos visillos a cuadros con volantes. A juego con el delantal de volantes de la camarera, que les preguntó:

—¿Qué os puedo traer? —El aliento le emitía un olor dulce a chicle Juicy Fruit.

—¿Qué hay de bueno? —preguntó Dawson. Una máquina de discos emitía música country a bajo volumen.

La camarera jugueteó con el bolígrafo entre los dedos de una mano.

—El burrito de alubias blancas a la Bull Connor está bueno. —Echó un vistazo a la ventanilla de los pedidos de la cocina—. Y la pasta con queso blanco a la Eva Braun también está muy bien.

Ramantha sostuvo el menú demasiado alto. Era obvio que se estaba escondiendo detrás. Con voz amortiguada, dijo:

—Quiero la hamburguesa del Ku Klux Klan.

La camarera le echó un vistazo. Reventó un globo de chicle y dijo:

—¿Gran Dragón o Gran Mago?

Dawson tradujo:

—Quiere decir grande o pequeña.

—Cielo, ¿puedo ver tu documento de identidad? —preguntó la camarera.

—¿Qué? —Ramantha se asomó desde detrás del menú—. Tengo treinta y cinco años.

—Yo respondo por ella —dijo Dawson. No era una prueba de la edad de la chavala lo que quería la camarera, sino de su etnicidad. En calidad de cacique del primer linaje, Dawson sabía que nadie iba a cuestionar su palabra. Se pidió una taza de café.

La profesora se pidió un bocadillo Skinhead de pechuga de pollo sin piel y un sándwich de ensalada de huevo Woodrow Wilson y una copa de helado de vainilla Lothrop Stoddard con salsa de malvavisco y nata montada.

Dawson dio un sorbo de su café y miró cómo ella clavaba la cuchara en la montaña de comida.

Si Ramantha apestaba, él ya se había acostumbrado a su peste. A juzgar por la pinta de sus brazos flacuchos, no iba a poder oponerle mucha resistencia. Podría violarla solo con el esfuerzo que costaba empujarla al suelo.

La alianza le abultaba en el bolsillo.

Dawson llamó a la camarera y le pidió la cuenta, diciéndose a sí mismo todo el rato que en cuanto se pusiera el sol, no violaría a aquella mujer medio muerta. Nada de eso. Ni hablar, en absoluto iba a violarla y estrangularla estrujándole el cuello esmirriado y a cortarle la oreja para venderla y poder comprarle a su vieja aquella máquina de coser de pedal por la que ya llevaba más de un año suspirando.

La suya fue la boda más magnífica que había presenciado jamás la recién nacida nación de Caucasia. Después del regio desfile de las familias reales, con todos los caciques engalanados con joyas y pieles artificiales, liderando a un contingente de esposas embarazadas... después de que los cortesanos brindaran entre ellos con cálices de saludable orina... después de que todas las esposas públicas del reino le expresaran sus mejores deseos a la reina Shasta... y de que Charlie y ella subieran a las almenas y saludaran con las manos a sus millares de siervos... entonces pasó directamente por encima de sus cabezas una ordenada formación de aviones comerciales jumbo.

Charlie los siguió con la mirada y dijo:

—Ahí van. Los últimos judíos, rumbo a Israel. Un buen presagio. ¡Celebrémoslo!

Realizaron su recorrido nupcial por sus tierras en un carruaje abierto forjado en plata maciza —enorme y pesado— tirado por un enorme y visiblemente fatigado rebaño de diminutas ovejitas blancas.

En los asadores giraban lentamente carneros enteros sobre enormes fogatas. El aire iba cargado de los olores de la carne y del hedor de la pólvora, esta última de los fuegos artificiales de la celebración. Corrió el hidromiel y los saltos de cama fueron desgarrados por doquier al son de los alegres flautistas.

En su primer momento de casados a solas, Charlie cargó audazmente con su nueva esposa en brazos. Con noble modestia admitió ante Shasta que el suyo era un simple pene caucasiano esforzado y que pagaba sus impuestos, desprovisto de las dimensiones y la resistencia que se atribuían a los negros o a los homosexuales. Puede que no causara la misma satisfacción que otros penes, pero se esforzaría por sembrar en ella una multitud de semillas. Charlie la sembraría y la seguiría sembrando, incansablemente, porque ella era su pareja. La sembraría siempre que él lo deseara, día o noche, le doliera la cabeza o no. Y la sembraría en todas las posiciones que se pudiera imaginar y la sembraría llevando disfraces y obligándola a hacerse pasar por su profesora de segundo de primaria, la señora Halliday, o de azafata sexy de línea aérea, quizá, o bien la sembraría completamente atada porque el edicto general de Caucasia era que «el progreso puede esperar», y en consonancia con las enseñanzas de Talbott millones de hombres habían muerto para crear y proteger los antiguos estados unidos, y aquellos hombres habían vivido y fallecido en medio de agonías innombrables para que ahora las mujeres se pudieran dedicar a preservar la nación, y en vez de sufrir minas antipersonas que las hicieran pedazos sanguinolentos o de gas mostaza que les jodiera los pulmones, aquella generación de mujeres sería reverenciada por una nueva nación de descendientes y de generaciones futuras por haber perpetuado a la raza blanca.

Shasta, la elogió Charlie, tenía el destino de Caucasia entre las piernas.

Todavía ataviada con sus galas matrimoniales, Shasta se excusó recatadamente para hacer aguas menores. Charlie le dio un besito en la mejilla y le dijo que no se entretuviera. Todavía tenían que cortar su enorme pastel de boda. Tampoco habían bailado los tradicionales madrigales.

Y con el velo puesto, Shasta pasó a la fase siguiente de su plan.

La estratagema con la saliva de Charm había funcionado. Debido a que era su reina recién coronada, la guardia de palacio ya no podía negar acceso a Shasta a ningún área. Rápidamente se escabulló al despacho de Charlie. Allí encendió su vetusta máquina computadora. Su marido no tenía un gran intelecto y ella pudo sortear sin problemas su tosco código de seguridad. Su contraseña era un poco críptica: «RIPpapa&mama». El artilugio zumbó y parpadeó. Por la pantalla empezaron a bajar nombres de gente viva y de gente marcada para la muerte. De quienes habían sido reubicados a otros territorios nacionales. De quienes se habían quedado en

Caucasia y de los caciques a quienes se habían ofrecido como siervos. Entre esos nombres, sin embargo, no encontró el de su verdadero amor.

Porque Shasta solo amaba a un hombre, y en contra de lo que sugerían las apariencias, no se trataba de Charlie.

Y mientras los fuegos artificiales empezaban a retumbar sobre el cielo crepuscular, activó la función de buscar y tecleó el nombre de Walter Baines.

De vuelta en el mundo que todavía conocéis... en el Tiempo de Antes... Walter le susurró a Talbott mientras el viejo dormía. Le mostró las fotos de Shasta que tenía en su móvil. Le habló en voz baja de su sabiduría y sus talentos. De su belleza, su fuerza y su elegancia. Y mientras el viejo dormitaba y cabeceaba y roncaba, Walter le mostró el tapón de oído de espuma rosa para que Talbott fuese incapaz de evitar captar una vaharada de su acre perfume.

Jamal no pudo evitar vanagloriarse. Día tras día y velada tras velada se sentaba con la criatura en medio de las glorias pretéritas del salón. La criatura se jactaba de los hombres de los retratos ancestrales, de cuyos actos de valentía y logros científicos presumía. En el aire flotaba implícitamente el constante redoble de tambores que declaraban que el pasado era una edad de oro y el presente una ciénaga de fracasos.

Para remediar la situación, Jamal llamó a la doncella y le pidió que vistiera a Barnabas para ir de excursión. Nada estresante. Poco más que una escapadita a una ciudad vecina a fin de echar un vistazo a los cambios que habían tenido lugar desde la fundación de Negrotopía.

Arabella puso mala cara.

—¿Se da usted cuenta —dijo— de que esa alma desdichada lleva años sin poner un pie fuera de esta granja?

A Barnabas tampoco le hacía mucha gracia la idea. No era capaz de poner un pie al otro lado de la puerta sin querer volver atrás para elegir una camisa distinta o cambiarse de zapatos.

El primer motivo de orgullo para Jamal era el levitador. Los mismos principios electro-espirituales que hacían flotar las grandes pirámides espaciales, aquella misma tecnología de base negra apuntalaba unos vehículos de transporte personal que venían a ser pequeñas plataformas flotantes capaces de planear a velocidades increíbles. A lo largo de la historia, los blancos habían afirmado que las alfombras mágicas no existían simplemente porque eran un logro que ningún blanco podía replicar. Durante mucho tiempo, los blancos habían intentado humillar ostensiblemente a los negros a base de afirmar que estos no habían inventado la rueda.

La criatura llamada Barnabas trató de subirse a la plataforma flotante tal como le indicaba Jamal. En África los negros no habían necesitado ruedas porque volaban. No habían necesitado ningún lenguaje escrito porque combinaban su sabiduría usando la técnica de la amalgamación cognitiva. Toda aquella sabiduría había sido guardada en secreto cuando los europeos habían empezado a invadir el continente.

Barnabas se agarró al borde frontal de la plataforma con unos nudillos metafóricamente blancos. El embate del viento le alborotó la masa de pelo chamuscado. El vehículo empezó a elevarse por encima de los árboles, por encima de la casa y de los cobertizos.

—¡Dio mío, señoíto Jamal! —berreó la criatura—. ¡Dio nuestro señó nunca quiso que voláramos!

Mientras se elevaban sobre el campo abierto, Jamal le dio un sermón sobre el estado de las cosas desde el Día del Ajuste. Los gays, que antaño habían vivido unas vidas tan mundanas y libres, en Gaysia estaban sometidos a la campaña nacional para la reproducción. Las draconianas recogidas de semen dejaban a la mayoría de hombres sin apenas dinero ni energía.

Y las mujeres habían perdido por completo el control de sus derechos reproductivos. A todas las mujeres sanas se les pedía que se registraran y en última instancia se las reclutaba para que llevaran... ¡no armas, sino bebés! El hecho de mantener a su población por medio de las exportaciones les dejaba poco tiempo para extravagancias sadomasoquistas o para fiestas de baile alimentadas por las metanfetaminas. Jamal gritó para hacerse oír por encima del viento:

—¡La liberación los ha esclavizado!

A los ciudadanos de Caucasia no les iba mucho mejor. Aunque antaño habían sido los reyes de la ciencia, ahora la tenían prohibida. Habían regresado a la agricultura jeffersoniana y reinstaurado una cultura europea blanca. Las grandes metrópolis de Caucasia habían degenerado rápidamente hasta convertirse en letales zonas prohibidas donde los licenciados en humanidades sin techo se cazaban los unos a los otros para devorarse. Los más afortunados habían conseguido escapar para convertirse en siervos de la gleba de los caciques y en mano de obra de las gigantescas plantaciones productoras de alimentos.

Por debajo del levitador no se veían ni casas ni cercas en las tierras de Negrotopía. Se habían eliminado todas las carreteras, los postes eléctricos y otras señales de la civilización humana. En su lugar deambulaban los animales salvajes. Esbeltos rebaños de cebras. Masas cornudas de ñus. Jamal intentó leer la expresión de Barnabas. La Plantación Peabody se había quedado sola, la última superviviente de las muchas sedes dinásticas que hasta hacía poco habían ocupado la región. La criatura solo podía mirar fijamente, boquiabierta.

Como un espejismo, aparecieron a lo lejos las luces multicolores, los pináculos y las cúpulas de una ciudad. A diferencia de Caucasia, la población de Negrotopía se había congregado en sus ciudades, transformándolas en pura magnificencia mientras dejaban que el paisaje circundante regresara a un estado de preservación casi ilimitada de la naturaleza. Se había introducido la fauna de la Madre África y había prosperado. El levitador los llevó por encima de los hipopótamos, que retozaban en el agua, y de los leones, que se acicalaban. Descendieron para observar mejor las feroces manadas de hienas. Aquello era un paraíso, y Jamal sintió que su orgullo estaba justificado.

Todos los prodigios que el hombre blanco siempre había tachado de fábulas existían allí. La ciudad a la que se estaban aproximando rivalizaba con cualquier leyenda de la Atlántida. Los negros habían resucitado todas las tecnologías piro-espirituales y electro-expresivas que llevaban tanto tiempo manteniendo ocultas. Todo aquello, las leyes sagradas de la métrica del alma, jamás había servido para enriquecer el brutal imperio del hombre blanco.

En calidad de cacique del primer linaje, Jamal sería cálidamente bienvenido en cualquier hogar.

El levitador viraba y trazaba bucles entre los espectaculares rascacielos multicolores. De las ventanas y los balcones caían en cascada enredaderas en flor, igual que banderas brillantes. La criatura llamada Barnabas estiró el cuello como si estuviera buscando algún vestigio de la anterior civilización corrupta erigida por los blancos. Solo habían pasado unos meses desde el Día del Ajuste.

—Señoíto Jamal —tartamudeó—. ¿Cómo?

—Musométrica —contestó Jamal. Y le explicó que los dones armónicos de su raza tenían aplicaciones mucho más profundas de lo que el hombre blanco había sospechado nunca. Cuando una población suficiente de negros cantaba armonías al unísono, el poder de su canto combinado reestructuraba la materia física. Cada edificio enorme era la música petrificada de una canción hermosa. Ciertamente, los pináculos se elevaban como crescendos.

Jamal pilotó el levitador hacia un edificio que destacaba entre los demás. Provisto de cúpulas y contrafuertes, por comparación todas las estructuras que lo rodeaban parecían pequeñas. En la entrada un robot con librea los ayudó a Barnabas y a él a desembarcar. Entraron por unas deslumbrantes puertas de cristal y cruzaron un lujoso vestíbulo poblado por plantas tropicales en flor y loros y cacatúas que volaban en libertad.

Barnabas, amedrentado, susurró:

—Ay Dio mío, pero ¿quién vive aquiii? —Los susurros arrancaron ecos del techo abovedado y del tesoro de antigüedades de valor incalculable que atestaban la sala.

Jamal no chistó a la criatura. Se apiadó del engendro jorobado que cada vez se encogía más de miedo. Barnabas ya era demasiado mayor para entender que todo aquello eran fruslerías.

Más allá del vestíbulo no había sino un par de puertas profusamente esculpidas en lo que parecía oro macizo, tan cálidas y resplandecientes que constituían el único elemento visible. Jamal pulsó un botón específico y sonaron unas campanillas. Las puertas se abrieron hacia dentro y apareció un robot vestido con esmoquin. Con voz cálida y educada, el robot declaró:

—Saludos, Jamal. ¿Lo está esperando su madre?

El robot los llevó a una estancia luminosa. Reinaba el mismo silencio amortiguado que en un invernadero. De las paredes de intrincados azulejos brotaban orquídeas, cuyas flores temblorosas impregnaban el aire de dulzura. Obedeciendo a un gesto del robot, Jamal y la criatura llamada Barnabas se sentaron en unos caros divanes de mimbre. Aceptaron unas bebidas de colores que les sirvió en vasos altos otro robot con delantal de encaje y cofia.

Apenas se habían acomodado cuando se abrió otra puerta y les llegó una ráfaga de colores y perfumes. Un remolino de faldas de seda iridiscentes reveló dos piernas perfectamente esculpidas que caminaban con pasos largos hacia ellos. En la melena trenzada relucían perlas de Tahití y cuentas de platino.

—Cariño mío —dijo la voz armoniosa de una diosa. Esbelta y regia, la mujer cruzó la sala y besó suavemente a Jamal en las dos mejillas. Su mirada se posó en la criatura y sus refinados rasgos se crisparon. Al ver a aquel enano manchado, su suave rostro se arrugó por la confusión y el miedo.

Jamal y la criatura llamada Barnabas se levantaron para saludarla.

La mujer no tardó ni un instante en recuperar su postura regia.

—Hola. —Le tendió una mano lánguida con los dedos cargados de anillos de diamantes y la muñeca lastrada por varias pulseras de esmeralda—. Soy la madre de Jamal. —Su expresión ya no dejaba traslucir su alarma anterior.

Jamal siempre había admirado a su madre. Rica o pobre, siempre había tenido mucha clase. Y mientras aquella mujer aceptaba la zarpa marchita y descolorida de la criatura, el respeto de su hijo aumentó más allá de todo límite. Su madre le dirigió una mirada de preocupación enmascarada detrás de una sonrisa serena, sin más indicio de inquietud que el hecho de que su contacto visual se prolongó una pizca más de la cuenta. Con una inclinación se la cabeza hizo ir a un robot, que les llevó una bandeja de plata llena de canapés.

—Confío en que te gusten la lenguas de ruiseñor —dijo ella.

El robot añadió con voz chirriante y sin emociones:

—Son mini-bocaditos.

Jamal contempló con cierto deleite cómo la criatura elegía una de aquellas exquisiteces.

—Me llamo Barnabas —dijo, metiéndose el refrigerio en la boca sonriente.

Su madre mantuvo el aplomo mientras la criatura los deleitaba con historias de la vida en la granja.

—Uy, la señaíta Yosifin era un mostruo de patrona —dijo con la boca llena de lenguas a medio masticar. Y siguió describiendo una serie de tareas domésticas y contándoles que la señorita Josephine se había marchado justo después del Día del Ajuste—. ¡El señoíto Talbott ese, es un héroe de verdá!

La madre de Jamal se tomó aquello con calma.

—Mi hijo llevaba mucho tiempo obsesionado con vivir en esa casa en particular…

La criatura llamada Barnabas la miró con perplejidad.

Jamal miró a su madre de reojo y enarcó una ceja a modo de advertencia.

—Sí —añadió—. Nuestra familia vivía en esta zona.

La criatura se quedó mirándolos con sus ojos saltones.

—¿La familia de u'tedes eran esclavistas?

La madre de Jamal le hizo un gesto a un robot para que les rellenara las copas.

—Algo parecido… —dijo con un suspiro.

Pasaron una tarde agradable. La madre de Jamal los llevó a la cocina, donde el generador de carne les suministró un delicioso almuerzo. Les explicó con orgullo que la tecnología se basaba en las células HeLa, unas células inmortales que nunca dejaban de reproducirse indefinidamente. Las había inventado una mujer negra y se usaban para alterar el ADN de los animales, y así se creaban miríadas de terneras, pollos y cerdos que se clonaban a sí mismos de forma espontánea. El generador de carne en sí era un cilindro de carne enorme que giraba lentamente bajo unas lámparas de calor. El exterior siempre era una capa asada y sabrosa lista para cortar y comer. En el centro estaban las células que se replicaban sin fin, alimentadas por un flujo constante de aminoácidos bombeados a lo largo del eje central del cilindro. A Jamal no le parecía nada más que un antiguo cono de kebab cocinándose en un asador vertical, pero en este caso la amalgama cónica de carne sin huesos era algo vivo, fresco y vital en su centro, aunque en constante proceso de morir y ser asado por fuera. El aroma era embriagador.

Se quedaron mirando cómo la carne rotaba lentamente. Sudaba una grasa transparente que caía en forma de churretones por sus apetitosos flancos.

—La verdadera bendición es que ya no necesitamos sacrificar animales —explicó la madre de Jamal. Las células genéticamente inmortales del centro eran como una masa madre que en las condiciones adecuadas se perpetuaba eternamente. Todos los hogares tenían un generador como aquel, y por eso los animales de Negrotopía retozaban en total libertad y sin peligro. Hasta las bestias carnívoras comían de unos generadores de carne parecidos. Plenamente saciados de carne inmortal, los leones yacían en verdad con los corderos. La tecnología negra había creado el paraíso en la Tierra.

De entrada Barnabas retrocedió amedrentado, pero un solo bocado suculento bastó para persuadirlo.

La madre de Jamal se acercó a la criatura como si quisiera hacerle una confidencia íntima.

—Espero que puedas convencer a mi hijo para que tire abajo esa vieja granja y ocupe el lugar que le corresponde, dado su prestigio, aquí en la ciudad. —Y miró fijamente a Jamal. Su tono era enojadizo—. Su obsesión por ese vetusto caserón es completamente insalubre.

Su madre y él habían discutido muchas veces sobre aquella cuestión. En vez de ponerse a hablar de ello, Jamal señaló la hora e insistió en llevarse a Barnabas a casa.

En el trayecto de vuelta, la criatura guardó silencio. Era obvio que la visión de tantos prodigios había agitado a Barnabas. Ahora lo miraba todo con ojos saltones y confundidos.

Jamal sintió una gran compasión y casi un afecto familiar por la criatura.

Un lagrimón enorme manchado de tinta le dejó un reguero de piel clara por la mejilla. Habló de forma entrecortada:

—Supongo que va a queré usté destruir la casa familiar de la señaíta Yosifin...

Jamal miró fijamente a la criatura con expresión compasiva.

—Te prometo que, mientras vivas, esa casa seguirá siendo tu hogar.

La criatura llamada Barnabas miró a lo lejos. En la distancia ya empezaba a aparecer la imagen familiar de la mansión con sus cobertizos. De fondo, el sol se estaba poniendo deprisa.

Bing se llevó la pipa de agua a la boca y miró a lo largo de su tiro como si fuera un rifle. Acercó un encendedor a la cazoleta atiborrada de marihuana y lo accionó igual que si apretara un gatillo. Inhaló tan fuerte que se puso bizco. Con los pulmones llenos, gritó:

—¡Pum! ¡Pum! ¡Pum! —Y expulsó el humo de la maría como si fueran descargas de humo de un arma de fuego.

Sacudió la pipa de agua de un lado a otro como si disparara a nuevos blancos, mientras el schnapps de menta seguía en su interior, chapoteando. Vio un blanco final a través de la pipa y soltó un grito ahogado:

—¡Pum!

Felix se llevó las manos al corazón y cayó de espaldas contra un cubo de basura.

—Me has dado —dijo con voz ronca—. Estoy muerto.

Bing le pasó el encendedor a Felix. Bajó la pipa de agua y se concentró en rellenar la cazoleta.

—Lo vivo define a lo muerto. —Suspiró—. Nunca te sientes tan vivo como cuando matas algo.

Y le explicó la sensación que le había producido estar en la galería de los francotiradores de la Cámara legislativa. El tema favorito de Bing. Estaban sentados, los dos solos, en el callejón de atrás del bloque de apartamentos de Felix.

Deliciosa había salido. La madre de Felix estaba en casa y por eso él estaba escondido en el callejón, dándole a la pipa de agua. Últimamente era una agonía estar a solas con su madre. No paraba de intentar hacerle sentir culpable para que no declarara su preferencia, para que se esperara por lo menos un año más, se quedara en casa y le hiciera compañía. Pero cuando Felix se planteaba pasar otro año en Gaysia, otro año de no hacer nada y de ver como todo el mundo encontraba el amor mientras él no tenía acceso a ningún chocho, la espera lo volvía loco.

Bing le dio la pipa de agua y le dijo:

—No me puedo creer que no seas homo.

No pasaba nada porque Bing lo supiera. Bing era un héroe nacional, un cacique del primer linaje. Había estado en la galería de los francotiradores y había puesto fin al antiguo orden, durante el que los débiles habían engatusado y mentido a la gente para ganar aquel concurso de popularidad que la gente solía llama «política».

Para Bing nunca volvería a haber nada comparable al Día del Ajuste. Por eso se había convertido en fumeta, porque nunca había encontrado nada comparable a la sensación de reventar la estructura de su opresión.

Felix cogió la pipa y vio el interior del antebrazo de Bing. El tatuaje que tenía allí, por debajo de la manga remangada de la camisa.

—¿Es Andy Warhol? —preguntó Felix.

Bing torció el brazo para mirarse el tatuaje.

—Es Talbott. —Y preguntó—: ¿Te he contado que lo conocí?

Felix tenía los labios en torno a la pipa cuando dijo:

—Solo un millón de veces. —Las palabra le sonaron apagadas dentro del tubo.

El tatuaje decía:

En el futuro todo el mundo será tiroteado durante quince minutos.

—Sí —dijo Bing—. Yo estaba presente cuando lo dijo. —La había contado infinidad de veces, aquella historia de cuando Talbott estaba amarrado a una silla con cinturones de cuero y cinta aislante, desnudo y ensangrentado pero todavía dictando órdenes. De cuando todos los caciques pedían audiencia con él en las semanas previas al Día del Ajuste.

Felix soltó el humo y preguntó:

—¿Cómo te sentiste? —Y dio una calada a la pipa. El schnapps burbujeó y el humo con sabor a menta le inundó la boca.

Los dos sabían a qué se refería. Y se había sentido de maravilla. Matar a tu enemigo era más gratificante que ganar el premio más grande de la lotería. Era como tener la última palabra. La victoria suprema. Tal como estaba escrito en el libro de Talbott:

El principal impulso humano es dominar y evitar ser dominado.

Y tal como el libro se apresuraba a añadir:

**Cualquiera que niegue este hecho simplemente
te está intentando dominar.**

Felix retuvo el humo en los pulmones y escuchó.

—¿Y adónde vas a ir? —le preguntó Bing. Se refería a si iba a ir a Caucasia o a Negrotopía. El hecho de que Bing pudiera estar allí sentado, dando caladas enormes de una pipa de agua a medianoche en un callejón con olor a meados de gato, daba fe de la bondad de Gaysia. En Caucasia y en Negrotopía a los ciudadanos con preponderancia de ADN asiático se los deportaba a Asia. A los judíos a Israel. La gente de tipo mexicano se exiliaba ella misma a México.

Y por primera vez a Felix se le ocurrió una idea. Nunca había visto a Bing con otro hombre. Quizá Bing fuera un heterosexual que se estaba escondiendo, igual que los padres de él. Quizá la razón de que Bing siempre fuera colocado era que no quería que lo mandaran a otro continente, pero en realidad tampoco fuera homosexual. Quizá Bing fuera otra persona a la que podía confiar todos sus secretos.

Felix retuvo el humo y se encogió de hombros. Ya se enfrentaría con la prueba genética cuando llegara el momento. Todavía no había rellenado los documentos de su declaración formal de preferencia.

—Matar es matar —dijo Bing.

Era el mejor subidón, por encima de todos. Era como obtener la mayor victoria. Ver reventar a tus enemigos. Oír cómo quedaban en silencio y saber que nunca más volverían a hacerte daño. Era el fin de tus peores miedos. La confirmación de que no necesitabas ser esclavo de nadie. Bing lo había contado muchísimas veces, en bares y delante de las asambleas escolares. Ya era una especie de fósil viviente.

Un fósil viviente colocado. La idea casi hizo reír a Felix. Porque por definición los fósiles estaban colocados en vitrinas y museos, y Bing tenía los putos ojos tan inyectados en sangre… incluso mientras contaba cómo había obligado a un senador aterrado a llenar las fosas comunes a punta de pistola.

—Sacar a la persona de una persona —insistió Bing—, reducir a alguien a nada más que carne y pelo. Es como un truco mágico pero es real, ¿sabes? —Tosió y se atragantó con la palabra—. ¿Acaso los milagros no son eso?

Felix asintió con vehemencia y le devolvió la pipa. Se planteó si podía contarle a Bing toda la verdad. Ligeramente colocado, confió en que este la entendería. A fin de cuentas, Bing le había guardado el secreto de que era heterosexual desde que Felix se había mudado al apartamento de al lado.

—Prométeme una cosa —le pidió Felix—. ¿Podrás asegurarte de que mi madre está bien? En Navidad, por ejemplo. Solo para que no esté completamente sola.

Llenando la cazoleta de la pipa, Bing no dio importancia a su preocupación.

—Tu madre tiene a Deliciosa. Y Deliciosa va a tener una criatura.

Felix esperó a que la pipa estuviera rellenada y su amigo encendiera la cazoleta. Mientras Bing daba una calada, Felix se maravilló. La situación era perfecta. Y no era solo la hierba la que le producía aquella sensación. Quedaba claro que Bing también era un fugitivo, y se escondía en el apartamento de al lado. Por fin Felix podría llevar a cabo su declaración y encontrar su propio futuro sabiendo que Bing se quedaría allí. Cierto, también estaba allí el padre de Felix, pero no podía arriesgarse a cruzarse con su esposa secreta. Y también Deliciosa estaba allí, pero era prácticamente una desconocida.

Bing, su mejor amigo, continuaría cuidando de la madre de Felix mientras esta envejecía.

La cazoleta llena de droga emitió un centelleo anaranjado en las sombras. El schnapps burbujeó.

—No me malinterpretes —empezó a decir Felix. Miró si había alguna luz en las ventanas vecinas. La única ventana iluminada estaba en el apartamento del piso superior, donde su madre estaría sentada sola en la cocina. Y le preguntó—. Somos amigos, ¿verdad?

A Bing se le llenó el pecho de humo. Su mirada de ojos rojos se encontró con la de Felix y asintió con la cabeza.

—Sé por qué estás aquí, en Gaysia... —prosiguió Felix.

Bing ladeó la cabeza, todavía reteniendo el humo.

—Eres como mis padres —explicó Felix—. Mi padre es negro. Los dos se mudaron aquí afirmando que eran homosexuales, pero en realidad están casados y se ven en secreto...

El humo salió en erupción de la boca de Bing mientras soltaba un tremendo:

—¿¡Qué!?

Felix la había cagado.

Bing dejó la pipa de agua con cuidado a un lado echando chispas por los ojos.

—¿Cómo dices? —dijo en voz muy alta. Una ventana se hizo visible al encenderse una luz. Seguida de otra.

Felix, levantando las manos, hizo a su amigo señal de que se callara.

—Nada. Era broma.

—¿Y Deliciosa lo sabe? —preguntó Bing. Y parpadeó—. ¿O Deliciosa también es heterosexual?

Por primera vez Felix pudo ver al antiguo Bing. Al hombre que su amigo había sido, capaz de echarse un rifle al hombro y de acribillar a todo aquel al que considerara un enemigo. Por encima de ellos aparecieron más ventanas al encenderse más luces. La gente los oiría. Una ventana se abrió con un chirrido y una voz gritó desde arriba:

—¡Que es tarde!

Feliz se abalanzó sobre su amigo. Le tapó la boca con la mano y le susurró:

—No, por favor.

Los dos forcejearon y se cayeron de lado en el suelo lleno de basura. Peleando entre colillas y tapones de botellas. Bing le clavó las uñas en la mano y le arañó la cara y el cuello, pero Felix no apartó la mano y le dijo en voz baja:

—No puedes hacer eso.

Mientras sus piernas golpeaban los cubos de basura y la gente les gritaba en la oscuridad, Bing le arreó a Felix un puñetazo en la cabeza. Le golpeó entre los ojos y Felix sintió que le manaba un chorro caliente de la nariz y notó un sabor a sal y a schnapps de menta y oyó los gritos de Bing amortiguados contra la palma de su mano. Bing le estaba golpeando a dos manos en las costillas. Le estaba dando rodillazos en el vientre.

Se iluminaron más ventanas y muy por encima de ellos apareció la silueta de la madre de Felix, la mitad superior de su cuerpo, su cabeza y hombros perfilados contra el fondo de su cocina iluminada.

Bing le clavó los dientes en la palma y Felix retiró de golpe la mano.

La voz de Bing bramó:

—¡Heterosexuales! ¡Heterosexuales!

Y los dedos ensangrentados de Felix dieron con el largo tubo de la pipa de agua, lo agarraron y golpearon con él. El cristal se rompió contra algo y Bing dejó de gritar. Todo estaba salpicado de sangre y schnapps de menta.

El cuerpo de Bing quedó inerte y se desplomó en la acera. Ya no quedaba ninguna persona en aquella persona. Reducida a carne y pelo. El aire nocturno portó consigo un ulular cada vez más fuerte de las sirenas de la policía.

Felix había oído las historias lo bastante a menudo para saberlo. Su único amigo estaba muerto.

Peor que muerto: Bing estaba equivocado.

Matarlo no había hecho que se sintiera de maravilla, en absoluto.

A Nick no le sorprendió encontrar la primera caja. Estaba en mitad de la calle Southeast Yamhill, entre la 42 y la 43. El libro de Talbott lo había predicho.

De momento el libro había acertado en todo. Los incendios habían empezado hacía unas semanas, tal como había vaticinado el libro de Talbott. Era el mismo método que las élites habían usado en el incendio de 1965 que había destruido cien manzanas urbanas de Watts, en los incendios de 1967 de Newark y en el incendio de 1967 de Detroit, que había arrasado cuatrocientos edificios. Como en el de 1968 de Washington, que había quemado 1.199 edificios, siempre eran los blancos los que pegaban fuego a los vecindarios negros. Para expulsar a los ciudadanos negros de las zonas urbanas y devolverlos a sus vidas de aparceros y jornaleros del campo del Sur Profundo.

Ahora eran los caciques de Caucasia los que estaban provocando incendios para obligar a volverse a Negrotopía a los negros que pudieran quedar. Y para expulsar a las plantaciones a los blancos que quedaran en Portland.

La caja que alguien había dejado en la calle era más de lo mismo.

En la década de 1950 aquella caja habría estado llena de heroína. En la década de 1990, de crack. Fuera cual fuera la década, la CIA siempre dejaba las cajas en los vecindarios que quería destruir. Ahora, en cambio, lo hacían los caciques. Nick rompió la caja para abrirla y organizó las bolsitas que había dentro. Se llenó los bolsillos de la gabardina de Vicodin y Ambien y Xanax, puñados y más puñados de drogas selladas en paquetitos de plástico. El resto lo dejó. De acuerdo con el libro de Talbott habría un montón de aquellas cajas por todas partes, y Nick se alejó a toda prisa para cribar las demás.

Un póster en una pared cercana gritaba: ¡TU MEJOR CHALECO ANTIBALAS ES UNA SONRISA! La única familia que tenía Nick, su madre, había hecho las maletas y se había jugado su último lleno de gasolina para ir a buscar una plantación a la que pudiera entregarse como sierva. Se decía que las grandes explotaciones agrarias estaban rodeadas de favelas de trabajadores refugiados de los medios de comunicación y los informativos. Todos viviendo en sus coches polvorientos. Diseñadores de páginas web y funcionarios de diversidad desplazados, todos confiando en poder demostrar su valía en la inminente cosecha del ruibarbo y recibir a cambio una choza con techo de paja antes de que llegara el invierno.

Toda la wiki-porquería de internet se había ido al carajo. Las únicas emisiones de radio eran Talbott y música caucasiana autorizada. Sobre todo polkas y también algunos valses y jigas. Los grandes éxitos del clavicémbalo y la gaita. La radio anunciaba que los incendios habían sido provocados por lealistas. Partisanos. Talbott en persona condenó los rumores según los cuales el expresidente había escapado y en su lugar se había asesinado a un doble.

Según la versión oficial, el presidente de los antiguos estados unidos estaba muerto. Según la versión oficial, los incendios que empezaban por las noches y expulsaban a la gente indefensa a las calles oscuras eran provocados por rebeldes. Bandidos o asaltadores de caminos. Quizá canadienses. Era evidente que la versión oficial había convertido a los canadienses en los nuevos terroristas.

De acuerdo con el libro de Talbott, a lo largo de la historia moderna los negros bienintencionados siempre habían sido objeto de persecución. Cada vez que una ciudad empezaba a arder y los ciudadanos negros acudían corriendo a salvar sus propiedades amenazadas por el fuego, las fuerzas militares de los blancos usaban esto como excusa para detenerlos por saqueadores. Ahora, mientras los incendios arrasaban manzana tras manzana de Portland, cualquiera que intentara ayudar terminaba detenido. Encerrado por cargos amañados y despachado en tren de carga a trabajos forzados.

Las cajas les facilitaban otra opción a los menos heroicos. En palabras de Talbott, los miembros menos útiles de la sociedad podían elegir ellos mismos marcharse por medio de sobredosis accidentales o suicidios.

Los incendios frustraban los planes de los héroes. Las drogas terminaban con los cobardes. Solo Nick era capaz de salir adelante colocado cuando ya no se encontraba comida. Dormir era harina de otro costal. Las grandes plantaciones de los caciques, con sus legendarios campos de habichuelas y repollos colorados, habían expulsado a las manadas salvajes de lobos y coyotes. Y estos animales, junto con los osos y los pumas, habían deambulado hasta las calles de la ciudad, los parques y los vecindarios, en busca de nuevas presas. Por la noche, cuando las bestias aullaban y sus víctimas chillaban, Nick se tomaba las píldoras para dormir profundamente en algún automóvil abandonado.

Por el día, se encontraba carnicerías que a veces se extendían por manzanas enteras. Los costillares y el espinazo en un sitio y la cabeza y la pelvis arrastradas a otras parte. El cráneo en ocasiones había desaparecido, pero siempre quedaba el pelo apelmazado. Normalmente también las manos. En la acera o el callejón podía haber restos pegajosos de sangre seca y pisadas sanguinolentas que se alejaban en todas direcciones. Pisadas de lobos y osos. Huellas de carroñeros: coyotes y mapaches, urracas y ratas. Cada rastro de huellas rojas señalaba la dirección de un brazo o entrañas desaparecidos. De algún desdichado. Los dedos de las manos roídas estaban cargados de anillos de diamantes y rubíes. Las bestias les habían sacado los ojos, pero habían dejado los collares de perlas embadurnados de sangre. Los carnívoros reconocían lo que tenía valor de verdad.

El Xanax servía para compensar el peor aspecto de la vida moderna en la ciudad. Que no era la dificultad de encontrar comida, ni los gritos de agonía por las noches. El peor problema que resolver era la soledad.

Shasta se había ido. También Walter y Xavier. En los centros urbanos no se habían quedado más que los locos de atar, y Nick los evitaba con cuidado.

A una manzana de distancia rondaba un ejemplo excelente de ello. Un viejo desnudo con pedazos de cinta aislante sucia que le colgaban de las muñecas y los tobillos. El cuerpo demacrado le relucía de toda la sangre seca que lo cubría. Tenía los brazos esmirriados repletos de muescas entrecruzadas que parecían heridas de cortecitos diminutos. El hombre deambulaba por la acera desierta. Acertó a ver a Nick y lo saludó con la mano. Aquella aparición desollada estiró el cuello esquelético y gritó:

—¡Walter! —Y volvió a gritar en una dirección distinta—: ¡Walter!

Nick dio media vuelta y no le devolvió el saludo.

De acuerdo con Talbott, la Guerra Civil no había tenido nada que ver con la esclavitud. En realidad, la famosa guerra entre estados no había sido más que una estratagema para diezmar a las hordas de irlandeses que estaban emigrando a las ciudades del norte. Otro desborde de jóvenes neutralizado.

En Southeast Woodstock se topó con otra caja y mangó las píldoras. Delante de una casa quemada del vecindario de Westmoreland encontró una pila de muebles calcinados. Montañas de ropa todavía en sus perchas. Ralph Lauren, Gucci, Armani, una ropa que ahora era ilegal. Hurgó entre los montones y encontró una pistola, pero sin balas. Una guitarra en perfecto estado.

Lo peor de la soledad era el silencio. El único sonido habitual aparte del viento eran los cantos de los pájaros. Se quitó la mochila de la espalda y sacó una bolsa de píldoras. Se metió dos Xanax en la boca y notó el sabor dulce mientras se le disolvían debajo de la lengua. En la avenida Northeast

Mississippi encontró una tercera caja y la rasgó para extraer su contenido.

Talbott habló despacio mientras Walter y los demás congregados se inclinaban hacia delante para escuchar:

—Las fosas comunes tienen que medir cien metros de largo por diez de ancho y cuatro de hondo. —Atado todo el tiempo a la misma silla, los siguió instruyendo—: Hay que sellar el fondo de cada fosa con una capa de lámina de polietileno de seis milímetros de grosor y ponerle encima una capa de medio metro de arcilla impermeable. —Para ahorrarse trabajo, los animó a trabajar siempre de la misma manera y les dijo—: No intentemos reinventar todos la rueda.

En los últimos tiempos, el sótano se había convertido en una especie de club social. Un cuartel general o centro de mando. Habían llegado Naylor y Esteban, los hombres del grupo de rehabilitación de narcóticos. Pisándoles los talones habían aparecido otros hombres, todos ellos aparentemente reclutados en grupos parecidos de todo el país.

A Walter le daba la impresión de que eran heterosexuales y homosexuales. Negros y blancos. Todos se habían unido a la nómina de Talbott y todos seguían celosamente la lista de nombres cada vez más larga que había en internet, y que ahora la gente llamaba la lista de los Más Odiados de América. Y así como el cometido de Walter era compilar sus notas y contratar a un impresor, aquellos hombres habían llegado para ejercer de hombres de confianza de Talbott.

Todos habían vencido a sus propios demonios, fueran la heroína o el cáncer, y ahora él estaba allí para efectuar una conquista mayor. Mientras se congregaban a los pies de Talbott, este les dijo:

Los halagos son adictivos. Convence a otros de que son especiales. Asegúrales que tienen talento. Conviértete en productor de la autoestima ajena. Eso los vinculará a ti y les impedirá que desarrollen sus talentos y demuestren su potencial verdadero.

Mientras se pasaban entre ellos latas de cerveza y bolsas de patata fritas, Talbott les dijo:

La asamblea implica expresión. Hay que conceder a los individuos el derecho a asociarse con aquellos y solo con aquellos a los que elijan. Y a los grupos resultantes no hay que obligarlos a abrir sus filas a quienes desean excluir.

Delirando debido a la miríada de pequeñas infecciones, Talbott despotricó:

Sé horrible, existe como horrible amenaza, y en el momento en que tengas más poder, contente. A base de hacer daño a la gente y de no hacerle daño, conseguirás su amor.

Y les dijo:

Imagínate que no existe Dios. Que no existen ni el cielo ni el infierno. Solo existen tu hijo y el hijo de tu hijo y el hijo del hijo de tu hijo, y el mundo que les dejes.

Si aquellos hombres se reían, si una idea prendía en ellos y asentían con las cabezas para mostrar su acuerdo, Talbott chasqueaba los dedos para que Walter tomara nota. Talbott estaba poniendo a prueba sus conceptos. Si aquellos hombres reaccionaban positivamente a una idea y la secundaban ofreciendo ejemplos sacados de sus propias vidas, Talbott sabía que la idea era válida para un público mayor y miraba a Walter a fin de que la incluyera en el libro de próxima publicación.

Talbott les explicó que mientras Adolf Hitler estaba preso en la cárcel de Landsberg, su celda era escenario de una fiesta continua. La gente le llevaba cerveza y comida, los visitantes se agolpaban allí mientras Hitler los deleitaba con sus ideas. Y Hitler recogió las ideas que resonaban, las que hacían que sus oyentes sonrieran al reconocerlas, en su primer borrador de *Mein Kampf*. Aquellas ideas serían las que apelarían a un número mayor de gente.

De la misma manera, Talbott establecía un diálogo similar con la gente que peregrinaba para pedirle consejo. Y les decía a aquellos hombres, a Clem y a Naylor y a Bing:

—En el futuro, todo el mundo será tiroteado durante quince minutos.

A Rufus y a L. J. les decía:

—Solo la oreja izquierda, por favor.

El nuevo padre de Walter explicó que la mejor reacción era un gruñido, un soplido, un suspiro, cualquier ruido que demostrara que alguna de sus verdades había tocado una fibra. La mejor reacción nunca llegaba filtrada por el lenguaje. Como mucho, podía ser un «amén» o un «joder, sí». Alguna forma profana de «aleluya». Hasta que el libro de fragmentos se convirtiera en algo parecido al *Libro Rojo* de Mao o al *Almanaque del Pobre Richard*, una colección de aforismos.

Talbott explicó que lo que estaban redactando sería un Sutra. El Talbott Sutra. Como *Los versos áureos de Pitágoras* o el Eclesiastés de la Biblia. Serviría de nueva conciencia.

Un moderno *Mein Kampf*, por decirlo así.

Lo publicarían en plan *samizdat*, como los disidentes soviéticos. A la manera de Andréi Sájarov. Y distribuirían los ejemplares por la red cada vez más extensa de los Clem, los Dawson y los Charlie que se estaba extendiendo hombre a hombre por todo el país.

Y todavía convencido de que de alguna manera aquello lo haría rico y le permitiría ganarse el corazón de Shasta, Walter lo apuntó todo.

Porque los gritos hicieron que se presentara la policía. Porque era pasada la medianoche y Bing era un cacique del primer linaje y eso comportó que aparecieran helicópteros que volaron en círculos sobre el vecindario y barrieron la zona con focos. Porque la policía era la misma siempre y en todas partes y siempre preguntaba lo mismo: ¿Te has peleado con él? ¿Te ha atacado él? Porque la madre de Felix negó con la cabeza, cabizbaja, imaginando que aquello era culpa suya. Porque entonces entró Deliciosa por la puerta y dijo:

—Belle, ¿qué ha hecho esta vez tu Felix?

Porque Deliciosa no sabía que también estaba en juego su pellejo. Porque estaban en juego los pellejos de todos ellos, porque si salía a la luz la verdad, entonces Belle y Deliciosa, Jarvis y Galante, todos serían detenidos en calidad de sospechosos y jamás volverían a ser libres. Porque nadie quería aceptar productos defectuosos. Porque los recién declarados homosexuales de Caucasia y Negrotopía retenidos en campos de otras partes valían cada uno medio millón de talbotts o bien una persona nueva, así pues, ¿por qué iba a querer nadie a un traidor del que incluso Gaysia se deshacía?

Porque los paramédicos le estaban desinfectando los cortes y rasguños de la cara y del cuello. Porque Felix se veía casi igual de maltrecho que el cadáver de Bing. porque la gente que había asomada a las ventanas de sus dormitorios habían oído las últimas palabras de Bing, altas y claras. Porque la gente vivía a la sombra eterna de aquella tal Kitty Genovese, la lesbiana que había sido estrangulada y apuñalada y estrangulada y apuñalada mientras una ciudad entera de fisgones miraba sin hacer nada. Porque en ese otro caso un montón de gente se había asomado a sus ventanas pero no había llamado a la policía, como si el hecho de que apuñalaran a una joven y guapa lesbiana no fuera problema suyo, y por eso ahora todo el mundo intervenía para repetir las últimas palabras que había gritado Bing.

Según la versión de Felix, Bing y él habían estado fumando droga pacíficamente en el callejón alrededor de la medianoche. En la versión que les dio a los agentes a cargo de la investigación, Bing le había estado contando historias del éxito de su linaje y que él, Bing en persona, había viajado hasta un sótano de Portland, Oregón, y había tenido una audiencia presencial con el venerable Talbott. Bing no había sido ningún don nadie. En calidad de cacique del primer linaje, su muerte exigía una investigación a fondo. Soltaron perros para que siguieran el posible rastro de la sangre de Bing en las manos de un asesino prófugo.

Mientras los paramédicos le curaban los cortes y rasguños de la cara y del cuello, Felix ya les dijo lo que les quería decir. Porque últimamente nadie más que Felix prestaba mucha atención a Bing. Porque, francamente, las batallitas de una guerra de un día de Bing podían ser un coñazo y porque la gente tenía más cosas de las que preocuparse, como por ejemplo las recogidas de semen y los encargos de vientres de alquiler. Porque la gente no lo decía, pero estaba empezando a cuestionar la grandeza de Gaysia, la tierra prometida de los gays, y porque echaban de menos el estilo de vida de pasarlo bien sin más de que habían disfrutado bajo la opresión heterosexual. Era debido a esta culpa −la culpa por cuestionar Gaysia, la culpa por Kitty Genovese− por lo que todos los testigos auditivos estaban repitiendo las últimas palabras que había exclamado Bing.

Por ellos Felix dijo lo que finalmente dijo. Porque no lo dijo de entrada, no enseguida. Porque sabía que desencadenaría un incidente internacional. Porque no quería que aquel país, Gaysia, fuera a la guerra, ya que ¿acaso el Día del Ajuste no había tenido como propósito salvar a una generación entera de los cementerios militares?

Y es que ¿por qué iban los estadistas a aniquilar las vidas de unos jóvenes que apenas tenían edad de votar? Pero como Felix no quería ver a su familia internada en un campo de concentración, y como necesitaba ganar tiempo, y debido a que cualquier prueba simple de ADN demostraría que era su ADN, y solo el suyo, el que cubría todo el cadáver de Bing y se metía por debajo de las uñas de Bing... Porque todo el mundo estaba clamando justicia y sangre... Felix dijo que había sido una banda callejera de desconocidos. Porque era verosímil y porque aquello le daba una ventaja. Porque Felix estaba sustituyendo rápidamente a Talbott en todos los canales, su imagen era retransmitida por satélite, porque tenía a Gaysia entera pendiente de cada una de sus palabras, porque mentalmente ya estaba haciendo la bolsa para marcharse y porque Felix necesitaba aquella ventaja crucial para escapar, por todo eso al final les dijo lo que les dijo:

—Heteros —les dijo a las cámaras de televisión—. Lo han matado a golpes una panda de heteros.

Aquello siempre dejaba asombrada a Shasta. El mismo sol que le estaba calentando el cuello en esos momentos era el que se lo había calentado a Hitler. Las estrellas que veía desde su cama matrimonial eran las mismas que habían centelleado sobre los siniestros campos de exterminio nazis. La forma en que los seres humanos organizaran su sociedad y vivieran sus vidas carecía de relevancia en el esquema general de las cosas.

De las fosas comunes estaban brotando árboles. Las partes importantes de la vida seguían siendo una constante. La gente daba de comer a sus hijos. La gente solo podía odiar de verdad a quienes vivían a su lado. Igual que antes del Día del Ajuste, todo el mundo se mantenía ocupado en seguir vivo. El agua siempre encontraba un nivel nuevo. La normalidad nueva.

Las concubinas del campo, por ejemplo. Se paseaban por entre las pujantes hileras de berzas y de calabacines todas con las barrigas infladas. Todas llevando en sus entrañas a los vástagos de Charlie. Pronto todos los días estarían marcados por el nacimiento de uno o más de sus herederos. Al cabo de un año, las tierras se verían invadidas por diminutos Charlies.

Una posibilidad real era que el problema fuera la propia Shasta. Que ella fuera la aguafiestas, por decirlo así. Si hubiera nacido en aquel momento, solo vería a una serie de mujeres pacíficas desempeñando trabajos útiles con música de mandolinas de fondo. Bien alimentadas, saludables y encintas de sus futuros hijos. Si no hubiera conocido el mundo anterior al Día del Ajuste, ahora no vería esa escena del Edén a través de una lente tan cínica y amarga. Aquellas futuras criaturas aceptarían la vida tal como les llegara. La idea la reconfortaba y la enfurecía al mismo tiempo.

Mientras las mujeres se esforzaban en arrancar las malas hierbas, Shasta se dedicó a buscar como de costumbre entre las raíces y los surcos. El sol le calentaba la capucha de la túnica, bordeada de lujoso pelo falso de ocelote. Una banda de trovadores sacó sus laúdes y se puso a entonar baladas.

Unas náuseas repentinas le subieron del estómago y resistió el impulso de vomitar sobre una hilera de chirivías en proceso de madurar. Quizá estuviera… Dios sabía que Charlie le había sembrado abundantes semillas dentro. Tembló ante la posibilidad de convertirse en una yegua de cría más para el voraz cacique.

Una figura tímida se le acercó lentamente. La chica no dijo nada, pero se detuvo a un brazo de distancia. Llevaba el pelo largo recogido en lo alto de la cabeza y cubierto con una cofia de encaje. Un tenue velo de redecilla le caía frente a la cara para proteger su joven tez del sol. Su mirada humilde y gacha permanecía clavada en sus rústicos zuecos de madera.

La chica se metió la mano en el bolsillo del delantal. Sacó una tela suave y doblada. Un pequeño fardo de felicidad. Un tesoro envuelto. Estaba cerrado y sujeto con un cordel meticulosamente anudado. La chica miró furtivamente a un lado y al otro. Las demás concubinas del campo parecieron inmovilizarse por un segundo. Una mujer asintió lentamente, una sola vez, a cierta distancia. Al ver aquella señal, la niña le tendió a Shasta el fardo de tela.

Las miradas de las dos se encontraron un instante. Shasta estiró la mano para aceptar el regalo y algo le llamó la atención. La niña llevaba manga larga. La falda y la manga largas eran obligatorias. Pero por debajo del puño de la manga le asomaba una franja de muñeca desnuda. En la piel pálida le destacaba un llamativo símbolo de un negro azulado. Una letra R mayúscula y pinchuda.

Antes de aceptar el regalo, Shasta le cogió la manga. Como la chica no se resistió, Shasta se la subió hasta dejar al descubierto una «i» y una «o». Tatuadas en la parte interior de su antebrazo, desde la mano hasta el codo, tenía las palabras RIOT GIRRRRRRRL.

Aquella modesta chiquilla, con su conducta cohibida, había sido una tía chunga y peligrosa no hacía mucho. Aquella tímida niña, con su barriga enorme debida a las andanzas de Charlie, había sido una violenta guerrera de roller derby.

Ahora Shasta inspeccionó los campos con una conciencia nueva. Aquellas mujeres habían sido todas mensajeras en bicicleta y estrellas del baloncesto. Ahora eran sirvientas del campo encorvadas, condenadas a una maternidad repetitiva e inminente. Pero menos de un año antes habían tocado la batería en bandas de rock. Habían sido fumetas que caminaban sobre brasas al rojo vivo y bailarinas de striptease rasuradas.

¿Cuánto tiempo hacía del Día del Ajuste? Sin teléfonos móviles ni calendarios, era imposible seguir el paso de los días. Lo único que indicaba el paso del tiempo era el clima.

Shasta soltó la manga de la chica que volvió a su sitio, ocultando la evidencia de su antiguo yo. La chica le puso con gentileza el pequeño fardo en la mano y se alejó rápidamente. Detrás de ella, otra joven ya esperaba para presentarle un nuevo hato de tela. Lo más seguro era que hubiera corrido la voz entre las mujeres. La mayoría sabían qué premio perseguía Shasta. Detrás de ella esperaba una tercera mujer para darle a Shasta su frágil tributo, envuelto meticulosamente para protegerlo.

Revisando las páginas ya compuestas del libro, Walter se maravilló.

Aquel libro, combinado con la campaña publicitaria de La Lista de internet, era una droga. En palabras del mismo autor:

Un buen libro te tiene que colocar.

Era como pornografía.

Lo que su nuevo padre le había dictado era como una pornografía del poder.

Walter conocía bien la fórmula. El mayor superventas de la historia había tenido como público objetivo a los niños y los adolescentes. La gente que carecía de poder estaba hambrienta de historias que describieran a niños como ellos que obtenían un poder supremo. Desde Harry Potter a Superman pasando por Luke Skywalker y Robin el Chico Maravilla, parecía que todos los chicos querían desarrollar sus superpoderes latentes y ver a sus padres muertos. El libro de Talbott satisfacía ambos deseos. Los instaladores de calefacciones y operarios de imprenta sin trabajo —o bien con trabajo de uvas a peras— se vieron matando a sus opresores y elevándose para reinar en sus propios feudos.

Era como una pornografía de tener razón. Ningún orgasmo sería tan satisfactorio como demostrar que todos los demás se equivocaban. Ningún contenido sexual podía competir con el subidón que les entraba a los hombres cuando ganaban. Y el libro de Talbott trataba por encima de todo del hecho de ganar.

El viejo chiflado de Talbott sabía lo que más ansiaban los hombres.

Mientras leía detenidamente el libro, Walter se sacó el tapón de los oídos de Shasta del bolsillo de la camisa. Se lo llevó a la nariz y aspiró su olor. Un talismán, algo que usaría una bruja para invocar a los muertos. Esponjoso y de color rosa teta, el artefacto estaba cubierto de la piel muerta y las secreciones internas de Shasta; era una auténtica reliquia desenterrada de un lado de su cabeza. Su olfato era suficiente para convencerlo de que Shasta estaba allí sentada a su lado.

Walter se imaginaba que Shasta odiaría el libro. Quizá le molaran la ropa obligatoria de Feria del Renacimiento y la resurrección de la cultura nórdica de pega. Ella tenía su tatuaje. Que decía, de lado a lado del pecho: MIT EINEM SCHWERT IN DEINEM HERZEN STERBEN. A saber qué significaba. Le molaría el estilo de vida de castillos medievales, pero aun así odiaría el libro.

Pero le encantaría el dinero que les iba a reportar.

Shasta echaría un solo vistazo al mundo que proponía Talbott y tiraría el libro a la basura. Bueno, a la basura no. Shasta lo tiraría al reciclaje.

Después de aquello… justo después, ella llamaría a Beyoncé y volaría en un jet privado a Bond Street, Londres. Con Madonna. Y con la tarjeta de crédito de Walter.

Los separaba una cortina. Parecida al telón de un teatro. Una fina cortina de muselina colgaba del techo de la habitación; a un lado estaban el galeno real y un contingente considerable de cortesanos. Un centenar aproximado de mozos, ayudas de cámara y valets. Algo invisible movió la tela desde el otro lado y el galeno Terrence declaró:

—Si su alteza quiere hacernos el favor de presentarse…

Hasta la fecha, el protocolo real había sido en el mejor de los casos semisólido. Por tanto, la mejor estrategia, si el galeno no quería ofender a su señor, era atenerse a una atmósfera de formalismo elevado y Elocución Blanca. Sentado en un taburete de madera tallada, Terrence estiró el brazo y palpó la cortina hasta que encontró un agujero en ella. Meneó el índice dentro del agujero.

—Limítese a mostrar el cetro real. —El agujero estaba bordeado por suntuosos bordados de seda.

Los congregados miraron el agujero y esperaron.

Terrence retiró los dedos y esperó. A fin de tranquilizar a su real paciente, rememoró su propia curación milagrosa. El hecho de que había sido un inválido postrado en cama desde niño. De que una piadosa enfermera de hospital le había llevado un ejemplar del libro de Talbott de parte de su padre ausente. Con las notas que su padre había hecho en los márgenes para darle aliento, Terrence se había impuesto a su tiránica madre, una mujer cuyas palabras hipnóticas eran capaces de provocarle violentos ataques epilépticos.

Mirando la cortina, rememoró el épico tira y afloja con su catéter y el hecho de que el forcejeo derribó a su madre al suelo. El hecho de que el libro de Talbott le había dado el golpe de gracia a su madre y le había roto la nariz. Le había roto la nariz de tal manera que ya siempre la tendría torcida hacia una mejilla.

En cuanto al catéter, se había desprendido. El dolor había sido intenso, pero la mano de Terrence se había mantenido firme. Todo intento de castración había quedado frustrado.

Terrence dio unos golpecitos impacientes con los dedos al agujero bordado. Aun así, nada emergió por el otro lado.

Una de las principales preocupaciones de aquel día era el número enorme de contactos sexuales que había mantenido últimamente el cacique Charlie. Y más concretamente, la posibilidad de que alguno de esos encuentros le pudiera haber transmitido a su alteza una enfermedad social. Por lo que tenía entendido el médico, últimamente su alteza andaba preocupado por ciertos cambios físicos de naturaleza íntima. Pese a todo, no podía hacer gran cosa sin inspeccionarlos.

—Es de gran importancia que establezcamos un diagnóstico —dijo Terrence. Y del libro azul marino citó:

*El hombre no debe vivir de esperanza,
sino pasar a la acción y producir resultados.*

Y en aquel momento la muselina se movió por fin. Se abultó y los contornos bordados del agujerito se empezaron a ensanchar. Con una mano levantada, el médico atajó cualquier palabra de los presentes mientras algo demacrado y arrugado hacía su tímida aparición entre ellos.

A la mañana siguiente, cuando le llevó la bandeja del desayuno, Arabella estaba transformada. Desde que a la señorita Jo le alcanzaba la memoria, su doncella había sido un espantajo jorobado. En los últimos años, el aire derrotado con que la mujer se arrastraba por la casa se había ido volviendo cada vez más ridícula. Una ventaja marginal de tener criados era que tanto encerar los suelos y sacar brillo a la plata los avejentaba. Por la misma razón que las novias elegían damas de honor feas para su boda, tener a aquella doncella hacía que la señorita Jo se sintiera maravillosamente bien conservada para su edad.

Hasta aquella mañana, claro. De pronto Arabella era una desconocida. Sus brazos y piernas nudosos se habían vuelto esbeltos y ágiles. En vez del sombrío uniforme llevaba un vestido holgado. La señorita Jo consiguió recordar el nombre: un dashiki. La tela de la prenda, que fluía como el agua sobre la piel suave de la mujer, estaba resaltada por esmeraldas radiantes incrustadas.

En vez de su mata encrespada de pelo gris, lucía una lustrosa melena de rizos largos de color caoba. Las manos ajadas y la cara le relucían tanto al reflejarse la luz en ellas que parecían humedecidas con aceites perfumados. Y aquellas encantadoras manos le llevaban la bandeja: dos huevos escaldados, una loncha de jamón y un panecillo con mantequilla y mermelada al lado.

—Señorita Josephine —dijo con una voz igual de nueva que su apariencia—. El señor Jamal me ha pedido que le transmita sus disculpas. —La voz resonó con una elegante profundidad. Un retumbar aterciopelado—. Los asuntos de Estado han exigido que tuviera que partir anoche muy tarde.

Estaba tan encantadora que el impulso inicial de la señorita Jo fue despedirla. Pero aquella ya no era la casa de la señorita Jo, y Arabella ya no trabajaba para ella.

La doncella estaba tan encantadora que la señorita Jo solo pudo apartar la vista con resentimiento dolido. Al vislumbrar su propio reflejo en una cucharilla de plata sintió que se le encogía el estómago. Se había envenenado y ensuciado a sí misma hasta convertirse en aquel trasgo saltarín y siniestro. Cierto: al hacerlo había cimentado su posición en aquel nuevo Estado nación, pero ¿a qué precio? Estaba claro que allí ya no había sitio para ella.

Fingiéndose absorta en untar su panecillo de mantequilla, comentó:

—Arabella, ese vestido le sienta sumamente bien a una mujer de tu talla.

Arabella soltó una risilla con aquel nuevo tono gutural.

—No es el vestido —dijo—. Es la transformación de mi gente.

Y le contó que los blancos siempre habían denigrado a los negros por no haber inventado ni la rueda ni el arado. La verdad era que los africanos habían desdeñado cualquier herramienta que desfigurara la Tierra. Los negros tenían una alianza con la Tierra que se remontaba al alba de los tiempos. La Tierra les concedía todas sus peticiones. Por eso el continente africano era tan rico en recursos naturales. A la tierra le gustaba incubar oro y diamantes en su propio seno para deleite de los humanos negros. Y a su vez los humanos no le hacían cicatrices a la tierra en forma de carreteras o tierras labradas.

—Cuando el hombre blanco entró en África —continuó Arabella—, esperábamos que sintiera el mismo respeto por la tierra sagrada.

Pero como aquel suelo no era su cuna, el europeo no reconoció nada más que la riqueza que quería saquear. Unos hombres que nunca aprobarían el aborto, que afirmaban santificar la vida, desgarraban el seno de la Tierra y le arrancaban los dones que habían sido creados y albergados allí. Los pozos petrolíferos blancos y las minas la destriparon. Y lo que el planeta había producido para recompensar la tutela de la raza negra, el hombre blanco lo saqueó y lo secuestró.

Arabella le dirigió a la señorita Jo una mirada fría y despectiva.

—Ya en aquellos tiempos, mi gente aprendió a mantener ocultos nuestros poderes especiales. Desde hace cientos de años, hemos ocultado nuestros verdaderos talentos y sabiduría por miedo a que el hombre blanco se aprovechara también de ellos para aumentar su horda de adquisiciones.

La señorita Jo se miró las manos químicamente descoloridas y sintió una honda vergüenza por la historia de su codiciosa raza. Se sintió humillada por su pelo quemado. Estaba claro que había heredado la locura y la culpa del hombre blanco.

—En toda la historia, solo el señor King se acercó a revelar la verdadera magia de la gente negra —explicó Arabella—. Durante muchos años nos planteamos matarlo para protegernos.

La señorita Josephine escuchó aquello, asombrada.

—¿Los negros mataron a Martin Luther King Jr.?

Arabella frunció el ceño.

—No al *doctor* King... —exclamó—. Contratamos a un hombre para que matara a *Stephen King*. Por desgracia, el asesino era un inepto y el intento de matarlo atropellándolo con un coche y dándose a la fuga fue un fracaso.

En las obras maestras del escritor, explicó, en libros como *El resplandor*, *La danza de la muerte* y *La milla verde*, King casi había convencido a los blancos de los magníficos y asombrosos poderes que los negros mantenían ocultos.

Sin previo aviso, Arabella sacudió la servilleta de lino y se la metió a la señorita Jo por el cuello de la bata de estar por casa. La doncella levantó el cuchillo y cortó un trocito cuadrado del jamón. Con el tenedor le metió el bocadito cuidadosamente en la boca a la anciana.

—Ahora, coma —le dijo.

Sin habla, la señorita Jo masticó en silencio el bocado de jamón, una y otra vez, igual que una vaca rumia su bolo alimenticio, reduciendo inconscientemente la carne a una pasta sin sabor. El silencio y la expectación se cernieron sobre ella. Por fin se aventuró a decir:

—¿Y dónde ha sido el incendio? ¿Por qué se tuvo que marchar Jamal con tanta prisa anoche?

A modo de respuesta, Arabella caminó hasta el pequeño televisor de la habitación y pulsó un botón. La pantalla se llenó de gente diminuta. Una multitud enardecida con antorchas.

—Ese chico tiene sus propios secretos, ya sabe usted —dijo la doncella, mirando a la multitud de la pantalla—. Ya ha visto cómo estudia esas viejas pinturas de los antepasados suyos.

En el televisor una marea de alborotadores rodeaba un edificio señorial, tirando piedras y ladrillos a su fachada esculpida. Retumbaban los disparos y aparecían nubecillas de humo allí donde las balas rebotaban en la piedra. Se oía el ruido estridente de cristales al romperse.

Un plano más corto mostró las ventanas altas y ornamentadas. Enmarcando la caras de la gente que había atrapada dentro. Caras hermosas y apuestas pero atrapadas, y todas negras.

La intuición de Talbott había sido certera. La década de 1960 había derribado todos los modelos vitales. Desde entonces, las generaciones habían errado por sus vidas en busca de un nuevo ideal común. La respuesta no era ni el comunismo ni el fascismo. Tampoco el cristianismo ni el capitalismo. El activismo político y la educación habían revelado su naturaleza corrupta. El mayor logro del hombre moderno había sido deshacerse de esos modelos restrictivos.

—El único rasgo que nos une realmente es nuestro deseo de estar unidos —insistía siempre Talbott—. Lo que los hombres quieren es una estructura para unirse entre sí.

Hasta hacía poco nuestras circunstancias nos habían agrupado y nos mantenían unidos. Nuestra proximidad de vecinos. De compañeros de trabajo y feligreses de nuestras iglesias. De compañeros de clase en las escuelas. Cada una de esas estructuras llevaban a la gente a juntarse todo el tiempo formando comunidades. Pero a medida que la gente empezó a cambiar de domicilio con frecuencia, y al volverse menos estables los empleos, perdimos el contacto firme entre nosotros.

Tal como lo veía Talbott, las preferencias raciales y sexuales tenían que convertirse en el último bastión de la comunidad. A medida que se venían abajo los grandes relatos unificadores... al fallarnos todas las tenues circunstancias externas, nos veríamos obligados a cerrar filas basándonos en nuestros elementos más básicos: el color de la piel y el deseo sexual.

Walter lo había entendido. Estaba claro que su nuevo padre tenía la intención de que el libro fuera el vehículo para que Walter hiciera fortuna. Los hombres, aquellos tipos como Jamal y Esteban, eran los soldados rasos, la avanzadilla que abriría el mercado para la circulación más amplia del libro. Esos palurdos y colgados, que se preparaban para el apocalipsis. Y allí estaban los aforismos falsamente profundos destinados a reemplazar los eslóganes que la publicidad había inculcado en las cabezas de la gente.

De acuerdo con Talbott, el consumo era el último medio de expresión personal que quedaba. Por eso la única reacción de la gente a la belleza era consumirla. De manera que la belleza se convertía en pornografía a fin de poder ser consumida. El estatus social de cada cual se medía por los niveles y la calidad de su consumo. Del tiempo de que disponía. De su energía. No quedaba mucho para el canibalismo.

Y es más, tal como decretaba el libro de Talbott:

El suicidio es el acto supremo de consumo.

Y por extensión:

La civilización se está consumiendo a sí misma.

Esa era su explicación del hecho de que las civilizaciones occidentales estuvieran decayendo. Los ciudadanos de la diáspora blanca se estaban autoconsumiendo por medio de las drogas. Los negros con la violencia. Los homosexuales con las enfermedades.

En su cámara nupcial, cuyas paredes estaban cubiertas de tapices, Shasta descubrió a su nuevo marido doblando a toda prisa leotardos y sobretodos. Charlie se acercó al gigantesco armario ropero y le quitó la funda de la lavandería a un capote de rico terciopelo de imitación del azul Francia con resaltes de ribetes con ojales. Al pie de su enorme cama con dosel había una maleta abierta llena a medias de faldas escocesas y tabardos. Charlie metió entre ellos su braguero favorito.

Cuando Shasta fue a abrazarlo, él se zafó de ella y le dijo:

—Ahora no. —Su tono era hosco—. Han convocado un concilio de caciques.

Se había contratado a un gondolero para que impulsara con su pértiga la barcaza real por el río Columbia hasta las ruinas de Portland. Allí el linaje se reuniría en un salón de reuniones de techos altos situado en lo alto de uno de los rascacielos que quedaban en pie en el centro abandonado de la ciudad. Se rumoreaba que ya hacía tiempo que Portland había agotado su producción doméstica local de tempe. Con sus reservas de soja terminadas, sus ciudadanos habían empezado a devorarse los unos a los otros. Ahora la plácida ciudad jardín apestaba como una tumba abierta. Aquel viaje carecía de atractivo para cualquiera de los caciques convocados.

Shasta no dio su brazo a torcer y se le acercó una vez más, tocándole suavemente la peluca púbica con los dedos. A Charlie se le distendió el cuerpo. Ella se puso de rodillas. Tras quitarle diestramente la vaina de la espada y desanudarle los cordones de los bombachos venecianos, sus manos descubrieron su flácida hombría y se pusieron a masajearla.

—¡Aau! —exclamó Charlie con un gesto estremecedor de dolor.

Los dedos de Shasta continuaron con más suavidad.

—Cuidado —protestó él, con voz más débil, tenue, transportada por el contacto placentero de su mujer.

La boca de Shasta unió fuerzas con sus manos en sus tareas conyugales. Sintió una náuseas repentinas. A pesar de su voluminosas faldas de organdí, el suelo de piedra se le clavaba en las rótulas.

Meciendo la cabeza, Charlie gimió:

—He notado algo.

La boca de Shasta hizo una pausa para coger aire.

—No me extraña, eso espero. —Acalló el cabreo de su voz—. Estoy honrando a su alteza.

Charlie gimió:

—Pero… —Le fallaron las palabras—. Pero es que Gaysia, la gente de Gaysia ha invadido nuestra embajada y ha tomado a nuestros diplomáticos de rehenes.

Murmurando, farfullando, delirando a causa del placer, su marido anunció a continuación que Gaysia había declarado la guerra a Caucasia y a Negrotopía.

La noticia pilló a Shasta con la guardia baja y la hizo atragantarse un momento. Le subió una arcada, que amenazó con abrasar la hombría real con sus biliosos ácidos digestivos. Menudo regalito de despedida sería. Solo con un esfuerzo enorme fue capaz su esposa de tragarse ambas cosas.

Y una tarde en que Walter estaba hojeando distraídamente un ejemplar del libro recién impreso de Talbott, el viejo levantó la vista. El nuevo padre de Walter lo miró con el ceño fruncido y expresión severa y le preguntó en tono imperioso:

—¿Qué estás leyendo?

Walter sostuvo en alto el libro, mostrándole la portada azul marino y el título dorado.

—¿Cómo se titula? —gruñó Talbott.

Walter le dio la vuelta al libro y leyó el título: *El Día del Ajuste.*

Farfullando y escupiendo saliva, el viejo vociferó:

—¡Eso no es lo que yo dije!

Walter sintió un escalofrío. Su cabeza hizo los lúgubres cálculos. ¿Cuántos libros ya se habían impreso y distribuido? Respuesta: todos.

—¡Idiota! ¡Para las máquinas! —exclamó Talbott.

Era demasiado tarde, pero Walter no se lo dijo.

—¡Te dije que lo titularas *El día en que se juzgue*! —rabió Talbott.

El día en que se juzgue. A saber cuántas otras cosas habría oído mal Walter.

Talbott negó con la cabeza con incredulidad. En tono cortante, dijo:

—¿Es demasiado tarde para arreglar ese… error tipográfico? *El día en que se juzgue.* Anda que…

Y Walt mintió. Adoptando su mejor expresión de desenvoltura sincera, le dijo al viejo:

—No se preocupe usted. Yo lo arreglo.

Cerrando el libro de Talbott y dejándolo cuidadosamente a un lado, el orador proclamó:

—Los cuerpos queer siempre han sido las tropas de choque de la civilización occidental.

Un gruñido generalizado se elevó del público que había sentado alrededor de Gavyn. Llevaban oyendo la misma charla desde que se habían entregado al Centro de Retención.

Tocaría los mismos puntos de siempre: el hecho de que Malcolm X era un chapero bisexual, James Baldwin, el movimiento feminista y su Noche de los Cuchillos Largos en la que habían expulsado al contingente lésbico fundador a fin de que el movimiento resultara más atractivo para las mamás de clase media. El discurso hablaría de la renovación urbana. Y el clímax sería que a Hitler cuando iba al instituto le gustaba Ludwig Wittgenstein y que eso había puesto en marcha la Segunda Guerra Mundial y la famosa Solución Final.

Cada mes aproximadamente llegaba un cacique de Gaysia para dar aquellas charlas motivacionales. Para subir la moral. El orador de hoy era un cacique del primer linaje. Un hombre llamado Esteban. Que levantó la voz en respuesta a los refunfuños.

Gavyn lo interrumpió:

—Mi hermana… —La sala guardó silencio—. Mi hermana, Charm, ha hecho los cálculos. Y dice que no nos van a intercambiar a ninguno hasta que tengamos casi cuarenta años. —No lo dijo muy fuerte, pero el silencio era tan absoluto que su voz sonó atronadora.

—¿Qué significa esto? —gritó otro chaval.

El orador replicó:

—Se otorgará prioridad a las emigrantes mujeres para que puedan empezar la producción de exportaciones lo más deprisa posible.

Las jóvenes lesbianas que había sentadas alrededor de Gavyn gimieron. El campo de concentración ya no parecía tan siniestro si lo comparabas con la carrera de criar humanos.

Desde el estrado, Esteban dijo en tono enfático:

—Eso debería acelerar el proceso de intercambio unos cuantos años.

La posición gaysiática, su versión oficial, era que ni Caucasia ni Negrotopía querían ya alimentar ni albergar más exportaciones que las absolutamente necesarias. A medida que pasara el tiempo, se crearían alojamientos especiales para acelerar todo lo posible los intercambios. Se alcanzaría un acuerdo comercial que permitiera que emigraran los aspirantes gaysiáticos actuales a cambio de inmigrantes futuros procedentes de Gaysia. Esa era la razón de que las reservas de exportaciones en espera se tuvieran que sobrecargar todo lo posible.

La realidad era que Gavyn y su generación, la primera generación que alcanzaba la Edad de Declaración después del Día del Ajuste, estaba separando basura para el reciclaje. Estaba encarcelada, durmiendo en barracones, comiendo fideos Ramen tres veces al día, sin más distracción que separar plásticos del número 6 de plásticos del número 8 y la hojalata del aluminio, una tarea que solían hacer máquinas hasta que la mano de obra esclava empezó a ser más rentable. Aunque ya no se llamaba mano de obra esclava, ahora se llamaba subcontratación. Era trabajo deslocalizado, pero en vez de estar deslocalizado estaba en mitad de Caucasia. Y los trabajadores no eran esclavos, salvo por el hecho de que no podían salir de las instalaciones, y las instalaciones estaban cercadas con alambrada de púas y torretas de vigilancia. Y era un trabajo noble y grato, destinado a mejorar su futuro y el futuro de Gaysia, pero se pasaban los días encorvados encima de una cinta transportadora renqueante cargada de latas pegajosas y de papel sucio bajo un enjambre constante de moscardas atraídas por el hedor a yogur en descomposición y a cerveza rancia.

Ninguno de los destinados a la exportación había vivido allí más de un año, pero cada semana se hacía tan larga como un año, y nadie tenía calendario porque nadie había esperado pasar allí encerrado tanto tiempo, y algunos individuos más realistas habían empezado a hacer muescas en la pintura de uno de los cubículos de los retretes para que todo el mundo pudiera contar los días en todo momento y quedarse horrorizado ante el largo tiempo que llevaban acampados allí hurgando entre la basura, pero eso tampoco cambiaba nada porque seguían atrapados, y cada mes llegaba algún personaje oficial de la tierra prometida que nunca alcanzarían para subirles la moral con un discurso inspirador sobre la gloria de Gaysia, hasta que hoy Gavyn se había puesto de pie en mitad del discurso, en mitad del público, y había formulado aquella pregunta terrible.

Había preguntado: «¿Está mi generación condenada a vivir aquí a perpetuidad?».

Exactamente eso le había sugerido Charm. Le había escrito especulando con que no se iba a intercambiar a nadie hasta que la primera criatura de Gaysia cumpliera dieciocho años. Al menos no en cantidades grandes. Sí, había algunas criaturas en Gaysia, pero en número insignificante. Y aun entonces Charm predecía que se daría prioridad a las exportaciones más jóvenes, igual que se estaba dando preferencia a las mujeres, y que Caucasia mantenía de sobra a su propia población y cuantas más exportaciones produjera más mano de obra esclava barata podría mantener en campos de concentración. Porque, con toda sinceridad, a los heterosexuales simplemente se les daba mejor reproducirse y tenían una historia cultural más larga de hacer bebés, y el futuro iba a quedar reducido a una carrera constante entre las naciones para producir exportaciones.

Gavyn no pretendía ser maleducado. Nadie les tenía más respeto que él a los dirigentes de Gaysia, pero quería la verdad, y la quería oír delante de todo el mundo. Y no quería ser el portador de malas noticias, pero a todos se les estaba pasando el arroz.

—Señor… —dijo Gavyn, con intención de mostrar respeto y no solo incordiar—. ¿Veremos alguna vez nuestra patria?

La pregunta provocó una ronda dispersa de aplausos, aunque no era intención de Gavyn pasarle aquel marrón a Esteban, que era el típico hombre apuesto que cuando te sonreía te veías obligado a devolverle la sonrisa, aunque no sabías que clase de persona era más allá del hecho de que estaba bueno, y aquello le hizo acordarse de Charm y de la última vez que habían jugado al juego de Mío/Tuyo, en el que señalabas a personas al azar como posibles parejas sexuales y gritabas «mío» o «tuyo», un poco como el juego de Encontrar el Escarabajo, donde siempre intentabas pillar a tu oponente por sorpresa, pero la última vez que habían estado en Laurelhurst Park, Gavyn había señalado a aquel rey de los yonquis, Nick, se llamaba, empujando un carrito de la compra lleno de fármacos, con aquellos pómulos de adicto al cristal de metanfetamina y el pelo descolorido por el sol y Gavyn había gritado «¡Tuyo!» y luego Charm había señalado a un tipo que era clavado al guapo de los Thompson Twins con el mismo peinado de cola de rata, henna y piel del color del talco pero sin la ropa holgada de la década de 1980, y Gavyn se había quedado confundido y entonces se había dado cuenta de que Charm estaba jugando con reglas distintas. Porque su hermana realmente quería lo mejor para él, pero no se daba cuenta de que él había estado intentando machacarla, y porque realmente a ella sí que le ponía aquel yonqui de la metanfetamina que era Nick.

La intención de Gavyn había sido irritarla y avergonzarla, pero lo único que ella había querido era que él fuera feliz con un doble de los Thompon Twins, y eso era lo que más miedo daba cuando le había escrito para contarle su teoría sobre el hecho de que seguramente nunca emigraría. Porque no estaba jugando a la hermana rival, sino diciéndole la verdad.

Esteban retomó el hilo y les dijo que la historia tenía un modelo. Les contó que los homosexuales siempre habían vivido encarcelados en monasterios y conventos donde habían preservado el conocimiento del mundo antiguo y habían compilado los secretos del mundo natural, cruzando variedades de guisantes y asegurándose de que el Medievo no erradicara el legado de la civilización humana.

Pero a Gavyn no le emocionaba la perspectiva de ver a los guisantes tener relaciones sexuales, no mientras su cuerpo buenorro de dieciocho añitos digno de rodar porno estaba reciclando basura. Y estaba a punto de decirlo cuando un administrador se acercó al estrado y le insinuó a Esteban que tenía una llamada de teléfono importante entre bastidores, y cuando Esteban salió para contestarla, el administrador se acercó al micrófono y anunció el nombre de Gavyn, y no precisamente en tono agradable, y le dijo que fuera a recepción, donde lo esperaba una invitada.

Gavyn fue a la recepción y se encontró a una chica con tantos tatuajes que no pudo menos que preguntarse si su novio se debía de quedar acostado en la cama después de follar leyendo su cuerpo como si fuera el reverso de un paquete de cereales. Y en aquel momento cruzó el fondo de la sala un viejo flaco con la piel colgándole flácida de los brazos y la piel reluciente de sangre seca, un viejo desnudo y ensangrentado. Un viejo desnudo y apestoso con incontables heridas diminutas que le supuraban en el pecho y en la espalda. Gavyn no lo pudo evitar. Experimentó un escalofrío de asco de cuerpo entero y dio un brinco de aprensión como si hubiera pisado una telaraña enorme. El hombre no era Nick, pero se parecía bastante. Gavyn miró a su hermana y le dijo:

—Tuyo.

Charlie apenas se había visto la hombría en los últimos días, de tan continuamente sepultada como la tenía en alguno de los húmedos orificios de Shasta. Escondida en ella y trabajada por ella, hasta el punto de que dio gracias al destino de que

Shasta fuera su esposa final y no la primera. En cualquier momento las concubinas de los campos y las domésticas empezarían a parir a sus hijos. Los expulsarían con el mismo ímpetu y frecuencia con que salían despedidas las palomitas de maíz. A muchas mujeres había bendecido Charlie con minutos de diferencia entre ellas. Sus frutos brotarían con la misma velocidad y asiduidad incansables con que él había sembrado sus señoriales semillas.

Entre aquellas mujeres había muchas que no estaban contentas de servir en su lecho.

En ninguna mujer salvo en Shasta había encontrado su hombría una pareja digna. ¡Era como un súcubo insaciable! Lo dejaba completamente flácido. Casi aturdido, ¡y aun así sus exhaustas gónadas eran hipersensibles a cada sacudida de las ruedas de su carruaje!

Aquella convocatoria del Concilio de Caciques había llegado en el momento oportuno. Si Shasta todavía no estaba encinta, entonces la tarea realmente se encontraba más allá de las posibilidades de Charlie.

Aunque la intuición y la esperanza sugerían lo contrario... Últimamente la tez de Shasta se veía verdosa. En varias ocasiones tuvo que huir de su ágape matinal para vomitar cachos de comida en el váter de palacio. Si había que confiar en la sabiduría regia, Charlie le había plantado un heredero en las entrañas.

Un gran sacrificio a Thor ofreció Charlie. Una plétora de dulces colinabos y sabrosas aulagas, en la abundancia suficiente para saciar al dios. En el momento presente, mientras su séquito y él se aproximaban a la ciudad silente, mucho se alegró el cacique de haberse ganado la buena voluntad de Odín y de Loki. Porque la desierta ciudad de Portland no era sino un denso bosque en sus afueras. Los meses transcurridos habían permitido que la vegetación se acumulara, consolidando una impenetrable jungla de budelias en flor, entretejidas con zarcillos de recio ligustro, que a su vez se entreveraban con una sofocante manta de sabinas rastreras. Aquellos suburbios abandonados constituían una formidable barrera.

Un ejército menos recio de espadachines podría haber abierto una senda por entre aquella muralla enmarañada de rosales de té híbridos y de lilas silvestres. Cualquier compañía más pequeña que la de Charlie se habría visto engullida por aquella avalancha de tuyas piramidales.

Tampoco era la vegetación su único obstáculo. Los nativos dementes suponían una amenaza constante, tal como les demostró una rauda figura. Un títere acechante, un viejo esquelético sin más atuendo que una pátina de sangre seca. Hendido por incontables heridas, aquel espectro pasó corriendo un momento por el campo visual de la compañía real. «¡Walter!», gritó, y desapareció al instante. Se esfumó en las profundidades de los densos juncales.

Había pasado el tiempo suficiente para que la ciudad se considerara segura. Lo bastante segura. La mayoría de rezagados se habían comido entre ellos, y los supervivientes serían pocos y estarían débiles. Mientras el real séquito se esforzaba por abrir un camino, les llegaron los tenues compases de una melodía. Invisible era el intérprete que la tañía con algún instrumento de cuerda. El capitán de la guardia pidió silencio y los leñadores y caballeros detuvieron sus hachazos.

Nada más que el canto de los pájaros trastornaba la letal calma de la ciudad fantasma. La música subió de volumen, su origen se acercaba, hasta que por fin apareció una figura ante ellos.

Del bosquecillo de muerte y desolación emergió un hombre. Poco más que un esqueleto, con las extremidades correosas cubiertas de harapos. La cara de aquel guiñapo parecía perdida detrás de una densa barba y del sudario de su melena. El hombre sostenía una guitarra entre los brazos y la iba tocando. Tan absorto estaba en su música que ya se había metido entre la real comitiva para cuando se detuvo en seco. Junto con su canción, solo los pájaros rompían el silencio.

Reclinado en su carruaje, Charlie se quedó cautivado por la melodiosidad del desconocido. El cacique se había hartado de los remilgados malabaristas y cantores tiroleses de siempre.

—¡Aquí, vagabundo! —lo llamó desde el interior con cojines de terciopelo del vehículo—. ¿Perteneces a una casa y a un señor?

El granuja levantó la vista de su guitarra. No dio respuesta, el impertinente pícaro, sino que una vez más se puso a rasgar con suavidad su instrumento.

Un leñador de la comitiva del cacique levantó el hacha a modo de sutil amenaza.

—¡Tú, contesta! —Se echó hacia atrás para coger impulso, listo para cercenar la cabeza greñuda del tipo—. ¡Y no contestes en otra lengua que no sea la Elocución Blanca oficial de Caucasia!

Charlie volvió a llamarlo:

—¿Y bien, hombre? ¿Eres libre para convertirte en mi esclavo?

El sinvergüenza dejó de hacer música.

—¿Y quién es ese que desea ser mi amo? —dijo en tono de burla.

Otro miembro del séquito, el médico real, dijo:

—¡Plebeyo ignorante! ¡Este no es otro que Charlie, cacique del primer linaje! ¡Marido de la hermosa reina Shanta y liberador de Caucasia!

Al oír aquellos elogios, Charlie levantó el mentón y su pecho se hinchó de orgullo. A fin de exhibir sus valiosos guantes de cuero sintético, levantó una mano como si se estuviera enderezando la pesada corona de oro.

Al músico se le borró el ceño fruncido. Se quedó boquiabierto de asombro y jadeó aparatosamente.

—Mi señor —tartamudeó—, no me sois desconocido… —Recobrando el aplomo, se llevó una mano abierta al corazón y agachó la cabeza con respeto. Levantando la vista, preguntó—: ¿Acaso vuestra noble esposa es Shasta Sánchez, antaño residente en la calle Southeast Lincoln, alumna del Instituto Franklin, trabajadora a tiempo parcial en Starbucks y portera en la liga de fútbol de la ciudad?

El silencio se adueñó de los presentes. Charlie intuyó una amenaza, quizá a un rival. Con cautela, preguntó:

—¿Conoces acaso a la hermosa zagala en cuestión?

El desconocido desestimó la idea con un gesto.

—¡No, mi señor! Su renombre es tal que en todas partes se conoce su leyenda. —Dejó a un lado su guitarra y se quitó el raído gorro de lana—. Nos produce un gran orgullo que una doncella de nuestro humilde poblado se haya convertido en reina de las gentes blancas.

La declaración hinchió todavía más de orgullo el pecho de Charlie. Al oír aquellos elogios, sintió una simpatía inmediata por el hombre.

—¿Conoces este lugar? —Se puso a señalar los podridos condominios y los ruinosos pasos elevados de las autopistas. Y le preguntó—: ¿Nos puedes guiar por entre esta montaña de espinos y evitar a las bandas de asaltadores de caminos que han quedado atrás en este lugar dejado de la mano de Dios?

—¿Cómo te llamas, campesino? —lo interrogó el galeno, Terrence.

El hombre dirigió a su interrogador una mirada desdeñosa.

—¿Mi nombre? —gruñó—. Podéis llamarme Nick.

El desconocido se cruzó de brazos y puso los ojos en blanco como si estuviera sopesando la propuesta de hacerles de guía. Ladeó la cabeza. Se chupó la yema de un dedo sucio y la levantó como si estuviera comprobando la velocidad y la dirección del viento. A continuación se arrodilló y pegó una oreja mugrienta al cemento agrietado del suelo, como si estuviera intentando oír si se acercaban jinetes. Solo después de todo lo anterior entrecerró los ojos y preguntó:

—¿Adónde se dirige su alteza?

Uno de los caballeros montados presentes respondió a voz en grito:

—¡Al Edificio Terminal Sales!

Desde otro corcel, un segundo caballero vociferó vigorosamente:

—¡A la sala de conferencias más alta del edificio! ¡Allí, tendrá lugar una reunión de todos los caciques!

Charlie levantó una mano enguantada para silenciar a los congregados. Y al mugriento músico le preguntó:

—¿Lo conoces?

Sin decir palabra, el hombre recogió su guitarra del suelo. Empezó a alejarse a pie por un sendero en sombras en el que hasta entonces no había reparado ninguno de los cortesanos de Charlie. Les hizo una señal con la mano para que lo siguieran, y al cabo de un momento de vacilación los poderosos caballos tiraron de sus barras y las enormes ruedas del carruaje real chirriaron y giraron y un número de asistentes que excedía los varios centenares empezó a desfilar siguiendo la estela del desconocido.

Esteban escuchó la voz que le hablaba por teléfono. Sabía que la historia terminaría por borrarlos, pero nunca había sospechado que fuera a pasar tan pronto. El libro de Talbott los había preparado para morir. Los había sacado de la adicción y de la resignación. Les había dado el control sobre su mundo y sobre sus vidas. Y ahora, en el que debería haber sido el momento del triunfo, Bing no estaba.

Esteban le devolvió el teléfono al secretario que estaba a cargo. Se excusó para ir al lavabo. Sentado en un cubículo, descubrió una serie de muescas entrecruzadas arañadas en la pintura. Contó trescientas setenta y cuatro marcas.

En Gaysia, Deliciosa tenía los pies en los estribos, pero su mente estaba a kilómetros de distancia. Preguntándose si Galante todavía la amaría. Preguntándose si habría valido la pena aquella tribulación, esconderse en un país al que no pertenecía.

Una voz la hizo regresar al momento y al lugar presentes. Estaba tumbada en una camilla de reconocimiento con las piernas levantadas. Separada por cortinas de los innumerables compartimentos como el suyo que se extendían a ambos lados. Entre sus rodillas tenía a una figura enmascarada. La técnica llevaba el cabello recogido bajo un gorro de cirujano, pero sus ojos estaban inyectados en sangre y hundidos en unas fosas exhaustas de piel flácida y descolorida.

—Ya puedes descansar —le dijo por fin, sosteniendo una pipeta goteante con la mano enfundada en un guante de látex. La técnica limpió la pipeta con una toallita que olía a alcohol. En tono distraído, añadió—: Gracias por tu servicio.

La primera generación de una nación no era moco de pavo. Deliciosa era el nido de un huevo de cuco. Era la hospedadora del huevo, obligada a criar a la criatura de un desconocido. A la criatura del enemigo. Mientras el enemigo le estaba criando una a ella, en sentido figurado.

Su nueva nación estaba al borde de la Tercera Guerra Mundial. Y a fin de que Gaysia se hiciera con tantos rehenes como pudiera, todas las mujeres en edad fértil habían sido alistadas para su inseminación obligatoria. Las industrias del país habían sido remodeladas para la producción máxima de semen bélico.

En la clínica, las cortinas se apartaron y una drag queen con uniforme de enfermera cubierto de lentejuelas entró con una bandeja metálica llena de vasitos de plástico. Deliciosa cogió uno y se bebió de un trago una bocanada de zumo de naranja aguado mientras la drag queen cantaba: «The seed inside you, I can see it growing…», del éxito de Paul Anka «Having My Baby».

La drag queen desapareció en el cubículo siguiente y Deliciosa oyó que volvía a empezar la canción. La técnica, que también estaba sumamente embarazada debajo de su uniforme médico, dejó a un lado su instrumental y ayudó con dificultad a Deliciosa a bajarse de la camilla. En cuanto estuvo de pie, le ofreció una bata y Deliciosa metió los brazos en las mangas. De un cubículo cercano llegaron las palabras:

—Gracias por tu servicio.

La técnica desplegó un pedazo nuevo de papel estéril para cubrir la camilla y dijo:

—Te recomendamos que te quedes tumbada en la zona de recuperación para garantizar unos mejores resultados.

—Gracias por tu servicio —dijo una voz de hombre a lo lejos.

Deliciosa se dijo a sí misma: «*Ha nacido otro angelito*», y reprimió una risa.

A fin de guardar las apariencias, Belle la había llevado y la estaba esperando en recepción. Antaño la clínica había sido un aeropuerto. Al cabo de pocas semanas Deliciosa le devolvería el favor a Belle y la acompañaría allí para recibir el mismo tratamiento. El vasito de plástico de zumo de naranja. La cancioncilla de Paul Anka.

La bata de hospital equivalía a un uniforme militar. Deliciosa se dijo a sí misma: «*También sirven quienes solo se sientan a esperar con las piernas en alto*», y sofocó una risilla histérica. Las calles y tiendas estaban llenas de mujeres vestidas con el mismo saco de patatas. La espaciosa prenda, que estaba diseñada para llevarse durante el parto, se veía sometida a quien se la ponía y a rondas interminables de agradecimientos por parte de desconocidos.

Fueron a casa en taxi, un gasto extravagante. Al llegar a su destino el taxista se negó a aceptar que le pagaran. Empezó a decir: «Gracias por...», pero Deliciosa miró a otro lado y levantó la mano abierta para interrumpirlo.

En la entrada del callejón anexo a su edificio, una avalancha de velas y ositos de peluche invadía la acera. Los ramos de claveles impregnaban el aire de un olor dulzón a podrido. Tarjetas de condolencia con forma de corazón y escritas a mano rezaban: «Bing» y «¡Nuestro héroe!». Una cola de dolientes que se extendía por toda la manzana, todos esperando que les llegara el turno de depositar un ramo de rosas o unos cuantos globos de Mylar de colores que se mecían y centelleaban.

Un equipo de informativos de la televisión barrió a los congregados con sus luces. Un hombre con micrófono recorría la fila, preguntándole a la gente como la había afectado el asesinato. Unos cuantos lloraban abiertamente. El presentador de las noticias se giró hacia la cámara y le dijo:

—La policía ha encontrado imágenes del asesinato filmadas por cámaras de seguridad. Se ha anunciado una detención inminente.

Las dos mujeres salieron a toda prisa del taxi, llaves en mano, rumbo al portal de su edificio. Detrás de ellas, un coro de voces gritó:

—Gracias por…. —Las puertas del ascensor se tragaron las últimas palabras.

A salvo dentro del apartamento, con el cerrojo corrido y la cadenilla puesta, Belle levantó la voz:

—¡Ya estamos en casa! —Como no contestó nadie, añadió—: ¿Felix?

El televisor estaba encendido. Talbott ocupaba toda la pantalla. Diciendo:

El mundo quiere una teoría de campos unificada. Una sola teoría que lo explique todo. Démosela.

Deliciosa se quedó en la sala de estar mientras Belle caminaba hasta la puerta de su hijo y llamaba. En el televisor, Talbott dijo:

El valor de un hombre no se mide por su sueldo, sino por lo que hace en su tiempo libre.

Al regresar, Belle llevaba un papel en la mano. Leyó:

—«Querida mamá…». —Y miró a Deliciosa con los ojos llenos de lágrimas.

Lo de ir a Canadá era una prueba. Mucho después de que se pusiera el sol, Dawson condujo por las carreteras secundarias de lo que antaño había sido Idaho. Después de que la fugitiva, Ramantha, se quedara dormida, se metió por un camino sin asfaltar lleno de baches y flanqueado de zarzas. No había luna. Fue siguiendo la luz de sus faros hasta que vio una cerca que les cerraba el paso. En el centro había una cancela sin letrero. Situada a la distancia máxima que sus luces largas le permitían distinguir.

Dawson estiró el brazo y le dio un codazo a la mujer.

—Ya hemos llegado.

Ella se despertó de golpe. Echó un vistazo a la oscuridad que los rodeaba.

—Estamos en la frontera —le dijo él. A saber adónde llevaba aquella cancela. A alguna propiedad donde Ramantha sería hecha prisionera y ejecutada de acuerdo con las nuevas leyes. ¿O acaso a unos pastos recónditos donde los lobos le darían caza? En cualquier caso, terminaría muerta. No estaban cerca de Canadá ni mucho menos. Pero ya no tendría que preocuparse más de ella.

Dawson apagó el motor pero dejó los faros encendidos. Miró alrededor como si estuviera buscando con la vista patrullas fronterizas.

La mujer miró con los ojos entrecerrados a través del parabrisas manchado y preguntó:

—¿Al otro lado de esa cerca?

Dawson asintió con la cabeza.

—Date prisa —le dijo.

En la radio del camión susurraban las palabras de Talbott:

—«El hombre no debe vivir de esperanza, sino pasar a la acción y producir resultados…».

Ramantha mantuvo la vista fija en la cerca lejana mientras se buscaba algo en los bolsillos.

Dawson palpó la alianza que guardaba en el bolsillo del pantalón. Esperaba algún agradecimiento. No la había matado. La había llevado a un lugar seguro, o que ella creía seguro. La mujer estaba suspendiendo clamorosamente la prueba.

Por primera vez Ramantha echó un vistazo al parasol del camión y a una foto de carnet que había allí pegada con cinta adhesiva. Mostraba a una mujer sonriente.

—Qué guapa —dijo—. ¿Es su mujer?

Dawson miró la foto de su mujer, Roxanne, que les sonreía bajo el resplandor verde turbio de las luces del salpicadero.

—No. Mi hermana.

Sin decir una palabra de agradecimiento, la mujer abrió la puerta del pasajero y salió. Miro a Dawson y abrió la boca para decir algo. No paraba de echar vistazos nerviosos a la cerca. Los bichos revoloteaban y trazaban espirales bajo los gemelos conos luminosos de los faros. La cancela emitía un resplandor blanco como de fósforo ardiendo, con una negrura sólida como un muro al otro lado. Un lobo aulló a media distancia. La mirada de ella regresó a Dawson.

—¿En qué parte de Canadá?

Dawson levantó la mano teatralmente, retirándose la manga de la camisa y mirándose el reloj de pulsera. Era pasada la medianoche. Si ella le daba gracias durante el minuto siguiente, quizá no la abandonara a una muerte segura. Otro aullido hendió la noche.

—En el valle de Okanogan —le dijo. Le describió bonitas casitas y huertos llenos de cerezos. Jardines y lagos. Le aseguró que en cuanto cruzara la cerca tendría estatus de refugiada política y estarían obligados a darle protección y un comienzo nuevo en la vida.

Que los últimos pensamientos de aquella mujer fueran una fantasía reconfortante. Que se adentrara dando tumbos en la oscuridad esperando encontrar amor y aprobación. En cuanto la manada de lobos la pillara, poco después de que Dawson arrancara el motor y se marchara de allí, aquella mujer desearía haber muerto el Día del Ajuste.

La académica, Ramantha, seguía de pie junto al camión. Se sacó algo del bolsillo del abrigo y se acercó para dejar aquel regalo en el asiento del pasajero. Algo de papel. En la penumbra, Dawson vio que era dinero antiguo, basura sin valor.

—Por las molestias —le dijo. Y se ató el cinturón del abrigo—. Deje los faros encendidos —le ordenó—. Por lo menos hasta que yo llegue al otro lado.

Y se alejó con pasos rápidos y decididos. Por el centro del haz luminoso. Su sombra acechaba delante de ella, altísima y terrible. Cada paso que daba levantaba una nubecilla de polvo que flotaba tras de sí.

Había resultado ser igual que todos los demás. Una tribu egoísta y cobarde que solo miraba por sus intereses propios. No era la primera. Dawson había llevado a otros aquí. La primera había sido una periodista que se las había apañado para sobrevivir al Día del Ajuste. Tweed algo, una reportera de la televisión. El segundo había sido otro ideólogo, un médico. El doctor Ashanti, psicoterapeuta con medio millón de votos a su favor en La Lista. Los dos se habían adentrado en la noche esperando el cálido abrazo de otros progresistas izquierdistas como ellos. Los había seguido un tipo, un concejal de Seattle. Los tres habían cruzado la cerca sin darle ni las buenas noches. Después Dawson había apagado los faros, se había sentado y había aguzado el oído. En todos los casos los aullidos los habían encontrado antes de que ellos pudieran encontrar el camino de vuelta al camión. Él los oía cruzar a trompicones las zarzas y los matorrales. Y gritar. Nunca gritaban el nombre de él, porque ni uno de ellos le había preguntado cómo se llamaba. Solo pedían ayuda a gritos. Que alguien los ayudara. Chillaban: «¡Señor!» y chillaban: «¡Por favor!» y al final solo chillaban.

La de ahora, Ramantha, ya estaba a mitad de camino de la cerca.

Dawson había pensado lo mismo todas las veces. En lugar de dejar que los lobos hicieran pedazos a aquella, se planteó encender el motor del camión, poner la tercera marcha y salir pitando. Podía atropellarla. Cortarle la oreja. Un asesinato piadoso. Una solución que beneficiaría a todos cuando los lobos encontraran su cadáver.

Se metió una mano en el bolsillo y jugó con la alianza. Lo esperaba el hogar. Llevaba una temporada sin pasar por casa. Durante su juventud había sido un buen marido y un empleado modélico en la planta de producción. Vale, ahora era un cacique. Si quería, podía tener un aluvión de concubinas. Reinar sobre las multitudes. Pero eso solo parecía una versión más grande de la misma trampa. Como gobernante, simplemente le tocaría ser un buen marido para un número mayor de mujeres. Y ser rey básicamente equivalía a ser empleado modélico pero con incontables personas de las que hacerse cargo.

Palpó con las yemas de los dedos el círculo duro y cerrado de la alianza.

Por eso llevaba tanto tiempo en la carretera. Había descubierto que tenía alma de bárbaro. De guerrero. Y la victoria era la muerte de aquel espíritu. Quería un ejército nuevo y batallas nuevas.

La victoria estaba bien, pero no era ni la mitad de gratificante que el combate. Por eso Dawson ponía a prueba a aquella gente. Para encontrar a alguien que le pudiera servir de cómplice. A un compañero o compañera que lo ayudara a mantener en marcha la aventura de su vida.

Quizá se había pasado demasiado tiempo siendo el último mono. El combate era lo único de lo que podía disfrutar. Su constitución no era compatible con la paz y con el ocio. El bando que lo tuviera más difícil para ganar, ese era el bando al que Dawson quería unirse.

La silueta de la académica fugitiva se fue alejando. La sombra que proyectaba sobre la cerca ya casi era del mismo tamaño que ella. El resplandor de los faros la convertía en una figura humana de un blanco resplandeciente. Su sombra era la versión negra de aquella misma forma. Y con un solo paso más, aquellas dos figuras se tocarían.

No lo había deseado con los demás, pero esta noche Dawson quiso que la mujer se detuviera. Dejó la mano suspendida sobre el centro del volante, listo para tocar el claxon. Para avisarla. Aun así, sabía que no tenía sentido salvarla a menos que fuera digna. En voz baja, le pidió que se detuviera. Que volviera. Que se uniera a él en su siguiente campaña, fuera la que fuera.

Dawson ansiaba ser una fuerza de cambio, no un terrateniente. Su mujer no se iba a morir de hambre: seguiría recibiendo su asignación de talbotts, ingresos suficientes para mantener a los centenares de sirvientes que dependían de ella.

A modo de pequeño sacrificio, bajó la ventanilla. Se sacó la alianza del bolsillo y la levantó hasta la obertura de encima del cristal. La soltó y la vio caer, rebotando una vez en el exterior de la puerta. Un tintineo. Y luego se perdió.

Al oír el tintineo, la mujer se quedó paralizada. Había extendido una mano para tocar el pestillo de la cancela y ahora aquella mano blanca y resplandeciente estaba tocando los dedos de la mano de su sombra. Luego las dos manos se separaron.

Dio media vuelta y echó a andar de regreso al camión.

Los lobos aullaron más cerca y Dawson tocó el claxon para espantarlos. Se inclinó sobre el asiento del pasajero y le abrió la puerta.

Ella entró en la cabina.

—No puedo… —dijo, con voz serena y decidida. Con los brazos cruzados sobre el pecho, añadió—: No pudo simplemente rendirme y forjar una vida nueva. Ni por todo el sirope de arce del mundo.

No era que le dieran miedo los lobos. La mujer había cambiado.

Escrutó la noche con el ceño fruncido.

—No puedo dejar que ganen los malos. No puedo tirar mis ideales a la basura. —Se giró para mirar con ojos inflamados a los ojos de Dawson—. Los Estudios de Género son importantes y no pienso permitir que se conviertan en una causa perdida, aunque tenga que derramar hasta la última gota de mi sangre.

La furia le oscurecía la cara. Apretó las frágiles manos y formó unos puños de piedra. Con voz ronca y vengativa, gruñó:

—¡La gente *tiene que leer* a bell hooks!

Dawson se había equivocado con ella. Ramantha había pasado la prueba. Era una luchadora. Era digna de quedarse.

Se le suavizaron los rasgos.

—Qué maleducada soy —dijo—. No le he dado las gracias... —Le ofreció la mano—. Por favor, dígame cómo se llama...

Y él se lo dijo:

—Dawson. —E hizo girar la llave en el contacto del camión.

La señorita Jo había empezado a leer el libro de Talbott. El libro afirmaba que el acto de contar historias tenía una naturaleza esencialmente digestiva. Sacamos un tema de forma muy parecida a como un rumiante, por ejemplo una vaca, regurgita la hierba parcialmente masticada de su estómago. Al contar nuestras historias agotamos nuestro apego emocional a los acontecimientos del pasado. Y les sonsacamos historias parecidas a los demás. A base de rumiar las cosas —y la palabra rumiar significa por igual «triturar» y «reflexionar»—, somos capaces de asimilar las experiencias más infelices o felices de nuestras vidas. Las aceptamos como acontecimientos humanos normales. Dejamos de contarlas y las historias se vuelven parte de nosotros.

La señorita Jo llevaba tanto tiempo contando las glorias de su familia y de su raza que ya tenía fatiga blanca. El libro de Talbott afirmaba que la humanidad sufría fatiga de identidad. La gente vivía demasiado tiempo para retener un yo único. Por consiguiente, los valientes buscaban nuevas fronteras. Los hombres se convertían en mujeres. Los blancos se convertían en negros.

La señorita Jo se empezaba a dar cuenta de que ella era la culminación de una larga estirpe de rebeldes y pioneros. Era la última de su genealogía, y estaba hasta las narices de cantar sin parar las excelencias de su ilustre historia familiar. Su familia había dejado atrás la gloria. Sus crónicas podían morir con ella.

La biografía de la señorita Jo era un bocado de puré insípido. Se levantó de su silla y caminó por la habitación apagando las lámparas. En la oscuridad total, sus dedos encontraron la vela y el librito de cerillas sobre el tapete de encaje de la mesilla de noche.

Encendió una cerilla.

El libro decía: «La gente es adicta a tener razón».

El libro de Talbott sugería que fueras a una cena en sociedad y declararas en la mesa que las conclusiones científicas que había alcanzado en su libro más famoso, *La campanilla de cristal*, traslucían el racismo de la escritora Sylvia Plath. Los demás invitados disfrutarían de múltiples orgasmos efervescentes de razón por el hecho de corregirte. El libro sugería que explicaras que a pesar de su legendaria relación con la Mesa Redonda del hotel Algonquin, Robert Benchley no había alcanzado el éxito popular hasta que escribió *Tiburón*. Que expusieras que mucha gente creía que la escritora de relatos neozelandesa Katherine Mansfield había muerto decapitada en un grotesco accidente de coche sucedido en un puente de Luisiana y completamente envuelta en insecticida para mosquitos. La verdad era que había muerto de traumatismo craneal, pero alguien había fotografiado su característica peluca rubia allí donde se había quedado, sobre el parabrisas hecho trizas del coche, y eso llevó a muchos a la conclusión de que su cabeza había sido cercenada del cuerpo por el borde trasero de la camioneta de plataforma contra la que su chofer se había estampado. Y sugería que concluyeras diciendo que, desde su muerte, todos los chasis de camionetas comerciales venían equipados con una barra en el bastidor, llamada la «barra de Mansfield», que levantaba el vehículo en colisiones parecidas y evitaba aquellas heridas mortales.

«Puede que tarde un momento», aconsejaba Talbott, «pero tu público descenderá sobre ti, corrigiéndote con todo el frenesí estruendoso y sanguinario de una manada de hienas rabiosas al abatir a un ñu solitario.»

Permitir que tuvieran razón los demás redimía sus educaciones insignificantes y absurdas.

Permitir que tuvieran razón los demás hacía que te amaran, según Talbott, porque solo amamos las cosas a las que nos sentimos superiores. Solo amamos las cosas que no nos suponen una amenaza.

Permitir que tuvieran razón los demás era el mejor método para controlarlos.

Jamal estaba saboreando una copa de oporto de antes de la Guerra Civil. Necesitaba beber algo. Acababa de volver del Concilio de Caciques y sabía que Negrotopía no podría evitar la guerra contra Gaysia.

Levantó la copa para brindar por la paz y la prosperidad que habían inaugurado el Día del Ajuste. Pronto se verían interrumpidas. El futuro ya estaba allí.

Levantando su copa, brindó por los militares retratados en las pinturas al óleo de las paredes que lo rodeaban. Todos habían seguido los dictados de su conciencia. Todos habían sido héroes para su época. Su mundo había sido distinto del de Jamal. Él tenía que admirar su valor y su determinación, por mucho que vistos con la perspectiva del tiempo sus actos pudieran parecer desacertados. Quizá por como estaban pintados, enmarcados y colgados para decorar las paredes de un salón, se los viera acicalados y posando para la posteridad, pero aquellos matones habían sido los tíos más chungos de su época.

Jamal especuló con el hecho de que incluso algo tan noble como el Día del Ajuste se pudiera llegar a considerar despreciable en el futuro lejano. Según Talbott:

La gente más débil del mundo intentará glorificarse a sí misma denostando la fuerza verdaderamente asombrosa de los muertos.

Para algún alfeñique todavía sin nacer, el semblante de Jamal quizá fuera la imagen de un villano. Jamal solo confiaba en que aquel cobarde del futuro pudiera apreciar la valentía que había hecho falta para despachar un sistema en quiebra y reemplazarlo por otro nuevo. Contemplado un espejo manchado y antiguo, y levantando la copa de oporto, brindó consigo mismo.

Fue entonces cuando el pitbull, Matón, se levantó de la moqueta y olisqueó el aire. Y gimoteó.

Y fue entonces cuando Jamal olió el humo. Las cenizas de la chimenea estaban frías. Una sirena bramó en alguna parte de la casa, un detector de humos. Luego se le unió otra. Un coro de sirenas empezó a ulular desde todos los techos.

Volvió a acordarse de los terroristas acerca de los cuales había avisado Talbott. Los lealistas o canadienses estaban provocando incendios a fin de boicotear los nuevos Estados nación. Alguien entregado a la causa de reunir los antiguos estados unidos había pegado fuego a la casa. O eso, o bien los agentes de Gaysia ya estaban atacando.

Subió la escalera de tres en tres. En el segundo piso flotaba un humo más denso y en el tercero todavía más. En lo alto de la escalera, la puerta del desván estaba caliente al tacto. Envolvió el pomo con el faldón de su camisa, pero se negaba a girar. Estaba cerrada con llave.

Aporreando la madera con los puños, gritó:

—¡Barnabas! ¡Abre!

—No lo entiendes —contestó una voz débil.

La puerta estaba casi demasiado caliente para aporrearla con los puños, pero Jamal la embistió con el hombro. El roble centenario no cedió.

—¡Abre esta puerta! —ordenó Jamal, y su propia voz lo asombró. La autoridad, su autoridad, retumbó. Era una voz para pronunciar discursos sin necesidad de micrófono.

Aporrando la puerta con los puños, gritó:

—¡Barnabas! ¡Abre!

Su libro no se terminaba así, no podía terminarse así. Como mucho, aquello era la crisis que cerraba el primer acto. Su libro, *Negro como tú*, aún necesitaba mucho trabajo antes de que pudiera darlo por terminado. Igual que *Las tres caras de Eva*, todos los casos de estudio exitosos necesitaban un final feliz.

Si su fuerza no funcionaba, tendría que funcionar su ingenio.

—Oh, Barnabas —suplicó—. Te necesito. Eres el único que me puede contar la historia de la plantación.

La voz invisible respondió con un sollozo. No podía estar a más de un dedo de distancia, separado de Jamal solo por aquella plancha de roble.

—Maldito sea este sitio —dijo la voz, sollozando—. Me ha robado la vida. Menuda idiota he sido de seguir ensalzando el pasado.

A Jamal le vino la inspiración.

—Pues vente conmigo. ¡Únete a los fundadores del glorioso futuro de Negrotopía!

Algo se desplomó pesadamente contra el lado opuesto de la puerta y se deslizó hasta el suelo. El humo lo invadía todo.

Cuando la voz siguió hablando, salía de la fina rendija del suelo. Allí, en el mismo sitio donde Matón estaba olisqueando y arañando los tablones del parqué con las dos zarpas, la voz débil y tenue dijo:

—Jamal, no lo entiendes...

Jamal se dejó caer al suelo y replicó gritando:

—¡Lo entiendo!

—Mi familia tiene raíces profundas en este sitio —susurró la voz.

—La mía también —dijo Jamal con voz más suave.

La voz agonizante soltó un suspiro resignado.

—Jamal, ni siquiera soy negra.

Jamal estuvo a punto de reírse. A punto. Lo que hizo, sin embargo, fue preguntarse qué haría en aquella situación su héroe, Talbott Reynolds. Y a fin de hacerse oír por encima del bramido cada vez más fuerte de las llamas y del coro de los chillidos de las alarmas antiincendios, vociferó:

—¡Yo tampoco soy negro!

En aquel momento las luces de la escalera parpadearon y fallaron. Un cristal reventó en algún lado: ventanas que estallaban hacia fuera o bien los decantadores del salón, llenos de licor excelente e inflamable. Pareció que transcurría una eternidad en medio de aquel caos de ruido, sin que nada mitigara la oscuridad más que los destellos de llamas de color naranja.

La criatura llamada Barnabas estaba muerta, supuso Jamal, y él también moriría si esperaba un momento más junto a aquella puerta.

El pestillo de la puerta hizo clic. El pomo giró, la puerta se abrió y apareció un trasgo encorvado, ennegrecido por el hollín y rodeado de las mismas piras del infierno. Con los ojos abiertos como platos por el shock, el demonio preguntó:

—¿Qué quieres decir con que no eres negro?

El perro gimoteó y Jamal le dijo:

—¡Vete!

Agarró bien fuerte a aquella criatura del averno con una muñeca y cargó con ella, sin tocar el suelo, mientras se precipitaba en aquel túnel de fuego en que se había convertido la escalera.

Las mentes más brillantes del Centro de Retención parecían preocupadas. El guardia de la recepción estaba enfrascado en una conversación en voz baja con el vigilante de la puerta. Incluso cuando Charm se les acercó y les dijo que necesitaba que su hermano la ayudara a descargar algo del coche, ni siquiera entonces ninguno de los dos levantó la vista. El vigilante de la puerta se limitó a hacerle una señal para que pasara.

Charm y Gavyn se encontraron en la escalera de entrada que conducía al aparcamiento y a la verja de más allá. Uno de los coches aparcado en una de las plazas de aparcamiento para visitantes era el de su madre. En el coche de al lado estaba el orador de aquella tarde, Esteban, sentado al volante. Lloraba desconsoladamente, tapándose la boca con las dos manos ahuecadas. Incluso llorando, con los hombros sacudidos por las convulsiones y el pecho estremecido por sollozos entrecortados, seguía estando totalmente follable.

—Mío —susurró Charm.

—Eso te gustaría —dijo su hermano.

Caminaron con sigilo hacia el coche. En una de las torres de vigilancia de la verja había un guardia con el rifle en posición de descanso. Incluso visto desde lejos era feísimo.

—Tuyo —dijeron ambos hermanos al unísono.

—¡Yo lo he dicho primero! —exclamó Gavin.

—Entra en el coche —dijo su hermana.

—¿Y adónde vamos? —preguntó él. Nunca habían traspasado la cancela de seguridad cerrada.

Charm le hizo una señal al guardia de la torre. Se sentó al volante y arrancó.

Gavyn ocupó el asiento del pasajero y salieron de allí.

Para entonces el vigilante de la puerta y el guardia de la recepción ya habían salido del edificio y corrían detrás de ellos. El hombre de la torre tenía algo pegado a la oreja.

Mientras el coche se alejaba a toda velocidad por el asfalto, y la cancela cerrada parecía precipitarse a toda velocidad contra ellos, la radio del coche predicó:

«El placer de la ficción es que solo tiene que oler a verdad».

Charm derrapó hasta parar el coche, dejando unas marcas humeantes de patinazos en la entrada de cemento. La cancela era de barrotes de acero demasiado pesados para romperlos embistiéndolos, y encima estaban electrificados, y los guardias ya casi habían alcanzado el coche. Sobre un poste, al alcance de la ventanilla del conductor, había un teclado.

Gavyn observó por el retrovisor a los guardias que se les acercaban y dijo:

—Nos han trincado.

Charm bajó la ventanilla y sacó el brazo. Introdujo con destreza una secuencia numérica en el teclado y la cancela se abrió.

Las ruedas levantaron una lluvia de grava.

Mientras los guardias se hacían pequeños hasta desaparecer a lo lejos detrás del coche, tosiendo en medio del humo de los neumáticos quemados, Gavyn se preguntó con asombro:

—¿Cómo has sabido el código?

Charm le sonrió.

—Lo creas o no —dijo—, lo he cambiado por saliva. —Y añadió—: Ponte el cinturón de seguridad.

Mientras atravesaban una sucesión de salones y salitas en plena inmolación, la señorita Josephine se asombró de su propia ceguera. La cara de aquel muchacho, del tal Jamal, era la viva imagen de muchos de los retratos de sus antepasados. El mismo ceño patricio. La misma frente alta y pensativa y las mismas entradas que le formaban un pico de viuda. Los mismos párpados ligeramente caídos de los Peabody, resultado de generaciones de meticulosos emparejamientos.

Arrastrándola por un circuito de obstáculos, virando por entre los canapés en llamas y los aparadores que ardían, el joven le explicó que descendía de una esclava de los tiempos de antes de la guerra llamada Belinda. La tumba olvidada del bosque. Y Belinda había sido cortejada por un trastatarabuelo de la señorita Jo y se había casado en secreto con él.

—Ese —gritó Jamal mientras pasaban corriendo por delante del retrato en llamas y descascarillado de un apuesto comandante confederado—. ¡Ese es mi trastatarabuelo!

—¡O sea, que eres blanco! —se maravilló Barnabas.

Jamal hizo una mueca. Frunció el ceño.

—¡Y una mierda! —gritó para hacerse oír por encima del estruendo de la conflagración—. ¡Solo he mentido para salvarte, blanca chiflada criada entre algodones!

El trasgo chamuscado le devolvió una mirada de confusión.

—Pero tenemos la misma sangre —añadió—. ¡Soy tu última pariente viva de la familia Peabody!

Belle estaba en la puerta de la sala de estar, leyendo en voz alta la carta de su hijo:

—«Querida mamá» —empezó—. «Lo que he hecho no ha sido en defensa propia. Ha sido para defender a quienes amo. ¿No fue ese el sentido mismo del Día del Ajuste?»

Belle miró a los ojos a Deliciosa y con un gesto le indicó un sillón. Acordándose de golpe de su inseminación de aquella tarde, Deliciosa se sentó.

—«Lo que estoy haciendo ahora» —siguió leyendo Belle—, «también lo hago para guardarte el secreto y protegerte.»

Se oyó el timbre lejano del ascensor procedente de la otra punta del pasillo del rellano del apartamento. Seguido de unos pasos pesados que se acercaban y unas voces amortiguadas.

Leyendo más deprisa, con la carta agitándose en sus manos temblorosas, Belle dijo:

—«Me voy a las tierras fronterizas a ver si son ciertos los rumores… Quiero vivir en una sociedad que se base en la elección personal y no en las circunstancias biológicas».

Del pasillo llegó el ruido de la puerta de un apartamento vecino. Una voz preguntó:

—¿Esto es por el asesinato?

Y una voz hosca respondió:

—¡Policía! ¡Vuelva a meterse en su apartamento!

Deliciosa le indicó con la cabeza a Belle que siguiera leyendo.

Sin dejar de mirar alternativamente la carta y la puerta cerrada del piso, Belle dijo:

—«Una zona patrullada por lobos. Con áreas inaccesibles por culpa de los pumas. Lo espinos, los avispones y los mosquitos serán mi foso y mis almenas…».

Los ruidos del pasillo ya se habían apagado cuando alguien se puso a dar fuertes golpes en el otro lado de la puerta del apartamento. Una voz bronca y amenazadora gritó:

—¡Policía! ¡Abran!

Deliciosa intercambió una mirada de pánico con Belle. La carta decía:

—«Siento que haya muerto Bing. Bing era mi mejor amigo».

La voz del pasillo insistió:

—¡Tenemos orden de arrestar a Felix!

Deliciosa levantó las dos manos como si sostuviera una hoja de papel. E hizo el gesto de romperla por la mitad.

Belle rompió la carta por la mitad.

Deliciosa cogió una mitad y la arrugó hasta hacer una bola, indicándole con la cabeza a Belle que hiciera lo mismo. Mientras Belle arrugaba su mitad, Deliciosa se metió la bola en la boca y la trituró con las muelas. Belle la imitó.

La voz del otro lado de la puerta gritó:

—¡Tenemos el edificio rodeado!

Tragando con ímpetu, Deliciosa engulló su bola de papel. Belle lo intentó, pero se atragantó, se llevó las manos a la garganta y se le puso la cara azul.

La puerta del apartamento reventó. Una explosión de astillas llovió sobre las dos mujeres mientras Deliciosa golpeaba a Belle entre los omóplatos.

Una figura alta y con botas militares pasó por entre los restos de la puerta hecha trizas. Una drag queen con uniforme de policía rebozado de purpurina, con una insignia recubierta de varias capas de piedras de estrás, les preguntó en tono imperioso:

—¿Dónde está el chico? —Sujeta al uniforme llevaba una etiqueta identificativa que componía el nombre «Esteban» con joyitas diminutas.

El agente empuñaba un revólver de servicio tan incrustado de piedras preciosas que resultaba imposible adivinar el fabricante o el calibre.

Ante la asombrosa imagen de aquel coloso cegador, Belle tragó con fuerza. Y así se resolvió el asunto de la carta.

La mansión Peabody ya estaba condenada. Por señorial que fuera su legado de copas de julepe de plata bruñida y clavicordios de palisandro, se estaba hundiendo alrededor de Jamal y Barnabas en forma de ruinas llameantes.

Cuando parecía claro que ellos iban a perecer aplastados por la mole de un reloj de pared, llamó su atención el ladrido de un perro. Matón, gracias a su talento olfativo superior perruno, se había orientado por la densa nube de humo hasta encontrar la salida. Jamal y la señorita Jo solo tuvieron que seguir sus ladridos y se encontraron rápidamente en el porche de entrada.

Mientras salían, las imponentes columna de estilo revival griego de la fachada de mansión empezaron a partirse a causa del intenso calor. El enorme soportal en llamas se desplomó sobre ellos con la velocidad y el rugido ensordecedor de un tren de carga.

Un poderoso salto al césped delantero salvó a ambos humanos y al perro. Y mientras la vetusta residencia familiar se venía abajo tras ellos, se adentraron corriendo en el frío nocturno.

Jadeando, la señorita Josephine se preguntó en voz alta:

—¿Qué va a ser de nosotros?

Corriendo detrás de ella, Jamal le preguntó:

—¿Se acuerda del libro ese *Las uvas de la ira*?

La señorita Jo asintió con la cabeza, sin detenerse.

—Pues nosotros tenemos que hacer justo lo contrario de todo lo que hacían en el libro para sobrevivir —dijo Jamal.

Según decía Talbott, su libro iba a salvar el mundo.

Walter soltó un soplido burlón.

—Está usted de broma. El libro es una broma, ¿verdad?

Su nuevo padre soltó una risa líquida, un ruido como si estuviera haciendo gárgaras, y dijo:

—¡Es lo mismo que preguntó Rudolph Hess! —Soltó el aire durante un segundo, dos, tres, un momento muy largo, desinflándose con la misma irrevocabilidad que si estuviera expirando su último aliento. Las costillas se le hundieron en el pecho hasta que pareció que no le quedaba nada dentro.

Walter se movió nerviosamente, con las manos listas para tomar notas. Llevaba tanto tiempo escuchando que había perdido la capacidad para formular sus propios pensamientos.

—Ha escrito usted una fantasía —añadió—. Hemos escrito una fantasía.

A Talbott se le venció el mentón, hasta quedarle apoyado en el pecho.

—Estamos destruyendo la nación para salvar a la gente. —Hizo una pausa, respirando pesadamente—. Los jóvenes negros se están matando a tiros entre ellos como nunca antes. Los gays se están matando los unos a los otros con enfermedades. —Se esforzó para respirar una vez más—. Los blancos se están aniquilando a sí mismos con opiáceos. —El cuerpo se le desinfló. La cabeza le cayó hacia delante. Solo las ataduras mantuvieron al viejo en la silla mientras susurraba—: Ya sea a base de criar niños o de predicar, la tarea de los hombres siempre es la misma: la diseminación constante de uno mismo.

—¿Eso es lo que estamos haciendo…? —Walter hizo una pausa—. ¿Diseminarnos?

En el Tiempo de Antes… mucho antes de que este libro fuera un libro… su nuevo padre no le contestó.

—Esto no es más que un libro —protestó Walter—. ¡Las cosas que dice no tienen que pasar!

El viejo pareció recobrar las fuerzas. Levantó la cabeza y siguió hablando:

—Siempre estamos sacrificando a la gente para salvar a la nación. —Sus labios formaron una sonrisa débil y babosa—. Quizá deberíamos sabotear la nación cada cien años para salvar a la gente.

Clavó en Walter unos ojos adormilados.

—Gracias, Warner.

Walter no lo corrigió.

Su nuevo padre continuó:

—Eres mi Boswell —dijo Talbott—. Mi escriba. —Estenógrafo. Amanuense. Le explicó que Jeremías le había dictado sus partes de la Biblia a su secretario, Baruc. San Pablo había escrito su Evangelio por medio de su escriba, Tercio. San Pedro a través de Silas. San Juan, de Prócoro.

Hitler le había dictado *Mein Kampf* a Rudolph Hess.

—La Biblia. —Walter se rio de la comparación.

Su tono se suavizó cuando Talbott le confió:

—Eres lo más parecido que he tenido nunca a un hijo. Eres el aprendiz al que todo hombre sueña con enseñar. ¡Llevarás la sabiduría de mi vida entera al futuro para que la humanidad se beneficie de ella!

Walter reprimió un escalofrío.

—El mundo quiere una teoría de campos unificada. Una sola teoría que lo explique todo. Démosela. —Parpadeó. Por fin dejó de manarle la sangre que le había estado goteando de una docena de infecciones recalcitrantes—. Si quieres hacer fortuna, compra cuero sintético. —La voz de Talbott se convirtió en un susurro—: Consigue un arma de fuego y preséntate ante Dawson o Jamal. Mata a los objetivos que te asignen. —Tras decir esto, pareció quedarse adormilado. Se le cayó la cabeza hacia atrás y se le quedó colgando del respaldo de la silla, con la boca abierta del todo y la lengua colgando.

Walter ni siquiera le comprobó el pulso. Así de muerto parecía. Tampoco llamó al 911. Tenía asuntos más importantes entre manos. Llevaba semanas en el sótano mientras el mundo de fuera cambiaba de forma lenta pero irreparable. Por lo que él sabía, se estaban cavando fosas. La lista de los Más Odiados de América ya estaba integrada por millares de nombres. Decenas de millares. El libro de Talbott se había distribuido al mismo número de personas. Todo lo que habían hecho tenía que ser una broma. Un fraude gigante.

Pero por si acaso no lo era, Walter llamó por teléfono a Nick. Llamó por teléfono a Shasta.

Shasta se había vuelto una vampiresa. Suplicaba en tono seductor:

—Aparéate conmigo, mi señor. —Miró a Charlie con los ojos entrecerrados. Entreabrió los labios color escarlata como si la embriagara el deseo enloquecido de una ramera.

Su marido apenas había regresado del Concilio de los Caciques y ella ya lo estaba presionando para que practicaran el acto sexual. Apenas se había apeado de su carruaje. Aquel vagabundo, Nick, los había guiado hábilmente por los páramos de Portland, hasta la sede del concilio y de vuelta. Ahora estaba tocando su guitarra. Sus armonías eran deliciosas. Tan grata era su compañía que Charlie le había pedido que regresara con ellos a Maryhill y que deleitara a la corte durante lo que durara la pródiga cosecha de la calabaza.

Tal como dictaba el protocolo, Charlie les presentó a aquel nuevo intérprete a sus concubinas domésticas, a sus cortesanos y a su reina.

Atónita pareció Shasta en aquel momento, aunque aseguró que no había visto en la vida al músico desconocido. Se ruborizó intensamente y pidió a Charlie que se retirara con ella, insistiendo repetidas veces en que su ausencia había despertado una poderosa añoranza en sus entrañas.

Una vez en sus aposentos privados, Shasta le desató los cordones a su marido. Le quitó temerariamente el braguero tachonado de perlas. Y con maquinaciones húmedas de la boca y las manos, se aplicó a excitarlo.

Hasta la fecha, Charlie ya se había apareado con ella en cada rincón de palacio, y estaba obviamente agotado. Se tragaba puñados enteros de Viagra sin efecto alguno. Su real centro y sus orbes seguían esponjosos e inertes. Le colgaban flácidos y pesados y curiosamente insensibles. Y sin embargo, tan irritadas estaban sus superficies que hasta el más flexible braguero le causaba incomodidad. El estado de sus partes era resultado del exceso de uso, según le había diagnosticado el médico real. Consecuencia del estrés, se aseguraba a sí mismo.

A pesar de sus protestas, su reina volvía a asediarlo. A pesar de haber sido probablemente bendecida ya con un avanzado estado de preñez, a juzgar por los cambios de sus senos y por la ausencia del estro, a pesar de llevar aquella carga, Shasta le volvió a echar mano a las pantaletas de cuero sintético. Se arrancó el salto de cama y se expuso con osadía. Con su voluptuoso cuerpo desnudo, su esposa favorita maniobró para sentarse a horcajadas encima de él y a base de fuerza bruta imponerle sus encantos perfumados.

Pero ay, el real cetro y los orbes eran inmunes a su sensual presa. Comparables a una boa difunta. Se veían pálidos y flojos, como una ristra de salchichas, y aun así Shasta procedía a sacudírselos con carnal furia.

Charlie soportaba aquellos esfuerzos con buen humor conyugal porque le causaban poco dolor. Tan arduos eran los esfuerzos de su mujer, razonó, que pronto ella se quedaría sin energías. En su mente resonó vagamente la historia de la madre de Terrence y el catéter.

Hasta que un poderoso tirón… Con una sacudida heroica, la reina salió disparada hacia atrás y cayó de espaldas sobre el lecho matrimonial. Y al levantarse de las colchas, sostenía un premio en alto. Flácido y blandengue. Inerte y como de goma. Tan exangüe como la luna, le colgaba del puño apretado.

—¿Qué has hecho? —gritó Charlie—. ¡Arpía!

—¡Colega, para de una vez con la jerga de Feria del Renacimiento! —replicó Shasta. Y agitó el trofeo goteante—. ¡A ver si te enteras! ¿Has oído hablar de la araña ermitaña parda?

Y emprendió una erudita invectiva sobre cierto arácnido. Una araña cuya picadura inyectaba una toxina sin que la víctima se enterara. Y la creación de tejido necrótico era el efecto de aquel veneno. Muy indolora era aquella mordedura, y graduales sus efectos.

—Colega —dijo riendo la mujer, con aquel colgajo de carne en la mano—. ¡Llevo desde la primera cosecha del berro poniéndote arañas en la picha real, a ver si te enteras!

Con el tiempo aquel veneno, aquella ponzoña de araña venenosa, le había anestesiado el órgano viril a Charlie y se lo había empezado a desprender. El efecto progresivo de las múltiples picaduras secretas de araña había disuelto gradualmente las estructuras celulares, dejando su instrumento de reproducción convertido en poco más que un saco alargado de jalea rosada.

Y procedió la furiosa reina a partir por la mitad aquella vejiga llena de gelatina. La sostuvo por encima de la cabeza y agitó el blandengue trofeo como si fuera una Polaroid.

Cogió la reina impulso con el brazo que empleaba en los lanzamientos de béisbol y se dispuso a arrojar la masa temblorosa de carne semisólida e insensible.

Y al oír aquello Charlie, poderoso cacique del primer linaje de Caucasia, noble señor del castillo de Maryhill, audaz ejecutor de muchos enemigos de La Lista, el mismo Charlie que había sido elegido por el cacique Dawson y a su vez había elegido al cacique Martin, que había elegido al cacique Patrick, que había elegido al cacique Michael, soltó un agudo chillido.

—He mirado en tu ordenador —prosiguió Shasta. Y gritó—: ¡Sé lo que le hicisteis a Walter!

Y sin un instante de pausa arrojó la porra de carne marchita contra una vidriera de colores vivos de la alcoba, que atravesó con un estallido rojo y dorado y se precipitó desde lo más alto, retorciéndose mientras caía del cielo sin nubes, hasta dar contra el suelo y rebotar húmedamente a los pies de un ejército de concubinas del campo, que reconocieron al instante aquel objeto que daba brincos entre las hileras de acelgas y calabacines. Y allí se quedó tirada en el polvo aquella reliquia, que fue conquistada de inmediato por las hormigas hambrientas y voraces.

Aullando de horror al ver el cráter húmedo que era lo único que quedaba de su cetro y sus orbes, Charlie llamó con chillidos agudos a sus guardias para que fueran a prender a Shasta. Invocando a Odín y a Thor, Charlie la maldijo:

—¡Arderás por esto, vil beldad!

Pero no antes de que su esposa, la madre de su vástago final, abandonara apresuradamente la escena. Y no antes de que gritara, victoriosa:

—Y da igual lo que dijera Ernst Zündel, ¡el Holocausto *sí que pasó*!

En el mundo donde las fosas comunes estaban siendo cavadas y revestidas de plástico y cal viva, Nick le habló con una voz de colocado:

—A ver, Walt, ¿estás diciendo que va a haber un ataque revolucionario enorme? —le contestó por el móvil.

Walter no estaba seguro de qué habían hecho ya el libro y los hombres dedicados a servir a Talbott. Estaba llamando para intentar alertar a alguien. A quien fuera. Estaba llamando a las dos únicas personas en las que confiaba de verdad.

Por teléfono, Shasta le había preguntado:

—Walter, ¿estás diciendo que has matado a alguien?

Los dos le preguntaron qué planeaba hacer a continuación.

Walter estaba en un sótano con el cadáver de un viejo. Una nube de moscas negras volaba en círculos. El mismo viejo al que había prometido que no haría daño. Mirando aquel cadáver cubierto de cortecitos y de costras de sangre seca, dijo:

—El Día del Ajuste se acerca. Pero todavía lo puedo impedir.

Las tierras fronterizas estaban infestadas de osos pardos sueltos llegados de Caucasia, así como de tigres procedentes de Negrotopía. Era una tierra de nadie, abandonada al punto de haberse vuelto completamente inhóspita. Una zona neutral de serpientes venenosas y carnívoros rabiosos situada entre las tres naciones. Aventurarse en ella equivalía a un suicidio.

Su hoguera llameaba, creando un círculo crepitante de luz naranja. A Charm y a su hermano se les había terminado la gasolina y la carretera más o menos al mismo tiempo. Después habían continuado a pie por un páramo agreste hasta que el crepúsculo los había obligado a montar el campamento. Charm había llevado de todo: tiendas de campaña, yesquero, una despensa entera de comida deshidratada, un filtro para el agua, sacos de dormir y papel higiénico.

Sentados mirando las llamas, Gavyn dijo:

—Mamá te va a matar.

Charm replicó en tono triste:

—*A ti* en cambio ya te ha matado. —No explicó qué quería decir, pero no hacía falta.

Mientras asaban perritos calientes pinchados de un palo, se imaginaron a sus padres viajando en bicicleta a alguna explotación agrícola enorme. Allí se ofrecerían como siervos para la cosecha tardía del lúpulo. Algún cacique los acogería hasta que el trigo invernal estuviera listo para la trilla. Pasarían un feliz solsticio de invierno bebiendo hidromiel y zampando pastel de tronco de Navidad alrededor de una fogata de bosta seca de caballo.

Las panteras o quizá los leopardos gruñían en la oscuridad no tan lejana, y los dos hermanos se rieron para vencer sus miedos.

En el borde de su pequeño claro del bosque se partió una rama. Charm levantó un tizón de la hoguera y se preparó para arrearle un porrazo al depredador invisible.

Un trasgo descolorido se adentró renqueando en el halo de luz parpadeante. Jorobado y encogido, el pelo apelmazado le formaba una masa irregular en torno a la cara arrugada. Su piel azul era casi exactamente del mismo tono que la noche oscura que lo rodeaba. Le seguía los pasos un joven alto y apuesto con un pendiente deslumbrante de diamante. Y apareció dando brincos también un pitbull con manchas blancas y negras. El perro fue corriendo a olisquear a los acampados.

—Jamal —murmuró Gavyn.

—¡Mío! —dijo Charm.

—Eh. —El joven levantó una mano.

—Eh —dijeron Gavyn y Charm al unísono. —Charm meneó el palo en llamas a modo de torpe saludo.

Jamal señaló al trasgo renqueante y pintado y dijo:

—Este es Barnabas.

Charm le dio un codazo a su hermano y dijo:

—¡Tuyo!

La inquietante criatura levantó una mano como una zarpa y dijo:

—En realidad soy la señorita Josephine.

Antes de que nadie pudiera romper el silencio incómodo crujió otra ramita. Algo invisible susurró por las hojas secas.

El grupito se apartó instintivamente del nuevo ruido. Esgrimiendo salchichas chisporroteantes y malvaviscos en llamas, se prepararon para defenderse de una manada de lobos hambrientos. Pero lo que salió del bosque era un chaval.

—Eh —preguntó—. ¿Todavía estamos en Gaysia?

Gavyn le dio un codazo a su hermana y dijo:

—Mío. —Y le preguntó al recién llegado—: ¿Eres gay?

El chaval negó con la cabeza.

—Soy Felix.

Charm soltó un suspiro.

—Esto son las tierras fronterizas.

—¿Esto no es el final de *Fahrenheit 451*?

Aquello se estaba convirtiendo en toda una fiesta. Felix llevaba Doritos con sabor a refresco de cítricos. Jamal y el trasgo compartían julepes de menta con el grupo. Nadie preguntaba a nadie por qué había ido a parar a aquel sitio en medio de la nada. La combinación de todas sus voces ahuyentaba los aullidos.

Crujió otra rama. Una voz de mujer preguntó:

—¿Charm?

Y Charm le respondió:

—¿Shasta?

Salieron de las sombras un hombre y una mujer jóvenes. Y dijeron a una:

—Eh.

A modo de respuesta, el grupo que rodeaba la fogata dijo:

—Eh.

Shasta acababa de presentar a Nick y ambos acababan de encontrar un par de sitios junto al fuego, pero el susurro de las hojas, el crujido de las ramas y el chillido de los pájaros nocturnos ya anunciaba una nueva presencia en la oscuridad.

La gente pregunta cómo terminó todo.

Pues terminó con que Walter fue un tontaina bienintencionado. Fue el buen chaval, el típico que te encuentras en todos los grupos. El típico monaguillo, la mascota del profe, que entró en la comisaría del distrito Southeast, mirando a un lado y al otro, susurrando con la mano ahuecada frente a la boca. Ya era noche cerrada, ya pasaban cien años de la medianoche cuando Walter Baines entró con la capucha puesta, cabizbajo y llevando gafas de sol, nada menos. Y preguntó por lo bajinis:

—¿Puedo hablar con el que manda? —Y le dijo al sargento de guardia—: Quiero denunciar un crimen que va a pasar.

El sargento de guardia, el señor sargento, le dijo:

—¿Tienes documento de identidad?

El sargento de guardia lo dejó con un detective que llevó a Walter al sótano, donde ya fue demasiado tarde.

Una voz amortiguada procedente de alguna parte que Walter no podía ver, le dijo:

—El único rasgo que nos mantiene unidos es nuestro deseo de estar unidos.

Walter se buscó en el bolsillo y se sacó el tapón de oído de Shasta y lo olisqueó, aspirando la dulzura de su cerumen y de su cerebro. Mientras inhalaba durante un momento largo y con los ojos cerrados, ella estaba de pie a su lado.

Lo cual demuestra que hasta los escritores pueden tener muertes heroicas.

Y aquello fue el final del Tiempo de Antes y el principio del fin.

La liberación de las veinticinco mil paloma blancas se llevó a cabo sin problemas. Contaron con la bendición de un clima perfecto y sus veinticinco mil alas emplumadas las llevaron por el cielo azul. Por un momento formaron una nube blanca y alta, luego giraron hacia la campiña mientras muy por debajo de ellas las aclamaba la horda que flanqueaba la ruta del desfile.

El hambre y el crimen habían conseguido que Portland volviera a ser un lugar seguro para vivir. En consecuencia, las legiones de Charlie entraron desfilando triunfalmente en la metrópolis desierta y conquistada por la vegetación. Peludos caballos de tiro arrastraban los carros de guerra. Las catapultas estaban equipadas con proyectiles nucleares. Los arietes estaban rematados con plutonio enriquecido. Las interminables brigadas de arqueros llevaban en sus aljabas flechas con puntas de explosivo C-4. Detrás desfilaban las huestes de lanceros, cuyas lanzas goteaban ántrax. Y al aparecer los dirigibles llenos de gas mostaza, las multitudes los vitorearon. Asimismo, con cada cañón y torre de asedio que pasaba, el público prorrumpía en estruendosos aplausos.

Las que más llamaban la atención entre el público eran las concubinas domésticas y las concubinas del campo de Maryhill. Porque hasta la última de ellas iba con las piernas un poco abiertas y la barriga prominente proyectándose hacia delante. Y más de unas cuantas estaban empezando a sentir ya los dolores del parto, porque Charlie había sido una abeja muy trabajadora entre sus dulces flores, polinizando a bastantes de ellas cada día, y aquel día aquellas mujeres estiraban el cuello y se ponían de puntillas para tener la oportunidad de verlo pasar y quizá llamar su atención.

Y perdida entre aquella muchedumbre había una mujer mayor, de edad demasiado avanzada para quedarse encinta. Una campesina harapienta que todavía recordaba vagamente un tiempo en el que trabajaba pulsando las teclas de algo tan mágico como una terminal informática. Llevaba los largos tirabuzones grises recogidos sobre la cabeza. Sus manos eran las manos rojas e irritadas de una lavandera. Hacía mucho tiempo se había roto la nariz y se le había curado torcida de lado contra una mejilla. Le dolían las rodillas, pero aun así se asomaba para ver las filas de quienes marchaban.

El aire iba cargado de pétalos de rosa y confeti y altavoces que emitían a todo trapo la voz de Talbott, repitiendo una y otra vez:

—«¡Caucasia está en guerra con Gaysia! ¡Caucasia siempre ha estado en guerra con Gaysia!»

En el aire vibraban las palabras:

—«¡Lo que los hombres quieren es una estructura para unirse entre ellos!»

Mientras la lavandera entrecerraba los ojos y escrutaba las caras de los que pasaban, otra mujer de mediana edad y apariencia similares se le pegó al codo costroso. Aquella nueva vieja le preguntó a la primera:

—¿Te acuerdas de mí?

La lavandera le echó un vistazo y luego miró de nuevo el desfile.

—No —contestó en voz baja.

La nueva mujer insistió:

—No siempre he presentado esta apariencia. —Y siguió hablando en el registro prescrito de la Elocución Blanca—. En el Tiempo de Antes era sanadora. Enfermera.

La lavandera echó otro vistazo a la desconocida. La observó en busca de alguna pista y por fin volvió a escudriñar a los miembros del desfile que pasaba.

Cerca de ellas, una mujer más joven soltó un grito breve y agudo y se desplomó sobre los adoquines. Quienes la rodeaban la miraron nerviosamente, pero nadie acudió en su ayuda.

Sin dudarlo un instante, la lavandera y la desconocida se arrodillaron y comenzaron a administrarle auxilio. El vestido con peto y las enaguas de muselina de la joven ya estaban saturadas de aguas salobres. Estaba claro que le había llegado el momento de parir. Si fuera el caso, su bebé en camino sería el primero de los descendientes de Charlie, y por eso ninguna de las concubinas rivales le ofrecía ningún apoyo.

Por consiguiente, la lavandera acogió en sus brazos la cabeza de la concubina parturienta y la desconocida se le arrodilló entre las piernas. Mientras facilitaban la salida de la criatura, la mujer arrodillada dijo:

—Puedes estar tranquila. En el Tiempo de Antes atendí a muchos partos. —Dirigiendo sus palabras a la lavandera, continuó—: Fui yo quien asistí al parto de tu hijo.

La hosca lavandera renunció por un instante a su conducta arisca.

—¿De mi hijo? ¿De mi Terrence?

Mientras asistía a las labores del parto, la desconocida le dijo:

—¿Cómo has llegado a tener la nariz tan rota?

La lavandera levantó una mano despellejada y se tocó con gesto ausente la olvidada desfiguración. Pero no ofreció respuesta.

En un mundo previo a que todo empezara a medirse por las cosechas abundantes de boniatos y de bebés, aquella desconocida había servido a la humanidad en un hospital. Y durante su ejercicio de aquel cargo le había llevado el libro de Talbott al hijo de la ahora lavandera.

—A petición tuya —rememoró la enfermera—, mentí. Le dije al chico que el libro procedía de su padre. Su padre, al que jamás conocí. Siguiendo tus órdenes mentí y le dije a Terrence que su padre velaba por él, pese a saber que no era cierto.

Ambas mujeres hablaban en tono distraído mientras trabajaban para liberar a la criatura de su represa.

—¿Tú? —preguntó la lavandera, incrédula.

La enfermera atendió al bebé que emergía. Negando con la cabeza, dijo:

—Te vi escribir las notas en el libro. ¿Por qué perpetuaste esa falsedad?

—Mierda. No lo sé —dijo la lavandera, creando con su palabrota el peligroso precedente de hablar con las toscas maneras del Tiempo de Antes—. Saqué la idea de *Bambi*.

—¿De *Bambi*? —repitió la enfermera.

La lavandera adoptó un tono sarcástico.

—El ciervo de dibujos animados. —Sus flácidas arrugas se ruborizaron como si la invadiera la desazón—. ¿Te acuerdas de la parte en que el ciervo macho sale del bosque y dice que Bambi es su hijo y su heredero, y que siempre ha estado velando por él en secreto?

—Espera —dijo la enfermera, dejando un momento desatendido al retoño a medio nacer—. ¿O sea, que te inventaste a un padre noble y atento?

Sin animosidad, la lavandera continuó:

—Necesitaba que Terrence me odiara para que empezara a tener pelotas.

La enfermera levantó en brazos al recién nacido ensangrentado y le dio un golpecito en las nalgas sonrosadas. Y preguntó:

—Pero ¿la mamá ciervo no se moría?

La criatura berreó saludablemente. Una niña diminuta, pobrecita.

Distraída por los recuerdos, la lavandera dijo:

—Sí. Pero ¿quién quiere morir? Lo que hice fue obligar a Terrence a rechazarme.

La enfermera dejó al bebé sano y agitado en los brazos de su madre. Por primera vez, la fatigada y sudorosa joven se unió a la conversación y preguntó:

—¿Y qué fue de tu Terrence?

Como respondiendo a la pregunta, el público del desfile prorrumpió en vítores. Los estandartes heráldicos ondeaban elegantemente al viento, desplegando numerosos colores de vibrantes terciopelos tejidos a mano. En el aire cálido reverberaban los tímpanos de las cornamusas y de las gaitas de odrecillo. El tañido regular de los tambores y las panderetas marcaba el paso de quienes desfilaban. El centro de aquella clamorosa atención era el cacique Charlie. Envuelto en una capa de cuero sintético. Engalanado con cuero de poliuretano, renqueaba marcadamente, asistido por su médico real.

Aquel erudito ayudante, aquel médico personal del rey, no era otro que Terrence. Y al divisar a su hijo, convertido en hombre hecho y derecho y titular de un cargo tan prestigioso, el corazón de la lavandera dio un vuelco de orgullo y triunfo.

Breve fue su regocijo. Porque un alguacil de la ley la empujó para que se apartara y despejara un pasadizo a fin de que todos pudieran contemplar a su cojo y dolorido regente.

Y a Charlie no le pasaron por alto las risotadas femeninas que se elevaron a sus espaldas. Y tan vigorosamente se rieron muchas de las miles de concubinas, que se desplomaron sobre los adoquines y empezaron también a vaciar sus úteros de saludables y rosados recién nacidos. Porque a muchas de ellas les había regalado la reina Shasta las arañas ermitañas que habían licuado las partes regias de Charlie, y todas sabían que su braguero tachonado de perlas estaba igual de vacío que un tambor.

Mientras la lavandera y la enfermera se aplicaban a asistir al nacimiento de la nueva avalancha de bebés, la sanadora preguntó.

—Pero dime… ¿por qué mentir?

Contemplando cómo su hijo iba alejándose, la radiante lavandera se encogió de hombros.

—Quería que creyera en un padre, y por extensión en un Dios. —Mirando hasta que Terrence desapareció, dijo—: La vida es más fácil así.

La figura temblorosa se adentró en el claro, iluminada por la fogata. Un vagabundo demacrado con traje a medida andrajoso a causa de los meses que llevaba en el páramo. El desconocido miró el selecto grupito de gays y heteros, de negros y blancos, de mujeres y hombres.

De los jóvenes que estaban sentados alrededor de la hoguera, ninguno se atrevió a mover un solo músculo. Un único temblor provocaría que aquel desconocido saliera corriendo. El vagabundo les sostuvo la mirada con ojos muy abiertos y traumatizados. Olisqueó el aire, con los orificios nasales dilatados, visiblemente hipnotizado por el aroma de las salchichas asadas.

Nick, generoso hasta la exasperación, se hurgó en los bolsillos. Extendió la mano para ofrecerle al hombre tembloroso una píldora y le dijo:

—Parece que a alguien le vendría bien un Percodan.

Shasta le hizo callar. Sacó la carne caliente de la punta del palo afilado de Jamal. Al sentir el calor húmedo de la salchicha entre los dos, experimentó una punzada de culpa conyugal. A modo de compensación, se arrodilló. Sus compañeros, Nick y Felix, Jamal y la señorita Jo, Gavyn y Charm, le sisearon que se mantuviera a una distancia prudencial, pero ella los pasó por alto con un gesto de la mano.

Asintiendo con la cabeza, con los ojos cerrados de éxtasis, Jamal susurró entusiasta:

—¡Mola! ¡Como en el libro de *Steinbeck*!

Convertida en la viva imagen de la gracia compasiva, Shasta Sánchez le ofreció la salchicha sudorosa y goteante a aquel hombre, el atormentado y hostigado expresidente de los estados desunidos.

Era una tarea lenta. Después de que pasaran los miembros del desfile y los gaiteros... después de que las multitudes entusiastas se fueran a sus casas con sus recién nacidos berreando... el exsenador Holbrook Daniels iba empujando un pesado carro de carnicero de dos ruedas por la ruta ahora desierta que había seguido el séquito.

Con una escoba iba apilando los pétalos de rosa y el confeti. Usando una pala de hoja plana, recogía las placentas abandonadas en el suelo, así como la bosta seca de caballo, y amontonaba todas aquellas cosas en el carro colmado por el peso.

Entretanto, atraídas por el aroma de la sangre fresca, manadas de lobos salivantes se estaban congregando en la sombras circundantes.

Y mientras Walter Baines se desangraba de un tiro en la frente…

En el sótano de una casa abandonada, a un anciano le brotó una gota de sangre de una herida costrosa del brazo escuálido. Abrió los ojos. Al ver que estaba solo, flexionó los dedos agarrotados y empezó a dar tirones de la cinta aislante que le ataba las muñecas y los tobillos a una recia silla de madera. Nunca había estado bien atado, y podría haberse escapado en cualquier momento. Si escaparse hubiera sido su meta.

Su primera tarea sería borrar La Lista.

Solo faltaban unos días para que se abriera la veda de la garza.

Papel certificado por el Forest Stewardship Council®